SÉRIE NOIRE

Collection créée par Marcel Duhamel

DOA

RÉTIAIRE(S)

D'après une histoire
originale de Michaël Souhaité & DOA

nrf

GALLIMARD

RÉTIAIRE : n.m. (latin, *retiarus*, de *rete*, le filet), gladiateur romain sans cuirasse, armé d'un trident, d'un poignard et d'un grand filet de pêche, qu'il s'efforçait de jeter sur son adversaire, le Mirmillon.

(source : dictionnaire Larousse)

Cher Élie,

Le malheur en tout ceci, c'est qu'il n'y a pas de « peuple » au sens touchant où vous l'entendez, il n'y a que des exploiteurs et des exploités, et chaque exploité ne demande qu'à devenir exploiteur. Il ne comprend pas autre chose.

Louis-Ferdinand CÉLINE
« Lettre à Élie Faure », juillet 1935

De l'air, de l'air pour que je puisse satisfaire
L'envie qui me ronge (et me plonge) dans une colère noire
Quoi ? Moi ? Jeter l'éponge ? Mais ça va pas ?
Ma raison d'être est là ! Underground jusqu'au trépas.

Suprême NTM
Popopop, « Paris sous les bombes »

PROLOGUE

« HADJAJ ! »

Ce cri, il tétanise. Dans le décor souterrain corseté de béton où la scène se joue, tous se figent. Malgré les moteurs, les claquements de portes, les conversations, les ordres aboyés et la réverbération chthonienne du tintamarre matinal, chacun est pris aux tripes par la puissance du hurlement.

Par sa haine.

C'est un homme de grande taille, large d'épaules, qui a tonné de la voix. Il a un visage carré aux saillies émoussées et sa petite quarantaine a, depuis longtemps déjà, des allures de cinquantaine ; les dernières semaines n'ont fait qu'ajouter à cette usure prématurée.

L'instant d'avant le cri, personne ne faisait attention à lui. À part un collègue surpris de le trouver dans les sous-sols du 36, rue du Bastion – le nouveau 36 –, appuyé contre un mur, clope au bec, l'œil attentif au ballet des fourgons. Le collègue s'est approché. *Théo ? Déjà rentré ?* Un sourire déformait son masque chirurgical et son bras amorçait un ridicule salut du coude, façon geste barrière.

Théo ne lui a pas répondu. Il a juste écrasé sa cigarette et dépassé son interlocuteur en lâchant un *Va chercher mon taulier*. Ensuite, le regard droit devant, Théo a rugi.

« Hadjaj ! »

Fonctionnaires de la pénitentiaire, policiers, gendarmes, prévenus, détenus, tous donc se sont figés. Certains se sont retournés. Le fameux Hadjaj était de ceux-là. Et lui, comme les autres, a mis quelques secondes à comprendre. Quelques secondes. Assez pour reconnaître *le fils de pute* qui l'a serré. Trop pour faire quoi que ce soit. Quelques secondes pour quelques pas. Pour que Théo puisse dégainer son Glock, tendre le bras, viser. La gueule.

« Hadjaj ! »

De peu, le cri précède le tir. *À bout touchant* diront sans doute les expertises médico-légales. Hadjaj, Nourredine, né aux Lilas le 7 avril 1989 et défavorablement connu des services de police, s'effondre. Son visage, un masque grotesque, sanguinolent et cabossé.

Les larmes aux yeux, son meurtrier rigole. Dernier crachat sur le cadavre et le pistolet remonte, file vers sa bouche ouverte.

Théo mange son canon.

Interlude

Juan Evo Morales Ayma, dit Evo Morales, est devenu président de la Bolivie en 2005. Il est resté aux affaires trois mandats durant, avant d'être poussé à la démission en 2019, à l'issue d'une quatrième élection entachée d'irrégularités, ayant déclenché partout dans son pays manifestations et violences. L'homme avait pourtant tout pour plaire : indigène de la tribu des Aymaras, né dans une famille modeste, joueur de football, sport ontologiquement populaire – populiste ? –, avant de devenir humble *cocalero*, un cultivateur de coca, cet important marqueur culturel des régions andines, puis syndicaliste, puis secrétaire général de la plus puissante organisation professionnelle d'exploitants de la susmentionnée coca, et enfin refondateur du Movimiento al Socialismo, le Mouvement vers le socialisme.

Tout pour plaire, mais alors tout. Sur le papier.

Peut-être aurait-il fallu commencer à se méfier quand Morales a inauguré son règne par un acte fort, en changeant le nom de sa patrie – lui retirant au passage son statut de république –, rebaptisée État plurinational de Bolivie. Cette altération, portée a priori par un élan de générosité visant à reconnaître l'existence et l'importance d'autochtones jusque-là opprimés ou, à tout le moins, relégués aux oubliettes, introduisait symboliquement division et dissension entre les Boliviens, renvoyés à leur appartenance à *des* nations, *pluri-*, *plusieurs*, donc à leurs différences.

Méditer sur les diverses pistes de réflexion législatives lancées à partir de 2005 et la formation d'une assemblée constituante, puis validées par référendum à la suite de campagnes totalement démagogiques, se serait de même révélé fort utile. Réfléchir, par exemple, à la modification du nombre maximum de mandats présidentiels autorisés, opportunément relevé de un à deux à la veille d'un nouveau scrutin, ou encore, dans un autre registre, à la sanctuarisation de la coca dans la Constitution. Imagine-t-on le Maroc couvrir d'une façon aussi officiellement politique le cannabis, ou la France procéder ainsi avec la vigne, dont l'exploitation est pourtant casher, au nom *du patrimoine culturel, de la biodiversité et de la cohésion sociale*, avec *une industrialisation et un commerce protégés par l'État*, tel que cela est énoncé dans l'article 384 de la Constitución Politíca del Estado bolivienne du 7 février 2009 ?

Il aurait également été avisé d'accorder une plus grande attention à ceux qui, bien avant son accession au sommet de l'État, accusaient déjà Evo Morales d'être soutenu par des intérêts mafieux, en l'occurrence des cartels de *narcos* – de la coca à la *coke*, le pas est vite franchi, surtout quand les formes ancestrales de consommation de la petite feuille verte aux vertus stimulantes ne suffisent pas à absorber la production locale. On l'a aussi associé à des guérilleros peu *love* et certainement pas *peace*, tels les Péruviens du Sendero Luminoso – le Pérou, deuxième producteur de cocaïne des Andes – ou les Forces armées révolutionnaires de Colombie, elles-mêmes largement impliquées dans un certain nombre d'activités criminelles allant du racket au kidnapping, en passant par le trafic de drogue, encore.

Quoi qu'il en soit, les indices d'une dérive autocratique et délinquante du premier chef d'État *indio* de l'histoire sud-américaine – et, pour les mauvaises langues, du premier *dealer* à accéder à de telles responsabilités – se sont multipliés après son mandat initial.

En 2014 tout d'abord, il y a eu les justifications avancées pour rompre avec une promesse faite en 2008 de ne pas briguer plus de deux présidences, conformément au nouveau cadre politico-juridique du pays, pourtant voulu par lui. La sarabande, il fallait s'y attendre, est repartie en 2018, avec la tentative de changer une nouvelle fois le droit constitutionnel dans le but de faire sauter définitivement tous les verrous et de conserver le pouvoir ; une manœuvre vieille comme le monde.

Il y a également eu l'érection, terme ô combien approprié, dans le centre historique de La Paz, la capitale, où les immeubles dépassent rarement cinq étages, d'une tour gouvernementale de cent vingt mètres de haut baptisée Grande Maison du peuple. Éclairée la nuit comme un Macumba Club de province et rapidement surnommée Evo Palace par les jaloux, *el presidente* y disposait de tous les outils de saine gestion indispensables au redressement d'un État aussi pauvre et fragile que la Bolivie : appartement de fonction de mille mètres carrés, sauna, jacuzzi, salle de massage, sans oublier l'héliport, sur le toit, juste au-dessus de la chambre du *boss*, pour le cas où il aurait fallu la jouer fuite de Varennes.

On pourrait aussi citer la mise à la porte, en 2008, de la Drug Enforcement Administration, la fameuse

DEA, au nom du rejet, pas tout à fait injustifié, d'un impérialisme *yanqui* qui a fait des ravages dans cette partie du monde. Un écran de fumée qui en vaut un autre, laissant les coudées franches au Héros mondial de la Terre-mère – un des surnoms d'Evo Morales, ça pète quand même plus que Jupiter – pour mieux s'assurer de l'intégrité, de l'efficacité et surtout de la docilité de sa police et, profitant du statut nouvellement acquis de la coca dans la loi, étendre par une succession de décrets les surfaces d'exploitation autorisées. Quelques esprits chagrins se sont, à ce propos, étonnés du fait que la variété d'érythroxylacée cultivée dans ces nouvelles zones, apparue au début des années 1950 seulement dans le Chapare, terre d'adoption de la famille de l'héroïque Morales, n'a plus grand-chose à voir avec celle originaire des Yungas, la vraie, mastiquée depuis des siècles dans les Andes. Il faut dire que cette dernière, beaucoup moins amère, cumule les gros défauts d'être à la fois très peu chargée en alcaloïde, le truc qui rend super fort et super parano, et deux fois moins productive à l'hectare. Combinés à une absence totale de contrôle de l'activité des marchés régionaux officiels de la coca, où les producteurs sont pourtant censés écouler l'intégralité de leurs récoltes, cette augmentation des superficies et le changement de plante expliquent sans doute en grande partie pourquoi la Bolivie n'a jamais refourgué autant de came au reste du monde que depuis l'avènement de ce brave Evo.

Sans compter que les copains trafiquants du Pérou voisin utilisent de plus en plus l'État plurinational comme zone de transit pour leur propre marchandise.

Le Pérou, où vit une importante diaspora croate.

Enfin, diaspora, le terme est quelque peu déplacé. Parce que cette *diaspora*-là, quand elle est arrivée, marchait dans les pas d'une autre, germanique, qui cherchait à se faire oublier et a essaimé dans toute l'Amérique du Sud, à partir de l'Argentine, dès les années 1950. Composée essentiellement d'anciens nazis, dont pas mal de cadres SS, on trouvait en son sein quelques vedettes du crime contre l'humanité, notion fort nouvelle à l'époque, imaginée par les esprits retors et vindicatifs d'Alliés pourtant sortis vainqueurs de la Seconde Guerre mondiale.

Nos Croates d'alors, pour la plupart *oustachis* – francisation d'un mot qui veut dire insurgés dans leur langue natale –, n'avaient eux aussi qu'une seule idée en tête, survivre, tout simplement ; et de criminel de guerre à criminel tout court, quand nécessité fait loi, il y a encore moins de chemin à parcourir que de la mastication à l'insufflation. C'est ainsi que l'une des nombreuses familles débarquées à Buenos Aires en 1947, la famille Kuzmić, originaire de Zagreb comme son *Poglavnik* adoré, le suprême chef Ante Pavelić, s'est refait la cerise en migrant au fil des ans vers le nord, toujours plus, jusqu'à l'Alto Huallaga. Au Pérou, donc. Là-bas, l'habitus contre-insurrectionnel d'une partie de ses représentants les plus âgés a pu être recyclé par le pouvoir en place, confronté dans cette région à la guérilla illuminée d'un certain Sentier communiste. Tout en servant ses propres intérêts financiers.

Ibro Kuzmić est l'un des nombreux petits-enfants de cette sanguinaire dynastie. À l'étroit dans l'organisation péruvienne du *business* familial, éternelle malédiction des puînés, il a longtemps été à l'affût de quelque opportunité à l'étranger.

La Bolivie étant devenue, ces dernières années, un territoire intéressant pour qui cherche à faire fortune sans se préoccuper de légalité ou de morale, le pragmatique Ibro, peu enclin à se formaliser d'un discours philosophico-politique officiel a priori très éloigné des convictions de ses aïeux, et convaincu du grand pouvoir rassembleur du dieu fric, y a rapidement trouvé des interlocuteurs tout aussi terre à terre et motivés que lui. De petits coups en *deals* plus ambitieux, il a su constituer un réseau solide, efficace, international, et se trouve sur le point de réaliser sa plus grosse affaire à ce jour.

Après plusieurs galops d'essai effectués avec des quantités moyennes, quelques dizaines à quelques centaines de kilos, destinés à tester ses nouvelles filières vers l'Europe, Ibro et ses complices locaux ont, à la mi-décembre 2020, caché 3,7 tonnes d'une bolivienne pure à 95 % au milieu d'une cargaison de soja, avant d'envoyer le tout voguer sur la grande autoroute fluviale formée, entre l'État plurinational et l'Argentine, par les fleuves Paraguay et Paraná.

Date d'arrivée prévue à Buenos Aires, quatrième port de fret d'Amérique du Sud : le 5 janvier 2021.

I

1

Le ministère de l'Intérieur a commencé à déménager des pans entiers de son administration à Nanterre au début des années 1990. À l'ombre de la Défense et de son horizon vertical d'acier et de verre, par-delà les cimetières de Puteaux et de Neuilly, il a installé, rue des Trois-Fontanot, perspective minérale au tracé soviétique, quelques-unes des unités centrales et des sous-directions de sa DCPJ*. D'abord au 103, puis au 101 et, depuis 2014, au numéro 106, dont le dernier étage est occupé par l'Office anti-stupéfiants.

Le service a fait, sous son ancien nom de baptême, OCRTIS, l'objet de nombreuses citations dans des morceaux de rap à la gloire des dealers et, plus récemment, dans les gros titres des journaux. Cette attention médiatique lui a valu d'être décapité, puis en partie éviscéré, pour faire de la place à un effectif plus vert, mais aussi plus magistrat

* Le lecteur pourra se référer au glossaire se trouvant en fin d'ouvrage pour retrouver les définitions des principaux sigles, termes techniques et vocables, français ou étrangers.

– un poil – plus douanier – guère mieux – et surtout plus gendarme, avant d'être ripoliné en OFAST début 2020.

Amélie Vasseur était dans le contingent de militaires ayant rejoint le *nouvel office*. Peu avant ses trente ans, elle a ainsi quitté la section de recherche de Marseille, où elle trimait déjà sur la matière stups, la tête pleine de rêves de promotion, de capitale, de compétence nationale, de moyens et de chasse au gros gibier.

Mais il en va des rêves comme des promesses, ils inspirent et engagent seulement ceux qui veulent y croire.

À son arrivée en décembre 2019, juste avant le changement de sigle, Amélie a découvert des locaux excentrés, vétustes, sous-dimensionnés et peu adaptés aux enjeux de la lutte anti-drogue, hantés par des fonctionnaires au moral plombé. Dans les couloirs gris aux faux plafonds techniques qui pèsent sur les épaules, on entendait alors fréquemment les vieux de la vieille soupirer et répéter ad nauseam que c'était mieux avant. Un an plus tard, c'est toujours la même rengaine. Même si beaucoup d'anciens ont déjà pris le large.

Ou sont sur le point de le faire.

Le commandant Marc Pison, dont Amélie a été l'adjointe depuis son affectation au service, fait partie de ceux-là. Il quitte la police nationale et file vers le Sud pour une sinécure, du moins l'espère-t-il, de chef de municipale dans une ville moyenne. Pas le mauvais mec, Marc, folklorique comme les *flicards* à veste en cuir peuvent l'être souvent, mais honnête, viscéralement. Racorni par le job, surtout les dernières années, minées par le sentiment d'avoir déjà perdu la guerre ; où l'hypocrisie d'en haut l'a disputé à celle d'en bas, entre une hiérarchie prompte à condamner des méthodes dont elle appréciait pourtant jusque-là tant les exécutants que leurs résultats, flatteurs pour les caméras, et des collègues à la solidarité de façade, toujours à l'affût des restes de ceux que la disgrâce a frappés. Sans parler des magistrats, les meilleurs ennemis de Marc. « Ils sont comme nos clients, les juges, aime-t-il répéter, des ingénus piégés par les méchants *condés.* » Et d'ajouter toujours, monomaniaque, que si la justice consacrait moins de temps *à faire chier les poulets* et s'occupait de punir vraiment les trafiquants et leurs clients, financiers et donc complices de fait du *bizness* de la drogue, les choses se passeraient autrement.

Amélie l'aime bien, Marc, malgré ses obsessions et ses travers, et c'est un sentiment réciproque. Il a mouillé la chemise pour que la place libérée par son départ revienne à la jeune femme. *Ma dernière belle affaire, le dossier Vasseur.* Une promotion naturelle, méritée – un dû, même, vu le profil d'Amélie – et dans l'air du temps. Mais meuf et gendarme, à la tête de l'un des six groupes d'enquête de la BNAS, la Brigade nationale anti-stupéfiants, les limiers de la division judiciaire de l'OFAST, cette idée ne plaisait en réalité qu'à lui.

Chose surprenante, l'adversité la plus grande a été manifestée par l'ancienne maison d'Amélie, obsédée par l'occupation de l'espace et la captation de postes habituellement dévolus aux policiers, qui a préféré pousser un pion de plus dans les rangs de l'office. Un homme, pour faire passer la pilule auprès des récalcitrants tentés par les réflexes corporatistes et les coups d'éclat syndicaux.

Encore condamnée à l'anomalie administrative pour un temps incertain, Amélie l'a bien sûr eu mauvaise. D'autant que ce remplacement est, pour une fois, intervenu très vite. Mais ruminer n'est pas dans sa nature, se complaire dans le registre de la victime non plus. Son cul n'est pas un vecteur de promotion, que ce soit en couchant ou en jouant les armes d'intimidation massive. D'ailleurs, le nouveau, un *vieux* capitaine avec quelques procédures spectaculaires à son tableau de chasse, a un profil qui lui plaît, ne serait-ce que parce qu'il a dû cravacher pour quitter le corps des *sous-off* et grimper les échelons. Ça les rapproche un peu.

Didier D'Agorno, c'est le nom du successeur de Marc, a un physique de coureur de fond, sec, tendu. L'expression neutre, ni joviale ni sérieuse, il se tient, en ce début de matinée du mardi 5 janvier 2021, son premier jour, sur le pas de la porte du cagibi vitré qui sépare chef et adjoint de leurs ouailles, à l'extrémité gauche du bureau dévolu aux huit membres du groupe. À ses côtés, le partant ne parvient pas à dissimuler son bonheur.

C'est la première fois depuis son arrivée qu'Amélie voit Marc si joyeux. Tellement content et pressé de dégager qu'il a déjà fait place nette depuis une semaine, laissant uniquement derrière lui un drapeau tricolore et un kakemono frappé du logo de l'office. Des *prises de guerre* chipées à un patron cassant promu ailleurs pour éviter les remous, dans la plus pure tradition de la haute fonction publique. Tous les dossiers en cours, une douzaine, dont cinq seulement sont véritablement actifs, ont été confiés à Amélie, héritière contrainte et forcée de la responsabilité du tuilage, puisque Marc est, pour sa dernière journée de présence à Nanterre, convoqué à une ultime obligation de service, son pot de départ avec les copains.

« Il est vraiment tout petit, notre nouveau chef vénéré. » Celui qui vient de parler à voix basse s'appelle Jérôme Maillard, dit *la Maille*. Il est rasé comme un légionnaire et trapu comme un joueur de rugby, sport qu'il a pratiqué gamin dans son Sud-Ouest natal et auquel il s'adonne encore avec une équipe de la PJ. *Poulet de grain* issu du corps des gardiens de la paix, il aime raconter des conneries et faire la fête, déteste l'orthographe et la procédure, qui le lui rendent bien, mais possède, sous ses airs de branleur, un sang-froid et un courage à toute épreuve. Quand ça dévisse, c'est le genre de collègue que l'on veut avoir avec soi. « Franchement, tu le trouves pas tout petit, toi ? » La Maille, qui martyrise un chewing-gum, s'est penché discrètement vers Dominique Rickert, son voisin.

Dom, pour les intimes, est assis derrière son bureau, au fond à droite de leur *open space* très encombré. En face du bocal des cadres. Grand sinueux aux cheveux bouclés, le maréchal des logis-chef Rickert, originaire de Strasbourg, est un pur produit de la gendarmerie, aussi carré et méticuleux que la Maille, son meilleur pote après deux ans d'office, est bordélique.

Amélie, appuyée contre une armoire métallique, est debout derrière eux, à côté des autres fonctionnaires du groupe, exceptionnellement tous présents aujourd'hui. D'une oreille distraite, elle écoute le discours final de Pison, débité sans conviction, tout en se disant que oui, c'est vrai, D'Agorno n'est clairement pas tombé dans la marmite à géants, et qu'elle le dépasse facile de cinq centimètres ; elle-même n'étant déjà pas au format basketteuse, avec son mètre soixante-neuf et ses cinquante kilos toute mouillée.

« Petit. Et teigneux à en croire radio Davout. » Dom fait référence à la SR de Paris, d'où arrive D'Agorno, domiciliée boulevard Davout dans le 20e arrondissement. « Petit Pitbull, ils l'ont baptisé. Je me demande si c'est pas pour ça qu'on nous l'a refourgué.

— Vu sa taille et sa mine, il me fait plutôt penser à un bigorneau, pouffe la Maille, petit, gris, qui résiste à tout accroché à son rocher. En plus, ça rime, D'Agorno, bigorneau. » Il se marre. « D'Agorno le bigorneau. »

Dom ne peut se retenir de ricaner au moment précis où D'Agorno, justement, prend enfin la parole.

« La ferme vous deux, j'entends rien », siffle Amélie entre ses dents.

« Rien à foutre de son baratin. » La Maille fait exploser une bulle de chewing-gum. « Ancien chef vénéré, nouveau chef vénéré, tous pareils. »

Amélie va répliquer d'un *merci pour elle* ironique quand son smartphone se met à vibrer dans sa poche. Elle jette un œil à l'écran, voit le nom qui s'affiche, *JIRS Arostéguy*, regarde l'horloge digitale du mobile, neuf heures dix-huit, pense *On a rendez-vous dans une heure et demie, pourquoi elle m'appelle ?* puis *Problème ?* et, tout en décrochant, quitte le bureau. « Madame. » En réaction à la voix hachée, méconnaissable, de son interlocutrice, signe avant-coureur de catastrophe, Amélie ne peut s'empêcher d'ajouter un très formel *Le juge*.

Rien d'autre, elle n'a pas le temps.

Au bout du fil, la magistrate de la JIRS Paris est hors d'elle. Entre deux fulminations, elle lâche néanmoins des bribes d'informations, *36*, *Lasbleiz*, *témoin clé*, *mort*. Tout en faisant les cent pas dans le couloir, Amélie sent sa propre colère grandir à mesure qu'elle saisit l'énormité de la nouvelle. Une demi-heure plus tôt, Théo Lasbleiz, commandant de police de la PJ PP, a exécuté un trafiquant de moyenne envergure nommé Nourredine Hadjaj, cible OFAST figurant dans plusieurs dossiers instruits par le juge Arostéguy. Qui s'apprêtait à balancer certains de ses anciens complices. Et au moins *un enculé de flic*, dixit feu le susnommé Hadjaj. L'incident a eu lieu devant l'accueil de l'antenne de détention du tribunal judiciaire. Sous les yeux de plusieurs dizaines de personnes.

Pu. Tain.

Amélie a stoppé net à la hauteur de l'imprimante commune à tous les fonctionnaires de la BNAS. Sur l'appareil, négligé, se languit un procès-verbal de surveillance rédigé par le chef de l'un des autres groupes et dont le contenu, théoriquement confidentiel, est ainsi exposé à l'indiscrétion du premier touriste croisant dans les parages – un journaliste, par exemple, les patrons aiment les recevoir, parfois sans prévenir, ou simplement un membre du personnel d'entretien, dont on ne peut exclure que l'un ou l'autre soit payé par les *clients* potentiels de l'OFAST. Ça ne se produit pas souvent, certes, mais ce n'est pas totalement inédit non plus. Ce dilettantisme en matière de préservation du secret et de sécurité opérationnelle agace les gendarmes de l'office, et ce d'autant plus que la machine est dotée d'un pavé alphanumérique permettant de retarder la sortie d'un document jusqu'à la composition d'un code personnel. Il faut juste ne pas avoir la flemme de recourir à cette option.

Enculé de flic.

Amélie s'empare rageusement des feuilles et effectue un demi-tour.

Au téléphone, le juge, dont l'exaspération ne faiblit pas, poursuit son monologue en disant que Lasbleiz a ensuite tenté de mettre fin à ses jours mais qu'il en a été empêché *in extremis* par *un type* de la pénitentiaire.

« Il est où, là ? »

… *Dans les locaux de la Crim', il attend le procureur de permanence.*

« On fait quoi ? »

… *Je ne sais pas. Pas encore.*

Un temps.

… *Le nouveau est là ?*

« Oui. »

… *Alors suggérez-lui de venir discuter.*

Amélie raccroche. Dans le couloir, un policier est en train de vider des cartons de champagne, de vin et de bière achetés pour la petite fête prévue tout à l'heure en l'honneur de Marc. Elle lui balance le PV à la gueule et s'éloigne vers le bureau de son groupe. Dans son dos, elle entend un *Quoi, merde ?* surpris et courroucé. « Dis à ton chef de pas laisser traîner ses affaires, ça fait désordre. »

La main approche de son visage. Elle tient un pistolet. Gros plan sur le canon au diamètre conséquent. Il se raidit, plus surpris qu'effrayé, et pense immédiatement à un 11.43. Chose étrange, ce n'est pas cela qui retient son attention, mais le latex bleu dont le doigt passé dans le pontet et ceux qui enserrent la poignée sont recouverts. Derrière, floue, une silhouette noire dans l'obscurité du couloir. Il y a un intrus, ganté, armé, dans sa maison, la nuit. Il ne devrait pas être surpris après toutes ces années, pourtant c'est le cas. Ces choses-là ne devraient pas se passer. Il y a tant de choses qui ne devraient pas se passer. Plus rien ni personne n'est à l'abri. Et ça le fout en rogne.

Une porte gémit.

Le 11.43 file en direction du grincement dans un geste réflexe. C'est à cet instant-là que la trouille submerge Théo et lui aussi, sans réfléchir, réagit. Pour intercepter le bras meurtrier. Détonation. Bruit de chute sur le parquet, mais léger, un objet pas trop lourd. Sur le moment, Théo n'a pas conscience de l'entendre mais son cerveau l'enregistre quand même. Il s'en souviendra plus tard, pour son plus grand malheur. Là, il est ailleurs. Il se bat pour leur survie à tous les trois.

Derrière une porte, il y a des voix. Familières. Luciana et Gio ? Ou Luciana et Malik ? *Malik*. Dans ces voix, il perçoit de la détresse, de la colère. Ce sont les voix de personnes frustrées de ne pas pouvoir entrer. De ne pas pouvoir *Le voir*. Théo pense *Vous ne pouvez pas* et *Ils font juste leur boulot*. Autour de lui, des types vont et viennent. Des collègues. Il est dans un bureau de flics. Ils s'énervent du ramdam à l'extérieur. Ils ont l'air soucieux.

S'il était capable de prendre du recul, s'il possédait ne serait-ce qu'une once d'énergie pour le faire, Théo ressentirait sans doute de la pitié pour eux, qui étaient de permanence à la brigade criminelle ce matin. Ils sont désormais chargés de son affaire. Merdique. Et il aurait pitié de leurs copains, également de la Crim', responsables de l'autre dossier dans lequel Théo est déjà impliqué, cette fois comme victime, qui vont faire la gueule. À raison. Et il penserait aussi aux mecs de son groupe, là-dehors, derrière la porte, parmi lesquels se trouvent de vrais amis. Luciana Rey. Georges, dit Giorgio ou Gio, Massard. Malik Zikri. Et à tous les fonctionnaires de la BSI*, du 36 même, qui à cause de lui vont se retrouver sous les feux de projecteurs forcément malintentionnés, visés par les sentences aussi définitives que démagos du café du commerce politico-médiatique. Et à son taulier, et au taulier de son taulier. Même s'ils ne sont pas les patrons de l'année, ils ne méritaient pas que le ciel leur tombe sur la tête.

Mais Théo n'a plus la moindre marge de manœuvre intellectuelle ou psychologique. Il est absent. À lui-même, aux autres. Il voudrait être ailleurs, il voudrait être mort. Il devrait être mort. Ça l'obsède.

Ça et le boucan dans sa caboche.

Détonation.

Petit bruit de chute.

Théo grogne, il s'accroche à la silhouette.

Femme qui crie.

Homme qui répond.

Ferme ta gueule !

Elle est où sa pute ?

Hommes. Au moins deux, plus la silhouette.

Détonation.

Pas de bruit de chute.

La mâchoire de Théo est douloureuse. On vient de faire

* Pour rappel, le lecteur pourra se référer au glossaire se trouvant en fin d'ouvrage pour retrouver les définitions des principaux sigles, termes techniques et vocables étrangers.

lentement pivoter sa tête. Un type en costume gris. Bienveillant quand il pose ses questions. Théo pourrait lui répondre, expliquer qu'il a reçu des coups et craché son arme de service ensuite, qu'il voulait se flinguer. Et pourquoi. Il ne le fait pas. Costume gris dit : « Je vais vous donner quelque chose. Pour retrouver un peu de sérénité, juste ça. Vous êtes d'accord ? » *Psy*. Théo n'est plus au 36. Il pense *Normal* puis *TS*. Il ne reconnaît pas le lieu mais croit savoir où il se trouve. L'infirmerie psychiatrique de la PP. Plusieurs heures ont dû s'écouler. Cinq, peut-être six. Le temps de tout border et de se mettre en branle là-bas, dans le 17e, puis de rejoindre le 14e, avec la circulation pourrie de Paris, même au deux-tons. *Ça a dû les faire chier*. Théo s'en voudrait presque.

Presque.

Il pense à la raison de sa présence ici. Il pense *Hadjaj*. Il pense *Détonation*. Boucan dans sa tronche. Détonation.

Petit bruit de chute.

Grognements.

Cri. De femme.

Insultes. D'hommes.

Détonation.

Pas de chute.

Insultes. D'hommes.

Détonation.

Douleur.

Théo se casse la gueule. Dans l'escalier. La silhouette avec lui.

Cri. De femme. Sa femme.

En bas.

Insultes. D'hommes.

Détonation.

Le boucan ne quitte plus Théo depuis un mois. Vingt-quatre heures sur vingt-quatre, il occupe son espace mental. Il pollue, délimite les contours de son existence. Limite son existence, la condamne. Après son geste vengeur dans les sous-sols du 36, Théo a voulu le faire taire pour de bon, ce boucan. C'était son plan.

Il est encore là.

Comme les collègues. Dans leur bureau de flics. Familier ce bureau, déjà visité. *Où ?* Dehors, il fait jour. Théo aperçoit la tour en escaliers du TGI. Il connaît cette vue, il avait presque la même. Avec eux, il y a un autre homme. En costume gris. Pas le psy. Plus jeune. *Quand ?* Avec un débit de mitraillette, pas rassuré, l'homme demande : « Il a dit quelque chose ? » Et : « Rien ? » Et : « Vous lui avez signifié le début de sa garde à vue ? Et l'avocat, il est passé ? C'est qui ? » Sans attendre, il enchaîne : « J'ai cosaisi l'IGPN. » *Proc'*. Très jeune. Puis : « Pourquoi il pleure ? » Puis : « Vous me l'emmenez à l'IPPP, on fait ça dans les clous. » Le magistrat sort. Dans le couloir, quelqu'un l'interpelle. Une femme. *Luciana*. Le ton monte. La porte claque.

Détonation.

Petit bruit de chute.

Grognements.

Cri, de femme.

Insultes, d'hommes.

Détonation.

Quelqu'un a tapé du plat de la main. Sur une table. Théo regarde la table, la main. C'est une main d'homme. Qui en prend soin. Il regarde l'homme. Encore un costume gris. Cette fois, dedans, c'est un collègue, ça se sent. Encore un endroit de flics. Mais différent. Pas de fenêtre, vivement éclairé. *Salle d'audition*. Le collègue n'est pas seul. Il y a trois autres policiers avec lui. Deux qu'il reconnaît à leur air soucieux. Le dernier est une dernière. Elle a un regard sévère. Elle dit : « Pensez un peu aux autres, dites-nous qui vous a balancé l'info pour la convocation de Hadjaj. » Vouvoiement. Un peu hautaine. Pas le même monde. *Commissaire*. Elle ajoute : « On finira par savoir. » *Aux bœufs*. Théo s'entend répliquer *Marrant, personne me demande pourquoi je l'ai fait, juste qui m'a rencardé*. Il s'écoute parler. De loin. Mais au moins il parle, il réagit. Le truc du psy doit faire son effet. Le boucan ne couvre plus sa voix, la rancœur lui redonne de la force.

« Le pourquoi n'est pas notre problème. La Crim' est là pour ça. » La taulière de l'IGPN jette un œil en direction des deux grises mines, soudain très intéressées par leurs chaussures. « Nous. » Elle n'a pas le temps de terminer sa phrase.

« Vous, vous avez besoin de têtes à faire tomber, et vite.

— On trouvera.

— Deux mille fonctionnaires à la PP, ou pas loin, bonne chance. » Théo laisse filer quelques secondes. Les autres aussi. Ils attendent. *Que je crache ma Valda. Enculés*. « Si ça vient de chez nous.

— Chez nous ? » La commissaire sourit.

« Deux mille, long, très long. Vous sauterez avant qu'ils aient fini de me virer pour de bon. »

La main soignée frappe à nouveau le bureau. Moins

assurée. Un geste d'agacement, immédiatement regretté. Le boucan ne revient pas, mais Théo se tait quand même. Il n'a plus rien à dire et il est fatigué, faire le malin a épuisé ses dernières réserves. On l'assaille de questions, toujours la même en fait, sous des formes différentes. Ils veulent un nom, un nom de collègue, savoir d'où vient la fuite, qui l'a avisé de la présence de Nourredine Hadjaj, ce matin, au tribunal. Luciana Rey, la dernière à héberger Théo, revient sans cesse dans leur monologue. Pas étonnant. Il ne cède pas. Impression que les heures sont longues comme des jours. *Vous cherchez au mauvais endroit*. Dernière pensée de Théo avant de s'endormir sur sa chaise.

Main gantée. Gros canon. Porte qui grince. Détonation. Chute, légère. Cris et insultes. Détonation. Théo se bat. Insultes et cris. Détonation, douleur, dévale. Sa femme, en bas. Elle hurle. Détonation. Elle tombe. Théo tient toujours le bras armé. Qui ne bouge plus. La silhouette gémit, à moitié assommée. Enfin, il parvient à lui arracher le flingue, tire en arrière au jugé. Dans le noir, on se carapate. Le 11.43 fait souvent cet effet-là, surtout à l'intérieur. Vacarme qui vrille la tête. Théo continue. On le pousse en avant, il s'étale et ça cavale. La silhouette, encore. Dernière cartouche. Elle se perd dans un mur.

Silence.

Théo est seul.

Le temps de s'en rendre compte et, malgré la douleur, il se lève, remonte quatre à quatre au premier. Bruit de chute, léger, il vient de s'en souvenir. Au bout du couloir, une porte est entrouverte. Juste devant, par terre, il y a sa fille, Camille, dix ans. Son visage, un masque grotesque, sanguinolent et cabossé.

Théo sursaute dans sa cellule de garde à vue. Le boucan est revenu. Il gueule.

2

Ils sont trois dans le fourgon, chacun placé dans une cage au format placard à balais, alignés les uns derrière les autres dans le dos du chauffeur. Théo est monté le premier. Il est au fond du véhicule. Un gamin d'une vingtaine d'années a ensuite pris place juste devant lui. Un blondinet aux yeux marron fatigués. Tout à l'heure, au moment d'embarquer, c'est tout ce que l'on voyait par-dessus son masque chirurgical. Il est maigrichon, vêtu trop légèrement pour la saison, d'un *skinny* pas très propre et d'un sweat à capuche. Sans doute les fringues dans lesquelles on l'a interpellé. Tapin. Au faux air de mineur fragile, le genre de truc qui fait bander le client. Il se gratte sans cesse tel le *junk* en manque.

Le dernier transféré est un homme plus mûr, à l'allure classique. Comme Théo, le camé et les deux fonctionnaires de la pénitentiaire qui les escortent, le vieux beau a le museau barré par le FFP2 de rigueur. Cela ne cache cependant pas l'hématome et la longue éraflure sur son front, ni son œil droit à moitié fermé et auréolé de sombre. *Toi, tu t'es bien fait démonter la gueule* a pensé Théo quand ils se sont rangés en file indienne pour gagner le parking souterrain du 36,

Mais t'es pas une victime. Le regard de cet homme a quelque chose de malaimable, Théo y a entrevu un truc pas net. L'autre a dû le sentir et s'est détourné aussitôt, visiblement gêné d'être ainsi percé à jour.

Par la suite, Théo n'a plus fait attention à ses compagnons de voyage. On les sortait de l'antenne de détention pour rejoindre leur carrosse et il n'a pu s'empêcher de regarder en direction de l'endroit où Nourredine Hadjaj est tombé. Ça lui a fait un drôle d'effet de repasser par là, même s'il n'y avait plus la moindre trace de son crime. Il a marqué un temps d'arrêt et reçu une bourrade en guise de rappel à l'ordre. Dans sa tête, il n'y avait plus de boucan et c'est à peine s'il parvenait à se remémorer le visage explosé du trafiquant. Probablement les médocs imposés après ses crises nocturnes. *Pas envie d'être emmerdés*. Sur le moment, Théo a brièvement souri, compatissant. *Ils veulent pas que je me flingue*. Puis l'idée de la colère l'a vaguement agité, vite dissipée par la chimie, et il a commencé à avoir chaud et soif, à vaciller. Avant de se faire propulser une nouvelle fois vers le fourgon.

Et là, bringuebalé à l'arrière du véhicule, étouffé par ce masque qui fait couler son nez et le gêne pour respirer, Théo a toujours chaud et soif. Il pose son front contre la paroi de sa cellule à la recherche de fraîcheur, les oreilles pleines de sursauts métalliques et de bruits de roulement qui le disputent à France Info, recrachée avec peine par l'autoradio, loin devant, tout là-bas. Une bribe d'attaque du Capitole par-ci, deux bouts de risque de confinement et de couvre-feu par-là, et puis son affaire, vaguement évoquée entre les commentaires sur les États-Unis et les lamentations des professionnels du ski, privés de réouverture ; il est devenu la énième bavure policière, illustrée par un micro-trottoir dont l'unique son qui lui parvient est *Les flics, ils tuent les gens.*

Le surveillant installé avec les trois détenus, un Antillais massif collé à son smartphone depuis le départ, frappe du poing contre la porte de sa cage sans relever la tête. « Hé, vous êtes encore troisième sur Twitter derrière Trump et la COVID. Hashtag, la classe. » Il se marre.

Théo ne réagit pas. Il se concentre sur le spectacle que lui offre son ultime traversée de la capitale, pixellisée par le grillage de sécurité. Il est mis en examen, bon pour la détention provisoire, on va l'enfermer à la Santé dans l'attente de son procès. C'est ce que lui a signifié hier en début de soirée le juge saisi de son dossier à l'issue de sa garde à vue. *Cour d'appel de Paris, Tribunal judiciaire de Paris, Cabinet de Mme Diane Arostéguy, Vice-présidente chargée de l'instruction*, ainsi était libellé l'en-tête du PV qu'il a fini par signer. Rien qu'il n'ait déjà vu des dizaines de fois auparavant, sans y prêter trop attention, mais là, c'était son nom en dessous, à la place de ceux de ses anciens clients. La déchéance. Totale.

Et Diane Arostéguy pour lui porter l'estocade. Ne pas se laisser abuser par ses rondeurs, son sourire désarmant et sa gourmandise affichée de bec sucré – derrière son bureau, coiffant les chemises cartonnées empilées devant les baies vitrées ouvertes haut sur la nuit parisienne, il y a toujours quelques livres de pâtisserie bien en évidence –, c'est une façade trompeuse que cultive à dessein cette tape-dur très maligne.

Si la magistrate connaît le policier, et vice versa, boulots et territoires obligent, Diane et Théo ne se sont jamais *rencontrés*. L'histoire de leurs rapports professionnels, courtois, à peine, est celle d'une défiance réciproque. Théo, de son côté, s'est toujours gardé des gens de robe, quels qu'ils soient, pas son monde, pas son camp, et de ce fait il n'a jamais bénéficié d'une très bonne presse au TJ. Arostéguy, elle, a débarqué à Paris avec la réputation de ne faire confiance à personne, pas même à ses pairs.

Leur premier contact remonte à 2017. À l'époque, Parquet, PJ et milieu francilien étaient agités par une affaire complexe et sanglante, mêlant trafic, braquages et exécutions sommaires, sur fond de conflit entre gros voyous. Arostéguy, arrivée à la JIRS depuis un an à peine, en avait hérité. On lui avait parlé de ce chef de groupe, Lasbleiz, passé de la BRB aux Stups, qui pouvait peut-être la rencarder sur certains des protagonistes supposés du dossier, à cheval entre ces deux univers criminels. Elle avait cherché à contacter Théo. Il avait esquivé, évité, éludé, aussi longtemps que possible. Finalement, elle s'était pointée sans prévenir au 36, l'ancien, le vrai – ça se passait juste avant le grand déménagement. Une visite à l'improviste qu'il n'avait guère appréciée. Il n'avait pas non plus aimé découvrir, au détour d'une interrogation à propos du *Capitaine Luciana Rey, comment va-t-elle ? Pas trop secouée ?* qu'Arostéguy était bien renseignée sur lui et sur les membres de son groupe. D'aucuns auraient trouvé flatteur qu'on prenne ainsi la peine de s'intéresser à eux. Pas Théo, qui n'a jamais supporté que qui que ce soit, et encore moins un juge, fouille dans ce qu'il considère comme ses affaires. Et son adjointe, en l'occurrence Rey, faisait partie de ses affaires. Que le jeune frère de Luciana, policier lui aussi, mais à l'OCRTIS, ait figuré parmi les victimes dans la procédure d'Arostéguy ne donnait pour autant pas le droit à cette dernière de venir chez eux jouer la comédie de l'empathie. Surtout pour obtenir de Théo ce qu'il avait jusqu'ici refusé de partager avec elle : sa bonne volonté, son expérience et ses infos. Le petit frangin, ça concernait le groupe, la *famille*, une famille dont les magistrats n'ont jamais fait partie.

Théo, pris au dépourvu cette fois-là, s'était juré que ce serait la dernière. Pendant les quatre années suivantes, il avait gardé Diane Arostéguy à l'œil, avec l'aide occasionnelle de collègues et de prévenus complaisants, d'avocats agacés par les manières du tribunal – ils sont nombreux – ou, plus rares, de greffiers rendus vulnérables par un éventuel abus de pilules magiques, d'herbe à nigauds ou de poudres de perlimpinpin. Toujours, cependant, avec la désagréable sensation que cette vigilance était réciproque.

Une impression confirmée ces jours-ci, depuis qu'il a atterri chez ceux d'en face. De tous les interlocuteurs croisés par Théo au cours des dernières quarante-huit heures, Diane Arostéguy est la seule qui ait réussi à le surprendre et à lui soutirer autre chose que des sarcasmes. Elle l'a bien coincé avec son petit numéro et, si cela ne l'avait pas plongé dans un nouvel abîme de tristesse, il aurait pu être tenté de lui tirer enfin son chapeau.

Théo se met à heurter sa cellule de la tête. D'abord doucement, puis plus fort. Une fois. *Cogne.* Puis une autre. *Cogne.* Et encore. *Cogne.* Chaque nouveau coup le sortant un peu plus de sa torpeur mélancolique. *Cogne.* Réveillant sa colère.

« Monsieur, arrêtez ça. » Le surveillant.

Cogne.

« Arrêtez, monsieur. »

Théo l'ignore. *Cogne.*

« Arrête, maintenant ! »

Cogne.

« Oh ! Tu te calmes ou je m'en mêle ? »

Cogne.

« OH ! »

Cogne.

Cliquetis. À l'avant, le chauffeur demande ce qui se passe. La porte de la cage s'ouvre.

Théo lève les yeux vers le surveillant. Un filet de sang, chaud, coule sur son front, l'arête de son nez, imprègne son masque chirurgical, qu'il abaisse en souriant.

L'Antillais a un mouvement de recul. « Vous remettez ça vite fait.

— J'ai soif. »

La porte claque, refermée dans l'urgence. « Quand on sera arrivés. »

Devant, le blondinet s'agite. « Moi aussi je veux de l'eau.

— Ta gueule, toi ! » Puis, à Théo : « Et vous, maintenant, du calme. » Un temps. « Le masque, sur le nez. »

Théo n'écoute plus. Il repense à son entrevue avec le juge. À la fin, il n'avait qu'une hâte, retourner en cellule et même quitter le 36, filer en taule. Filer. Disparaître. Pour se reposer, pour ne plus être sollicité. Pour cesser de réfléchir. Son passage chez Arostéguy l'a forcé à réfléchir beaucoup, ce dont il n'avait pas envie. C'était hier. Aujourd'hui, Paris défile sous ses yeux pour une dernière fois avant longtemps et il aimerait que le trajet ne s'arrête jamais, repartir du tribunal, s'assurer de ne rien rater, des rues, des immeubles, des affiches, des bagnoles, des magasins, de tout. Des gens. Les gens dans la rue lui font envie. Il les regarde marcher, essaie de deviner où ils vont, quel genre de travail ils ont. Probablement rien que de très banal, mais Théo se découvre jaloux de cette banalité. Et puis non. *Des esclaves de merde, c'est tout. Ou des bobos*. Inconscients du monde qui les entoure. Surtout ne pas le voir, rien voir et rien savoir. *Vis ma vie de selfie.* Mais lorsque la réalité leur saute au visage, d'un coup, c'est papa maman au secours et que fait la police ? *Ils en ont jamais assez, des poulets, quand ça chie.* Toujours plus, il leur en faut, et toujours plus fort, plus dur, plus sévère si c'est à leur petite personne qu'on a touché. *Y en a encore que pour leur gueule.* Sa situation est injuste. Il avait droit à autre chose, à plus de choses. Il aurait dû avoir plus de temps. Et Isabelle aussi. Et Camille. *Dix ans, c'est rien putain.* Il se creuse la tête pour essayer de retrouver les derniers mots échangés avec sa fille, n'y parvient pas. Ça n'avait dû être ni rassurant, ni tendre, ni attentif ou intéressant. Ce soir-là, la petite n'avait eu sa place nulle part, rien d'autre n'avait compté que la énième engueulade de ses parents. Une soirée de violence, débutée en famille. *Camille*. Théo sent les larmes monter. *Cogne*. Une situation récurrente depuis plusieurs mois déjà, plusieurs années même. Il n'y avait plus grand-chose qui vaille la peine d'être retenu. *Cogne.* Il n'était jamais là, jamais là pour elles, toujours occupé, le boulot. Il était constamment ailleurs même quand il était chez lui, obnubilé par son job et par tous les à-côtés de son job, les bons et les moins bons. Isabelle aurait dû le savoir, il le lui avait dit. *Je t'avais prévenue, dès le début*. Elle n'avait pas écouté. *Cogne.*

Ou pas entendu. Ou pas compris. Ou pas cru. *Cogne.* Passer outre en pensant qu'il changerait n'avait servi à rien. Au contraire, ça avait cassé un truc, flingué la confiance. *Putain, pourquoi t'as fait ça?* Être libre, ou au moins croire qu'on l'est, croire qu'on peut tout plaquer, n'avoir de responsabilités que celles qu'on se choisit. Il pensait qu'Isabelle et lui s'entendaient sur ce point, qu'ils iraient loin ainsi. Au lieu de ça, Camille. *Cogne.* Théo avait donné le change et réussi à jouer au papa un temps, mais très vite les Stups, la nuit, les potes, flics et voyous, avaient repris la main, occupé presque tout l'espace. *Cogne.* Presque. Il avait réussi à garder un peu de place pour Camille. *Cogne.* Un peu. Pas assez. *Cogne.* Mais c'était ça sa vie, la vraie, pas les courses du samedi ou les spectacles de danse ou le bordel avec les petites copines à la maison le week-end. *Regarde où t'es maintenant.* Et Camille. *Et moi, putain!* Il en a eu des chagrins et des peines, Théo, mais des comme ça, jamais. *Tout ça, c'est de ta faute, Isa.* La sienne à elle, et seulement la sienne. *Cogne.* Théo se dit qu'il aurait dû se barrer sans attendre.

Je les ai tuées, merde.

Il renifle. Il a toujours chaud et soif.

Quand est-ce qu'on arrive?

Ils sont arrêtés.

Devant un portail, de métal, lourd, aveugle, cerné de hauts murs en meulière. Il connaît ces murs, tous les flics parisiens les connaissent.

Si vite?

On n'entend plus la radio.

Le fourgon pénètre dans un passage couvert.

Le cœur de Théo se serre. *Ça y est.* Pendant quelques

secondes, sa respiration se fait plus pénible encore. Impression d'être plongé dans le noir pour toujours. Une hallucination. Des néons, éblouissants, ne laissent aucune zone d'ombre dans le sas et, devant, une grille barre l'accès d'une cour intérieure partiellement ouverte sur le ciel de Paris. Elle laisse passer la lumière du jour.

Les ténèbres sont dans sa tête et nulle part ailleurs.

Ils avancent et se garent à côté d'une voiture de police. La porte latérale est tirée. Coups sur les grilles. « Bougez-vous. » Cliquetis. « Oubliez rien. » L'Antillais secoue la tête en voyant la tronche de Théo zébrée de rouge. « Toi, remets ton masque. » Puis il guide les détenus vers une entrée vitrée, et dans un escalier menant au sous-sol, et le long d'un couloir aux murs tout béton qui pue le minéral, l'humide, le mâle rance et fatigué, le détergent industriel et, par-dessus tout ça, l'enfermé. À droite sont alignés des box, certains verts, d'autres bleus ; on les pousse dans un bleu, qu'on verrouille derrière eux.

Une voix, lasse, dit : « Qu'est-ce qui lui est arrivé à lui ? C'est quoi tout ce sang ? » La réponse est grommelée, inaudible.

Ils ne sont pas les seuls à passer ce matin par le greffe de la Santé, deux hommes occupent déjà une autre cellule. Entre celle-ci et leur cage à eux, des chiottes et une toise, qui servira de fond aux tirages de portraits à venir. Juste en face, un guichet d'accueil est ouvert dans un mur. Derrière, il y a une femme. La voix, c'était la sienne. Pas de fenêtre, plus de ciel, déjà le jour n'est plus qu'artifice électrique. La vie s'éloigne.

Théo s'assoit sur l'unique banc. Le blondinet prend place à côté de lui. Le vieil élégant se laisse glisser par terre, à l'opposé. Il sourit au gamin mais évite soigneusement de croiser le regard de son voisin.

Théo tente de les ignorer. Difficile dans un espace aussi réduit, avec la jambe du tapin qui frétille au rythme désordonné de l'angoisse du sevrage et de la claustration. Il a noué les lacets de ses baskets en sifflets de bosco remarque Théo. Un nœud d'arrêt classique que Lasbleiz senior, son père, en bon Breton amoureux de la mer, lui a appris dès qu'il a eu l'âge d'aller faire du dériveur à la pointe de Saint-Jean, près de la maison familiale. Il y a longtemps. Son paternel pouvait encore être fier de lui à l'époque. S'en souvenir est un rappel cruel de sa nouvelle réalité, guère plus enviable que celle de ce môme perdu qui n'a jamais dû approcher un bateau de sa vie. « T'as appris où ? » Signe du menton vers les chaussures. Blondinet le fixe comme s'il parlait chinois et, avec ses doigts, mime des coulures de sang devant sa figure. Théo pose une main sur le genou spasmodique du gamin, la serre pour ralentir les soubresauts. « T'inquiète.

— On va boire quand ?

— Bientôt. Calme. »

Le visage du tapin change de physionomie et, pendant quelques secondes, on pourrait croire qu'il va pleurer. Mais il se met à rigoler, hystérique, en montrant Théo de l'index. Son masque chirurgical s'affaisse. Il a les dents grises. Quelques-unes manquent à l'appel.

Théo serre plus fort. Il sent ses ongles attaquer le jeans et la chair, dessous. Le fou rire dément s'amenuise, devient geignement.

« Hé vous deux, on s'écarte et on se touche pas. Distances sociales. »

Personne ne bouge. Théo murmure : « Calme. » Bruits et mouvements intempestifs cessent.

Le surveillant qui vient de les interpeller lève les yeux au ciel et s'éloigne pour extraire un des types de la cellule d'à côté. Il l'emmène ensuite au guichet où l'attend la jeune femme. Elle dit bonjour. Pas de réaction. Elle recommence en anglais. Le mec pige, répond. Ça n'ira pas plus loin. Après quelques minutes de dialogue de sourds, Samira, c'est son prénom apparemment, demande à un collègue installé derrière elle, invisible depuis les cellules, s'il a remis Google Traduction dans son *smart*. « Moi, j'ai plus de batterie. »

Théo observe la scène. L'étranger au langage imbitable, embarqué dans un système dont le fonctionnement lui échappe. La fille de la pénitentiaire, qui flotte dans son uniforme bleu marine, représentante dudit système et tout aussi prisonnière de lui que son interlocuteur. Et paumée.

On est tous bien paumés.

L'après-midi touche à sa fin. La nuit est déjà tombée. L'hiver. Par la fenêtre, on aperçoit encore des bureaux éclairés à l'intérieur de l'immeuble d'en face, et quelques employés qui vont et viennent. Dans le bocal des cadres, l'unique source de lumière est l'écran du PC d'Amélie. Elle recule son fauteuil, s'étire en levant les bras vers le plafond, bâille. La journée a été longue et elle est fatiguée. Demain c'est le week-end mais, au lieu de se reposer, elle va prendre la relève de deux collègues partis au cul d'un camion chargé d'une tonne de résine de cannabis.

La drogue, arrivée par conteneur de Tanger, au milieu

d'une cargaison tout à fait légale et à l'insu de son expéditeur, a été récupérée en douce par des dockers marseillais qui ont ensuite remplacé les plombs douaniers à l'identique ; un jeu supplémentaire avait sans doute été laissé dans l'une des valises marocaines au départ. Cette technique porte un nom, le *rip off*, arrachage ou arnaque, c'est selon, et elle est très en vogue chez les trafiquants de cocaïne. Pour le shit c'est plus rare, à cause des volumes plus importants, entraînant un déchargement moins discret. Mais les temps du confinement à feu couvert sont durs, la came circule mal, les prix flambent et tous les moyens de la faire venir sont bons.

Cette *sortie*, de sortie du port, leur a été vendue par un concurrent des *importateurs* mécontent de n'avoir pas pu profiter du plan. Aux dernières nouvelles, le précieux chargement se trouve à Valence, dans la Drôme, à l'intérieur d'un semi-remorque qui attend depuis deux jours sur un parking de zone industrielle. Personne ne l'a approché, une façon de s'assurer que tout va bien. L'OFAST, qui travaille en LS – la livraison surveillée, un cadre légal permettant de laisser passer des stupéfiants pour les filocher ensuite, afin d'identifier les membres d'un réseau –, monte la garde à proximité, *en scred*. Et c'est le binôme qui est déjà dans le Sud, renforcé par des collègues de l'antenne lyonnaise du service, qu'Amélie va remplacer ce week-end, avec Dom.

Ils sont partis pour bouffer des kilomètres et peu dormir.

Rentrer chez elle sans attendre serait plus raisonnable, mais la perspective du trajet en RER puis du bordel à Auber puis du métro, pour huit stations supplémentaires jusqu'à Louis-Blanc et son studio, décourage Amélie. Pendant quelques instants, elle envisage de revenir ici après un dîner rapide au Sancerre, la seule brasserie potable du quartier, et de se contenter du canapé du groupe. Installé près de l'entrée de leur open space, il lui fait de l'œil de l'autre côté de la vitre de séparation.

Ses cogitations sont interrompues par le retour de D'Agorno – *Didier*, Amélie ne s'y fait pas encore – qui, n'ayant pas vu qu'elle était toujours là, douche la pièce du néon froid des plafonniers. Elle signale sa présence et le surprend. Il esquisse un geste vers le masque abaissé sous son menton puis s'interrompt. Son adjointe ne porte pas le sien. Ils échangent un regard entendu et, après voir éteint, il se débarrasse de son FFP2.

Amélie allume sa lampe de travail. « Merci.

— Désolé. » D'Agorno s'installe. « J'aime pas bosser dans le noir. » Autour de son clavier, plusieurs dossiers se disputent déjà tout l'espace disponible. Derrière lui, par terre, traînent deux cartons de déménagement pas encore déballés.

Les gars du groupe ont lancé des paris sur les grigris personnels qu'ils contiennent et Amélie a déjà dû rembarrer un ou deux tricheurs, la Maille au premier chef, anxieux de se rencarder en douce pour rafler la mise. « Passage chez le grand patron ? »

D'Agorno acquiesce. « Avec Larnoy. » Un divisionnaire, chef de l'opérationnel – et donc de la BNAS –, un des trois pôles de l'OFAST avec le renseignement et la stratégie.

« Pas trop tôt.

— J'étais pas pressé.

— Ils t'ont fait quelle impression ?

— Je leur laisse une chance.

— Ta générosité te perdra. »

D'Agorno ricane. « Cynique comme un flic.

— Syndrome de Stockholm. »

D'Agorno montre du doigt l'écran d'Amélie, où s'affiche la photo d'un homme brun, au visage barré de lunettes de soleil. Vêtu d'une simple chemise blanche, il est fin, mat de peau, pourrait être d'origine nord-africaine ou, plus proche, latine. Il est au premier plan et sort d'une voiture noire, dont on aperçoit le haut des deux portières avant, ouvertes, et le toit. « Encore le beau manouche ?

— C'est pas un *nouche*.

— Un *gens du voyage* alors ? »

Ricanement.

« La fameuse escapade à Málaga ? »

Amélie hoche la tête. Le sujet du cliché et son périple espagnol ont été évoqués deux jours plus tôt, le matin même de l'exécution de Nourredine Hadjaj, dans le bureau du juge Arostéguy. Mohamed dit *Momo* Cerda, tête pensante du clan du même nom, constitué autour d'une famille sédentarisée issue non pas de la communauté sinté, les manouches, mais de la communauté yéniche, souvent confondues l'une avec l'autre par erreur ou par paresse. Au début des années 1950, les Cerda ont fait leur trou à Romainville, dans la ceinture rouge de Paris. Léonard, le grand-père originaire d'Ukraine, poussé vers l'ouest par les soubresauts de l'histoire, a commencé par franciser son nom – l'original était Serdachuk –, puis a monté une affaire de ferraille, comme beaucoup d'autres immigrés aux racines similaires.

À force de travail, de rouerie et de pressions savamment exercées, l'aïeul a bâti, dans l'est et le grand est de la capitale, un empire qui conserve aujourd'hui encore de beaux restes, notamment immobiliers et fonciers. Il a eu trois fils, Michel l'aîné, surnommé *Poune*, Jean-Marie, *le Forain*, et Marc, dit *Marco*, le cadet ; dont Momo est le dernier rejeton doublement *illégitime*, conçu hors communauté et hors mariage, mais le digne héritier pour le reste : l'intelligence, le courage et surtout la cruauté. Marchant dans les pas de son père, initiateur de la bascule criminelle du clan, Momo est, à trente-six ans à peine, une figure du grand banditisme français à l'ambition sans limite.

Il n'est cependant pas une tête brûlée.

Et c'est pour cela que son séjour sur la Costa del Sol, en septembre dernier, intrigue. Momo a pris un énorme risque en se rendant là-bas, et il a perdu, puisqu'on l'a arrêté à son retour en France. Pour avoir violé la mesure d'interdiction de quitter le territoire national réclamée et obtenue de haute lutte par Diane Arostéguy en 2019, dans le cadre d'un placement sous contrôle judiciaire. Il voyageait de surcroît avec de faux papiers d'identité, ce qui n'a pas arrangé ses affaires. Deux entorses à la règle qui lui valent d'être incarcéré à Paris depuis, en détention provisoire.

Cela ne lui ressemble pas.

Sauf si les motifs de cette escapade en justifiaient les éventuels aléas.

La photo à laquelle Amélie s'intéresse tant a été prise le 16 septembre 2020 par les fonctionnaires d'une UDYCO, les unités de police chargées en Espagne de la lutte contre le trafic de drogue et le crime organisé. À l'époque, ils planquaient devant le cabinet de l'avocate d'un autre groupe de criminels – ceux-là plutôt gitans – connu sous le nom de

Los Cadenas. Véritables maîtres de La Línea de la Concepción, petite ville côtière andalouse collée au rocher de Gibraltar, ces *Chaînes* – ainsi nommés parce qu'ils tiennent le territoire – s'occupent surtout de logistique. Ils ont fait fortune en industrialisant la contrebande maritime de shit, transporté depuis le Maroc tout proche par de surpuissantes embarcations semi-rigides, que sur place on appelle gommes, équipées par des armateurs peu scrupuleux avec les dernières technologies de navigation, de communication et d'évasion.

À la tête des Cadenas, il y a les frères Morón, Fraco dit *La Saeta*, La Flèche, comme la légende du Real Madrid, son idole, et Albano. Et ces deux-là connaissent la plupart des pointures passées et présentes du trafic de cannabis en Europe, des Hollandais de la *Mocro* aux *Suecos*, les Suédois, des violents descendus de Malmö, en passant par les têtes d'affiche françaises, tels *Mouf* Bouchibi, dit aussi *le Gros*, Reda *Turbo* Abakrim, Sofiane *la Chimère* Hambli, le tombeur de l'OCRTIS, à qui Amélie peut être reconnaissante pour sa présente affectation, ou encore Abdelhamid Zaragozi, alias *AZF*, pour Abdelhamid Z. le Français. Tous sont d'origine marocaine, sauf le Gros et la Chimère, dont l'ascendance est algérienne, et tous sont encore plus ou moins en contact avec les Morón. Eux-mêmes ayant aussi, et c'est logique, de grands copains dans le Rif, principale zone de production du haschich vendu sous nos latitudes, qui les ont accueillis chez eux lorsqu'ils étaient en cavale, en 2016 et 2017, pour une longue parenthèse enchantée.

Après des années de jeu du chat et de la souris avec les autorités espagnoles, les frangins dorment à présent tous les deux en prison. Fraco, le plus vieux, s'est rendu à la police en octobre 2018, sur recommandation de ses avocats. Quelques semaines plus tôt, ultime pied de nez aux enquêteurs lancés à ses trousses, il était apparu dans une vidéo de reggaeton aux côtés de Base A, la vedette du clip, dans lequel tous les deux se pavanaient au milieu de filles en tenues légères et de bagnoles de luxe. Classique. Albano, lui, interpellé puis relâché plusieurs fois après son escapade marocaine, pour vice de procédure ou sous caution, a été finalement arrêté le 14 septembre à La Línea, deux jours avant que Momo se fasse photographier par les policiers du cru.

Reste à savoir si les cadets Cerda et Morón ont pu se croiser, et surtout se parler, dans la semaine qui a précédé la prise du cliché. A priori rien ne le prouve, mais la présence fortuite d'un criminel français de la trempe de Momo sur le parking du conseil d'un trafiquant andalou notoire semble hautement improbable. D'autant qu'à cette époque, l'OFAST savait déjà que les Cerda s'intéressaient à l'Espagne. Cette info, transmise plus d'un mois auparavant par une source de Marc, l'ancien chef de groupe d'Amélie, avait permis de remettre une pièce dans la machine judiciaire en redonnant un peu d'élan à une procédure sur laquelle Diane Arostéguy s'arrache les cheveux depuis 2017. Mais les vérifications menées alors, limitées du fait de la nature imprécise du tuyau, n'avaient pas donné grand-chose et, rapidement, d'autres dossiers avaient détourné l'attention du groupe.

Marc avait été déçu – et Arostéguy plus encore, Momo Cerda étant devenu à la longue sa baleine blanche, comme disent les Anglo-Saxons – tout en continuant à faire confiance à son *tonton*. Le mec, un jeune, s'était toujours montré fiable jusque-là, et il ne semblait pas balancer pour le fric, contrairement à la plupart des indics, prêts à vendre père et mère pour quelques euros. Le gamin, qui appartenait à la bande de Nourredine Hadjaj, en disgrâce après des années d'entente cordiale avec le clan Cerda, avait de lui-même pris l'initiative d'aller parler à la police, dans le dos de son chef mais en croyant lui rendre service. Mauvaise idée. Un mois plus tard, on l'a retrouvé mort sous une carcasse de bagnole, dans le parking d'une HLM, victime d'une crise de *plombémie* aiguë.

Ce rappel à l'ordre n'a en rien arrangé les affaires de Hadjaj, qui jusque-là gardait l'espoir secret de revenir en odeur de sainteté auprès des *manouches* de Romainville. Le 27 août 2020, un peu plus de quinze jours avant le shoot photo de Marbella, Nourredine était interpellé à l'occasion d'un saute-dessus organisé par les Stups PP, conclusion en fanfare d'un dossier traité par Théo Lasbleiz et son groupe.

D'Agorno semble avoir suivi pas à pas le cheminement mental de sa nouvelle adjointe et demande : « Lasbleiz, vous en pensez quoi ? »

Amélie hausse les épaules. « J'aimerais pas être à sa place. » Voilà un type, explique-t-elle, qui traverse l'enfer depuis un mois. Sa femme et sa fille sont mortes sous ses yeux, dans sa maison, sans qu'il puisse rien faire. On l'a éloigné de chez lui. Sans lui laisser le temps de pleurer, de réaliser, on l'a cuisiné à mort, la Crim', l'IGPN, tentative d'homicide visant un fonctionnaire de police oblige. Il subit sans doute la pression de sa hiérarchie, qui cherche à piger d'où vont venir les coups, pour se couvrir. La presse le harcèle, au point d'en oublier pendant quelques jours son feuilleton quotidien sur la crise de la COVID et le faux suspense des restrictions pandémiques de Noël. Les politiques s'en sont mêlés, le café du commerce des réseaux sociaux aussi. « Et quand enfin les choses semblent s'être tassées, peut-être parce qu'elles se sont tassées et qu'on lui a lâché la bride, il remet ça.

— Moi, c'est à la place du péquin de la DOPC qui lui a ouvert la grille que j'aimerais pas être, ironise D'Agorno. On a son identité, à lui ? »

Amélie secoue la tête. « J'en sais rien, mais qui que ce soit, il ou elle a dû le reconnaître, n'a pas percuté, a laissé passer. Si on le trouve et qu'on lui tombe sur le râble, il fera appel à son syndicat, qui montrera les dents et demandera à voir l'ordre écrit stipulant de refouler Lasbleiz. » Elle ajoute douter de l'existence d'un tel document. « Pison, votre prédécesseur, venait de la BSP. Il y avait gardé des contacts et il en parlait en bien, de ce Théo. » L'ancien chef de groupe d'Amélie disait que c'était un bonhomme, solide, de parole. La réaction de ses collègues, à la suite de son interpellation, plaide en ce sens. « Après s'être fait coincer l'été dernier, Hadjaj les a menacés plusieurs fois lui et sa famille, devant témoins. Et il a envoyé du monde tourner autour de chez eux et devant l'école de sa gamine. Ce qui s'est passé n'est pas le fruit du hasard. » Mais cela ne le justifie pas pour autant. En réalité, Amélie méprise les Lasbleiz de ce monde. Trop flic, plus encore que Marc d'après ce qu'elle a appris par la bande, et Marc, en dépit de toute l'amitié qu'elle lui porte, c'était déjà limite. Théo machin, là, c'est le genre à mordre le trait si nécessaire, et puis à faire en sorte que cela devienne nécessaire. La police en crève de ces mecs-là. Il n'y a qu'à voir le déchaînement politique et médiatique à nouveau déclenché par son *coup d'éclat* au tribunal. Il a même réussi à faire oublier la COVID-19 une seconde fois pendant quelques heures, cet abruti. « Un record. »

D'Agorno revient au cliché. « Vous avez les autres de la série ? » Il se penche pour indiquer un détail sur la partie droite de l'image, à l'arrière-plan : une main aux ongles longs et vernis, posée sur le haut de la portière passager et prolongée par un avant-bras dénudé et gracieux. Le reste de sa propriétaire, puisqu'il s'agit vraisemblablement d'une femme, est hors champ. « Ça, on sait qui c'est ?

— Non.

— Pourquoi ? »

Pas de réponse.

« Si les Espagnols ont bien fait leur boulot, et il n'y a aucune raison de penser que ce n'est pas le cas, ils ont forcément immortalisé la fille qui est au bout de ce bras.

— Sans doute une pute.

— Quelqu'un a vérifié ? »

Amélie soupire. « La photo vient des mecs du *Rens'*.

— Et ? »

Et la découverte de l'existence de ce document a, l'an dernier, mis le service dans tous ses états et révélé, si c'était encore nécessaire, à quel point il ne tournait pas rond.

Après avoir repéré Momo, un inconnu pour eux, les policiers anti-drogue andalous se sont rapprochés de l'UPR, une extension de l'OFAST à Málaga. Pour une raison assez simple : le bout de toit sur le cliché était celui d'une Mercedes immatriculée en France. Ils ont donc voulu savoir qui en était le propriétaire, pour le cas où ce dernier et leur mystérieux visiteur auraient été une seule et même personne, par ailleurs digne d'intérêt. Malheureusement, c'était un véhicule de location, qui renvoyait donc à une société tout à fait anonyme et, en surface, parfaitement légale.

Il faut être un expert ès Cerda pour savoir que ladite société fait partie d'une galaxie de boîtes soupçonnées d'avoir été établies au fil des années pour dissimuler les profits des activités illégales du clan. Ou faciliter celles-ci. Par exemple, partir discrètement en voyage dans le sud de la France puis se rendre, plus furtivement encore, en Espagne.

Ce qu'avait fait Momo.

Les trois collègues de l'Unité permanente de renseignement, tous détachés du pôle du même nom, sans être des spécialistes des manouches de Romainville capables de citer par le menu tous leurs actifs, ont néanmoins immédiatement reconnu le mystérieux conducteur. Et, au lieu de prévenir Marc, dont l'intérêt pour toute nouvelle information concernant l'Espagne et les Cerda avait été clairement signifié à tout le monde dans le service, ils ont joué le coup en douce, en impliquant seulement l'antenne bordelaise de l'office, histoire de griller la politesse aux *copains* de la BNAS sur une belle affaire potentielle, et peut-être même de faire payer à Marc sa fréquentation amicale de l'ennemi véritable, à savoir le gendarme, femme de surcroît.

« J'entendais déjà très souvent cruchot, à l'époque, explique Amélie, mais quand ça a pété, je me suis aussi pris pas mal de *femelle* dans la gueule. »

D'Agorno penche la tête sur le côté. « D'Agorno le bigorneau ? »

Amélie sourit. « C'est jamais facile, hein ?

— Perso, je préfère Petit Pitbull. »

Un temps.

« Momo n'a pas tardé à repérer le dispositif de surveillance monté à la va-vite sur la Costa del Sol, reprend Amélie, ainsi que le comité d'accueil chargé de le filocher à partir de la frontière. »

Et c'est ça qui rend Momo dangereux, il est attentif à tout, toujours, il ne baisse jamais la garde. Et il n'a peur de rien. Fidèle aux vieilles habitudes du clan Cerda, coutumier des concours de quéquettes automobiles avec les forces de l'ordre, Momo a essayé de larguer ses poursuivants. Pas simple de renier son propre sang, même pour lui. Il a pris des risques et sa bagnole est partie dans le décor. Derrière lui, les *pinpins* du Rens' ont d'abord voulu faire comme si de rien n'était, en déguerpissant. Ils ont fini par rebrousser chemin pour aller porter secours à Momo. Sait-on jamais, des témoins, nombreux sur place, auraient pu attester de leur présence au moment de l'accident. Aujourd'hui, avec un téléphone mobile et Twitter, tout le monde peut se la jouer Woodward et Bernstein. Y aller *à la mexicaine* est devenu compliqué pour les poulets.

Évidemment, à partir de ce moment-là, il a fallu interpeller Cerda pour des motifs sans intérêt réel, le rodéo routier, le contrôle judiciaire pas respecté, les *fafs* bidon, et une belle occasion de piger ce qu'il était allé faire en Espagne, et peut-être même de le coincer pour de bon, a été perdue.

Arostéguy, et le Parquet à sa suite, n'a pas tardé à faire part de sa contrariété à l'OFAST – puis à la DCPJ – en des termes vraiment peu élégants pour une magistrate ; à un niveau sonore à peine moins élevé que celui des hurlements de Larnoy et de Marc dans l'antre du grand patron, le jour où eux-mêmes ont appris la nouvelle. Et découvert la photo. Tout l'office a pu suivre l'explication de texte en direct.

La taulière du pôle renseignement, venue des douanes et fraîchement nommée à ce poste, est d'abord restée très calme, encaissant les reproches et défendant ses hommes sans vaciller. Ensuite, elle est retournée dans son bureau, sis dans l'aile opposée à celle de la BNAS, au sixième, a convoqué tous les brillants esprits responsables de ce coup magistral et s'est mise à donner de la voix à son tour, ne serait-ce que pour montrer qu'elle disposait elle aussi d'un bel organe et d'une grosse paire. Un des génies de l'UPR, ayant cru bon d'ouvrir sa gueule pour dire qu'il ne voulait pas bosser avec des pandores, s'est fait virer aussitôt. Aucun syndicat n'a protesté, ce n'était pas le moment d'attirer les regards sur la énième connerie du service.

Pendant quelques instants, Amélie semble ailleurs, perdue dans ses souvenirs. Cette pilule-là a été difficile à avaler. À cause de Momo mais aussi des multiples contrefeux allumés par les collègues en faute pour détourner l'attention. On l'a notamment prétendue maîtresse de Marc. Une accusation récurrente au fil de sa carrière, sans fondement mais vivace, de retour dans une version différente à chaque nouvelle affectation, et dont elle a toujours réussi à faire abstraction. Sauf cette fois-là. Cette fois-là, la calomnie a fait du mal à un proche, son chef de groupe, et donc à elle. Peu de temps après le fiasco espagnol, lors d'une soirée entre familles de collègues, une bonne âme a cru bon de *prévenir* l'épouse de Marc, Mylène. Qu'Amélie a croisée peu après, ressortant salie de cette brève entrevue. Elle qui était jusque-là invitée régulièrement chez Marc ne l'a plus jamais été ensuite.

« Tu t'y colles ou j'y vais ? »

Amélie sort de sa rêverie. « Je préfère que ce soit toi.

— Vendu.

— Ce sera en pure perte.

— On n'est pas tous à nouveau les meilleurs amis du monde ? »

Grimace d'Amélie. « Si, bien sûr, OFAST *forever* et tout ça. » Elle toussote. « Mais je doute que l'histoire repasse les plats. On n'aura plus d'aussi belle occasion de se faire Momo.

— Les occasions ça se provoque. » D'Agorno sourit. « Je fais la demande à la patronne du Rens' et tu assures le suivi. »

EEENNNNCUUULÉÉÉÉ !

Le cri a retenti, proche, durant une période d'accalmie, et l'a brusquement éjecté du sommeil. Une saillie au milieu d'un ronronnement de fond, permanent, envahissant. Une journée à peine entre les murs et le silence n'est déjà plus qu'un lointain souvenir. Autour de lui, malgré l'arrivée du soir, tout n'est que brouhaha. Une confusion de cliquetis et de claquements lointains, de tambouilles dissonantes, de conversations étouffées, de musiques, de sport télévisuel, d'interpellations, de souffrances, de colères et là, par la fenêtre que Théo a ouverte sitôt encagé, de circulations automobiles nocturnes sur le boulevard tout proche.

La vie, à l'extérieur, hors d'atteinte.

ON VA TE FAIRE UNE PATY !

Dedans, la mort.

Une certitude. Qui a cristallisé lentement, tout au long de la matinée, alors que Théo s'enfonçait plus profond dans la Santé, jusqu'au moment où la surveillante chargée de l'escorter a verrouillé sa cellule derrière lui, dans un grand choc métallique. Sa colonne vertébrale en a tremblé. De frousse, il a rentré la tête dans les épaules, s'est senti étouffer. *Comme dans une tombe*. D'où l'envie de dehors, immédiate, incontrôlable, inextinguible, et l'absolue réticence à refermer le carreau depuis, malgré le froid.

FILS DE PUUUTE! Une autre voix.

Bientôt huit heures qu'il grelotte, Théo, dans cette pièce enténébrée et minuscule, en face du peu d'horizon auquel il peut prétendre, le haut d'un mur plus noir encore dans la nuit, quelques branches dénudées à travers lesquelles on devine la partie haute des immeubles situés de l'autre côté d'Arago, l'angoissante luminosité de l'éclairage urbain, ersatz de jour flottant au-delà des barbelés.

Toutes les deux heures on vient le voir, ou plutôt le surveiller – il est sans doute considéré à fort risque suicidaire, plus que n'importe quel autre arrivant – et donc l'engueuler, parce qu'il ne décolle pas de la porte contre laquelle il s'est réfugié pour regarder dehors. Il n'a même pas voulu se lever pour allumer l'une des appliques murales, persuadé, par on ne sait quel raisonnement tordu, que seuls quelques centimètres de blindage le séparent de sa liberté et qu'il faut rester là, sans bouger, pour être prêt à saisir la première chance de filer, une urgence vitale.

ON VA TE NIQUER TA RACE! Cette voix-là vient de plus loin, d'un autre bâtiment, portée par ses rebonds contre l'enceinte en pierre de meule. Peut-être de l'un des quartiers dits hauts, dans la partie totalement neuve du centre pénitentiaire, là où vivent la plupart des détenus.

Théo, lui, se trouve dans le QB4, le quartier bas numéro 4, situé dans le coin nord-est de la Santé, à l'angle de la rue du même nom et du boulevard Arago. L'endroit fait partie du bâti patrimonial, conservé lors de la rénovation de 2014, et forme toujours, avec les QB 1, 2 et 3, le panoptique originel de la prison. Au quartier bas numéro 2, à côté sur le boulevard, il y a les étrangers et les *mous de la tête*, dixit les surveillants croisés à l'accueil du greffe qui, ce matin, prédisaient que le junkie blondinet arrivé avec lui finirait par y atterrir. En face, le long de la rue Jean-Dolent, au QB1, on garde les mecs *de confiance*, pas encore semi-libres mais déjà plus mobiles. Les croquemitaines modernes que sont les djihadistes occupent pour leur part le QB3, autrement appelé Quartier de prise en charge de la radicalisation.

Le QB4 est le point de passage obligé des arrivants. Depuis la pandémie, c'est aussi le lieu des quarantaines. Théo doit rester ici une dizaine de jours, au rez-de-chaussée, le temps de vérifier qu'il ne va pas tuer quelqu'un en éternuant. Puis on le montera au premier, avec ceux qu'autrefois on surnommait les VIP, qualifiés désormais de vulnérables, pédos, pointeurs, balances, célébrités, tous victimes potentielles du reste de la détention.

Avec les ex-flics.

Ses nouveaux copains. *Que des merdes.*

PETITE SALOPE ! T'ES OÙ, PETITE SALOPE ?

Nul doute que la rumeur de sa présence s'est déjà répandue dans toute la prison. Les intimidations, jusqu'ici circonscrites à son voisinage proche, se mettent peu à peu à fuser d'autres recoins de la taule.

Couché par terre en chien de fusil, le dos contre le métal

froid de la porte, Théo se recroqueville un peu plus à chaque nouvelle insulte, comme si cette contraction allait faire disparaître le danger. Une attitude infantile, calquée inconsciemment sur celle de Camille qui, pendant certaines lectures du soir plus terrifiantes que d'autres, s'allongeait ainsi contre lui, la tête sur ses genoux, et se crispait. Des moments que pourtant elle adorait, il n'y en avait jamais assez, Théo ne devait jamais s'arrêter et recommencer, relire la dernière histoire, encore, encore, *Encore une fois, papa.* Elle était particulièrement sensible aux contes d'un vieux recueil de classiques hérité de son grand-père paternel dont, bien longtemps avant elle, Théo s'était délecté d'épouvante.

Il sourit.

Le souvenir des petits doigts tout fins de sa gamine, serrant les siens dans un réflexe de peur espiègle, est remonté à la surface, doux. Immédiatement suivi par celui, plus amer, de son propre agacement, de plus en plus fréquent, parce que cette manie le gênait pour tourner les pages et terminer plus vite, lui qui était pressé, toujours, de partir, d'y retourner, d'être ailleurs, loin, malgré le point d'honneur mis à rentrer chaque soir, ne serait-ce qu'une demi-heure, pour cet interlude privilégié. Sans jamais cependant parvenir tout à fait à laisser son autre vie, du boulot, à la porte de la chambre de sa fille.

ON VA TE FAIRE TOURNER!

Il se pelotonne un peu plus, Théo, de trouille, une trouille qui n'aura plus jamais rien de joyeux, et de honte, celle des absences, des abandons, du gâchis qu'est sa vie ; il s'est trompé, a fait tout ça pour rien, rien n'a changé. Et surtout, il a honte de sa terreur de crever ici, plus forte désormais que l'envie d'en finir quelques jours plus tôt.

Encore, un peu de temps.

« Lève la queue. »

En face de lui, deux surveillants planqués derrière leurs masques. Un à la porte, pour *contrôler* les actions de son collègue, et l'autre tout près, à se toucher. C'est celui-ci qui aboie. Il y en a un troisième, une femme, mais pas Samira, une autre, du genre pachyderme. Elle fait des allers-retours avec le comptoir d'accueil, à dix mètres de là. Le seul sport dont elle doit être capable.

La paire de comiques se jette des regards complices en se marrant. « Remue la queue, on te dit. »

Coincé au bout du couloir du greffe, il est à poil, à l'intérieur d'une salle minuscule avec un grand F2 peint sur la porte, éclairée trop fort et équipée basique, d'un lavabo, d'un tapis de sol, de papier, de savon liquide et d'un miroir carré dans lequel il entraperçoit son corps blême et sa tronche de frappadingue, sur laquelle le sang a recommencé à couler après la photo d'identification, en un long filet rouge qui part du haut du front et perle au bout de son nez.

Même s'il essaye de s'en foutre, même s'il devrait s'en foutre, Théo se sait vulnérable, moche. Nul doute que les autres détenus entendent tout. Il se sent humilié.

C'est ce qu'ils cherchent.

Pour se venger de l'incident du fourgon, ou parce que *ancien poulet*, ou pour montrer qui a le pouvoir. Ou par connerie. Peut-être tout ça à la fois. *Penche-toi*, *Redresse-toi*, *Tourne-toi*, *Repenche-toi un peu pour voir ?*, *Écarte les miches*, *Avec tes mains*, *Tousse*, *Plus fort !*, *Lève une jambe*, *Fais pipi, ha ha !*, *L'autre jambe*, *T'as vu ses couilles ?*, *Tourne-toi dans l'autre sens*, *Ouvre la bouche*, *Putain, tu pues de la gueule, t'as mangé une tartine à la merde ou quoi ?, Ouvre encore, Tire la langue, Tire !, Tu veux pas te pencher une autre fois ? Qu'est-ce qu'y a, t'es pas content ?*

La séance d'édification dure une bonne dizaine de minutes.

C'est long, dix minutes.

Elle fait suite aux formalités d'usage, réception des pièces judiciaires, vérification d'identité, numéro d'écrou, empreintes, face-profil, remise de la carte de circulation et finalement déshabillage. Autant de rites effectués par des fonctionnaires en mode pilote automatique, aux gestes économes et au ton monocorde. Ensuite seulement on l'a conduit à la cabine F2 et là, ses geôliers ont retrouvé un peu de vie.

Pendant dix minutes.

Quand Théo finit par baisser les yeux, ils sifflent la fin de la récré. À point nommé, la grosse reparaît. Elle ricane en le découvrant les mains en protection sur les parties, légèrement courbé vers l'avant, vaincu, puis aboie quelques instructions et attend qu'il soit présentable en bavassant avec ses deux collègues.

Lasbleiz !

Détonation.

Petit bruit de chute.

Grognements.

Cri, de femme.

Insultes, d'hommes.

Détonation.

« LASBLEIZ ! »

Théo sursaute, quittant l'inconscience agitée dans laquelle il avait sombré. La honte est toujours là. Ses tremblements sont plus forts. Le sol de sa cage est glacé et le froid traverse sans peine le pyjama anti-suicide qu'on l'a forcé à revêtir. Il se sent fiévreux, ensuqué. Effet combiné des médocs de l'après-midi et d'une bonne vraie crève qui monte. Le plafonnier, probablement allumé depuis le couloir par le surveillant qui cogne à la porte et l'appelle en gueulant – *Depuis quand ?* –, brûle ses yeux.

« Va t'asseoir sur ton lit. » Un temps. « M'oblige pas à ouvrir ! »

Théo se redresse avec peine, ça craque de partout dans son corps, et tend le bras vers le haut, pour que sa main soit visible dans l'œilleton. Mais il ne quitte pas sa position.

« Dis quelque chose. »

Un temps, puis Théo lâche : « Merde. »

Soupir. Claquement de métal. Pas qui s'éloignent.

La lumière est toujours là, aveuglante, l'autre ne l'a pas éteinte. *Enfoiré.*

Claquement. Cellule suivante. Les voisins sont ses deux compagnons de fourgon, le tapin et le vieux beau. Bizarre qu'on les ait collés ensemble ou, plutôt, qu'on ait collé le pédé au regard concupiscent avec le blondinet post-ado. Manque de place ? Peut-être. Ne pas exclure l'inconscience, l'incompétence ou l'indifférence. Le gamin devrait être ailleurs, il craint le vieux, ça se voyait dès leur enregistrement au greffe ce matin et ça ne s'est pas arrangé depuis. Ils se sont déjà accrochés plusieurs fois, la dernière au moment du dîner. Quand ça arrive, Théo les entend se houspiller à travers le mur de séparation.

Bruits de mouvements à côté. *J'veux pas rester avec lui.* Le gamin. *Foutez-moi ailleurs.*

On se calme. Le surveillant. *Ailleurs, y a pas*. Claquement. On entend le fonctionnaire marmonner *Putain de vendredi soir* et *Ça commence bien.* Pas. Suivants !

Théo se recouche, malgré le courant d'air. Vendredi. Soir. Son premier. Veille du week-end. Le moment où la plupart des gens normaux se retrouvent, en famille, entre amis. Les gens normaux. Les familles. Théo sent les larmes qui arrivent. Encore. Il avale, se force à réprimer un sanglot. Sent qu'il ne va pas y arriver. *Donnez-moi un truc*.

LASBLEIZ ! T'AIMES SUCER ? VIENS, APRÈS JE T'ENCULE !

C'est reparti. Et maintenant, ils ont son nom.

T'AURAS PAS MAL, ON A LA NIVEA.

Théo essaie de conjurer l'image de sa fille. Un fétiche doux, joli, pour échapper aux cris. Il y parvient mais c'est une malédiction qui lui déchire un peu plus le cœur. Il gémit.

LASBLEIZ ! LASBLEIZ ! ON T'EN-CULE ! Plusieurs voix. De plusieurs endroits. Ça se met à gronder. Comme dans un stade de foot. *LASBLEIZ ! LASBLEIZ ! ON T'EN-CULE !* Ça ne s'arrête plus. Toute la prison vibre de rage.

Théo se bouche les oreilles mais c'est inutile, plus moyen d'y échapper.

LASBLEIZ ! LASBLEIZ ! ON T'EN-CULE !

3

Théo est à l'entrée de l'Unité sanitaire en milieu pénitentiaire, le nom savamment administratif de l'infirmerie de la Santé. Il attend. De pouvoir accéder à l'étage supérieur, celui des soins psychiatriques, où il a rendez-vous. Il est déjà venu ici. C'était le lendemain de son incarcération et, comme aujourd'hui, les choses avaient traîné en longueur, pour les mêmes raisons : matin, trop de monde pour consulter, pas assez de monde pour gérer et des croisements de détenus à haut risque, donnant lieu à des pas de deux tendus.

La fois précédente, en prime, était arrivée là par erreur une civière que personne dans la taule n'avait envie de voir, ni les surveillants ni leurs pensionnaires. Elle trimballait un suicidé de la nuit et, dans le petit monde de la pénitentiaire, le suicidé, c'est un fiasco majeur pour l'encadrement et un brutal rappel de la fragilité des cœurs et des esprits pour la détention, une source d'emmerdements et d'angoisses.

Théo, à l'abandon dans le couloir d'accès, s'était retrouvé seul face à ce macchabée emballé à la va-vite, lui qui soixante-douze heures plus tôt avait voulu se faire sauter le caisson. Heureusement pour ses gardiens, il flottait à ce moment-là dans un état second. Et pas à cause des médocs, enfin pas seulement. Sa nuit inaugurale passée à dormir à même le sol, en plein courant d'air, lui avait permis de choper une bonne crève, du genre à faire tanguer et tout voir de traviole.

Théo avait également fait du chemin dans sa tête depuis les sous-sols du 36. De façon chaotique certes et, d'accord, il n'était pas totalement sorti des ronces mais entre ça, les pilules à bonheur et le coup de froid, il n'avait pas ressenti grand-chose à la vue du cadavre.

Surtout pas une brutale envie d'en finir à nouveau.

Et il savait de toute façon que quelqu'un avait passé l'arme à gauche, et qui, bien avant d'arriver ici. *Bon débarras*, c'est tout ce que la nouvelle lui avait inspiré au milieu de son brouillard mental. Ça et *Je veux pas finir comme une merde pareille.*

Le mort, c'était l'un de ses deux compagnons de fourgon, le vieux beau. Quelques heures auparavant, à l'aube, Théo avait été arraché à son sommeil enfiévré par les hurlements du gamin d'à côté. Qui venait de découvrir son codétenu pendu à la douche. Aux premières loges du bordel général déclenché ensuite par l'incident, Théo avait même été interrogé avant d'être sorti de sa cellule pour son rendez-vous chez le psy. Il n'avait rien dit, parce qu'il n'avait rien à dire, nib, nada, en tout cas rien qui concerne l'administration. Des bruits au milieu de la nuit ? Non, vraiment, pas entendu, que dalle, comme tout le monde chez les arrivants. Théo, lui, avait au moins une bonne excuse, il tenait à peine debout. D'ailleurs, son état avait semblé causer aux surveillants plus de tracas que celui du trépassé. Craignant une COVID, cette nouvelle peste noire, ils avaient été jusqu'à envisager de l'enfermer.

Plus vaillant, Théo en aurait sans doute ri.

Du bout des gants, le masque jusqu'aux yeux, on l'avait ensuite accompagné jusqu'à la fameuse unité sanitaire, pour mieux l'oublier dans le couloir une fois sur place, histoire de se mêler d'une discussion animée qui opposait bleus et blancs, sans le moindre respect pour la distanciation sociale, comme souvent avec ce genre de conversation. Arbitrée par un auxiliaire pénitentiaire – le détenu pousseur de brancard – trop heureux de pouvoir mettre son grain de sel quelque part, elle avait pour fondamental objet de découvrir comment le *connard de pendu* avait atterri à l'infirmerie. Pendant que tout le monde se renvoyait la patate chaude sans arriver à la moindre conclusion satisfaisante, Théo avait pu vaciller à son aise dans l'entrée tout en gardant un œil sur le mort, visible dans son linceul entrouvert, et le morceau de drap déchiré fixé autour de son cou par un nœud d'arrêt marin parfaitement exécuté. Une vision qui l'avait tiré de sa langueur le temps d'un sourire.

Bien joué.

Théo pense toujours ainsi près d'une semaine plus tard, à l'occasion de son retour à l'USMP. Il s'est un peu remis d'aplomb, assez pour se souvenir que oui, grande bousculade il y avait bien eu, la nuit du drame, et protestations aussi, de la part de Stanislas Fichard, le *suicidé* – il a capté son nom et son pedigree au détour d'une conversation entre un surveillant et un autre *auxi*, durant le service des repas.

Assez, également, pour s'inquiéter pendant quelques jours du sort du jeune tapin et souhaiter que son geste passe sous le radar des autorités.

Entre-temps, le gamin a changé de décor, par permutation

avec les occupants d'une cellule située en face dans le couloir, puis est passé sur le gril de nouveau, ainsi que Théo le prévoyait, avec l'encadrement d'abord, et ensuite avec un OPJ du coin venu assurer le service minimum question enquête. Malgré quelques traces de coups peut-être un poil plus récentes que celles avec lesquelles il était arrivé, tout le monde, y compris la famille du défunt, s'est entendu pour accepter l'hypothèse la plus simple, à savoir que feu M. Fichard avait décidé d'en finir avec la vie, phénomène somme toute assez courant lors des premiers jours d'incarcération. Il faut dire que tripoter les gamins, ses neveux et nièces en l'occurrence, motif pour lequel l'homme avait eu le déshonneur de la Santé, et de la méfiance instinctive de Théo, n'est pas le genre de truc de nature à donner aux autres, et en particulier à ses proches, l'envie de se battre pour vous.

Bien joué.

Théo a eu enfin l'occasion de le signifier à Pierre Ginestet – le tapin – ce matin, au moment où l'un et l'autre étaient extraits de leurs cages respectives pour se rendre en consultation. Par un discret enchaînement d'allusions susurrées, *Pratique et solide, le sifflet de bosco*, et de simulation d'étranglement, ponctué d'un rapide signe du pouce, levé en guise d'assentiment, l'ancien policier a tenté de faire comprendre au gamin qu'il le garde à l'œil mais ne dira rien.

Surprise et inquiétude ont brièvement traversé le regard de Ginestet, également plus en forme après plusieurs journées épiques d'un sevrage très vocal. Depuis, il feint d'ignorer Théo. Même si là, il l'observe à la dérobée par la porte ouverte de la salle d'attente dans laquelle on l'a envoyé poireauter, au bout du couloir, tandis que l'ex-flic, trop à risque pour être mélangé aux autres détenus, patiente seul à l'accueil.

En voyant les yeux du gamin, brusquement en alerte, filer derrière lui, Théo pige que quelqu'un approche. Le temps de se retourner et il encaisse un violent coup de boule. Heureusement pour lui, parce qu'il a pivoté, le front de son agresseur, un Maghrébin à la silhouette sportive, a cogné le sien et pas le côté de son crâne, initialement visé et beaucoup plus fragile. Les deux hommes sont légèrement sonnés. Théo a néanmoins le réflexe de tituber en arrière de quelques pas pour reprendre du champ, gagner du temps. Son adversaire gémit en se tenant la tête et râle, mécontent d'avoir raté son attaque. Autour d'eux, les encouragements fusent, les insultes également, qui visent surtout l'ancien policier. Toute cette agitation est bruyante, forcément, les surveillants vont réagir.

Grouillez !

Le *reubeu* n'est pas seul. Derrière lui est apparu un *black*, plus balèze encore, à la posture combattante, la garde levée façon boxe thaïe. Il marche sur Théo, amorce un *low-kick*. Théo recule. Le coup de pied part mais, lancé trop vite, trop loin, il perd une grande partie de sa puissance. Il accroche néanmoins une cheville, assez fort pour faire perdre l'équilibre à sa cible.

Théo chute le long d'un mur, maudissant, dans un vieux réflexe verbal remontant à ses jeunes années de flic, les deux *boukaks* qui lui tombent dessus.

Le second assaillant réduit la distance et s'apprête à enchaîner par une nouvelle attaque, mais des ordres aboyés derrière eux stoppent net son élan. Le *keubla* hésite, regarde

Théo, regarde le chien de garde qui l'a interpellé, voit la main de celui-ci déjà posée sur le bouton d'urgence de son Motorola pour appeler la cavalerie. Clairement, il réfléchit à passer outre et il est sur le point de le faire quand son copain, ayant retrouvé ses esprits, le retient par le bras en secouant la tête. Juste avant de s'éloigner, le Maghrébin lance à l'ex-flic : « Hadjaj, c'était comme mon frère. Aujourd'hui, il est au cimetière. Toi, l'enculé, on va te *kène*. Juré sur le Coran de La Mecque ! »

Le grondement d'un V6 annonce le passage, quelques secondes plus tard, d'un énorme pick-up Ford noir double cabine, dont toutes les vitres sont teintées. Impossible d'apercevoir le conducteur. Sur toute la longueur des ailes arrière s'étire le mot *RAPTOR*, écrit gros en lettres d'argent.

« Pile à l'heure.

— C'est lui ? »

Amélie acquiesce. « Je t'avais dit qu'il viendrait. » Assise côté passager, elle se trouve également dans une voiture, avec D'Agorno. Lui est au volant. Sur la banquette arrière, un siège bébé, vide, récupéré ce matin au bureau pour leur expédition à Romainville.

Forment-ils un couple crédible avec cet accessoire *jeunes parents,* insoupçonnable, pour un criminel à l'affût d'une surveillance ? Peut-être, même si Amélie est persuadée que leur carrosse banalisé, très formaté police avec son gris fonction publique, ne peut pas tromper qui que ce soit très longtemps, et surtout pas leurs clients les plus aguerris. C'est pour cela qu'elle a conseillé à D'Agorno de se garer rue Paulde-Kock, une cinquantaine de mètres en amont de l'intersection avec le chemin des Pothuys. Au bout duquel il y a le nouveau cimetière de la ville. Et son carré musulman. C'est la destination du pick-up, qui vient de tourner à droite dans cette direction et a disparu derrière des arbres.

Amélie et D'Agorno ne bougent pas. Pas encore. Le corbillard n'étant toujours pas là, la famille de Nourredine Hadjaj non plus, ils préfèrent continuer à observer les arrivées de loin et à relever quelques immatriculations. Pas simple cependant d'identifier qui que ce soit avec les masques chirurgicaux que tous ou presque portent.

« Tu as des nouvelles des photos espagnoles ?

— Aucune. » Puis : « Je ne suis pas surprise.

— Ça fait à peine une semaine, laissons un peu de temps à nos amis du Rens'. »

Amélie pouffe. « Tellement fiables qu'on est là aujourd'hui pour faire le boulot à leur place.

— Ça nous sort du bureau et tu voulais me présenter Manu, non ? »

Mis à part quelques petites mains et des seconds couteaux qui rejoindront rapidement d'autres bandes ou tenteront de monter leur propre *bizness*, les deux gendarmes ne pensent pas avoir repéré la moindre figure du milieu. Ils n'espéraient d'ailleurs pas vraiment en croiser ce matin. Hadjaj se rêvait caïd mais en réalité, il n'était qu'un sous-fifre, à qui l'on témoignait un peu de respect uniquement à cause de son amitié très ancienne, remontant à l'enfance, avec le propriétaire du Ford. Et ces derniers temps, leur relation n'était pas au mieux.

« Heureusement qu'il s'est pointé. »

Le pick-up réapparaît à l'entrée du chemin des Pothuys.

« Qu'est-ce qu'il fout ? » demande Amélie dans le vide.

La vitre conducteur est baissée et l'on peut apercevoir un homme jeune, la petite trentaine, qui fait un tour d'horizon.

« C'est un des jumeaux Stoian. » Autrement connus sous le sobriquet de *Gipsy Kings*, parce qu'ils jouent toujours du *gun* ensemble, les Stoian sont les exécuteurs en titre du clan Cerda. « Tu vois une queue-de-cheval ?

— Je crois.

— Alors c'est Nanosh.

— Chez nous, c'est bien le plus capé des deux ?

— Tu donnes dans l'ovalie, toi aussi ? Tu vas plaire à la Maille. »

D'Agorno sourit. « Je lui ai demandé de me faire entrer dans l'équipe PJ.

— Et ?

— Il n'a pas eu l'air très convaincu. »

Pendant quelques secondes, Nanosh Stoian regarde vers les fonctionnaires de l'OFAST.

« Merde, il mate un truc, tu crois qu'il nous a détronchés ?

— Il veut surtout se garer, à mon avis. »

Le pick-up semble sur le point de redémarrer dans la direction des deux gendarmes, pour rejoindre un emplacement de stationnement libre situé quelques voitures en arrière de la leur.

« Non, non, non, pas par ici », grommelle D'Agorno entre ses dents. Il met la main sur les clés de contact, prêt à dégager rapidement.

Ils sont tirés d'affaire par le corbillard qui, arrivant de leur côté, force le pick-up à partir dans l'autre sens pour libérer l'accès au chemin des Pothuys. Le véhicule des pompes funèbres est suivi par deux autres, transportant les membres de la famille de Nourredine Hadjaj.

Profitant du chassé-croisé, D'Agorno et Amélie quittent leur point d'observation initial et, à pied, remontent le trottoir jusqu'à l'une des entrées de l'ancien parc communal de Romainville. S'étendant sur une butte arborée, celui-ci surplombe le petit cimetière où va être enterré l'ancien dealer. Ils empruntent d'abord une allée parallèle au chemin des Pothuys puis, au bout d'une centaine de mètres, l'abandonnent pour s'enfoncer dans un bosquet de conifères. Ils repèrent celui qui offre la plus belle perspective sur les alignements de tombes et s'installent à l'ombre de ses branchages, pour limiter les risques d'être repérés.

Une petite procession avance déjà en direction du carré musulman, précédée par le cercueil, un truc sans fioritures, en bois clair, devant lequel trottine un imam en tenue traditionnelle et calot. Toutes les femmes ont été reléguées à l'arrière sauf, au milieu du cortège, la maman de Nourredine Hadjaj, voilée, et une jeune fille, dont les cheveux sont également couverts et qui la soutient par le coude.

« Il a fait un effort vestimentaire pour son pote, le Manu. » D'Agorno fait référence à un homme massif, du genre costaud mais avec quelques kilos en trop, qui dépasse l'assemblée d'une bonne tête. Crâne rasé dominant un visage rond et glabre mangé par d'épaisses lunettes de soleil, il a délaissé aujourd'hui sa parka grand froid polaire habituelle, visible sur quasiment toutes les photos de surveillance du service, pour un manteau de cuir noir porté par-dessus un costume de la même couleur dans lequel il semble un peu à l'étroit.

Manuel, dit *Manu*, c'est le Cerda le plus brutal de tous. Et aussi le plus malchanceux. Déjà, il est né un vendredi 13 et, petit, on l'a longtemps surnommé le Poisseux, jusqu'à ce qu'il se mette à cogner les impertinents. Il est l'un des deux fils légitimes de Marco, avec Éric, son frère aîné décédé en 2017. À la mort de celui-ci, il se serait bien vu prendre la tête des affaires du clan, mais ses oncles, Michel et Jean-Marie, et même sa mère contre toute attente, en ont décidé autrement, en lui imposant la présence de Momo, le demi-frère bâtard.

Le Poisseux.

Ça ne lui a pas plu, mais il a fermé sa gueule, par respect pour les anciens et parce que Momo a été ensuite suffisamment malin pour le laisser exercer librement ses talents dans son domaine de prédilection, la violence ; une illusion de pouvoir jusque-là satisfaisante.

« C'est peut-être pas pour Nourredine qu'il s'est mis sur son trente-et-un. » Amélie tend sa monoculaire de poche à son chef de groupe. « À côté de la mère. »

D'Agorno ajuste l'optique, repère d'abord le second Gipsy Kings, Youri Stoian, en survêt' et blouson de cuir, même gueule d'affamé que son jumeau, puis Manu à sa droite puis, quelques pas devant, la vieille dame et enfin la fille voilée. « Elle aussi, elle a fait sobre et respectueux, ce matin. » Il fait référence à la tenue *modeste* arborée par la jeune femme, pantalon noir, baskets de ville, long manteau en laine gris sombre et hijab.

« Elle l'aimait vraiment, son Nourredine. » Alors pas question pour elle de débarquer dans l'une de ses tenues *bling* habituelles, même si Amélie n'a aucun doute sur le fait que la plupart des types présents ce matin l'ont déjà vue *danser* dans l'un des bars à chicha *slash* strip clubs que Nourredine gérait encore pour le compte des Cerda jusqu'à son arrestation.

Sirine Bouhafs, vingt-cinq ans aujourd'hui, a croisé la route de Nourredine Hadjaj quand elle en avait dix-neuf. Il était beau gosse, il avait des thunes, une réputation de mauvais garçon et il savait y faire. Et elle, pas plus bête qu'une autre mais pas plus intelligente non plus, ayant compris assez tôt qu'elle pouvait avoir tous les mecs qu'elle voulait à ses pieds et pas mal des avantages matériels qui en découlent – ce qui, finalement, comptait pour elle plus que tout le reste, que ne ferait-on pas pour de la marque ? – a vite lâché ses études, un quelconque BTS d'esclave commercial, pour se mettre à la colle avec lui.

Et lui rester fidèle.

Enfin, autant qu'on peut l'être quand votre mec vous parade comme un trophée devant tous ses potes, vous met le nez dans la poudre, vous colle à une barre de *pole dance* dans des sous-sols pourris, vous fait tourner quand ça l'arrange, vous arrange quand ça l'arrange, vous fout des cornes en vous refilant les saloperies d'autres poufiasses, vous entraîne dans ses combines à la con et vous laisse ensuite gérer sa merde pour aller se mettre au vert à la cool.

Nourredine a disparu deux ans au milieu de ces six années idylliques, on pense qu'il s'était fait le mauvais ennemi et avait dû se réfugier au bled. Pendant ce temps-là, Sirine s'est retrouvée livrée à elle-même, sans ressources.

Ou presque.

Manu est tombé amoureux de la jeune femme peu après leur première rencontre. Pour le plus grand malheur du

Poisseux, elle était déjà au bras de son pote d'enfance. Et on ne pique pas les meufs de ses potes d'enfance, si ? Quand Nourredine a abandonné Sirine en rase campagne pour aller on ne sait où, le cadet Cerda s'est rapproché d'elle, lui a sorti le grand jeu, sans la brusquer et en la respectant. Autant qu'il en était capable ; il lui est aussi arrivé de la corriger certains soirs de grande frustration. Leur entourage, pas forcément bienveillant, a prétendu qu'elle en avait tout de même bien profité, puisqu'elle le tenait par les couilles et en faisait ce qu'elle voulait à l'époque.

C'est sans doute vrai.

Amélie ne se préoccupait pas de la famille Cerda à ce moment-là, elle était encore affectée dans le Sud, mais plus tard, bien plus tard, quand elle s'est retrouvée à éplucher les conversations téléphoniques de Manu et d'un certain nombre de personnes gravitant autour du clan, notamment Sirine, dans le cadre d'un premier dossier, elle a pu reconstituer une grande partie de l'histoire des deux tourtereaux. Elle ne compte plus le nombre de fois où elle a entendu le Poisseux se lamenter de la façon dont Sirine le traitait, surtout après le retour de Nourredine, en 2019, quand il s'est fait planter du jour au lendemain par le grand amour de sa vie.

« Sirine, un point d'entrée pour nous ? » D'Agorno, l'œil toujours collé à la monoculaire, observe attentivement le ballet qui se joue en contrebas. Les hommes se sont rapprochés du cercueil, posé à côté de la tombe, et se sont lancés dans une série de courtes prières, dont la rumeur monte jusqu'aux deux gendarmes. Les quelques femmes se tiennent en retrait, conformément aux usages. Émotives, paraît-il. Manu et les frères Stoian dérivent entre ces deux groupes.

« Pourquoi le ferait-elle ? » Amélie cogite quelques secondes avant d'ajouter : « Je doute qu'elle ait jamais su quoi que ce soit du *biz'* des Cerda, même quand elle traînait avec Manu, et elle est trop loin de tout désormais.

— Peut-être pas si loin que ça. »

Manu vient de s'approcher de Sirine, restée seule pendant quelques instants. D'abord hésitant, presque timide, il la prend finalement dans ses bras. Elle se raidit et, à la première occasion, se dégage de cette étreinte pataude pour, sans un regard en arrière, la tête basse, aller se réfugier auprès de la mère de Nourredine.

Amélie sourit. « Trop loin, trop tard. »

D'Agorno fait claquer sa langue dans sa bouche, agacé, mais ne s'avoue pas vaincu. « Une autre idée me vient. La fille sur le cliché des collègues espagnols, Sirine ? »

La réponse d'Amélie est immédiate. « Impossible. Momo ferait jamais un truc pareil à Manu. Pas à cause d'un excès d'amour fraternel, hein, mais parce que ça lui compliquerait la vie et mettrait le clan en danger. Et puis, il a toujours détesté Nourredine et sa clique. » Sur ce dernier point aussi, les écoutes que contiennent leurs anciens dossiers sont claires.

Une nouvelle réflexion vient à Amélie, à propos de Momo : on ne lui connaît aucune liaison, on ne l'a jamais ne serait-ce qu'aperçu en compagnie d'une femme. Ou d'un mec. De sa vie intime, on ne sait rien. « Je suis quand même un peu curieuse de savoir qui est la fille de la photo. Si on arrive à l'identifier.

— Elle pourrait peut-être nous raconter ce que Momo fichait en Espagne. »

Leur raconter, il ne faut pas rêver, pense Amélie, leur donner matière à relancer la machine en persuadant Aros-téguy de rouvrir complètement les vannes, déjà plus.

Manu suit Sirine des yeux alors qu'elle s'éloigne en direction de Fatima, la mère de Nourredine. Il a le cœur serré, comme un petit garçon qu'on abandonne. Et il n'aime pas ça, se sentir petit garçon. Et abandonné. L'impression de retomber en enfance est renforcée lorsque son regard croise celui, courroucé, de Fatima Hadjaj. Gamin, l'hostilité et les allures de sorcière de cette femme aux ongles démesurés, toujours vêtue de sombre, les yeux surlignés au khôl, le terrifiaient. Elle n'était pas comme les autres matrones arabes du quartier, à gaver les copains de leurs mômes de bonnes choses du matin jusqu'au soir. Elle, c'était plutôt le genre à gueuler toute la sainte journée. Principalement après Manu, qui n'a jamais réussi à l'apprivoiser, cette putain de vioque. Depuis toujours, elle le rend responsable des ennuis de son fils, même si celui-ci n'a en réalité jamais eu besoin de personne pour se foutre dans la merde.

Et y entraîner ses potes avec lui.

Combien de fois Nourredine les a-t-il mis dedans, avec ses conneries ? Et combien de fois Manu ou Éric, son grand frère, ont dû ramer pour l'en sortir ? Trop, jusqu'à la fois de trop, trop chère, trop sanglante, trop douloureuse. Irrattrapable. Le clan y a perdu un père et un fils, Manu, un meilleur pote en plus. Et sans doute l'occasion de prendre la tête des affaires de la famille un jour. Parce que personne n'a oublié qu'il avait, à cette occasion, soutenu Nourredine et son énième super plan à la con, et était parvenu à convaincre Éric de monter au carton.

Éric qui en était mort.

Rico.

C'était il y a quatre ans et Manu la paye encore cette erreur. Son frangin lui manque, son père aussi et Angèle, sa mère, qui n'est plus tout à fait là depuis les disparitions de son mari et de son aîné, plus encore.

Tout ce qui lui reste, c'est Momo, le membre du clan dont la mémoire est la plus longue. Celui qui n'a même pas besoin de l'ouvrir pour rappeler à Manu ce qu'il a fait, il suffit de regarder sa gueule. Maintenant que Nourredine y est passé, peut-être Momo va-t-il enfin lâcher la grappe à son *petit frère* ; après tout, ne rêvait-il pas de mettre la bande Hadjaj à l'amende depuis l'incident de 2017 ? Manu s'y est toujours opposé, pour des raisons qui, même pour lui, demeurent assez obscures. Elles tenaient sans doute plus du besoin de contrarier, de contredire, de marquer son territoire, que du devoir impérieux d'assumer sa part de responsabilité dans l'affaire ou de défendre un ami d'enfance.

Nourredine avait dû le sentir, à l'époque, et piger que la protection dont il bénéficiait était en réalité très fragile. Il avait disparu en Algérie pendant deux ans, vivant d'expédients et de combines, à peine de quoi tenir, le temps, pensait-il certainement, que les choses se tassent.

Et elles ont fini par se tasser, ce qui ne signifiait pas pour autant que son retour passerait crème. Au fond, l'absence de Nourredine avait bien arrangé tout le monde, Manu au premier chef. Elle lui avait permis d'oublier un temps son propre rôle dans l'histoire ayant causé tant de malheur au clan et, en plus, elle lui laissait le champ libre pour Sirine.

Restée seule.

Qui avait eu besoin de protection.

La pute.

Sirine a planté Manu à la seconde où Nourredine a reparu. Ce jour-là, Manu a compris que son pote n'était plus vraiment son pote et plus depuis longtemps, en fait. Minots, ils étaient inséparables. Plus tard aussi. Après 2017, ne pas voir Nourredine un jour, ou deux, ou toute une semaine n'était pas si grave. Et son séjour prolongé au bled ensuite n'avait pas affecté Manu tant que ça. Pas du tout même.

Regarde-la faire, avec la Fatima, habillée comme une bonne sœur à la sauce muslim.

À côté de Manu, Nanosh se recoiffe la queue-de-cheval en balançant une vanne sur la mère de Nourredine. Ils ont tous grandi ensemble et il n'y a pas qu'à Manu que la vieille a toujours fait peur.

Youri se marre. « Elle t'a capté ! *Téma* comment elle nous fait la vision laser, là. »

Ça se rengorge du côté des Gipsy Kings mais, vieux réflexe infantile, Nanosh baisse quand même les yeux, bientôt imité par son jumeau.

Pas par Manu.

Lui, il retire ses lunettes de soleil et se met à dévisager Fatima Hadjaj. Et ce qu'il lui renvoie, c'est une accumulation de colères dont les premières remontent à la petite enfance, d'envies, de frustrations, de culpabilité refoulée auxquelles la pratique assidue de la violence physique et l'exposition régulière au danger, au sang et à la tripaille ont conféré une patine d'insensibilité mortifère. Il lui montre ce qu'il est devenu, sans le moindre doute et sans frime, un tueur, et ce qu'elle est pour lui désormais, pas grand-chose.

Maman Hadjaj bat en retraite, soudain fragile sur ses jambes. Sirine, venue à sa rescousse, peine à la soutenir. Perturbée par l'extrême attention de Manu, la jeune femme ne peut s'empêcher de regarder une dernière fois dans sa direction.

Manu remet ses lunettes pour se cacher.

Sirine lui offre un sourire timide et se détourne.

Youri demande : « On va faire le truc avec la terre, là, et on se casse ? J'ai la dalle. »

Approbation silencieuse de Manu et les trois Yéniches rejoignent les autres hommes qui, à tour de rôle, jettent des poignées de remblai dans la tombe en guise d'ultime adieu au défunt.

Théo redescend vers le QB4. Il a quelques points de suture à l'arcade droite, souvenir du choc contre le mur provoqué par le low kick. Ginestet, silencieux, marche dans ses pas. Un surveillant, dont le trousseau de clés accompagne leur retour de son cliquetis régulier, les précède. Ils avancent, s'arrêtent, avancent, attendent, avancent, stoppent, leur trajet est ponctué par les claquements des serrures que l'on déverrouille, devant, et des grilles qui se referment, derrière. C'est laborieux, longuet. Le moindre déplacement dans ces couloirs tout neufs, à la modernité propre et lisse, sans âme, dont l'éclairage vampirise les couleurs, prend un temps fou. Pourtant, ils en ont du temps. Ici, ils n'ont même que ça.

Hé, Lasbleiz! Pierre Ginestet profite d'une halte au sommet d'une cage d'escalier pour interpeller Théo à voix basse. Qui est surpris. Il a perdu l'habitude qu'on s'adresse normalement à lui. Depuis une semaine, on lui balance des ordres ou des insultes, rien d'autre. Il est même content, parce que ça vient du gamin. Les vieux réflexes ont la vie dure, cependant, et il aboie un *Quoi?* agacé.

« Tu veux savoir pourquoi je l'ai fait?

— Qu'est-ce que ça change? » Théo a répliqué en flic. Confronté à un tapin. Il s'en veut aussitôt.

Une porte s'ouvre, interrompant la discussion. Les deux détenus la franchissent, suivis par leur escorte. Ils se remettent en route.

Pierre n'en a pas fini avec l'ancien policier. « La ramène pas avec tes grands airs. Ici t'es rien, pareil que moi. Moins que moi encore. »

Silence.

« T'avais une bonne raison pour faire ce que t'as fait, et moi aussi. »

Théo écoute la suite des messes basses d'une oreille distraite. Il entend *Fichard, il a eu ce sourire, là, quand il s'est approché de moi* puis se perd dans les méandres de ses propres cogitations. La vie d'avant, c'est fini, mort. Faut changer de disque. Pas simple. *Changer de disque. Lasbleiz, t'es vraiment un vieux con.*

Pierre Ginestet poursuit sa confession : « J'aime pas ça, quand on me sourit, tu piges? Ça me rappelle des trucs. »

Devant, le surveillant ne bronche pas. Peut-être n'entend-il rien. Ou n'a-t-il rien envie d'entendre. Quand on n'entend rien, on n'est obligé de rien.

Théo se tourne discrètement vers le gamin. « Tu te sens mieux, maintenant ? »

Silence, qui dure le temps de deux sas. Puis : « Pourquoi t'as rien dit ? »

Ils ont rejoint les Arrivants, s'immobilisent en premier devant la cellule de Théo. On lui ouvre et il profite de ses dernières secondes de contact humain pour répondre à Ginestet : « Parce que t'as raison, toi et moi, c'est kif-kif. »

4

Le message vocal atterrit sur le répondeur de la ligne officielle de Manu Cerda trois jours après l'enterrement de Nourredine Hadjaj, le 16 janvier 2021, à 21 h 54. D'abord, on renifle, une femme. Très fort. Pour s'assurer que ce sera bien enregistré ? Et entendu ? *Manu, c'est moi.* Moi, une évidente évidence. L'accent est traînant, humide – elle pleure –, un peu gras, surtout lors de la prononciation des voyelles. Banlieue. Quartier. *Manu, je. J'avais envie. De parler, quoi.* Les interruptions sont nombreuses, marquées. Trop ? À n'importe quel auditeur neutre, ce hachis verbal donnerait l'impression d'être celui d'une personne qui ne cherche pas vraiment ses mots, plutôt à produire un effet. Mais il n'est pas destiné à n'importe quel auditeur neutre. *Je. Je regrette de pas t'avoir bien calculé l'autre jour au cimetière. J'étais super mal. Manu ?* Quelques secondes de sanglots. *Ça va pas.* Encore. *J'suis reloue, je devrais pas dire ça. J'ai pas le droit.* Nouvelles larmes. *Je. Sorry Manu. Prends soin de toi.* Un long silence. *Oublie-moi.*

La réaction se fait attendre. À peine. Pas par calcul mais parce que la ligne officielle de Manu, eh bien, elle est officielle justement. Il jongle en permanence avec une cinquantaine d'autres téléphones mobiles plus importants, que dans le jargon des bleus et des voyous on appelle téléphones poche gauche ou téléphones de guerre, classés en jours de la semaine, heures de la journée, réseaux d'interlocuteurs, ordre de priorité, et renouvelés chacun, appareil et SIM, au moins une fois par mois. Une gymnastique intellectuelle de maboul. Manu a des tonnes de codes PIN dans la tronche et il s'efforce de suivre des dizaines de fils conversationnels en même temps. Alors sa ligne officielle, comment dire, il s'en *balek*.

Sauf pour Sirine.

Aussitôt l'appel découvert, ce même 16 janvier mais à 23 h 32, Manu essaie de contacter son ex. Qui ne répond pas. Ça le contrarie, puis ça l'inquiète, puis ça le met hors de lui quand, à la troisième tentative, le bip de début d'enregistrement résonne une nouvelle fois dans son oreille. Manu déteste parler tout seul dans le vide. Il fait un effort cependant : « Ouais, c'est moi. Je viens d'avoir ton truc. » Un temps. « Ça va ? » Un temps. « Rappelle-moi, bébé. »

Sirine ne réagit pas à cette si délicate invitation. Ni aux suivantes, de plus en plus agacées. Ni aux messages écrits dont elle est la destinataire dès le lendemain à l'aube. Des centaines, de tous les formats possibles, via tous les canaux imaginables, SMS, WhatsApp, Facebook, Insta. Elle doit faire face à la tornade Manu sur tous les fronts. Et la violence de cette tempête de cœur et de crâne grandit au fil des heures, passant de *Je t'ai aplé* et *Dis-moi ke ça va*, à *Pkoi tu rapl pas ?*, à *T'é ak kkun ?*, à *Tu kss les youks, apl*, à *Apl apl apl apl apl apl apl apl apl apl apl apl apl apl apl apl apl*, à *Sale tepu, t'é ou ?*, pour finir par un *Si t'é ak 1 cum, je vous dfonss !*

Est-il possible que la jeune femme, pourtant forte d'une première expérience avec le cadet Cerda et ayant pu observer son attitude lors de l'enterrement, n'ait pas anticipé que son appel au secours le propulserait dans une dangereuse oscillation, entre espoir et désespoir, envie de laisser tomber pour de bon – encore ! – et besoin de croire à une nouvelle chance, inquiétude sincère et colère mal maîtrisée ?

Pendant quarante-huit heures, incapable de rester sans rien faire, Manu cherche l'adresse de Sirine par tous les moyens. Après leur dernière rupture, motivé par Momo, quelquefois un peu sèchement, et par sa mère, il a tout fait pour l'oublier, cette *tasspé*. Et puisqu'il ne voulait plus entendre parler de Nourredine non plus, il s'est débrouillé pour les effacer tous les deux de sa vie, en s'efforçant d'en savoir le moins possible sur eux et sur leur *biz*. Conséquence, Manu n'a aucune idée de l'endroit où ils ont élu domicile quand son ex-meilleur pote est rentré de son exil forcé. Il remue donc ciel et terre, active tous ses contacts et fait passer le mot pour retrouver la trace de Sirine.

Pour ne pas être pris pour le *boloss* de base, il invente une histoire de thunes que Nourredine lui devait et sur lesquelles il chercherait à remettre la main, racontant partout que, comme toutes les *pouffes*, la *meuf à Hadjaj* avait pas pu résister à l'appel de la *moula* et l'avait *carotte en loucedé*. Évidemment, tout est faux. Mais crédible. Les gens sont au courant de la dégradation des relations entre Nourredine et la famille Cerda, et personne, dans ce contexte, ne peut imaginer un instant que Manu se laisse piquer du blé sans réagir. Par ailleurs, nombreux sont ceux qui ont envie de s'attirer les bonnes grâces du clan.

Quand bien même la fable serait vraie, Manu ne ferait rien pour récupérer son argent. Il sait que Sirine ne bosse plus, en tout cas plus dans l'une ou l'autre des affaires tenues par les Cerda, et l'idée qu'elle puisse manquer de quoi que ce soit lui est insupportable. Au cimetière, il était déjà prêt à lui filer tous les billets dont elle aurait pu avoir besoin. Sans contrepartie, comme ça, grand seigneur.

Si seulement elle l'avait laissé faire.

Et si seulement elle voulait bien décrocher son smart, maintenant, cette salope de *gadgi*.

La *gadgi*, de son côté, laisse venir. Elle n'est pas pressée. Nourredine lui a *donné* de quoi tenir quelques mois, plus si elle fait attention. Un pécule initialement destiné à financer avocat, cantines et consommation de shit pendant son séjour en prison. En dépit des demandes répétées de Fatima, Sirine n'a pas envisagé une seule seconde de rendre ce fric ou de le partager avec le reste de la famille Hadjaj. Elle a même feint la surprise et l'affront, se prétendant convaincue que Nourredine avait tout filé à sa mère sans rien lui laisser à elle.

En réalité, si elle a accepté de jouer la comédie avec la vieille folle, c'est uniquement pour s'assurer qu'un autre bas de laine n'avait pas été planqué ailleurs. Pour subvenir à ses besoins, parce que charité bien ordonnée *bla bla bla*, mais aussi pour venger la mort du grand amour de sa vie. La vengeance, tout le monde le sait, est un plat qui coûte une blinde.

Il nécessite également des contacts.

Manu a des contacts. Et s'il n'avait pas mis un vent à son

pote d'enfance, celui-ci ne serait pas mort. Donc il a une dette envers Sirine et il va raquer. Il suffit d'être patiente et d'attendre qu'il parvienne à la retrouver, une certitude. Pour passer le temps de façon agréable – et afin de pouvoir sortir le grand jeu quand elle se fera remettre le grappin dessus – elle fait du shopping sur le Net avec les *économies* de Nourredine.

5

Lundi, fin de matinée, deux hommes déambulent dans les couloirs de la Santé. Celui de droite, légèrement en avant, remonte de la salle de sport du QB4, située au sous-sol, vers le dernier étage du même bâtiment, où se trouve sa cellule. La très large capuche de son haut de survêtement, qu'il porte sur la tête, le rend difficilement identifiable. Celui de gauche marche légèrement en retrait. Vu de loin ou à travers l'objectif d'une caméra, on peut penser que Gauche tient Droite à l'œil. C'est le but. En réalité, il reste derrière par déférence.

Pas trop fort, parce que les murs ont des oreilles, Droite demande : « Tout s'est bien passé ? »

Gauche répond : « Ouais, ils ont été cools.

— On t'a donné des jeunes ? » Droite.

« Un des deux avait quinze. Mais il était un peu parti, il *tiltait* pas. » Gauche.

« Et l'autre ? » Droite.

« Vingt, genre. » Un temps puis, Gauche ne voulant pas donner l'impression de se plaindre, il ajoute : « Mais il suçait grave bien.

— J'en parlerai à mon frangin. » Droite.

« Non, m'sieur Cerda, pas la peine, ça allait, je promets. »

Momo se retourne légèrement, il sourit. À cause de la capuche, personne ne peut voir son expression, sauf le destinataire de celle-ci. « C'est rien, *kho.* » Avec Moustafa Ben-Ayed, Momo s'affiche toujours plus Mohamed et moins Cerda, une proximité communautaire qui aide à faire passer la pilule de la grande dépendance, source de non moins grande honte, du surveillant vis-à-vis du détenu. « Pour toi, le meilleur, toujours. » Une main sur le cœur vient ponctuer l'affirmation.

Moustafa n'est ni le premier, ni le seul fonctionnaire que Momo s'est, discrètement et en douceur, mis dans la poche depuis son arrivée à la prison parisienne. Un exercice salutaire, auquel il aime se livrer afin de cultiver toute la gamme de talents qui font sa réputation et sa force, et d'améliorer l'ordinaire. Moustafa est cependant le plus intéressant des cinq ou six *gadjé* de la pénitentiaire dont Momo tire avantages et passe-droits, parce qu'il bosse aux Vulnérables, où l'aîné des Cerda a réussi à se faire transférer malgré son profil de criminel endurci.

Aux *VIP*, on traite bien Momo et on lui fiche une paix royale. La plupart des autres pensionnaires le craignent et les rares à qui il ne fait pas peur, souvent par ignorance, ne viennent pas réclamer conseils et faveurs toutes les cinq minutes. Cela limite aussi le risque de tomber sur des enculés traînant de vieilles rancœurs ou ressentant le besoin de prouver à tout le monde qu'ils ont la plus grosse de la taule. Une situation qu'il a l'intention de faire durer le temps pour son avocat de négocier sa sortie de détention provisoire puisque, si l'on tient compte des délais légaux et de la susceptibilité de magistrats supportant mal les récalcitrants qui osent désobéir à leurs injonctions – dans le cas de Momo, le contrôle judiciaire non respecté –, son séjour à la Santé pourrait encore se prolonger plusieurs mois.

Raison de plus pour satisfaire petits besoins et bas instincts de ce *dèp* de Ben-Ayed. « Retourne samedi, tu auras ce que tu aimes. » Momo plie les bras et tortille exagérément des fesses, en une caricature de danse sexy. « Un *lover*, bien jeune, avec un petit *boule* style *ladyboy* de Pattaya. T'as déjà été à Pattaya, non ? »

Le surveillant hoche la tête avec une moue gourmande. Les yeux perdus dans le vague, il se projette déjà vers sa fin de semaine.

Momo note mentalement de faire passer le mot à Manu via son conseil, qui doit lui rendre visite le surlendemain, et réfléchit à la façon dont il va formuler les choses afin que son baveux ne tique pas et que son cher petit frère pige bien tout.

Il aime cette gymnastique intellectuelle, parce qu'à l'instar de ses petits jeux de manipulation, planifier dans le moindre détail ses interactions avec le monde extérieur possède d'autres vertus non négligeables, occuper ses journées et canaliser ses pensées.

Ses angoisses également.

Il ne le montre pas, Momo, pas ici – nulle part en fait, jamais – il ne peut pas, mais il réfléchit et s'inquiète énormément. À propos du clan et de ses affaires, qui ont besoin de supervision, un rôle pour lequel Manu, ne lui en déplaise, n'a pas les épaules. Et à propos d'Angèle, l'officielle de son père qui, à la mort de ce dernier, a accueilli Momo à bras ouverts, malgré la trahison de son homme. À Marco, elle a toujours tout pardonné, Angèle, même la maîtresse et le bâtard avec lesquels il a fallu partager son mari pendant plusieurs années. Momo sait ce que prendre ainsi sur elle lui a coûté. Il n'a aucun doute sur les origines du vilain cancer qui, depuis quelque temps, tue à petit feu cette femme courageuse devenue, quand le malheur les a tous frappés, parce que le malheur les a frappés tous, durement, et qu'il a fallu faire bloc, sa mère de substitution. Momo enrage de ne pouvoir être aujourd'hui à ses côtés, ou l'accompagner à l'hôpital, ou lui prendre la main quand elle a mal, ou peur, pour lui rendre un peu de la force qu'elle leur a donnée, à lui et aux autres, lorsque tout allait mal. Il craint par-dessus tout de perdre la course contre la merde qui la ronge, en ne ressortant pas assez tôt.

Cette proximité et l'attitude d'Angèle, Manu ne les a jamais admises. Des deux fils légitimes, il était pourtant le mieux placé pour comprendre ce que l'amour peut faire accepter à quelqu'un. En réalité, c'est Rico, l'aîné, le successeur naturel, qui a le mieux toléré la situation. Tant qu'il était encore vivant. Sa daronne ne disait rien et c'était ce que son père voulait, Éric ne voyait donc aucune raison de l'ouvrir. Pas sa *life*, pas son histoire. Et puis, lui et Momo s'étaient captés tout de suite. Ils n'étaient pas d'accord sur tout, loin de là, mais ils se respectaient, autre motif de frustration pour Manu.

Les insécurités de Manu, inépuisable matière à préoccupation.

Pour tout le clan.

Le paternel et les oncles les évoquaient déjà à demi-mot

quand il s'agissait de décider qui devait faire quoi, quand et comment. Éric y a également toujours fait attention et a tenté par tous les moyens de protéger son frangin de lui-même, quitte à marcher, de guerre lasse, dans certaines de ses combines foireuses. L'une d'elles a fini par lui coûter la vie. Et aujourd'hui, c'est au tour d'Angèle et de Momo de composer avec les états d'âme de Manu, en appelant parfois à la rescousse Poune et le Forain, les frères de Marco, lorsqu'une humeur plus mortifère que d'habitude s'empare soudain du cadet de la famille et le fait vriller.

Il vrille souvent, Manu, et ça fiche la trouille à Momo. Parce que lui pense à demain et à après-demain, et aux jours qui suivront. Mais aussi à hier, sans quoi tout le reste n'aura jamais aucune saveur ni aucune valeur. Le clan a un compte à régler, Momo a un compte à régler, pour son père et pour sa mère, la vraie, fauchés ensemble, et Manu aussi, même s'il part souvent en couilles et le perd de vue. Ils se le doivent à eux-mêmes, ils le doivent à Angèle. Et ils le doivent à Lola.

La fille de Rico.

À dix-neuf ans, elle représente l'avenir ; c'est la première bachelière de la famille et aussi la première à suivre, brillamment, des études supérieures. Manu ne le voit pas. Lola reste sa nièce, la *petite*, il l'aime et il essaie, à sa façon maladroite, brutale, de la couver, mais sans réellement la prendre au sérieux.

Momo, lui, n'a pas commis cette erreur. Un peu aidé, il est vrai, par Angèle.

À la mort de Rico, qui était tout pour elle, Lola avait quinze piges et besoin de retrouver une figure paternelle. Manu n'était pas en mesure d'enfiler ce costume-là. Momo, de son côté, pleurait ses parents et risquait d'être marginalisé par les autres membres du clan. Favoriser le rapprochement de ces deux-là a permis à Angèle de forcer Momo à grandir, en voyant plus loin que son propre chagrin, et de le faire accepter, notamment par les oncles, une nécessité après le cataclysme qui s'était abattu sur la famille. Lola a ainsi pu se raccrocher à un nouveau pilier et les Cerda y ont gagné un chef de meute, et une future héritière.

Si Manu ne fait pas tout capoter.

Souvent, Momo s'interroge sur le bien-fondé du voyage à Málaga qui lui a valu d'être aujourd'hui enfermé à la Santé. Il y a vu la possibilité à la fois d'assurer l'avenir et de solder le passé. Cela impliquait de jouer gros. Trop ? *Regarde où t'es, putain !* Sans doute aurait-il dû se contenter d'avoir redressé la barre après l'incident de 2017, et remis la famille d'aplomb, assuré les arrières, développé les affaires et restauré, dans le sang et la douleur, leur pouvoir. Le fric a commencé à rentrer de nouveau. Assez pour payer une partie de la dette du clan, mis à l'amende après les conneries de Manu et de Nourredine. En plus des morts, qui étaient seulement un acompte à l'époque. Fallait-il continuer à rembourser sans rien dire ou rien faire ? Auraient-ils arrêté de casquer un jour ? Ces questions n'ont cessé de torturer Momo pendant quatre ans. De façon plus aiguë encore ces derniers mois, depuis son retour en détention. *Qu'est-ce qui t'a pris ?* Là où il se trouve, il ne peut empêcher Manu de déconner en se lançant dans une vendetta frontale et perdue d'avance. Angèle n'en a probablement plus la force non plus. Le temps est peut-être venu d'expliquer à son demi-frère les raisons de ce fatidique bref séjour dans la région de La Línea de la Concepción.

Ou pas.

Il faut qu'il se bouge le cul, cet enculé d'avocat.

Tel un lion en cage, impuissant, voilà comment Momo se sent. Et il déteste ça. D'où l'intérêt de ses petits jeux intellectuels et de ses séances de sport, deux, tous les jours. S'épuiser la tête et le corps, pour entretenir la machine et surtout pour ne pas devenir dingue.

La grille s'ouvre sur le dernier étage du QB4.

L'ayant franchie, Momo se trouve dans le dos d'une surveillante stagiaire et de la nouvelle vedette du bâtiment, de toute la Santé même, venue s'installer aux Vulnérables après sa quarantaine Arrivants. « Ils acceptent vraiment n'importe qui dans cette taule. »

Théo Lasbleiz se retourne. « Toi, t'es aux VIP ? Je savais pas que t'étais en sucre.

— Tu devrais pas jouer les *warriors*, ici t'es qu'une merde. Moins qu'une merde même.

— Vous vous êtes tous passé le mot ou bien ? »

Momo se rapproche, tout près. « T'as dit quoi, là ? »

La stagiaire qui accompagne l'ancien policier regarde Moustafa, puis fait mine de s'interposer entre les deux détenus. Son collègue l'arrête d'un geste de la main.

« Que tu parles comme le tapin avec qui je suis arrivé la semaine dernière.

— T'as pas l'air de piger où t'es. » Légèrement plus petit, Momo fixe son interlocuteur par en dessous. Leurs visages sont à quelques centimètres à peine l'un de l'autre. « Dehors, tu pouvais me chier dans les pompes. » Momo balance un coup de tronche dans la pommette gauche de Théo, dont la tête part violemment en arrière. « Dedans, t'es ma pute. »

Il enchaîne par un direct au foie, qui plie son adversaire en deux, avant d'arracher son masque chirurgical et de se pencher sur lui pour hurler dans ses oreilles. « MA PUTE, T'ENTENDS ! »

La surveillante intervient enfin. « Ça suffit, reculez. » Elle repousse Momo que, de son côté, Moustafa Ben-Ayed tire maintenant par le bras.

« SALOPE DE FLIC ! » Momo, hors de lui, se tourne vers la fonctionnaire. « Qu'est-ce que tu mates, toi ? Tu veux me coller un rapport ? Vas-y, espèce de *bounty* ! Grosse pouffe ! » Ensuite, il crache en direction de Théo avant de répéter : « T'ES MA PUTE, MAINTENANT ! MA PUTE ! »

À Montreuil, du côté des Guilands, dans une grande résidence toute neuve, c'est là que Nourredine louait un appartement durant la dernière année de sa vie. Avec Sirine. Elle y habite encore. Au troisième étage du bâtiment, avec vue sur les jardins privés.

Un kilomètre à vol d'oiseau, ou guère plus, c'est tout ce qu'il y a entre ici et la rue Saint-Germain, à Romainville, où le clan Cerda a posé ses valises deux générations plus tôt, rachetant peu à peu tout un pâté de maisons pour en faire son QG et y installer les proches qui souhaitaient se sédentariser. Une mitoyenneté de baraques, une quinzaine, certaines reliées par les sous-sols, d'autres partageant leurs terrains, jamais toutes vides simultanément, devenue au fil du temps une véritable forteresse. Pour les *schmitts*, un enfer opérationnel et juridique.

Angèle vit encore là-bas, Jean-Marie, un des oncles, et sa femme, et leurs gosses et leurs femmes également, et Manu y occupe une bicoque avec les Gipsy Kings quand il ne va pas se planquer dans l'un des campements de la famille étendue, en grande banlieue. Seule Lola ne réside pas là. Elle crèche dans un truc bien bourge du 6e arrondissement de Paris, qui est aussi l'adresse officielle de Momo, même s'il y met rarement les pieds. Il préfère lui aussi Romainville, pour rester près d'Angèle.

Bref, cet enculé de Nourredine était presque son voisin et Manu ne le savait pas.

Après avoir garé son pick-up en travers de l'accès principal de la résidence, il se penche en avant pour, à travers le pare-brise, examiner la façade de l'immeuble de Sirine. « J'en ai pas pour long, juste le temps de la *check* et je redescends. »

Sitôt sa portière entrebâillée, les deux Gipsy Kings, qui ont accompagné Manu, commencent à se chamailler pour prendre sa place au volant. Youri, côté passager, essaie d'enjamber la console centrale et Nanosh, derrière, tente de passer entre les deux fauteuils avant tout en repoussant son frère.

« Ho ! Vous arrêtez vos conneries, là ? Faites plutôt un tour pour voir si y a pas de bleus comme l'autre jour au cimetière. » Manu s'éloigne. Arrivé devant le hall d'entrée, il parcourt l'interphone extérieur et repère seulement le nom de Sirine, *S. Bouhafs*. De Nourredine, déjà plus aucune trace. Ou peut-être son ancien meilleur pote n'a-t-il jamais voulu qu'on sache qu'il habitait ici, de crainte de se faire *alpague* par une crevure. Manu préfère la première hypothèse. Il sonne. Rien. Quelques pas en arrière pour jeter à nouveau un œil en direction du troisième. Il y a des balcons, impossible de voir quoi que ce soit. Seconde tentative. Que dalle. Il appuie sur tous les boutons et quelqu'un finit par lui répondre d'un *Bonjour* timide. À la voix, un ancien. « C'est pour l'électricité de l'immeuble. » Sans chercher à en savoir plus, son interlocuteur déverrouille la gâche électromagnétique. Manu entre, appelle l'ascenseur, monte à l'étage supposé de Sirine et y trouve un palier avec deux portes. À gauche, une plaquette avec un patronyme inconnu, à droite, aucune identification. Il frappe là, d'abord normalement, puis plus vivement, puis encore une fois en appelant Sirine assez fort pour que tous les voisins entendent.

On lui ouvre. Très lentement. Sirine apparaît enfin. Vêtue d'un short de boxe noir et d'un body de la même couleur, dont une fermeture éclair, située au niveau de la poitrine, est abaissée légèrement et attire l'attention sur ses seins. Elle a les yeux rougis, humides d'avoir récemment pleuré.

Manu pense *Putain, même quand elle chiale elle est bonne* et il ne peut s'empêcher de lever la main vers la joue de la jeune femme pour y essuyer une larme. Ils se dévisagent un instant avant qu'elle ne recule et s'écarte.

Manu entre.

Juste le temps de la check et je redescends.

Il ressort de l'immeuble deux plombes plus tard. Les Stoian font la gueule mais lui a le sourire. Sirine a sangloté sur son épaule, Sirine ne sait plus où elle en est, Sirine s'est confiée. Manu a ainsi appris qu'elle envisageait de larguer Nourredine depuis quelque temps déjà, juste avant l'été dernier et sa mise au placard.

Il n'a rien manifesté, est resté le plus sérieux et le plus

attentionné possible, mais il était aux anges. Il a abondé dans son sens *Ouais, quand même, c'est pas bien ce qu'il a fait le flic* et *Ouais, il mérite de crever, ce bâtard* et *Ouais, je vais y réfléchir* – Sirine ne sait pas à quel point ça arrangerait Manu de se débarrasser une bonne fois pour toutes de ce fils de pute de Lasbleiz – et *Ouais, je vais voir ça avec mon frère, il est dans la même taule*. Sirine était tellement contente qu'elle lui a fait un *smack* et après ils ont joué à touche-touche. Mais pas longtemps, elle a tout arrêté rapidement. Elle n'était pas sûre, c'était encore trop tôt. *T'inquiète, bébé, je pige.*

Manu lui a filé des thunes, parce qu'en ce moment, le *pole dance*, c'est pas la fête. À cause de la COVID, tout est fermé à part les trucs à *radasses* bien illégaux et bien glauques, et il ne veut plus que Sirine trime n'importe où. Pour elle désormais, le top, rien de moins. Le boss du Whisper lui doit un service alors il ira lui parler de son officielle en temps utile. Bon, après avoir appris tout ça, Sirine l'a quand même pompé sans qu'il demande rien. Manu n'a pas compris mais il ne s'est pas rebellé non plus. Il n'aurait pas pu, elle l'a fait cracher super vite. Le temps de se remettre et il s'est souvenu des Gipsy Kings qui attendaient en bas. Dernier *bisou* à son *bébé* et il s'est tiré en promettant d'appeler, vite.

Juste le temps de la check et je redescends.

Une fois installé dans sa caisse, Manu ignore les remarques des jumeaux et démarre dans un grand vrombissement de V6. C'est probablement la dernière fois. Sirine n'aime pas son pick-up. Pas assez classe. Il le sait parce qu'elle le lui a dit, de biais, en se déclarant surprise de ne pas le voir dans une plus belle bagnole, style Porsche, qui lui irait mieux.

Manu ne se doute pas, en revanche, que ce même

vrombissement a, tout à l'heure, averti Sirine de son arrivée. Et lui a permis de se mettre en condition pour son petit numéro de charme et de larmes. Oh, ces dernières étaient tout à fait sincères, il ne faut pas croire, mais elles n'avaient pas grand-chose à voir avec un trouble général et sans objet précis. Nourredine lui manque, beaucoup, et le sentiment d'injustice qu'elle ressent depuis son exécution ne cesse de la réveiller la nuit, avec une boule de chagrin au ventre. L'envie de chialer est toujours là, pas loin de la surface. Facile, dès lors, d'y puiser de quoi jouer la meuf fragile. Quant au reste, ce n'est pas très grave. Pour Nourredine, elle a déjà fait bien pire que sucer un mec, et le plus souvent sans être payée.

6

… *La juge a fait vite.*

« Très. Elle a sans doute explosé tous les records. »

… *Du coup, on est branchés, là ?*

« J'espère bien. » Un temps. « Salut les copains. Comme c'est vendredi et qu'on peut pas baiser en vrai, on va se la faire à l'oral. Ça vous donnera peut-être des idées pour tringler bobonne. »

À l'autre bout du fil, Luciana Rey pouffe. Un rire qui fait du bien à Théo, un peu, au moins le temps pour son interlocutrice de redevenir silencieuse. Il toussote et se redresse dans la chaise en plastique qu'il a déplacée à côté du fixe de sa cage, relié à un boîtier chromé planté dans le mur, derrière sa télé.

La Santé a été la première prison française à installer des téléphones dans chaque cellule, quartier disciplinaire excepté. Officiellement, il s'agit de permettre *le maintien des liens familiaux* et *d'apaiser la vie derrière les murs*. Accessoirement, cela doit aider à lutter contre le trafic de mobiles, la corruption qui en découle et l'anarchie de communications ainsi générée, difficilement contrôlable. Avec ces combinés individuels, un système de brouillage *de nouvelle génération* a en effet été déployé. Il rend théoriquement impossible l'usage d'un GSM dans l'enceinte du centre de détention.

Dixit les hautes sphères pénitentiaires.

Radio Zonzon ne raconte pas vraiment la même histoire. Le bidule ne couvrirait pas toute la taule et pas toujours les mêmes recoins de la taule, ce serait au petit bonheur. De surcroît, s'il gêne les détenus, le dispositif perturbe aussi parfois le réseau de communication des surveillants et, plus grave, emmerde royalement le voisinage, en parasitant les portables et les routeurs wi-fi de tout un quartier souffrant déjà pas mal de la fort bruyante vie nocturne des colocataires de Théo.

... *Comment est ta piaule?*

« Propre. Maintenant. » Silence. « C'est fou le temps qu'on peut passer à récurer un si petit espace. » Silence. « Non, je suis pas si mal ici. En plus, je peux t'appeler. » L'ex-adjointe de Théo figure sur une liste de gens qu'il souhaitait pouvoir joindre, dont les coordonnées ont été transmises à l'administration de la Santé puis soumises à la justice pour autorisation. Une autorisation accordée, dans son cas, avec une extraordinaire célérité.

... *Tu te fais des potes?*

Au tour de Théo de rigoler. « Plein, je suis super populaire. »

Un temps.

... *Et le moral?*

« Ça va. »

... *Ils t'aident? T'as vu un psy?*

« Putain, j'en peux plus des psys. Si j'en croise encore un, je me flingue. »

… *Arrête tes conneries.*

L'inquiétude dans la voix de Rey est perceptible à l'autre bout de la ligne. Et elle n'est pas feinte, Théo le sait bien.

… *N'oublie pas que t'en as dehors, et des vrais.*

« Des vrais quoi ? »

… *Amis.*

« Rappelle-le à Gio. » Le ton de Théo est cassant. « Et à Malik. » Il s'en rend compte et s'arrête là, pas la peine de donner des *munes* aux clowns de l'IGPN.

… *Ils vont se manifester, laisse-leur du temps.* Rey marque une pause puis ajoute, moqueuse : *Les pauvres, tu les vois trente-six heures en tête-à-tête avec les bœufs ?*

Théo les voit très bien. Il n'a aucun doute sur la capacité de Zikri et Massard à tenir le choc en garde à vue. Et il ne peut s'empêcher d'être blessé par la distance qu'ils maintiennent avec lui, même s'il la comprend. « T'as fait trente-six heures ? »

… *Honnêtement, je pensais que ça durerait plus longtemps.*

Théo aussi, mais il ne le dit pas.

… *Vous êtes vraiment des enculés. Hé, vous m'entendez bien, là ? Des en-cu-lés.*

« Et on vous emmerde », enchaîne Théo.

Ils se marrent.

… *Tu sais... C'est pas la fête au service… Il y a une rumeur.*

« Une seule ? »

Petit rire désabusé de Rey.

« On te fait chier ? » Sous-entendu *Parce que tu couchais avec ton chef de groupe ?*

… *Pas plus qu'avant.*

Et sans doute pas moins, pense Théo. Aux Stups, et d'ailleurs pas seulement aux Stups, tout le monde savait pour eux. Personne n'a jamais rien dit, en tout cas pas à Théo. À Luciana, c'est une autre histoire. Allusions, plaisanteries, gestes déplacés, il y en a eu beaucoup. Elle a le cuir épais, une nécessité professionnelle, mais elle en bave. Depuis longtemps. Parfois, elle a parlé de se barrer ailleurs. Elle a aussi rué dans les brancards, plus rarement. Jamais elle n'a accepté que Théo intervienne. L'emménagement de son supérieur et amant chez elle, juste après le drame qu'il venait de traverser, n'a pas arrangé sa situation. Les commères de la PP, dont la grandeur d'âme n'est plus à démontrer, ne se sont pas privées de désapprouver, c'était aller un peu vite en besogne. Peut-être aurait-on préféré que Théo reste chez lui à macérer au milieu des impacts, du résiné et des souvenirs, sans personne à qui se confier, ou s'isole dans un nouvel appart', alors qu'il tirait déjà la langue à la fin de chaque mois. D'un point de vue moral, refuser de se reposer sur la seule épaule offerte qui ne le replongerait pas immédiatement dans la réalité familiale de quelqu'un d'autre – plusieurs collègues, Zikri et Massard en tête, mariés et papas eux aussi, se sont portés volontaires pour l'accueillir après les assassinats de sa femme et de sa fille – était sans doute la chose à faire. Mais la morale, à ce moment-là, Théo n'en avait plus grand-chose à foutre, et Rey non plus, il fallait faire face à l'urgence et à la détresse.

… *T'as vu du monde pendant ta garde à vue?*

« Du monde? »

Pas de réponse.

« Qu'est-ce que tu sous-entends, là ? »

… Moi, rien… Mais ça jase au service. T'aurais croisé des gens au seizième.

Rey ne précise pas au seizième étage du tribunal, celui où se trouve le bureau d'Arostéguy, c'est inutile. Théo soupire puis, sur un ton volontairement agressif, insiste : « Quels gens ? »

… Des collègues, d'une autre crémerie.

« De L'IGPN ? Putain, j'étais en *gardav'* avec eux ! Chez nous ! » Théo a utilisé le mot gardav', pris au vocabulaire de l'ennemi. *Déjà ?* « Chez la juge, j'ai vu la juge. Et sa greffière. » Il joue l'agacement, juste ce qu'il faut. « Et aussi mon avocat. » Impossible de faire autrement s'ils sont écoutés. « Personne d'autre. » Il s'en veut. « C'est pour ça que Malik fait la gueule ? Massard aussi ? Et toi, tu crois à ces conneries ? »

Pas de réponse.

Le silence se prolonge.

Longtemps.

Rey finit par meubler : *Ça va être le blanc le plus cher du monde. Combien il te coûte, le téléphone, déjà ?*

« Un bras, les deux même. »

… Enfoirés, vive le service public. T'as de quoi tenir ?

« Pour l'instant. » Théo laisse passer quelques secondes. « J'ai besoin que tu me rendes un service. » Confronté à l'absence de réaction de sa maîtresse, il se sent obligé d'ajouter : « J'ai personne d'autre. »

Théo ne peut se douter à quel point Luciana a conscience de la chose. Il ne la voit pas fermer les yeux pour s'empêcher de pleurer quand il balance ça, puisqu'il ne sait même pas qu'elle est allée à l'enterrement de Camille et d'Isabelle.

Discrètement. Malgré sa peine à elle. Pour lui. Parce qu'il ne pouvait pas être présent, les corps ayant été rendus aux proches avec plusieurs semaines de retard. Un retard lié aux besoins de l'enquête, aux restrictions d'activité pour cause de COVID, à une avalanche d'autopsies déclenchée par la recrudescence des suicides, des pétages de plombs domestiques, des pétages de plombs tout court, autant de morts pandémiques que personne ne veut voir. Et puis il y a eu Noël, le Nouvel An. Sans oublier le flingage de Nourredine H., au tribunal, et l'ouragan de merde politique et médiatique qui s'en est suivi. Après ça, plus personne n'avait envie de faire de cadeau à Théo. Luciana est d'avis que sa belle-famille n'aurait de toute façon pas supporté sa présence. Elle était au plus bas et très en colère. Aucun de ses membres n'a adressé une seule fois la parole aux parents de Théo, également effondrés, la honte en plus. Eux sont restés cachés au fond de l'église durant la messe et se sont tenus à l'écart pendant la mise en terre. Les tombes, ils les ont fleuries après les autres, une fois seuls. Quand Rey, qui s'était attardée aussi, est allée se présenter aux Lasbleiz, le père de Théo l'a saluée du bout des lèvres avant de tourner les talons. Il était tellement triste et en colère. Sa maman est restée un peu plus longtemps, incapable de regarder Luciana en face et aphone de chagrin. À la fin, elle l'a quand même serrée dans ses bras avant de rejoindre son mari. De ce côté-là, pour le moment, Théo n'a rien à espérer. Côté boulot, ça ne bougera pas non plus tant que la hiérarchie aura dans l'idée de faire rouler des têtes. L'IGPN rôde, les bruits de couloirs se multiplient et tout le monde se planque. Sauf Rey, dans le collimateur depuis le début, et amoureuse de Théo.

Un sentiment réciproque, mais dont il a abusé et abusera encore. Sans malice, du moins se plaît-il à le croire. Depuis longtemps il se dit qu'il a déjà fait du mal à Isabelle et planté une famille, qu'il n'est pas capable de mieux et n'a plus envie de blesser qui que ce soit. Le *statu quo* lui convient, avec Luciana. Et elle, patiente et anxieuse, trop épuisée ou pas assez forte pour tirer un trait sur eux, a toujours attendu Théo, pour tout.

Comme maintenant à l'autre bout du fil.

« J'ai parlé à mon avocat. Il va contacter le notaire pour qu'il te fasse des procurations. » Théo explique qu'il aimerait que Rey s'occupe de liquider toutes ses possessions. Il faudra d'abord proposer aux parents d'Isabelle de récupérer les affaires de leur fille, s'ils le souhaitent, *Et des trucs de Camille aussi*, puis vendre le reste, tout, solder les crédits, fermer les comptes et virer le reliquat à ses *vieux* à lui.

Aller fouiller dans l'intimité d'un couple dont l'existence cantonnait Luciana à la clandestinité, remettre en ordre la vie de sa *rivale*, ou ce qu'il en reste, celle d'une enfant dont elle aurait sans doute préféré qu'elle fût la sienne, et découvrir enfin, maintenant qu'il est trop tard, tout un pan de l'intimité de son amant auquel elle, elle n'aura jamais droit, rend cette requête particulièrement cruelle. Théo le sait mais il n'a guère d'autre choix. « Sans ces thunes, mon baveux m'aura planté avant six mois. Et ici, fini la belle vie. » Il n'en dit pas plus, ce n'est pas nécessaire. Au-delà des sentiments, Luciana a une dette envers lui, qu'elle ne pourra jamais totalement rembourser.

... *J'attendrai l'appel.* La voix de Rey est triste et résignée.

Loin dans la prison, quelqu'un pousse un cri. Théo

regarde sa montre. *Pile à l'heure*. Un deuxième détenu se fait l'écho du premier, et un troisième. Le chahut enfle, se rapproche.

... C'est quoi ça ?

« Mes nouveaux copains. » Ça a commencé lundi, jour où Théo a pris ses quartiers aux Arrivants. En début de soirée, un mec a hurlé *LA PUTE À MOMO*, puis un autre, puis un autre. Pendant une heure, ils se sont relayés dans toute la taule. C'est leur nouveau rituel quotidien. Au moins, la menace d'une tournante à la Nivea s'est éloignée, Théo n'aura a priori plus qu'un seul pointeur. Gros progrès. *MOMO, TU ME PRÊTES TA PUTE ?* Ou pas.

... Qu'est-ce qu'ils disent ?

« Laisse tomber. Lulu, je. » Un temps. « Je suis désolé. » Un temps. « Pour tout. » Un temps. « J'aurais dû la quitter, on n'en serait pas là. » Un temps. « Mais Camille. » Théo se tait. *Camille serait encore en vie*.

Claquement de serrure, proche, semblable à une détonation. *Détonation. Petit bruit de chute. Camille*. On actionne un second verrou. Celui de la porte de la cellule de Théo. Il sursaute. « Je dois te laisser. » Les surveillants s'annoncent en général, mais là, rien. Le moment est par ailleurs mal choisi pour une fouille ou une inspection, à cette heure l'effectif est déjà réduit au strict minimum pour le week-end.

... Qu'est-ce qui se passe ?

« T'inquiète, salut. »

... Théo !

Il raccroche.

On ouvre.

Théo téléphonait dans la pénombre, sans autre lumière

que celle venue de sa fenêtre grillagée, ouverte sur la nuit parisienne. Sa turne, jusque-là plongée dans le noir, est brutalement illuminée par l'éclairage du couloir. Quelques secondes durant, ébloui, il distingue à peine les silhouettes, deux, de ses visiteurs du soir.

Le premier entre.

Le second reste sur le seuil. « Vous avez besoin d'aide m'sieur Cerda ?

— T'aimerais bien, hein, le tenir et mater ? »

Moustafa Ben-Ayed rigole bêtement.

« Laisse-nous, kho. »

Théo croit entendre le surveillant soupirer.

La porte est refermée et verrouillée à double tour. Dans la prison, l'agitation est retombée, plus personne ne donne de la voix.

Momo Cerda a apporté un sac, qui a l'air lourd. Il le pose délicatement. Tintement de verre ou de métal au moment du contact avec le sol.

Théo attendait cette confrontation, il la savait inéluctable. Calmement, il se lève et, sans perdre Momo des yeux, recule vers son lit pour allumer le chevet.

« Bonne idée. » Le Yéniche retire son FFP2, il sourit. « Je préfère y voir quand. Enfin, tu piges, quoi. » Il met un doigt devant sa bouche, pour inviter l'ancien policier à la boucler, puis se penche vers son barda, pour y chercher une enceinte portable et un iPod, qu'il va ensuite installer dans la douche, côté son dirigé vers le mur de séparation avec la cellule voisine. Musique. Du rap, pas trop fort, avec juste assez de basses. « Tu payes la téloche ? » Momo a déjà saisi la télécommande. Il appuie sur le bouton de mise en marche sans attendre la réponse. Chaîne d'infos, encore le coronavirus, énième panel d'experts en expertise, mais des fonds de tiroir, c'est vendredi soir. À nouveau, volume soutenu, mais sans excès. Momo s'approche enfin de Théo, qui n'a pas bougé. Parvenu devant l'ex-flic, il aboie, le plus fort possible : « ALORS, FILS DE PUTE, CONTENT DE ME VOIR ? »

Les deux hommes se donnent l'accolade.

Interlude

L'Argentine fait pousser du soja, beaucoup. Plus de 50 % de ses surfaces cultivées, peu ou prou un tiers de la superficie totale de la France métropolitaine, sont consacrés à cette légumineuse dont les récoltes alimentent ensuite diverses branches du secteur agro-industriel national. Le pays presse ainsi plus de 40 % de l'huile du susmentionné soja vendue dans le monde soit, en 2020, environ 50 millions de tonnes, des milliers de milliards de litres. C'est l'une de ses principales sources de revenus à l'export. La culture locale ne couvre cependant pas tous les besoins de la filière et l'Argentine doit également acheter de la matière première non transformée ailleurs, notamment en Bolivie. Avec 2 millions de tonnes vendues chaque année, la petite graine domine en quantité les échanges agricoles de l'État plurinational avec l'étranger. Mais elle est beaucoup moins rentable, par exemple, que le commerce officieux de la coca en poudre. Celui-ci pèse le double dans l'économie bolivienne, un peu plus de trois milliards de dollars, avec *seulement* 300 tonnes.

Pour toutes ces raisons, personne ne s'est intéressé de près au mix-produit expédié par Ibro Kuzmić depuis la zone franche de Puerto Quijarro, opportunément située près de la frontière du Brésil, à l'extrémité nord de l'*hidrovía* Paraná-Paraguay. Trois semaines et quelques enveloppes, sacs plastiques ou mallettes plus tard, les 3,7 tonnes de cocaïne cachées dans du soja en vrac de notre industrieux Croate sont arrivées à Buenos Aires. Là, sans perdre une minute, on les a liquéfiées puis mélangées à un dosage *ad hoc* d'huile végétale. Deux produits qui ont fini, du fait de leurs densités différentes, par se stabiliser l'un au-dessus de l'autre à l'intérieur de barils destinés au transport de denrées alimentaires. Barils ensuite hermétiquement scellés puis récurés avec de puissants détergents, afin de faire disparaître résidus et odeurs, et de limiter les risques de détection par des chiens stups. Avantage de cette méthode de transport : l'huile étant en surface et représentant un tiers du volume, c'est elle qui apparaîtrait d'abord en cas de coup de sonde intempestif. Quant à un éventuel passage sous l'un de ces portiques de détection dont sont équipés de nombreux terminaux maritimes, il ne révélerait rien, des liquides incolores dans des fûts, ça ne ressemble pas à des ballots ou à des paquets, et ça laisse passer les rayons X comme si de rien n'était.

Donc si pas blabla, pas cata.

Ibro a débarqué dans la capitale argentine quelques jours avant la came. Il y a rejoint Enes Hamidović, le complice d'origine bosniaque avec lequel il a monté ce deal, et ensemble ils ont supervisé le reconditionnement de la cocaïne avant son départ pour la prochaine étape.

Hamidović est en contact avec les acheteurs finaux. C'est lui qui doit gérer la dernière partie du voyage, entre l'Afrique et l'Europe. S'il a pris la peine de venir ici depuis la France, où il réside une partie de l'année, et en jet privé, à cause des restrictions de déplacement liées à la crise du coronavirus, c'est parce qu'il joue gros lui aussi. Co-investisseur avec Ibro dans cette cargaison, Enes espère sortir de sa condition de trafiquant de moyenne envergure pour enfin s'asseoir à la table des grands.

Il souhaite, pour ce faire, profiter de ses relations privilégiées avec l'un des acteurs majeurs du biz du shit, lui-même en pleine reconversion. Cet acteur, un Franco-Marocain, trouvait dernièrement que ses coûts de transport étaient devenus trop élevés et que ses partenaires habituels s'endormaient sur leurs lauriers. Le jeu, tel qu'il le pratique depuis des années, ne l'amusait plus. Une situation qui le contrariait. Dès lors, il s'est piqué de faciliter la restructuration en profondeur de l'un des rouages logistiques principaux de son secteur d'activité dans le sud de l'Espagne, en aidant les autorités à *découvrir* un certain nombre de renseignements de grande qualité. Armées de ceux-ci, justice et police locales ont ensuite pu procéder à la décapitation de la bande qui, depuis des années, régnait sans partage sur l'andalouse Línea de la Concepción et ses plages de déchargement.

Il faut saisir les opportunités, surtout celles que l'on se crée.

Kuzmić et Hamidović, dont les grands-pères collaboraient déjà sans le savoir au début des années 1940, lorsqu'au nom de l'éphémère État indépendant de Croatie catholiques et musulmans n'avaient aucun mal à s'entendre pour massacrer du juif, de l'orthodoxe, du tsigane ou du communiste, n'ont pas du tout l'intention de laisser passer celle-ci.

Ainsi, quand le 22 janvier 2021, plus au nord et à l'est, dans l'enceinte de la très parisienne prison de la

Santé, un flic et un voyou se tombent dans les bras, cela fait déjà trois jours que les barils magiques d'Ibro et d'Enes font route, à bord d'un porte-conteneurs, vers la Mauritanie, grande importatrice d'huile de soja. Hamidović accompagne la précieuse cargaison. Il tenait à s'assurer en personne que ce premier voyage se passerait sans anicroche. Il voulait par ailleurs être présent à l'arrivée à Nouakchott, pour rencontrer ses interlocuteurs locaux. Tant pis pour la durée et le manque de confort de la traversée. La situation pandémique étant ce qu'elle est, volatile, Enes n'avait aucune envie de s'apercevoir au dernier moment qu'il était devenu impossible de se rendre sur place.

Deux cent cinquante millions d'euros valent bien un petit effort, non ?

II

7

Momo, assis sur la chaise en plastique de Théo, est accoudé à une tablette fixée sous la fenêtre. Qui est entrouverte. Il tire sur un demi-tasse de la marque Romeo y Julieta. Un autre demi-tasse de la même maison se trouve, intact, à côté de l'ancien policier.

Lui est installé sur son lit, adossé au mur, jambes repliées contre sa poitrine. Dans sa main droite, il tient un gobelet en plastique au fond duquel tournoie un reste de vin rouge, sans doute très cher, apporté par Momo. Dans une gourde métallique. Hérésie. Sauf en taule, où personne ne se préoccupe de gâcher un excellent pinard à cause d'un flacon inadapté. Et surtout pas Momo, qui ne connaît rien à rien et s'est toujours contenté de se fier aux prix figurant sur les étiquettes.

Pourvu qu'on ait l'ivresse.

Ici, elles seront rares.

Les deux hommes se sont réfugiés au fond de la cellule, à proximité l'un de l'autre, pour parler à l'abri de la barrière sonore fournie par la musique et la télé, tout en partageant quelques plats mijotés à l'extérieur et introduits en douce par l'un ou l'autre des obligés pénitentiaires du Yéniche. C'est principalement lui qui a tenu le crachoir et noyé son compagnon sous les petites histoires et les conseils. Momo a raconté qui et quoi, et comment. Comment, par exemple, il avait déclenché une bagarre bidon suivie trois jours plus tard d'une fausse agression, *mais avec vraie cicatrice, les points et tout* – il se marrait en montrant le bas de son dos balafré – appuyées par les bons rapports, du bon surveillant, *pas le débile de tout à l'heure, un autre, qui crèche aussi à Romainville*, tout ça pour se faire affecter *aux VIP, loin des bouffons des QH.*

En fait, ici, t'es la reine du bal. L'une des rares interventions de Théo, juste après cette anecdote. Il est resté anormalement silencieux toute la soirée. *Cassé* a pensé Momo. *Pas là.* L'ex-flic n'a pas fini sa nourriture, même pas les zrazys d'Angèle que, depuis toujours pourtant, il adore. Au point d'avoir un jour cassé les pieds à Momo pour récupérer la recette. Il voulait qu'Isabelle, plutôt bonne cuisinière elle aussi, lui en prépare à la maison.

Sans doute pas le meilleur des souvenirs.

Peut-être aurait-il fallu, ce soir, se contenter du vin.

« T'as de la chance que j'aie pas dû me les carrer dans le fion pour les faire arriver, dit Momo en montrant le havane de Théo, sinon, ça m'aurait grave gavé que tu le fumes pas. »

Théo sourit brièvement.

Momo regarde alentour. Les murs sont nus, pas la moindre touche personnelle, aucune photo. Zéro bouquin. « T'es mal barré si tu laisses ça comme ça.

— En plus du room service, tu fais dans la déco ? »

Silence.

« Tu te rappelles ce que tu m'avais dit la nuit où on était en forêt, vers Soissons ? »

Pas de réponse de Théo.

Mais il n'a pas oublié, Momo le sait. Difficile d'oublier une nuit pareille. Celle au cours de laquelle ils ont scellé leur alliance. Qui est ensuite devenue un peu plus. Quoi exactement, ni l'un ni l'autre ne pourrait le dire. Plus que du taf', moins que de l'amitié. Pas la peine de se poser trop de questions, ça gâche tout les questions, surtout entre keufs et lascars. Ce soir-là, en 2017, vers la fin du printemps, d'un seul coup de flingue, Théo a coincé et sauvé Momo. Et vengé Rey.

Le flingue, c'était un 11.43. Un vrai de vrai, le bon vieux Colt américain M1911A1 de la Seconde Guerre mondiale. Il avait appartenu à Marco, qui l'avait offert à Momo, qui l'avait ensuite gardé en réserve pour les jours difficiles.

Ou les grandes occasions.

Théo a mis la main sur le pistolet et sur le manouche en suivant ce dernier jusqu'à un box où le clan entreposait blé, armes et marchandises diverses pas vraiment casher. Rey était avec lui. Et s'ils filaient alors tous les deux Momo, c'est parce qu'ils étaient convaincus de pouvoir, grâce à lui, débusquer l'*enculé* responsable de la mort du frère de Luciana. Pour une raison toute simple : ce même enculé avait ordonné, quelques semaines plus tôt, les exécutions de Marco et de Rico Cerda.

Et de Falak, la mère de Momo.

Ce pédé s'appelait Sofiane Marrefi.

Théo le savait parce que l'un de ses tontons lui avait balancé son nom et Momo le savait parce que Marrefi était alors depuis peu le lieutenant préféré d'Abdelhamid Zaragozi, dit le Français.

AZF, à cette époque, n'avait pas encore l'envergure d'un Bouchibi mais il était en pleine ascension. Et, déjà, chercher à carotter sa marchandise, comme les Cerda en avaient pris l'habitude avec d'autres trafiquants, mais plus modestes et donc moins dangereux, était une très mauvaise idée. C'était pourtant celle qu'avait eue Nourredine Hadjaj. Il en avait parlé à Manu et Manu, alléché par la perspective d'arracher un chargement de dix tonnes de shit *facilement* – dans son esprit c'était plus simple en tout cas que de taper une tirelire, la grande spécialité de la famille sous le règne de Marco, et plus rentable – en avait parlé à Rico. Tout en omettant certains détails, notamment l'identité de celui à qui ils allaient la faire à l'envers. Momo s'était déclaré contre, justement à cause de cela. Une affaire trop belle dont on ne savait soi-disant pas qui était derrière, ça puait. Rico l'avait écouté, Momo aurait même juré qu'il était d'accord avec lui, mais pour une fois il voulait faire plaisir à son petit frère. Et c'était lui le chef, avec l'aval de Marco, en retrait des affaires du clan et de plus en plus barré à Antibes, où il s'était payé une mégabaraque. Momo avait bien envisagé de filer dans le Sud afin de persuader leur paternel d'intervenir, mais il s'était finalement abstenu, histoire de ne pas saper l'autorité de Rico.

Depuis, pas un jour ne passe sans qu'il le regrette.

Parce qu'est arrivé ensuite tout ce que Momo redoutait. Choper le camion transportant les valises marocaines s'est d'abord révélé plus compliqué que prévu. Marrefi avait recruté une nouvelle équipe débarquée du Mali. Des mecs ayant fait les quatre cents coups dans le désert, avec des Algériens à moitié contrebandiers, à moitié djihadistes. Évidemment, ils ne se sont pas laissé faire. Il y a eu de la casse. En particulier un bleu, le petit frère de Luciana Rey qui, avec deux collègues, suivait en loucedé le chargement depuis son arrivée en France. Quand ça a commencé à défourailler, les flics se sont rapprochés et Marrefi s'est payé le gamin alors que celui-ci essayait de l'empêcher de se tirer.

Momo n'avait pas participé au désastre, Manu s'étant opposé à sa venue. Puni pour avoir critiqué le *plan du siècle*. Trois Maliens au tapis, Rico et un autre mec du clan blessés, les bleus super *vénères*, Marrefi dans la nature et AZF en mode Terminator pour récupérer sa came et mettre les *chbebs* qui la lui avaient piquée à l'amende, tu parles d'un plan.

Résultat, quelque temps et, malgré la restitution du shit, quelques macchabées plus tard, Momo s'est retrouvé coincé dans son box par deux flics, eux aussi sur le sentier de la guerre. Théo lui a taxé le 11.43 de son père avec ses empreintes dessus – Dieu sait à quoi ce flingue avait pu servir auparavant – puis lui a mis un marché en main du genre aide-nous, sous-entendu nous deux, Rey et moi, à récupérer Sofiane Marrefi, et ensuite on se le fait peinards, à trois, entre potes, puisque toi aussi tu as une addition à lui présenter. Après, tu récupères ton feu, on te laisse tranquille avec ton bric-à-brac tombé du camion, et la vie reprend comme avant. Ou alors tu veux pas être gentil avec nous et on te serre maintenant avec toute la merde stockée ici.

Une fois le *consentement éclairé* de Momo obtenu, Théo avait ajouté une info. Marrefi avait un grand frère, Farid, fiché au grand banditisme puis fiché S, après une épiphanie en taule. À sa sortie, le frangin s'était rapproché de la Fédération musulmane de Montreuil, qui l'avait embauché. C'était d'ailleurs peut-être grâce à Farid que Sofiane avait trouvé ses Maliens, ils étaient nombreux à fréquenter les mosquées de la ville. C'était sans doute aussi chez lui qu'il se cachait depuis que la famille de Momo et la bande d'AZF échangeaient des politesses à coups de pétard. Problème, l'aîné de la fratrie Marrefi avait déménagé, l'adresse que Théo avait en sa possession n'était plus valide et, comme il s'agissait de la jouer furtif, aller taper à la porte de la Direction du renseignement de la PP ou des espions de Levallois pour le débusquer était hors de question.

Théo avait donc naturellement pensé à Momo, incarnation ultime du *pacte Yénichie-Blédistan*, surnom attribué, non sans ironie, par les spécialistes de l'histoire criminelle du clan, des flics surtout, à la stratégie de coopération et d'expansion de feu Marco. Un des premiers manouches à aller regarder en dehors de sa communauté quand il voulait monter des coups un peu sérieux, pour négocier des accords et recruter des complices. Et à donner ensuite à ces derniers, lorsqu'ils avaient fait leurs preuves, de vraies responsabilités dans ses propres affaires. S'il y avait bien un mec pour loger *en scred* un barbu planqué dans une banlieue de barbus, c'était Mohamed, le bâtard à moitié reubeu du grand Marco Cerda.

Tout cela a finalement conduit Momo à quatre-vingts bornes de Paris, dans un bois, par une belle nuit de mai 2017. Il n'était pas tout seul, Théo était là, Luciana Rey aussi. Et Sofiane Marrefi. Un peu amoché. Il avait renâclé au moment de son embarquement à l'arrière du Transit utilisé pour se rendre dans les environs de Soissons. Marrefi était à genoux dans le grand trou qu'il venait de creuser avec Momo et il chialait comme une merde en suppliant tout le monde. Momo était à côté de lui, mais lui restait debout dans la tombe improvisée. Il ne chouinait pas et défiait les deux officiers de police en silence.

Théo, qui portait des gants, a sorti le 11.43 de Marco d'un sac plastique jusque-là fermé hermétiquement. Il était propre, nettoyé à fond. Il l'a tendu à Rey, elle aussi munie de gants. Luciana a visé la tête baissée de Marrefi, qui se protégeait futilement des deux bras. Elle a maté Théo. Elle a même maté Momo. Dans ses yeux, la détermination a fait progressivement place à la honte. Sa main s'est mise à trembler de plus en plus fort et, après d'interminables secondes, elle a éclaté en sanglots, laissant finalement le pistolet retomber le long de sa jambe. Cela ne relevait pas d'une absence de courage, juste d'un manque de haine et de détachement. Théo a repris le Colt et, alors qu'il s'apprêtait à finir le boulot, Momo a dit : « Laisse-moi au moins crever ce fils de pute. Pour mon père et mon frère. »

Théo s'est accordé quelques instants de réflexion puis a éjecté le chargeur de l'arme pour retirer toutes les munitions sauf une, avant de s'accroupir au bord du trou pour la tendre à Momo, réapprovisionnée. Luciana, pas rassurée, a fait un geste vers son SIG mais Théo l'a arrêtée d'un non de la tête.

Momo n'a pas traîné. Canon contre l'arrière du crâne de Marrefi, boum, fini. Ses larmes sont arrivées à ce moment-là. Pas des larmes de trouille, des larmes de tristesse et de frustration. Parce que c'était terminé pour lui alors que lui n'avait pas terminé le boulot. Jusque-là, il ne s'était pas accordé une minute de répit pour faire le deuil de son *daron*, de sa mère et de son frangin, obsédé par l'idée de mettre le reste de la famille à l'abri, de limiter la casse, de rendre des coups à l'ennemi. Désormais, il était trop tard.

Après avoir laissé le manouche pleurer un moment, Théo a ordonné : « Chope l'étui. »

Momo, surpris, s'est exécuté.

« Fais passer, avec le flingue. »

Le 11.43 a réintégré le sac plastique avec sa munition tirée et Théo les a montrés à Momo en lançant : « À partir de maintenant, t'es ma pute. »

Silence.

« Non, pas ça. »

La voix de Momo ramène Théo à sa nouvelle réalité, quatre murs, une fenêtre, des barreaux, la prison. « C'est pourtant ce que tu m'as ressorti l'autre jour en me défonçant la gueule.

— Fallait que j'assure, quoi. Pour nous deux. » Momo tire sur son cigare. « J'ai pas envie de me faire planter par un *narvalo* d'ici qu'a le *seum* parce que je suis pote avec toi.

— Et tu t'es un peu fait plaisir au passage. »

Un temps.

« Alors, tu te souviens de ce que tu m'avais dit ou bien ?

— Ça fait longtemps que j'en raconte des conneries, tu sais.

— Putain, t'as raison. » Momo fait la grimace en recrachant de la fumée. Il regarde son cigare puis l'écrase. « Sauf que là, c'en était pas une, de connerie.

— Miracle.

— Tu m'as dit : tu t'es payé Marrefi, maintenant faut que t'attendes. Sois malin. AZF, il est trop loin de toi, là.

— Il était barré au bled à l'époque, non ? »

Momo hoche la tête. « On n'était pas sûrs mais ouais.

— Et je t'ai aussi suggéré de faire la paix avec lui.

— Endors-le, tu m'as dit, un jour tu pourras le regarder dans les yeux et là il sera temps de repenser à Marco et Rico. »

Sourire de Théo. « Je l'aimais bien, ton père, pour un voyou.

— Il a jamais dit du mal de toi. Pour un flic. » Un temps. « Pourquoi toi, t'as pas attendu ?

— Attendu ? » Théo fixe longuement Momo. « Combien de temps ? Combien de temps avant qu'il sorte, Hadjaj ? Peut-être. »

Momo ne répond pas.

« Il allait te charger et t'aurais fini par vouloir te le faire.

— Que dalle. Il savait rien. Au pire, il me pourrissait une ou deux affaires, c'est tout.

— T'es sûr de ça ? »

Silence.

« Il m'a pris ma fille. » Une larme coule sur la joue de Théo.

Momo la suit des yeux. À nouveau, il est renvoyé quatre ans en arrière, à son propre moment de faiblesse. Et, comme l'avait fait alors ce mec en train de pleurer aujourd'hui devant lui, Momo ne parle pas, ne bouge pas, il laisse au chagrin le temps de s'éloigner.

« J'avais pas envie d'attendre. » Grande inspiration de Théo. « Je veux plus être là. »

La langue de Momo claque contre son palais. « Ça y est, tu recommences à être con. » Il se lève, impatient, impuissant, et se met à faire les cent pas dans la cellule. « C'est ta cage, je te dis, elle est glauque. » Il pivote vers Théo pour lui adresser un sourire. « Je vais voir avec Manu. Il va t'apporter des photos de cul de nos danseuses, on en fait des fois. » Clin d'œil. « Juste les jolies, pas les tas, promis. »

Théo renifle, se redresse. « Il en a rien à foutre de ma gueule, ton frangin. Il se bougera pas plus pour m'amener des posters que pour me filer des tuyaux. Même pour Hadjaj, il est pas venu. Il a envoyé Lola. »

Momo stoppe net ses déambulations et, cette fois, il ne se retourne pas. Pas question de montrer à Théo à quel point il est en colère.

« Tu ferais mieux de lui demander à elle si tu veux que je décore ma piaule un jour. »

Les temps sont durs pour les gens de la nuit. Confinement et couvre-feu tuent le *groove* des cafés, des restaurants, des clubs, des taxis. Des putes. Des dealers. De leurs boss. Certains le supportent mal, que la trouille du coronavirus gâche tout, y compris la fête et son juteux commerce.

Le clan Cerda, propriétaire de boîtes, de bars à filles, à chicha ou les deux, de cantines, de pizzerias et de kebabs, perd chaque jour une fortune à devoir garder son petit empire fermé. Parce que l'argent officiel ne rentre plus et, surtout, parce que l'argent officieux ne peut plus sortir. Quand, de surcroît, plein de très méchants citoyens n'en ayant rien à foutre de tuer des vieux ont quand même toujours envie de s'amuser, et sont prêts à payer rubis sur l'ongle pour le faire, il y a vraiment de quoi enrager.

Ou pas.

La nuit, il n'y a pas que les chats qui sont gris, il y a aussi les gros relous pleins de coke et d'alcool, tel ce *Patrice Ze métis*, ainsi s'est-il lui-même présenté, très fier de sa rime et en insistant sur le *Ze*, qui postillonne dans l'oreille de Lola depuis dix minutes. Un grand balèze franco-ivoirien, *le pays de mes vieux* – elle va finir par tout savoir de lui tant il est anxieux de meubler pour l'emballer –, joueur du Paris Saint-Germain chez les U19, les moins de dix-neuf ans. Il est venu faire la teuf avec deux potes de son équipe. Potes qui, justement, ricanent non-stop derrière lui, effet conjugué de l'immaturité et d'un déficit de neurones peu arrangé par la *snifette*.

« Comment t'as connu ici ? demande Ze métis sans laisser à Lola le temps de parler. Moi, c'est grâce à Marco, Marco Verratti, tu sais ? Moi et lui, on est comme des frères, tu vois, c'est pour ça qu'il m'a filé le plan. Il va venir, il m'a dit, mais plus tard, tu sais, genre, là ils font la fête entre papys. » Il se met à rire. « On a gagné ce soir, le PSG l'a mise bien profond à Montpellier. » Demi-tour pour faire un *high five* à ses deux copains puis il revient à Lola et tente une main en haut de son dos. L'idée est certainement de laisser ensuite la pesanteur faire son lent office en direction de son cul.

Lola s'est raidie à ce contact, mais à peine. Il l'a senti quand même, c'est certain, parce qu'il a fermé sa gueule pendant un instant. Elle ne l'a pas jeté cependant, alors il doit prendre sa réaction pour un signe d'excitation et d'assentiment. En fait, elle réfléchit à la façon dont elle va gérer la chose, propre ou pas, tout en se disant qu'elle n'aurait pas dû se laisser embarquer par Manu, qui devait sortir avec Sirine mais ne voulait pas la laisser seule avec les copines des Gipsy Kings. *Des vraies crasseuses, celles-là, Sirine va se faire chier avec elles, tu veux pas suivre ?* Et Lola, elle n'allait pas *se faire chier* avec Sirine ? Carrément. Du coup, elle a quitté la table réservée aux Cerda peu de temps après que les mecs se sont barrés faire leurs trucs de mecs – même eux, ils s'emmerdent avec leurs meufs – et s'est isolée au bar pour avoir la paix. Elle voulait observer l'endroit, voir comment il fonctionne, ce qui va ou pas et qui le fréquente. C'est la deuxième fois qu'elle vient. La première, c'était au tout début, le soir de l'*inauguration*, et c'était plein à craquer. Une vraie réussite. De quoi être fière. Car ce lieu tout à fait illégal, baptisé *Lové*, est en réalité son bébé à elle.

Si l'on évolue déjà en marge de la loi, avec du patrimoine immobilier en réserve, à l'abandon ou tout comme, on se dit que, peut-être, il y a là des espaces à valoriser pour tirer le meilleur de la crise en cours. Et qu'il est toujours possible de faire marcher dans la combine les locataires vulnérables, sans existence légale et donc sans recours, occupant une partie de ces espaces. Ils ne sont pas du genre à refuser un petit billet, ou à aller se plaindre à des autorités redoutées au moins autant que les menaces de représailles certaines pesant sur eux et sur leurs familles si d'aventure ils se montrent peu coopératifs. L'absence de concurrence réelle et sérieuse autorise par ailleurs tous les délires tarifaires.

Au milieu de la décennie 2010, profitant d'un engouement renouvelé pour la dégustation de cocktails, et pour ceux qui les confectionnent, devenus du jour au lendemain des *mixologues* – ça claque, ça fait scientifique –, certains petits malins ont eu l'idée d'ouvrir des *speakeasies*. Par-delà le folklore d'arrière-salles ténébreuses cachées derrière des portes ou des parois secrètes, uniquement accessibles après l'échange d'un mot de passe, ces établissements n'avaient que peu à voir avec leurs sulfureux ancêtres américains nés dans les années 1920. On ne risquait rien à les fréquenter puisque, à cette époque vraiment pas si lointaine et pourtant bénie, l'alcool était en vente libre et les sorties du week-end tout à fait autorisées. Qui aurait pu imaginer qu'un jour il serait interdit, dans la France du XXIe siècle, d'aller prendre un apéro le soir ?

Lola, dix-neuf ans et très en colère, très angoissée aussi, de devoir rester cloîtrée chez elle depuis octobre 2020, et pour la deuxième fois, puisque soupçonnée de pouvoir muter en vecteur bactériologique ravageur de l'humanité sur un claquement de doigts, est une Cerda. Malgré la sédentarisation de sa famille depuis trois générations, du sang de nomade yéniche coule toujours dans ses veines, réclusion et autorité lui sont insupportables. Brillante étudiante, elle n'a pas besoin de qui que ce soit pour lui dire quand et comment bûcher son droit, ni quand et comment et où s'ambiancer.

Comme elle n'est pas la nièce de Momo pour rien, Lola a eu une idée. Mais comme elle est aussi la nièce de Manu, elle a évité d'en parler à ce dernier, préférant en toucher deux mots à son tonton embastillé d'abord.

Peu après, le clan a investi quelques immeubles mitoyens occupant un angle de rue entre Pajol et Marx-Dormoy, acquis pour une bouchée de pain par feu Léonard, le patriarche. C'était à une époque, censément glorieuse, où personne ne voulait investir un fifrelin dans ce quartier coupe-gorge. Il est également possible, voire probable, que ces biens aient eu des proprios endettés. Peut-être même, malheureusement pour eux, envers les Cerda. Sans doute cela a-t-il contribué à faire baisser nettement le prix demandé pour un éventuel rachat. Des récits sur l'histoire familiale, Lola a retenu que son arrière-grand-père n'était pas du genre à laisser filer des créances détenues ici ou là, contractées librement ou pas. Et que son grand-père, Marco, a commencé sa carrière criminelle par du *recouvrement*, pour le compte de Léonard justement, usant de violence quand c'était nécessaire et souvent aussi quand ça ne l'était pas. Il avait fini par y prendre goût.

Difficile de réconcilier la réputation brutale de son *papouchon*, le surnom dont Lola usait pour Marco, et l'image d'homme tendre et attentionné qu'elle a gardée de lui. Il lui manque. Presque plus que son propre père, Éric. Trop occupé à jouer au chef, celui-ci n'a jamais pris le temps de rien pour sa fille – sans doute ne l'avait-il pas, Lola s'en rend compte aujourd'hui. Quand elle pense à lui, elle se souvient d'un papa avec lequel elle ne s'est jamais vraiment amusée, toujours pressé de la renvoyer dans les jupes maternelles ; d'où son grand-père venait immédiatement la délivrer lorsqu'il s'en apercevait. Marco n'a jamais aimé sa belle-fille. Il la disait vénale, superficielle, incapable, et en voulait à Rico de l'avoir ramenée dans la famille. Lola mise à part, rien chez cette femme ne trouvait grâce à ses yeux. Raison de plus pour ne pas la laisser seule en compagnie de sa petite, de crainte qu'elle ne la gâte, à la façon dont un fruit abîmé pourrit les autres fruits avec lesquels il entre en contact.

Marco n'avait pas tort. À la seconde où on lui a annoncé

la mort de Rico, la mère de Lola a déserté le clan, abandonnant tout derrière elle. À l'exception de ses bijoux et du liquide que son mec gardait à portée de main en cas de pépin. Au total, une centaine de milliers d'euros. Lola, larguée avec le reste, valait donc moins que ça.

Elle ne l'a jamais oublié.

Après le reniement de cette femme, plus personne dans la famille n'a prononcé son nom. Au début, ce n'était pas volontaire, ou réfléchi, les Cerda affrontaient une crise et l'urgence était ailleurs. Ensuite, on l'a fait par respect pour Lola. À quinze piges, elle comprenait parfaitement sa situation et, passé les premiers mois, quand le chagrin l'emportait encore sur la colère, elle a cessé d'en parler. Complètement. Très présent déjà et pas vraiment du genre à forcer les confidences de ses proches, Mo – la nièce déteste ce *Momo* par lequel le reste du monde interpelle son oncle – s'est efforcé de lui foutre la paix à ce sujet. Les autres ont suivi son exemple.

Une fois seulement, il y a un an, Lola a manifesté le souhait de revoir sa mère. Elle s'en est ouverte à Mo qui, après s'être assuré à plusieurs reprises de ne pas être confronté à un caprice tardif, a accepté de lancer des recherches. Il lui avait alors fallu quelques semaines pour *loger* Annelise Mayer, le nom de naissance de la fuyante génitrice, à Mulhouse, ville où elle avait vu le jour et où elle était retournée se terrer. Elle s'apprêtait à y convoler en secondes noces.

Pendant un mois, hésitante, à nouveau triste, Lola a fait des allers-retours en Alsace, souvent seule, parfois avec Mo quand elle en ressentait le besoin, pour suivre cette femme dans son quotidien et l'observer, toujours de loin. Elle a fini par admettre la futilité d'une démarche dont elle-même ne cernait pas vraiment les enjeux ; à constater le bonheur apparent de cette nouvelle vie, loin des Cerda et surtout loin de sa fille, toute tentative de renouer semblait vouée à l'échec.

Il ne restait rien.

Mo lui a proposé de voir si on pouvait *faire yèche* le futur époux, un restaurateur, mais Lola a décliné. Il était inutile d'impliquer le clan et de prendre de nouveaux risques *Pour cette pute. Se marier avec elle est déjà une purge*. Sur le chemin du retour, bien plus tard, en guise d'ultime commentaire, elle avait balancé *Au moins, j'ai hérité de son cul. Chez elle, il n'y a que ça de beau.*

Ce legs maternel, justement, est sur le point d'être tripoté par Patrice Ze métis, dont la main baladeuse achève son approche. Sans se rendre compte que Lola, elle, joue de son côté avec un surin fourré dans l'une des poches de son perfecto. Un couteau au nom allemand imprononçable que du coup elle appelle son Solingen – l'endroit où il a été fabriqué, il y a très longtemps –, dont la lame est mue par la gravité. Offert le jour de ses seize ans par Mo. Qui n'est jamais très loin et veille sur elle, même lorsqu'il n'est pas là.

Cette pensée fait sourire Lola. Ce qui encourage un peu plus *Ze machin*. Surexcité par la coke et gêné par le volume sonore général, il lui gueule dans l'oreille un *T'es une bombe, bébé* de boloss du rap se croyant romantique. L'agacement de Lola, aiguillonné par le souvenir de sa mère, franchit un nouveau cap et elle se met à fantasmer sur un point d'incision ou un truc à découper là, au milieu de ces gens, tout en imaginant que, dans ce coin du 18e où le clan a installé son club clandestin, elle pourrait s'en tirer facile si elle persuadait son bébé footballeur de sortir d'ici avec elle. Le secteur, lentement gagné, non sans incidents quotidiens, par la gentrification, est tout compte fait plutôt calme le soir. Une ZAC, des placettes et un jardin, un collège, pas le moindre rade à l'horizon, il ne reste personne, à la nuit tombée, pour voir qui se balade avec qui, et pour quoi faire.

L'ensemble immobilier dont dispose le clan est organisé en trois bâtiments. Deux se trouvent sur rue. Très anciens, délabrés, résolument anachroniques, pour lesquels la famille, via des sociétés de promotion dont l'actionnariat est protégé par des paravents juridiques, essaie d'obtenir subventions pour démolir et permis pour reconstruire. Tout en évitant une préemption municipale. L'idée est de faire la culbute à l'occasion d'un complet changement de décor. Dans l'intervalle, en bons marchands de sommeil, les Cerda y louent des *studios*, taille placard, tous plus insalubres les uns que les autres, à des illégaux afghans et pakistanais. On laisse plus ou moins faire, malgré les protestations des nouveaux voisins bobos, parce que nul ne sait où les foutre, tous ces migrants, si on les sauve d'ici.

À l'arrière de ces deux premiers immeubles, il y en a un troisième. Plus haut mais invisible depuis la rue. Construit à la fin de la décennie 1970, occupé comme les autres par une misère humaine débarquée de très loin, il a néanmoins l'insigne avantage d'être doté d'un parking souterrain de trois niveaux comptant chacun une vingtaine de places de stationnement. Près de six cents mètres carrés totalement soustraits à la vue et à l'ouïe de quiconque, une belle surface exploitable en toute discrétion.

C'est là qu'après une conversation entre Lola et Mo, le

clan a ouvert son speakeasy, un vrai, pas un ersatz, et y accueille depuis bientôt un mois une clientèle à coup sûr friquée et parfois célèbre, trop heureuse d'en être dans un lieu interlope, au milieu de laissés-pour-compte que, le nez plein de blanche, elle plaint tout en frissonnant d'aise à la perspective de se voir, peut-être, dépouillée par eux. L'idée, également inspirée par une soirée que Lola avait passée l'été de son bac dans un club de l'ancien *Ost-Berlin*, le Bunk'R, lui-même installé six étages sous terre, a tout de suite séduit Momo.

Début décembre 2020, à peine sorti d'un parloir avec son demi-frère et convaincu d'avoir eu seul cet éclair de génie, Manu a mis le projet en branle en s'appuyant sur Vince, une figure des nuits parisiennes. À la tête de quatre restaurants, d'une société d'organisation de fêtes privées et d'un efficace réseau de détaillants de came pour établissements chics du Triangle d'or, Vince ne se prénomme en réalité pas Vince mais Medhi ; c'est une coquetterie dont personne ne lui tient rigueur. Yeux clairs, cheveux teints façon blonde platine, toujours tirés en arrière et formés en une petite couette en haut du crâne, serre-tête en strass, il a les manières sucrées et effrontées d'une éternelle reine de la *night* à qui l'on pardonne tout.

Cela fait plusieurs années qu'il collabore bon gré mal gré avec les Cerda. Ils lui ont mis le pied à l'étrier et aujourd'hui, ils perçoivent les dividendes sous forme de *loyers* mensuels conséquents et non déclarés. Le coronavirus ne l'ayant pas dispensé de ses obligations financières, Vince a vite saisi cette opportunité de pouvoir faire rentrer du cash. Il est doué pour ces choses et il a les ressources nécessaires à sa disposition. Les cuisines de ses restaus ont été rouvertes en douce pour fournir la bouffe, par rotation, on n'est jamais assez prudent, et ses caves également, afin de permettre aux barmen de s'éclater. Quant à l'aménagement des niveaux du parking dévolus à la fiesta, moins deux et moins trois, il lui a suffi de consulter son smart pour y dénicher les coordonnées d'un décorateur de ciné, gros fêtard lui-même et au chômage forcé, pour faire la blague.

C'est ce mec qui a trouvé, planqué au fond d'une brasserie en rénovation, démonté en trois morceaux, le long zinc contre lequel Lola est appuyée. Vince, qui vient d'apparaître derrière, lui fait un petit signe de la main. Elle lui répond de même.

Son relou demande : « Tu connais le boss ? »

Lola dit : « C'est pas lui, le boss. » En même temps, elle pense *Vince est là*. Puis *Il était avec Manu*. Puis *Où est Manu ?* À ce moment-là, elle entend le grand Patrice hurler.

« Tu crois que tous ces gens savent qu'ils filent des thunes à des bouffeurs de hérissons ?

— Mal nommer un objet, c'est ajouter au malheur de ce monde.

— Hein ?

— Laisse tomber. Il est passé où, ton Vince ? »

Debout à côté d'Amélie, la Maille se dresse sur la pointe des pieds pour tenter de repérer son indic. La foule compacte qui les entoure en mode *cluster* mais majoritairement masquée, et l'éclairage limité, ambiance boîte de nuit, l'en empêchent. « Je le vois pas. » Maillard a hérité de ce tonton au départ de Marc, l'ancien chef du groupe, qui le traitait auparavant. L'OFAST n'a cependant pas l'exclusivité des confidences de Vince, ou plutôt de Medhi Abdadou, trente-neuf ans, originaire de Sétif, dûment immatriculé au Bureau central des sources. Il mange en effet à tous les râteliers et en particulier à celui des douanes, *parce que ça paye mieux*.

Mais il ne balance pas n'importe quoi à n'importe qui. À propos des Cerda, par exemple, sa mémoire lui joue fréquemment des tours. Cependant, depuis que Momo dort à l'ombre, à cause de la façon dont Manu a repris les choses en main, et de la crise, Vince est contrarié. Ceci explique peut-être pourquoi, au cours de l'un de leurs derniers rendez-vous informels, il s'est confié à Maillard à propos de ses difficultés et surtout de l'existence de ce club très secret et très illégal, tue jusque-là. Manu y est souvent présent, *Minimum deux fois par semaine depuis l'ouverture*, d'après Vince, *Pour relever les compteurs et recevoir du monde pour son biz*.

Cette dernière info n'est pas tombée dans l'oreille d'un sourd. Maillard l'a transmise aussitôt et D'Agorno a suggéré une première visite en éclaireur, sur la base du volontariat, coronavirus oblige. Pour faire *couple* avec la Maille et ainsi limiter les risques de détection, Amélie s'est proposée, même si cela impliquait de sa part un effort vestimentaire. Qui lui a instantanément valu un *Putain, t'es pas mal quand t'es déguisée en fille* de son collègue lorsqu'il est venu la chercher tout à l'heure.

Il a néanmoins fallu tordre le bras à Vince pour qu'il consente à les *inviter*.

D'abord à cause du ticket d'entrée, cinq cents euros par tête de pipe. Pas question que l'office paye un tel droit d'accès, pour deux, *Et en plus sans conso gratuite*, cri du cœur du

Strasbourgeois Dom Rickert toujours près de ses sous. *Une façon de trier la clientèle*, dixit Vince, qui n'a pas apprécié de s'asseoir sur ce fric et, pire, de devoir le sortir lui-même, en se contentant d'une vague promesse de remboursement si les renseignements acquis par la suite se révèlent utiles. Parce que cette somme doit être casquée à l'avance, en liquide et en personne, à des *hôtesses*, autrefois danseuses de strip-club, spécialement mandatées par le clan.

Cet argent-là, Vince ne le voit jamais. Son versement permet, au jour dit, de recevoir le sésame à transmettre au chauffeur de taxi envoyé pour embarquer les heureux élus jusqu'à leur destination. Pourquoi des chauffeurs de taxi ? Facile, ils souffrent eux aussi des restrictions liées à la pandémie et, malgré le couvre-feu, avec ou sans passagers, on ne les contrôle jamais. En trouver une trentaine, fiables, bosseurs et prêts à faire un peu de *black* en s'occupant d'une clientèle captive et blindée n'a donc pas été trop difficile.

Vince craignait également que ses *invités* se fassent repérer. Puisqu'il allait devoir se porter garant pour eux afin de les inscrire sur la liste d'appel, un tel incident ne serait pas sans graves conséquences pour lui. Après avoir promis de garder le FFP2 sur le museau et une longue séance de *câlinothérapie*, doublée d'une avance en marchandise, *Mais ça reste entre toi et moi, hein, tu dis rien à mes collègues*, la Maille a néanmoins réussi à vaincre les dernières réticences de son tonton et il a pu venir avec Amélie passer son vendredi soir dans le 18ᵉ. Sous terre. « Je vais jeter un œil au-dessus. » Au niveau moins deux, à la finalité *clubbing* et *pole dance* ; le moins trois, où ils se trouvent, est réservé au bar et à la restauration.

« Fais gaffe à pas te faire détroncher comme tes collègues à l'enterrement. » Amélie fait allusion à deux enquêteurs de la Crim', imprudemment garés sur le parking du cimetière où l'on venait d'inhumer Hadjaj et violemment pris à partie ce jour-là par quelques-uns des proches du défunt en train de quitter les lieux. Sous les yeux d'Amélie et D'Agorno, cachés en surplomb dans le parc voisin. Heureusement, les policiers ont réussi à dégager sans que les gendarmes aient besoin de révéler leur présence. Et sans dommages, sauf à leur bagnole.

Avant que Maillard soit avalé par la foule, Amélie lance : « Va aussi voir au moins un à tout hasard. » C'est l'étage dévolu aux taxis, où ils viennent déposer discrètement leurs passagers. Quelques chauffeurs semblent y faire toujours le pied de grue, prêts à raccompagner du monde tout aussi discrètement.

Amélie reprend sa surveillance de la table réservée aux Cerda.

Plus tôt, un ténor du barreau est venu y saluer Manu. Son cabinet s'occupe d'une large part des affaires du clan, tant pénales que fiscales. Cette dernière spécialité est récente, justifiée par l'afflux d'une clientèle d'un genre nouveau, en quête d'optimisation et d'investissements sains, convaincue par un bouche-à-oreille favorable des Cerda.

Les langues de pute murmurent qu'il est arrivé à cet avocat de se faire payer en coke. Les manouches, réputés s'y connaître en bagnoles, l'auraient même aidé à aménager des caches dans les portières de plusieurs de ses BMW – c'est un fidèle de la marque – afin d'y dissimuler, lorsqu'il va *faire ses courses*, les emplettes conséquentes indispensables à sa consommation personnelle.

Un jour, elle n'était pas arrivée au service depuis très

longtemps, Amélie a interrogé Marc à ce sujet. Il lui a répondu que les gens étaient juste méchants, lui n'avait rien vu passer de tel, jamais, dans aucune interception. *Les échanges entre un avocat et ceux dont il assure la défense, à qui il nous arrive de nous intéresser aussi, sont confidentiels. Donc nous ne pouvons pas avoir entendu ce genre de choses. Et puis, on a bien le droit de discuter belles carrosseries et tuning, ce n'est pas interdit par le Code pénal, si ? Chacun ses hobbies, merde.* Amélie pouffe en repensant à l'anecdote. L'ironie de Marc lui manque, même si elle peut encore en profiter un peu lorsqu'ils se parlent au téléphone. Pas assez. Sa nouvelle vie dans le Sud plaît à son ancien chef, il a l'air plus détendu. Paris et toute sa merde sont loin. Tant mieux pour lui.

Dommage pour elle.

Dans le carré réservé à Manu ne se trouvent plus que trois filles, dont Sirine, enfoncées dans leurs sièges respectifs et occupées à se regarder de travers. L'ex de Nourredine, coupe de champagne à la main, donne l'impression de s'ennuyer ferme. Tout à l'heure, un type est venu la draguer et elle a brièvement retrouvé le sourire. Avant d'apercevoir les mines réprobatrices de ses deux voisines et de s'empresser de doucher les ardeurs de son prétendant. Qui a insisté encore quelques instants – l'inconscient – puis a capitulé, sans doute fort surpris par ce brusque changement d'attitude.

Sirine a renoué avec Manu. Les fadettes, les écoutes et les bornages de la ligne officielle de ce dernier le suggéraient déjà. À présent, c'est confirmé. Leur arrivée *mamours*, gloire et beauté au début de la soirée a dissipé les derniers doutes d'Amélie à ce sujet. Le groupe va donc pouvoir demander sans délai l'autorisation de brancher mademoiselle Bouhafs.

Dom sera content. Lui qui aime faire mumuse avec Mercure, leur logiciel d'analyse des données téléphoniques, et passer des plombes à regarder le PC de *compet'* fourni par l'administration ramer ou planter à chaque nouveau lancement de programme, il va avoir une proie de plus à pister dans cet éther numérique qu'il préfère au monde analogique. Sa pêche étant pour l'instant loin d'être miraculeuse, peut-être ce nouveau point d'entrée lui permettra-t-il de repérer des mobiles de guerre et des *balourdes* supplémentaires.

Pour se parler, les criminels ont toujours usé de lignes éphémères, activées à partir de packs rechargeables vendus dans des boutiques où personne ne fait très attention aux papiers d'identité présentés par les clients. Cela oblige les enquêteurs à redoubler d'intelligence et de patience pour découvrir les numéros à écouter.

Le nerf de la guerre, ce sont les antennes relais, puisque tous les portables doivent s'y connecter afin d'accéder au réseau. Sitôt la liaison établie, deux informations apparaissent dans les registres des opérateurs de ces *bornes*. La première est l'identité de l'appareil, l'IMEI, et la seconde, celle du forfait, le *06* ou le *07*. On sait donc alors que tel téléphone, avec telle carte SIM, est présent tel jour à telle heure à tel endroit. Quel autre téléphone se trouve également là, le même jour à la même heure ? Et le lendemain ? Le surlendemain ? Dans d'autres lieux ? Un seul autre téléphone ? Plusieurs ? Toujours aux mêmes endroits aux mêmes moments ? Se parlent-ils entre eux ? Que se passe-t-il si l'on croise ces identifiants avec des factures détaillées ? Peut-on le confirmer ensuite par des observations directes ? On finit ainsi par dénicher des coordonnées récurrentes dont il est raisonnable de supposer qu'elles appartiennent à l'une au moins des trois catégories suivantes : les proches, les collègues de travail, en langage PJ on dit complices, ou les lignes *officieuses*, les fameuses poches gauches.

Les voyous les plus disciplinés ou les plus paranoïaques, tout dépend du point de vue selon lequel on se place, après avoir cru au mirage de la téléphonie cryptée, jusqu'au rappel à l'ordre de l'affaire EncroChat, l'été dernier, sont revenus au bon vieux jetable. Ils jonglent avec plusieurs mobiles, chacun réservé à un interlocuteur unique, pour cloisonner, et seulement sous tension quand ils en ont besoin. Cela rend le démantèlement des gangs les plus étoffés très difficile. Surtout lorsque ceux-ci, à l'instar des Cerda depuis que Momo a pris les rênes du business familial, suivent par ailleurs un protocole de communication sévère, probablement calé sur un agenda précis. Si l'on en croit Rickert. Il a depuis longtemps repéré des trous d'air dans les échanges entre les rares membres du clan déjà écoutés, trop réguliers pour correspondre à des accalmies fortuites. Comme ils ne s'envoient que peu d'informations, par texto et, pour le moment, exclusivement des coordonnées de rendez-vous sous forme codée, lever tous les appareils de leur réseau afin d'en intercepter les communications va prendre du temps.

Un temps dont manque le groupe qui, en plus de la mise au carré des procédures et des montagnes de paperasses extrêmement formelles que chacune d'entre elles génère, a du mal à suivre et organiser au pied levé surveillances et filatures pour l'ensemble de ses dossiers du moment. D'Agorno, comme Marc Pison avant lui, préfère monter et gérer seul ses dispositifs. L'idée est évidemment de pouvoir en contrôler le déroulement, on n'est jamais mieux servi que par soi-même, mais également de familiariser ses enquêteurs avec tous les objectifs en cours et de renforcer la cohésion. Et les échanges. Il a néanmoins dû se résoudre à solliciter le GAO du service, lui-même déjà très occupé. Malgré ce renfort, ça couine du côté des troupes, à cause des soirées en famille ratées, des congés annulés et des récup' rarement effectuées. Des risques pris aussi, le manque de bras conduisant souvent à des arbitrages entre sécurité et occasion à ne pas laisser filer.

L'*amicale* pression à laquelle les soumet le juge Arostéguy à propos du dossier Cerda – pas une semaine ne passe sans coup de fil ou soudaine rafale de SMS, pour savoir où en est tel aspect des choses ou tel autre – n'aide pas non plus. Il ne s'appelle d'ailleurs pas Cerda ce dossier, mais *Burger King*, l'un des surnoms d'Abdelhamid Zaragozi. Même si tout le monde semble l'avoir oublié, AZF reste la cible initiale de cette affaire dont Arostéguy a hérité début 2017, à peine arrivée à Paris. Ouverte par son prédécesseur, qui lui a transmis cette instruction au moment où allait se dérouler la livraison surveillée de dix tonnes de cannabis appartenant justement à Zaragozi, elle a explosé en une myriade de faits connexes et presque autant de réquisitoires supplétifs quand ledit chargement a été dérobé par une bande rivale. Un braquage violent, au cours duquel plusieurs personnes sont mortes. Dont un fonctionnaire de police. De l'office. Ce décès-là a aussitôt attiré l'attention de l'habituelle cohorte syndicale, politique et médiatique pressée de rejouer pour la énième fois l'ubuesque querelle des sociaux contre les martiaux, tout juste bonne à soumettre le Parquet à une inutile pression.

Un épisode difficile. La magistrate s'en est ouverte à Amélie bien plus tard, à l'issue d'une audition au TJ. *Je me suis mise à pâtisser comme une folle. Mon mari a pris dix kilos en un an. Par amour croyez-moi, parce que j'en ai raté pas mal, des gâteaux, durant cette période. Il a tout mangé quand même.* À l'époque, autant dans les couloirs du tribunal et de la Chancellerie que dans la presse, son attitude a été sévèrement attaquée. Trop lente, pas de résultats, aucune arrestation. Des reproches familiers qui ont abouti à une cosaisine plus ou moins imposée par sa hiérarchie. *À partir de ce qui s'apparente tout de même à un désaveu, ma concentration a commencé à foutre le camp et j'ai tenté par tous les moyens de reprendre le contrôle des choses. La pâtisserie, c'est précis. Il faut de la maîtrise, de la discipline. Procéder dans l'ordre, en suivant les règles. Et prendre son temps.* Le mot *autiste* a été employé à diverses reprises et le nom d'Arostéguy associé, plus souvent qu'à son tour, avec ceux de magistrats ayant eu par le passé les honneurs de nombreux quotidiens, dans les affaires Outreau ou Villemin, sinistres fiascos judiciaires. *Les journalistes m'ont beaucoup reproché de ne pas communiquer.* Et d'avoir donné de strictes consignes en ce sens aux policiers impliqués dans les investigations. Globalement respectées. Tous voulaient mettre la main sur Sofiane Marrefi, l'assassin de leur collègue, identifié presque tout de suite. *Moi aussi.* Le suspect avait disparu dans la nature et pour le retrouver il fallait cerner les enjeux de l'affaire. *Et les parties en présence. Pas simple.* Seules d'autres exécutions, au cours des semaines suivantes, avaient permis de comprendre qui était la fameuse bande rivale. *Et depuis on court aussi après les Cerda, sans avoir jamais rien pu prouver.* Les membres du clan ont toujours nié leur implication dans le vol de drogue, qualifiant les meurtres de Rico et de Marco, survenus peu après, de coïncidences à mettre sur le compte de vieilles histoires. Parmi les rescapés, Momo a pu prouver de façon indiscutable qu'il n'était pas présent sur les lieux du carottage le soir où celui-ci s'est produit. *Il s'est empressé de se servir de son alibi pour protéger Manuel, son demi-frère.* Nourredine Hadjaj s'est volatilisé. *Rentré en Algérie, a priori. Les avantages de la double nationalité et des problèmes non réglés entre nos deux pays.* Quant aux autres porte-flingues des Cerda, ceux ayant survécu aux règlements de comptes, aucun n'a moufté. *Solidarité communautaire.* Marrefi, le tueur du policier, n'a jamais été localisé. *Mais personne ne se fait plus d'illusion sur son sort.* Et AZF, qui pilote depuis longtemps toutes ses activités à partir de l'étranger, est resté hors de portée de la justice. *On n'a encore rien pu lui reprocher d'un point de vue judiciaire.* Aucune dénonciation, pas une seule écoute. Les autorités ont compris bien plus tard que Zaragozi se servait à ce moment-là d'EncroChat, le *WhatsApp des dealers*, un système de communication chiffré, sur réseau dédié, usant de mobiles spécialement trafiqués pour protéger leurs utilisateurs contre les intrusions. *En 2017 on commençait à peine à parler de ce truc, et personne n'avait réussi à le pénétrer.* Et pendant encore presque deux ans, d'un bout à l'autre de la planète, des dizaines de milliers d'abonnés *Encro* ont tranquillement pu continuer, moyennant une douloureuse de cinq mille euros par an minimum, hors coût d'achat des terminaux – baptisés unités carbone –, à échanger des messages, des plans et des images en tout genre montrant qui de la marchandise au départ, qui une adresse de destination, qui la *poucave* qu'on venait de torturer à mort pendant des heures avant de la buter. *Un cliché du corps supplicié de Marco Cerda a été récupéré fin 2019 dans un carbone saisi par les autorités marocaines, au cours d'une affaire impliquant un de leurs ressortissants. AZF lui avait soi-disant offert le téléphone. Tout avait été effacé sauf ça. Ce type ne savait même pas qui était le mort, il trouvait juste la photo sympa.* Pour rendre le travail de la justice plus difficile encore, les protagonistes du dossier Burger King ont cessé de lui donner du grain à moudre. Les flingues se sont tus, la poussière est retombée et on n'a jamais plus entendu parler du shit volé. Que lui est-il arrivé ? *A priori, les derniers à l'avoir eu en leur possession sont les Cerda. Il paraît qu'ils l'auraient rendu.* Une explication qui en vaut bien une autre et qui justifierait la brusque fin des hostilités avec Zaragozi, à l'automne 2017. Mais elle ne satisfait pas vraiment Arostéguy, parce que le clan a prospéré depuis. Et AZF aussi. *Lui et Momo sont des malins, je crois plutôt qu'ils ont décidé d'une entente cordiale à la mode wesh.* Tout le monde s'est ensuite tenu à carreau. À la mi-2019, il y a pourtant eu des rumeurs selon lesquelles les voleurs de poules, comprendre les Cerda, garderaient à présent le poulailler. *Qui serait mieux placé en effet ? Reconvertis dans l'escorte de came et de cash.* Pour des tas de clients, et même AZF, devenu leur pote et dont ils blanchiraient une partie des fonds. *Vous y croyez à ça ?*

Longtemps, Amélie n'y a pas cru. Mais pour la police, comme pour la justice, il est difficile d'ignorer certaines infos et les deux faits saillants, et récents, dont la proximité dans le temps ne peut être fortuite, que sont le voyage légalement risqué de Momo Cerda en Espagne, d'une part, et la mort violente, spectaculaire, d'un ancien associé du clan tombé en disgrâce, d'autre part. Le jour où celui-ci s'apprêtait à balancer *un gros truc*. Dixit le conseil de l'ex-associé en question quand, à la demande de son client, il a convenu du rendez-vous fatal du 5 janvier avec Diane Arostéguy. Qui est convaincue à cent pour cent de l'existence de ce *gros truc*. Et de son imminence. En parlant à une consœur, magistrate de liaison en Espagne, elle a obtenu des détails supplémentaires à propos des frères Morón, anciens numéros un et deux du gang des Cadenas – c'est à leur avocat que Momo est allé rendre visite sur la Costa del Sol –, de leur neutralisation et, à la suite de celle-ci, des bouleversements survenus dans le petit monde des trafiquants andalous. Il semblerait que des transporteurs concurrents, les Montarlat, opérant jusque-là du côté de Cadix et de Séville, le long du Guadalquivir, aient décidé d'étendre leur couverture territoriale jusqu'à la Línea de la Concepción, ancien fief des malheureuses Chaînes.

Ce nom, Montarlat, revient très souvent dans les conversations d'Amélie ces derniers temps. Juste avant les informations d'Arostéguy, il y a d'abord eu les confidences d'un officier de la *Guardia Civil* avec lequel Amélie s'entend particulièrement bien – ils sont *friends with benefits*, selon l'expression anglo-saxonne en vigueur. Lors de son dernier passage à Nanterre, à la veille de Noël, il lui a raconté que son commandement se concentrait à présent sur un nouvel objectif, les fameux Montarlat, dont on soupçonnait un rapprochement avec des criminels des Balkans, très investis dans le commerce de la cocaïne. Un mois plus tard, c'était au tour du collègue du pôle Rens' installé à Málaga de les mentionner. Sollicité au téléphone à propos des photos de Momo shootées sur le parking du cabinet des défenseurs des Morón, il a fait allusion, durant la discussion, au fait que l'un des objectifs prioritaires du service, AZF, chercherait à s'associer avec les Montarlat depuis que les Cadenas étaient hors course.

Momo Cerda plus AZF ?

Plus Espagne.

Plus exécution.

Plus *gros truc* ?

Plus Montarlat.

Plus Balkans.

Plus cocaïne.

Gros truc ?

Vous y croyez à ça ?

Déjà plus. Assez pour avoir imaginé une manip' un peu dingue. Et pour évoquer cette idée avec un nouveau chef de groupe dont on ne sait pas grand-chose, et surtout pas s'il possède la souplesse d'esprit et le courage nécessaires pour prendre le risque de se mettre, le jour de son arrivée, en porte-à-faux avec sa hiérarchie ; dont les patrons restent très policiers, a priori mal disposés vis-à-vis des officiers de gendarmerie et peu pressés de caresser à rebrousse-poil d'autres directions de leur corporation, en l'espèce la DRPJ Paris, malgré l'attitude pas toujours très fraternelle adoptée par celle-ci dans ses interactions avec l'OFAST.

Le 5 janvier dernier, peu après l'annonce de la mort de Nourredine Hadjaj, Amélie a fait part de son plan au capitaine Didier D'Agorno, qui l'a bien écoutée, puis a réfléchi et, le temps du bref trajet en voiture entre l'office et le TJ, a pris la décision de soutenir sa nouvelle adjointe. Ensuite, celle-ci a sollicité une faveur auprès du juge Aroséguy, qui la lui a accordée. Sans tergiverser ni poser de question. Ce n'était pas nécessaire, la magistrate comprenait très bien le sens de la requête d'Amélie. Au milieu du désastreux chaos provoqué par Théo Lasbleiz, il y avait une opportunité à saisir, qui ne mènerait sans doute à rien mais valait quand même le coup d'être tentée.

Amélie bâille. En attendant, vive les journées qui s'étirent et les nocturnes. Avec son smartphone, elle prend un autre cliché de la table de Manu Cerda et de ses dernières occupantes. Le énième d'une longue série de portraits tirés à la dérobée depuis le début de la soirée, qui alimenteront le PV rendant compte de la surveillance.

Où est Vince, putain ?

Amélie refait un tour d'horizon.

Et la Maille, il branle quoi ?

Son regard s'arrête sur une fille debout près du bar. Jolie brune, coupe Louise Brooks, skinny noir et perfecto, montée sur du douze très effilé. Et qui sait marcher avec. Amélie l'a constaté quand elle s'est pointée tout à l'heure avec le reste du groupe d'invités de Manu. Puis quand elle a quitté la table aussitôt après les mecs, visiblement peu intéressée par les trois autres meufs.

Elle a entre vingt-cinq et trente ans, difficile à dire dans la pénombre, à distance, avec la foule, et à cause de ce *smoky* très appuyé autour de ses yeux. Son visage est familier. Elle gravite dans l'orbite du clan, c'est certain. Une ex ? De

Manu ? De l'un des Gipsy Kings ? De mémoire, aucune de celles répertoriées par le groupe n'avait si belle allure.

Lorsqu'elle a quitté le carré VIP tout à l'heure, Jacky Vidal lui a emboîté le pas. Vidal, c'est une des petites mains de la famille. Vingt ans à peine, né de père inconnu, sa mère est également d'origine yéniche et traîne depuis plusieurs années avec la famille Cerda. Elle occupe d'ailleurs, avec son fils et son nouveau compagnon, une des maisons du complexe de Romainville. Jacky est défavorablement connu des autorités, comme la plupart des autres, pour des car-jackings principalement. Il a été condamné à trois ans de prison ferme pour un *home-jacking* assez violent ayant entraîné plus de huit jours d'ITT pour chacune des deux victimes. Amélie s'est demandé pourquoi Manu et les deux Stoian l'avaient laissé derrière en compagnie du gynécée. En le voyant se lever à la suite de la brune, elle a d'abord cru qu'ils étaient ensemble, avant de piger qu'il était là pour jouer les gardes du corps. Vidal a en effet réagi lorsqu'un grand black s'est approché de Louise Brooks qui, d'un geste discret de la main, lui a aussitôt indiqué de laisser faire. Et il a obéi. Il s'est même éloigné de quelques pas. Amélie a vu le manège parce qu'elle était en train de les filmer à cet instant précis.

La fille fait donc partie du clan. Suffisamment importante pour être protégée, pas assez pour suivre Manu et s'occuper du business.

La gamine de l'un des oncles ? Une cousine ?

Le grand mec est toujours planté à côté d'elle. Il s'escrime à la brancher, inconscient du langage corporel de l'objet de sa concupiscence, pourtant évident, qui lui signifie *Dégage ou je te défonce.*

Amélie l'en croit parfaitement capable. Elle n'a pas à attendre longtemps pour en avoir la confirmation. D'une façon tout à fait imprévisible.

Manu sent les doigts du *renoi* craquer à l'intérieur de son poing fermé. Ça geint et il tire sur la main de ce fils de pute pour rapprocher leurs deux visages. « D'où tu touches ? » Du menton, Manu indique Lola.

S'ensuit un simulacre de coup de boule qui, réflexe de protection, incite Patrice Ze métis à reculer vivement, dans les bras de ses copains. L'un d'eux s'avance alors en vociférant des insultes. Il se fait gifler. Ses deux coéquipiers, excités par la colère et la drogue, foncent sur Manu sans pouvoir l'atteindre. Les Gipsy Kings, Jacky et Farès, un golgoth du clan, invisible jusque-là, se sont interposés. Des *Tu sais qui je suis, enculé ?* et autres *L'avocat du PSG va tous vous pourrir* ou *On va venir avec des lascars* fusent.

Autour d'eux, la bourgeoisie nocturne s'est écartée. Pas beaucoup, il s'agit de se mettre hors de portée, pas de louper le spectacle. Personne n'intervient, il y a des coups à prendre, mais tout le monde se régale et commente. Ce brouhaha trouble à peine le fond sonore musical, au volume plus élevé depuis la fin du service restauration.

Manu, l'œil mauvais, rigole très fort. Par-dessus l'épaule de Jacky Vidal, il saisit à nouveau Patrice par ses courtes dreadlocks et lui glisse, tout près : « Vas-y, te plaindre, fils de pute. Amène du monde. Demande aux schmitts, même. Tu crois qu'ils vont te protéger, eux ? Tu joues avec le PSG ? Partout ? » Manu repousse le grand black et crie : « J'ai des potes dans tous les camps manouches de la France, moi ! Cinq cent mille mecs prêts à te planter. Toujours on te trouvera et on pissera dans ton crâne. Dégage ! »

À ces mots, les Stoian forcent les trois jeunes joueurs à battre en retraite vers la rampe d'accès du parking.

Manu attrape Jacky Vidal par l'épaule et lui dit : « À quoi tu sers, toi ?

— Laisse-le. » Lola s'est plantée entre les deux hommes. « Personne t'a sonné. »

Sirine, qui s'est approchée, interpelle la nièce de Manu : « Oh, il t'a aidée, alors ferme ta bouche et dis merci.

— Toi la pute, tu me parles pas. Même pas tu me regardes. »

Sirine se renfrogne puis, prenant son plus bel air de chien battu, s'éloigne en essuyant une larme. Manu essaie de la retenir par le bras sans y parvenir avant, plus en colère encore, d'agripper Lola par la gorge et de la soulever.

D'une voix suffocante, le regard dans celui de son oncle, Lola dit : « Cogne, t'es bon qu'à ça. »

La pique atteint Manu qui relâche brièvement son étreinte. Avant de serrer à nouveau, plus fort. « Tu te prends pour quoi ?

— Et toi ? » Lola coasse un ricanement. « Cinq cent mille mecs à tes ordres ? Faut arrêter la *teuteu*.

— Personne a le droit de te mettre la main au cul.

— Mon cul, mon *blème*. Je gère.

— Ouais ? » Manu remonte un peu le bras au bout duquel sa nièce étouffe. À la faire battre des pattes dans le vide. « Tu gères ? » Il se marre.

Lola lutte, souffre, mais ne baisse pas les yeux. Puis la pression sur sa gorge diminue et, juste avant de retomber sur ses pieds, elle affiche un petit sourire. « Je gère. » Dans sa main droite, le Solingen. Sa lame, rougeoyante, est prête à s'enfoncer plus loin sous les côtes de Manu. Qui grimace. Libérée, Lola attrape Vidal par le bras et ils disparaissent rapidement dans la foule.

Écouter les mots rares et les silences de Théo a renvoyé Momo à une douleur qu'il croyait, à tort, depuis longtemps apprivoisée. Entendre l'ancien policier raconter sa famille, sa femme, en creux, et surtout Camille, et sa mort, et son corps, dans ses bras, si petit et si lourd et si froid, a invoqué d'autres fantômes, nombreux, trop, qui l'ont pourchassé jusque dans sa cellule.

À présent, ils encombrent, tous ces spectres, sa minuscule et oppressante cage. Sans mot dire. C'est inutile. Momo sait ce qu'ils attendent de lui. Il n'a pas oublié ce qu'il leur a promis, à eux et à son père.

Et plus encore à sa mère.

Falak Ojjeh.

Morte sur un trottoir du 17e arrondissement. Exécutée de deux balles, une dans la poitrine, l'autre dans le cou, pour avoir tenté d'empêcher des tueurs cagoulés de kidnapper Marco, l'amour de sa vie, père de son unique enfant, devant le Park Hyatt Paris Étoile. Elle n'avait pas eu peur, ce jour-là, la mère de Momo. Elle n'a jamais eu peur, cette femme venue de très loin, qui avait vu et connu tant de choses dégueulasses.

Falak Ojjeh.

Dans les moments de doute, Momo aime le faire glisser

sur le bout de sa langue, ce nom, et se le répéter, tout bas, comme un mantra.

Falak Ojjeh.

Jusqu'à l'apaisement.

C'est à ça que servent les mamans.

Et les fils, à quoi servent-ils ?

À rien s'ils n'empêchent pas leurs mamans de mourir.

Falak Ojjeh.

Au moment de son décès, Momo était à quelques dizaines de kilomètres de la capitale, dans un campement. Il regardait un utilitaire partir. À son bord, Rico, Manu, Hamid Dridi, le cousin de Nourredine Hadjaj, et un peu plus de quatre tonnes de valises marocaines. La moitié du chargement carotté à AZF, jusque-là planquée chez des cousins plus nomades, que l'on s'apprêtait à restituer aux émissaires de son légitime propriétaire. Le rendez-vous était fixé à la mi-journée. Marco devait y jouer les juges de paix, réputation oblige. Avant cela, il avait prévu de déposer Falak à Romainville.

Ils n'y sont jamais arrivés.

Son père aimait bien le Park Hyatt et il avait pris la sale habitude d'y séjourner lorsqu'il revenait à Paris. Tout le milieu le savait. Et lui se croyait intouchable, à l'abri.

Hubris.

L'utilitaire n'est jamais arrivé à bon port non plus. Il n'a pas parcouru deux kilomètres avant de se faire allumer. Momo a entendu les tirs alors qu'il montait en voiture pour rejoindre sa mère. Longtemps, il s'est demandé comment les mecs de Zaragozi avaient su où, quand et comment. Puis on a trouvé un mouchard, une de ces discrètes applis dont usent les maris jaloux pour pister leurs gonzesses, ou le contraire, dans le smartphone de Manu. Une pute qu'il baisait à l'époque l'avait installée pendant qu'il dormait.

La tapineuse est morte. Plus tard. Après Rico. Après Dridi. Et après Falak, la première à crever ce jour-là.

Falak Ojjeh.

Momo se souvient de son visage frigide, les traits tirés, pétrifiés par la violence, l'horreur et le martyre du dernier instant, la peau dépourvue de la moindre douceur. Plus comme avant. Plus celle de sa maman. Plus sa maman, là, allongée devant lui dans une salle de l'institut médico-légal.

Plus de maman.

Il se souvient aussi de la chape de solitude qui s'était abattue sur lui. Et de sa détresse. On n'avait pas encore retrouvé Marco mais lui ne se faisait déjà plus aucune illusion. Il était orphelin et pas du tout certain que le clan l'accepterait encore.

Falak Ojjeh.

Glacée au toucher.

Les mots exacts de Théo, tout à l'heure, à propos de sa fille. Pour accompagner ses regrets, de n'avoir pas voulu voir, ou faire, ou être, autre chose. Meilleur. Ses reproches aussi. À tous les enculés qui passaient leur temps à tuer, à braquer, à abuser, à profiter, à arracher, à piétiner et qu'il fallait poursuivre, arrêter, neutraliser, pour stopper la gangrène. Ou du moins la contenir.

Sans eux.

Sans vous.

À ces mots, Momo s'était braqué, avait rétorqué. Un peu. Pas longtemps. Il voyait la douleur et comprenait parfaitement la colère. Qui faisait écho à la sienne. Lui aussi en voulait au monde entier. À son père, le premier à jouer au voyou. À Rico et à Manu, trop contents de suivre leur paternel dans cette voie. À lui-même, tellement fier d'en être aussi.

Sans nous.

Tous.

Falak Ojjeh.

Maman.

Et maintenant Lola.

Pour Momo, il est confortable de s'emporter contre son demi-frère parce qu'il a exposé Lola en l'envoyant parler à Théo juste avant Noël. Sa rancœur envers Manu ne demande qu'à s'étendre plus encore, jusqu'à empoisonner tous leurs rapports. C'est confortable, mais ce n'est pas prudent.

C'est aussi très injuste.

Manu n'a pas impliqué Lola dans leurs embrouilles, leurs embrouilles ont toujours menacé Lola. Depuis le jour où elle est née. Leurs embrouilles d'enculés, ce sont elles les responsables. Et c'est Rico aussi, nouveau chef du clan, qui lorsqu'il a écouté son petit frère puis a accepté de céder à l'un de ses dangereux caprices, a pensé à tout sauf à sa gamine. Et c'est Momo. En refusant de l'ouvrir. Pour ne pas être exclu. N'a-t-il pas également contribué au désastre et au malheur, de sa mère, du reste de la famille et de Lola ? N'est-il pas celui qui, plus tard, a fait certaines promesses à sa nièce ? Ces promesses, elles l'ont armée, elles l'ont motivée, à se battre, à devenir plus forte, plus instruite, à s'élever au-dessus des autres, y compris ceux de son sang.

Momo a passé du temps avec Lola. De tous, le plus de temps. Il lui a raconté les affaires, expliqué les plans, le plan, son plan, lui a montré des choses ; il l'a sortie, il l'a emmenée à des rendez-vous, il lui a fait rencontrer des gens.

Et il l'a laissée parler, dès qu'elle a commencé à vouloir le faire.

Comme ce jour, pas si lointain, où on lui a renvoyé sa condition à la gueule, de fille, de fille trop jeune, de fille qui n'était ni son père, ni l'un de ses oncles, de fille à qui il manquait des couilles.

Elles vous ont évité les emmerdes, à toi et à ton frère, vos couilles ?

Momo avait souri.

T'as plus besoin de quoi, en ce moment, de muscles ou de cerveaux ? T'en as déjà autour de toi, des muscles, avec plein de couilles. Ça a pas empêché ceux d'Isla Mayor de te la mettre bien profond.

Tout ça débité dans un anglais enragé. Qui avait également fait sourire Albano, la brute trapue au crâne rasé sur les côtés qui était assise en face de Lola. Le *Cadenas* l'avait dévisagée de ses yeux clairs et espiègles, enfoncés sous d'épais sourcils bruns, puis il lui avait demandé si elle, elle était sûre d'en avoir un, de cerveau.

Je suis encore là à écouter tes conneries, alors oui, on peut se poser la question.

Elle s'était levée.

Fuck you.

Momo n'avait pas bougé.

Sans pour autant présenter ses excuses, leur hôte avait calmement invité Lola à se rasseoir, précisant qu'il en avait fini avec ses *conneries*. Il ne lui restait plus beaucoup de temps pour discuter sérieusement. Dans deux jours tout au plus on allait l'arrêter, il le savait, et il était impératif de clarifier certaines choses avant que cela ne se produise.

Plus tard, Lola et Momo étaient allés en boîte. À Marbella. Pour s'amuser, tous les deux, comme des gosses. Elle avait franchi un cap, elle le savait, ça la grisait. Elle était sur un nuage. Momo était heureux de la voir ainsi. Pour elle et pour lui-même. Après toutes ces années, il lui était finalement permis de se dévoiler à quelqu'un. Ils avaient beaucoup bu, ri et dansé, et quand, plus tard, d'autres avaient été attirés par l'éclat de Lola, il s'était retiré. À l'affût toujours et pas très loin. Juste assez pour la laisser profiter de ce moment. Son moment. À elle, rien qu'à elle.

Momo, allongé sur son lit de prisonnier, resserre ses mains autour du terminal radio TYT posé sur sa poitrine. Le plastique gémit et craque légèrement sous ses doigts. Encore vingt-quatre heures jusqu'à leur prochaine conversation. Réflexe maladif, il met l'appareil sous tension puis, quand son écran s'illumine tout en bleu, vérifie l'état de la batterie et le numéro du canal crypté. *Zone 2*, *Channel 2*, l'icône en forme de petite pile est pleine, tout va bien. Il éteint le talkie-walkie et soupire.

Dans sa cellule encombrée de fantômes, Momo sent le désespoir monter. L'amertume aussi. Où est Lola, que fait-elle, avec qui, pense-t-elle à lui, à eux, il est gagné par une irrationnelle et interdite jalousie. La même jalousie que celle éprouvée en Espagne, lors de cette nuit festive de septembre, en regardant sa nièce, la petite princesse du clan, devenir une reine et subjuguer l'assistance, libre, enfin.

Prête à lui échapper ?

8

L'an deux mille vingt et un,

Le 26 janvier 2021,

À 7 heures 23 minutes,

Après un lundi de récupération mérité, Amélie est arrivée tôt au service pour rédiger et corriger différentes pièces, destinées à compléter plusieurs procédures. Pour se motiver, elle a commencé par la plus simple, le procès-verbal de la surveillance effectuée au Lové, le club clandestin des Cerda, dans la nuit du vendredi 22 janvier. Elle le met en forme à partir des notes rapidement couchées sur le papier à son retour chez elle samedi, vers trois heures du matin.

Nous, Amélie VASSEUR

CAPITAINE DE GENDARMERIE

Son grade, en lettres capitales. Une manie récente, au départ inconsciente et par la suite volontaire, destinée à rappeler ce qu'elle est et, en creux, ce qu'elle n'est pas, toujours pas, peut-être jamais. Chef de groupe, aux manettes. Un problème que l'on ne semble pas pressé de résoudre, il y a toujours plus urgent à gérer. Elle-même avance masquée, par petites touches. Elle préfère son job à son grade. Encore.

Pour le moment. L'idée est d'éviter de s'entendre dire qu'il y a ailleurs, sûrement, une affectation plus en accord avec son niveau d'avancement et que toute demande de mutation sera *soutenue* avec bienveillance.

Officier de Police Judiciaire en résidence à NANTERRE (92),

Nous trouvant au service,

Agissant en vertu et pour l'exécution de la commission rogatoire numéro JI J0112 21000012 délivrée le 08/01/2021 par Madame Diane Arostéguy, Vice-présidente chargée de l'instruction près le TJ de Paris, JIRS, informant contre X,

Cette CR, qui acte une nouvelle saisie de l'OFAST, intervient dans le cadre de la procédure déclenchée par l'exécution de Nourredine Hadjaj. Arostéguy la leur a transmise après avoir obtenu en urgence du Parquet – déstabilisé par l'incident et désireux de se montrer actif, fort et déterminé – un réquisitoire supplétif lui permettant d'informer sur de nouveaux développements, en lien avec cet homicide, notamment la mise en place d'une inédite filière d'importation de stupéfiants, via l'Espagne, matérialisée par un premier arrivage conséquent, le fameux *gros truc* du malheureux Nourredine.

Vu les articles 81, 151 à 155 du CPP,

Vu les articles 16 à 19 du CPP,

Vu ce qui précède et notamment les actes antérieurs objets de procès-verbaux distincts du présent,

Le groupe a dissimulé l'origine du renseignement sur le Lové, Vince, dans l'un de ces fameux PV *distincts du présent*, afin de le protéger. Dans les échanges téléphoniques de Manu avec Sirine, Dom avait remarqué plusieurs mentions d'un endroit, non identifié, *une surprise*, où le manouche voulait emmener sa nouvelle ex-petite amie. Une proposition étonnante en période de couvre-feu, qui n'avait pas, au départ, attiré l'attention mais a pris tout son sens avec les révélations ultérieures du tonton. C'est donc officiellement une écoute, suivie de filatures, qui a permis à la Maille et à Amélie de localiser le Lové, puis de s'y rendre.

En compagnie des fonctionnaires et militaires du service,

Disons mettre en place un dispositif de surveillance le 22 janvier 2021 à partir de 21 heures 30 minutes.

À 21 heures 30 minutes, disons nous trouver devant le N°27 rue Beaurepaire (75010) et embarquer à bord du taxi immatriculé AA-124-TS de M. Karim MESLI, carte professionnelle N°07519664302, valide jusqu'au 20/06/2024 (Cf. photographie ci-après). L'accès au Lové, la configuration des lieux et l'utilisation de taxis « spéciaux », ont fait l'objet d'un PV séparé (N° 2021/000076).

À 21 heures 44 minutes, arrivons au Lové situé [...]

À 22 heures 13 minutes, Monsieur Manuel CERDA se présente au niveau moins trois du Lové en compagnie de plusieurs personnes, identifiées comme suit [...] et, enfin, de Mademoiselle Lola CERDA (formellement identifiée) [...]

Louise Brooks, visage familier, qui a *piqué* Manu Cerda.

Et a survécu.

Lola Cerda, la nièce. Une évidence. Ce matin. Samedi dernier, Amélie a mis plus de temps à *percuter*. Louise Brooks. Visage familier. Qui a piqué Manu Cerda. Et. A. Survécu. Survécu. Ça a beaucoup tourné dans sa tête. En rentrant chez elle, puis avant de se coucher, puis dans son lit. Ensuite, incapable de trouver le sommeil, Amélie s'est relevée et, aidée d'un café, jusqu'à l'aube, elle a fouillé dans les dossiers qu'elle trimballe partout sur une clé USB, utiles dérivatifs aux surveillances longues comme des jours sans pain ou à la monotonie routière des filatures de balises.

Louise Brooks.

Lola Cerda.

Présente dans les archives personnelles que Marc Pison, en enquêteur consciencieux, avait commencé à constituer sur le clan après la mort du brigadier-chef Antoine Rey ; un traumatisme pour l'ensemble des fonctionnaires du service. Ressorties d'un placard quand, l'été dernier, quelques semaines avant que Momo soit interpellé à la frontière, un indic de Marc s'était épanché sur la soudaine passion espagnole des Cerda. L'intérêt renouvelé pour les Yéniches de Romainville avait alors incité Amélie à numériser l'épaisse chemise cartonnée de souvenirs de son ancien chef de groupe, afin de mettre à profit les temps morts et de combler son retard sur ce chapitre douloureux de l'histoire de l'OFAST, antérieur à son affectation. Et c'est là-dedans qu'elle a finalement retrouvé la photo déjà vue d'une ado, Lola, immortalisée par les copains de la lutte contre le crime organisé au moment des obsèques de Rico, son père. Un unique cliché, ancien – deux raisons pour lesquelles ses traits ne pouvaient qu'être *familiers* –, la fille d'Éric Cerda n'ayant jamais reparu sur les radars de la police depuis 2017.

Disons insérer ci-après les extractions vidéo des personnes accompagnant Monsieur Manuel Cerda que nous avons pu filmer à l'aide de nos téléphones portables […]

À 23 heures 37 minutes un individu non identifié (Xh1) – sexe masculin, de type caucasien, crâne dégarni, barbe de trois jours, blazer sombre – se présente à la table de Monsieur Manuel

CERDA et parle avec lui pendant une dizaine de minutes. Ils sont rejoints par M. Medhi ABDADOU (formellement identifié), puis les trois hommes se lèvent et s'éloignent. Le temps de réorganiser notre dispositif, nous perdons de vue les objectifs durant une vingtaine de minutes [...]

Disons insérer ci-après les extractions vidéo de l'individu référencé Xh1 que nous avons pu filmer à l'aide de nos téléphones portables [...]

À 01 heure 12 minutes, un second individu non identifié (Xh2) – sexe masculin, de type méditerranéen, cheveux courts, glabre, blouson de cuir – se présente à la table de Monsieur Manuel CERDA et, en attendant le retour de celui-ci, parle avec Messieurs Nanosh STOIAN et Youri STOIAN, d'une manière familière qui ne laisse aucun doute sur l'existence de liens antérieurs à la soirée du 22 janvier 2021 [...]

Disons insérer ci-après les extractions vidéo de l'individu référencé Xh2 que nous avons pu filmer à l'aide de nos téléphones portables [...]

À 02 heures 29 minutes, Monsieur Manuel CERDA part du niveau moins trois du Lové, escorté par Messieurs Nanosh STOIAN, Youri STOIAN et Farès JELLOULI. Notons que Monsieur Manuel CERDA se tient le flanc gauche, vraisemblablement à la suite de l'altercation [...]

Altercation. Lola Cerda. Qui a piqué son oncle. Et s'est barrée ensuite. Vivante, entière. En compagnie de Jacky Vidal, un autre mec du clan, jeune et violent. Tous les deux jeunes et violents. Creuser de ce côté-là ? À discuter avec Didier.

Décidons alors de suivre les objectifs [...]

Manu et sa troupe ont quitté le club clandestin peu après

deux heures trente du matin, à bord de trois taxis. La Maille et Amélie, mêlés à la petite queue ayant commencé à se former au niveau moins un, les ont vus partir sans pouvoir les filer plus avant ni prévenir un éventuel dispositif extérieur. Par précaution, il avait été décidé de ne pas y recourir du fait du couvre-feu et d'une circulation nocturne *civile* réduite à la portion congrue, rendant toute surveillance motorisée difficile. On verra ce que révéleront les fadettes et les bornages.

À 02 heures 42 minutes, constatant l'impossibilité de poursuivre nos observations, levons notre dispositif.

Dont procès-verbal.

Amélie enregistre la pièce et la relit, avant de lancer l'impression puis de clore le fichier. Ensuite, elle ouvre un nouveau document, vierge du moindre en-tête et destiné à la rédaction d'un blanc, un compte rendu anonyme de la soirée passée au club, de la situation et des activités de celui-ci, ainsi que des personnes croisées là-bas, certaines exerçant des fonctions très publiques, voire très politiques. La note sera transmise à leur hiérarchie, qui décidera de la suite à donner à son contenu. Probablement aucune dans l'immédiat et, plus tard, sans doute, quelque opportun règlement de comptes ou coup de pression.

Ainsi va la vie intérieure de l'État.

Un bureau de flics. Pas au 36. Ailleurs, chez l'ennemi. En face de Théo, deux costumes gris, avec deux mecs de l'IGPN dedans, dont celui aux mains soignées croisé lors de sa garde à vue. Et un nouveau venu, plus jeune, au visage de la même couleur que sa veste. Il essaie d'imiter l'air peau de vache de son pote. Raté. C'est lui qui tape le PV.

Dans sa tête, Théo les a déjà rebaptisés *Manucure* et *Grisouille*. S'ils le savaient, ils cesseraient immédiatement leurs petits jeux à la con et se rendraient compte, par exemple, que ce matin ils ne l'ont pas *emmerdé* en l'extrayant de la Santé. Au contraire, le faire venir jusqu'à eux histoire de montrer qui sont les patrons lui a rendu service. La balade valait le coup. Il a pu revoir un bout de Paris, s'évader du regard. Et rebelote tout à l'heure, quand viendra le moment du retour à la niche, même s'il anticipe un méchant coup de blues ensuite. Mais pour ça, il a des médocs.

Théo n'écoute pas les salades de ses interlocuteurs et s'efforce de laisser leurs questions sans réponse. À propos des événements du TJ, il reste sur sa ligne d'autant plus aisément qu'il n'a aucun autre poulet à incriminer, puisque la date et l'horaire de la convocation de Nourredine Hadjaj par le juge Arostéguy ne lui ont pas été transmis par quelqu'un de la maison. Quant à d'anciennes frasques supposées pour lesquelles les duettistes lui servent, depuis deux heures, de mauvaises photos de surveillance, mieux vaut, là aussi, continuer à la fermer.

Le passé proche et le passé plus lointain, où ils cherchent à trouver de quoi alimenter un futur narratif ministériel du genre *Plusieurs fonctionnaires dévoyés et complices ont décidé de se substituer à la justice et regardez comme nous sommes sans pitié vis-à-vis de tels individus qui jettent le discrédit sur nous, leurs collègues, et sapent la confiance de la population,* ou alors *Un fonctionnaire dévoyé, trop proche des voyous et de leurs méthodes, a décidé de se substituer à la justice et regardez comme nous sommes sans pitié vis-à-vis de tels individus qui jettent le discrédit sur nous, leurs collègues, et sapent la confiance de la population*, ou encore, mieux, un mélange des deux propositions.

Dans la situation présente, seul le *storytelling* compte. Nuance, réalité et *pourquoi* n'ont aucune importance, pire, ils sont dangereux. Autre grand oublié, le déterminisme toujours de rigueur lorsque l'on juge des gusses de l'équipe adverse. Il ne peut pas, il ne doit surtout pas y avoir la moindre circonstance atténuante qui obligerait à réfléchir sur le fonctionnement ou le dysfonctionnement de l'institution – son incapacité à garantir la sécurité de ses fonctionnaires et de leurs familles, par exemple – et, par-delà, l'impéritie de ses chefs et des chefs de ses chefs, les politiques. *In fine*, ce sont eux qu'il s'agit de protéger des égarements de la troupe, pas le public.

Manucure pose devant Théo une nouvelle photo de lui en compagnie de Momo. Ils sont dans un parc, côte à côte. Une scène figée, dans laquelle l'ancien policier semble glisser une enveloppe épaisse à l'intérieur de son blouson. Manucure la montre de l'index. Théo ne réagit pas, ne se défend pas contre l'accusation implicite. Il fixe le doigt et la main qui vient avec. Une main n'ayant sans doute jamais donné ou arrêté de coup. La main d'un flic domestiqué, d'un larbin chargé des basses œuvres, que rien ne salira jamais. Théo relève les yeux, ignore Manucure et demande à Grisouille : « Ça fait combien de temps que tu *taffes* aux bœufs ? »

L'autre est désarçonné, il bafouille un truc.

Son acolyte intervient : « Les questions, c'est nous. Toi, c'est les réponses. Et remets ton masque. »

Théo sourit, pas de *S'il te plaît* cette fois. La troisième depuis le début de l'audition. Il n'obtempère toujours pas et regarde plutôt vers la fenêtre ouverte du bureau : « Vous allez choper la mort avec ce courant d'air. » Un temps. « Et puis c'est pas prudent, je pourrais tenter une Richard Durn. » Encore un silence, durant lequel ses interrogateurs paraissent hésiter, fermer, pas fermer, risque de COVID ou risque de TS ? Théo s'adresse à nouveau à Grisouille : « Reste pas trop longtemps, ça rend con. Lui », il montre Manucure, « il est foutu, mais toi, t'as encore une petite chance. »

Enquêter sur des collègues, les coincer, Théo ne pige pas, n'a jamais pigé, qu'on puisse faire un truc pareil. Ou du moins le faire longtemps, puisque dans la maison poulaga, un malheur étant vite arrivé, on ne choisit pas toujours son affectation. Mais on peut demander sa mutation. Chaque année. Tout, même un placard chez les pandores à Issy, vaut mieux que ça.

Lui n'aurait jamais pu accepter. Il n'est pas devenu poulet pour nettoyer les chiottes. Il n'est pas devenu poulet pour quelque motif précis d'ailleurs, mais il a vite choisi son camp. Dès son premier jour de boulot, à peine débarqué de l'école. Un vieux de la vieille qui trébuche *malencontreusement* dans un escalier et percute ce faisant un délinquant. Le *pauvre chou* tombe à son tour, se casse des trucs et saigne, beaucoup. Pas facile de se rattraper avec les bras menottés dans le dos. Deux témoins, Théo, alors petit lieutenant, et un autre ancien. Qui commence aussitôt à lui mettre la pression, Théo l'interrompt et se barre, personne ne lui dit où et quand il doit faire. Déjà. Plus tard, quand son patron de l'époque le passe au gril, il s'est rencardé sur le pedigree du voyou et a compris le geste du vieux de la vieille, dont il sait aussi le parcours. Il se souvient également de l'insulte balancée par le menotté juste avant sa chute, et qui l'a provoquée. Mais il *oublie* d'en parler. Au lieu de cela, il évoque un banal accident, *Sans être affirmatif à cent pour cent, hein ?* Ça s'est passé en périphérie de son champ de vision et il pensait à autre chose. Quelques jours après, les anciens viennent le remercier, puis ils parlent de lui en bien, et l'info circule là où il faut qu'elle circule.

Son attitude dans cette histoire a beaucoup aidé Théo, même s'il n'a pas agi ainsi pour en tirer un quelconque bénéfice personnel. Sur le moment, il a juste choisi de soutenir un bon mec s'étant laissé aller à un geste d'exaspération vis-à-vis d'un enculé. Qui n'en est pas mort, alors pas de quoi chier une pendule.

Et surtout, rien qui vaille la peine de se fâcher avec sa nouvelle famille.

La police, sa famille. Pour Théo, un refuge. Comme l'avait été, un temps, la fac. L'idée était d'échapper à la vie à laquelle il était naturellement destiné, que l'on avait quasiment planifiée pour lui, boulanger, à la suite du paternel, chez *Lasbleiz, tradition de père en fils*. Quand il a annoncé son intention de se présenter au concours de l'ENSOP, après trois ans de droit, son père s'est mis en colère. Ex-membre actif du Parti pour l'organisation d'une Bretagne libre, souvent *emmerdé* par l'État français ou ses représentants, Lasbleiz senior n'a jamais eu une très haute opinion de la flicaille. Pourquoi son fils ne pouvait-il pas se contenter *d'un boulot simple et honnête* ?

Simple et honnête.

Honnête.

Sur ce point au moins, son vieux avait raison, sinon Théo ne se trouverait pas dans ce bureau aujourd'hui.

Pour le reste, il ne regrette rien. Simple, il n'aurait jamais pu s'en contenter. Et la police, clairement, promettait de ne pas l'être, simple, il l'a pigé vite fait. Mais elle lui a permis de bouger, de dégager de Concarneau, d'aller voir ailleurs, autre chose, d'autres gens, de se marrer, de se faire peur, de se faire mal, de se découvrir chasseur, traqueur, malin.

Tordu.

S'il ne l'était pas au départ, au contact de sa *clientèle* et de la merde qu'elle génère non-stop, il a fini par le devenir. Le pire, dedans et dehors, a été la grande constante de sa vie de policier, le sale, le médiocre, le veule. Ce pire dont la violence n'est, finalement, que la partie la plus visible. Le *pas simple*, une usure en vérité, se niche là et arrive de tous les côtés, tout le temps, insidieuse. Pour le reste, le boulot a plutôt été du genre peu exigeant sur le plan intellectuel, la grande majorité de ses habitués pouvant difficilement être qualifiés de lumières, et c'est fort heureux pour tout le monde. Quelquefois, face à des types plus *cortiqués*, le job a néanmoins été stimulant, enrichissant même. Plus rarement, lorsqu'il est arrivé à Théo de planter un dossier, par sa faute ou à cause de pas de chance, ou parce que des mecs avaient réussi à l'embrouiller – il y en a quand même eu quelques-uns au fil des ans –, il a eu beaucoup de mal à digérer.

Parce que Théo n'a jamais aimé perdre.

En cela, il est le digne fils de monsieur *Simple et honnête*.

La comparaison s'arrête là. Son père le lui a souvent renvoyé à la gueule, d'une façon ou d'une autre, à propos de tout, et en particulier de sa manière de prendre soin de sa famille. Ou plutôt de ne pas en prendre soin. Avec l'entrée dans la police, leur autre grand motif de bagarre.

De ce point de vue également, son paternel n'avait pas tort.

Revenir en arrière, repartir de zéro et, en laissant Isabelle tranquille, la mettre à l'abri de lui, sauver Camille. Depuis qu'il est en taule, Théo rêve de remonter le temps jusqu'en 2003 et son premier poste à Lyon, en commissariat. Jour et nuit. Et il en crève, d'être accablé par sa mémoire, réputée spectaculaire, dont il n'aurait jamais imaginé qu'il la maudirait ainsi un jour, tant il se souvient bien, de tout.

2003. À cette époque, Théo bosse dur, il sort beaucoup, au boulot, en dehors du boulot, il s'éclate. Après quelques mois, dans un bar, il rencontre celle qui n'est pas encore sa future femme, loin de là, mais une simple élève infirmière, véritable fantasme pour petit poulet plein de foutre et d'hormones donc. Avec des copines de promo, Isabelle se chauffe à l'apéro avant de rejoindre une soirée organisée, à la veille des vacances de Pâques, par leur école. Ils se parlent, ils se plaisent, elle l'invite à suivre, il s'exécute. Il aimerait pouvoir se dire que ses potes, ce soir-là, ont lourdement insisté pour le convaincre, mais ce serait faux.

Ensuite, pendant un an, presque deux, il n'est pas très assidu ou fidèle. Isabelle non plus. Puis la vie fait son œuvre. Elle obtient son diplôme, commence à travailler, et Théo intègre la PJ, toujours à Lyon, à la répression du banditisme. Tout devient plus sérieux et eux avec, puisqu'ils ont continué à *jouer* ensemble, par besoin autant que par envie. C'est ça l'amour, non ? Ils sont heureux, ils ne se posent pas de questions. Lorsque naît Camille, en 2010, le 11 septembre – signe avant-coureur de catastrophe ? –, Théo bosse déjà à Paris, à la BRB, où il a été muté avec les honneurs et les rumeurs, toujours les mêmes, fort utiles, qui le suivent depuis l'*accident* dans les escaliers. Isa et lui ne sont pas malheureux, pas encore, mais ils s'éloignent l'un de l'autre. Théo grimpe les échelons, devient adjoint, puis change de crèmerie et prend un groupe à la Brigade des stups. Luciana Rey est déjà là. Dans la journée, elle le seconde, le soir, elle le baise. Au début. Ensuite, Théo commence à vouloir rester chez elle, parce qu'il n'a plus envie de rentrer chez lui, sauf pour sa fille. Pendant quelque temps encore, il est avide des petits bras de Camille jetés spontanément autour de son cou et ponctués de *Papa !* dont rien ne peut entamer l'enthousiasme, des *Batailles de bébêtes à pouiquipouics* déclenchant des rires sans fin ou des cachettes secrètes formées par les replis d'une couette à l'intérieur desquelles Camille vient toujours effectuer le week-end, et jamais plus tard qu'à l'aube, un *très important travail.*

Comme son papa.

Dont le boulot est si vital que, passé un temps, même ces précieux moments avec la petite ne suffisent plus.

Pas honnête, Théo, pas simple. Pas à la hauteur.

Pas son père.

Manucure, qui a tout à l'heure revisité le peu reluisant chapitre adultérin de la vie de Théo, est à présent en train de s'énerver. De son index délicat, il tapote furieusement le cliché pris en compagnie de Momo, pour bien signifier que cette enveloppe, c'est une preuve. Et c'en est une, il est vrai, de leur grande proximité. Cependant, le point sur lequel son interlocuteur se trompe, sans doute induit en erreur par ceux qui ont pris ladite photo – et Théo a sa petite idée sur leur identité –, c'est le sens dans lequel circule l'enveloppe en question. Elle ne rejoint pas la poche de l'ex-flic, elle en sort. L'instant d'après, Momo l'a certainement rangée dans son propre blouson, avec une vanne du genre *Merci la France ! Je peux au moins te payer un McDo. T'as même droit à deux Big Mac !* Théo en mettrait sa main au feu, même s'il ne se souvient pas de cette scène précise, ni des circonstances dans lesquelles elle s'est jouée. Il est pourtant absolument sûr de son fait, parce que lorsqu'ils étaient ensemble dans des lieux publics, lui et Momo, ils n'échangeaient que des infos et des rémunérations dûment encadrées par les règles d'exécution du service.

Il n'y a dans cette photo rien qui ne puisse se justifier du fait d'une très officielle relation professionnelle. Momo était une source de Théo, répertoriée comme telle au BCS, et leur collaboration a permis à son groupe, ainsi qu'aux Stups PP et surtout à leurs chefs, de briller auprès des gens qui comptent en bouclant de magnifiques affaires. Des affaires ayant suscité envie et jalousie, notamment de boutiques concurrentes, notamment de la plus puissante d'entre elles, l'ex-OCRTIS futur OFAST, très anxieux ces dernières années de redorer un blason terni, en 2015, par le fiasco du boulevard Exelmans ; à savoir la découverte *fortuite*, par ses meilleurs ennemis des douanes, de sept tonnes de shit planquées dans des camionnettes garées en bas du luxueux immeuble du tonton vedette de l'office, recruté et suivi par le grand patron lui-même, et soupçonné de continuer son business bien peinard, avec l'aval de ce si prestigieux traitant.

La perspective de se *venger* de la BSP, chargée il y a cinq ans de passer après les gabelous pour judiciariser cette saisie record, dixit la presse de l'époque, et donc de mettre son nez dans les affaires de Nanterre, explique peut-être l'acharnement mis à piquer son indic, fort productif, à Théo. Danse du ventre, arguments d'autorité et même inscription temporaire de Momo au Fichier national des objectifs en matière de stups, en France le *Wanted* ultime, histoire de lui coller une belle cible judiciaire dans le dos, tout avait été tenté pour accaparer le manouche, déclenchant quelques féroces passes d'armes entre la DCPJ et la DRPJ qui, pour une fois, avait eu gain de cause.

« Elle a pas l'air récente, votre photo. » Théo se penche en avant et feint de l'examiner de près. « Trois-Fontanot ? » Surprise de Manucure et Grisouille, qui lui arrache un ricanement. « Il y avait un blanc avec, histoire de vous mâcher le travail ?

— T'es une planche pourrie, Lasbleiz. » Manucure, essayant de reprendre la main.

« Et tu veux le prouver avec ça ? » Théo éclate de rire.

« Pourquoi, il y a autre chose ? »

En guise de réponse, Théo se laisse aller contre le dossier de sa chaise. Bien sûr qu'il y a autre chose, hors champ, hors cadre, hors la loi. Mais cela n'a jamais pu être immortalisé ou capté, par personne. Pas avec deux vicelards bien dans le *game* comme Momo et Théo. Tout ce qui n'était pas sanctionné par le règlement, ils l'ont quand même fait, à l'envers et à l'ancienne. Jamais de rencontre directe, juste des signaux analogiques, des messages éphémères et des boîtes aux lettres mortes, pour se faire passer suppléments, à-côtés et prises de guerre, les impensés de la gestion des sources à la française, avec la proximité, interdite mais fatalement nécessaire, entre un flic et sa donneuse.

Momo, le demi-frère illégitime, le marginal du clan, toujours effrayé à l'idée d'être un jour rejeté, cultive le secret à l'intérieur même de son organisation. Lui seul sait toujours tout. Une façon de se rendre indispensable, incontournable, et d'asseoir son pouvoir. Corollaire, cela limite les risques de fuite. Avec Manu la grande gueule, c'est la plus élémentaire des prudences. À lui, ne jamais rien dire qui puisse incriminer qui que ce soit au-delà de sa petite personne. À part éventuellement les bras cassés dont il aime s'entourer.

Manu a, par exemple, été le premier surpris par l'interpellation de Momo mi-septembre. Il ne savait rien du voyage de son frangin en Espagne. Deux jours après l'arrestation, il avait même exigé de voir Théo, qui n'était pas plus au courant – et ça, c'était plutôt surprenant, une anomalie. Manu, éternelle grande jalouse de cette proximité, voulait que *le meilleur pote* de son frère le mette au parfum puis, après avoir été péniblement convaincu de la propre stupéfaction de Théo, qu'il aille aux nouvelles et leur arrange le coup. L'ex-flic l'avait remis à sa place, aussi gentiment que possible, mais s'était renseigné. Par intérêt personnel.

En vain.

Sur le moment, aucun collègue n'a pu ou voulu lui dire ce que son tonton était allé foutre chez les Ibères, ni s'il avait vu du monde, ni pourquoi il avait fait une sortie de route une fois rentré en France. Seule info officielle obtenue à l'époque : c'étaient les gendarmes, arrivés sur place pour gérer l'accident, qui avaient passé les bracelets à Momo après avoir vérifié son identité, tout à fait bidon puisqu'il voyageait avec de faux fafs.

Vendredi, dans sa cellule, Théo a plusieurs fois, en douceur, sur l'air de *Mais qu'est-ce qui t'a pris à toi aussi ?*, cuisiné Momo à propos de son escapade sur la Costa del Sol. Il n'a obtenu, en guise de réponse, que des haussements d'épaules, puis un *J'avais besoin de soleil* et enfin un *J'aurais mieux fait de me tirer une balle.* Momo marchait sur une étroite ligne de crête, éludant, essayant de ne pas se justifier, erreur grossière immédiatement suspecte, mécontent de ne pas trouver le ton juste, le bon registre, la repartie adéquate. Théo l'a bien senti. *Putain, même ici, tu fais le schmitt* avait balancé Momo, *Zen, frère, c'est fini la belle vie !* Ce à quoi, en rigolant, Théo avait répliqué être *curieux depuis tout petit.* Momo s'était marré aussi, mais à peine, puis l'avait bouclée. Et le silence s'était prolongé. Jusqu'au malaise. Un mélange d'inconfort et de colère rentrée, pareil à celui produit par la révélation, plus tôt dans la soirée, de la visite de Lola, messagère de Manu – et sa complice de fait –, chez Rey.

Le truc en Espagne et Lola, qui provoquent la même réaction. Liés ?

Manucure toque du poing sur son bureau : « Oh, t'es où là ? »

Théo le dévisage. Il est sur le point de lui balancer de vérifier le calendrier des rétributions de Mohamed Cerda auprès du BCS et de recouper avec les dates de leurs photos, mais se ravise. *Qu'ils aillent se faire foutre*. À la place, il se contente de hausser les épaules et dit : « La juge sait que vous me faites chier avec cette merde ? »

9

Le taxi, une Mercedes, attend boulevard Chanzy, à Montreuil, dans le quartier des Guilands. Il est garé devant l'entrée de l'ensemble immobilier où habite Sirine Bouhafs. Le passage est barré par un portail. Il ferme l'impasse desservant le groupe de bâtiments, six petites tours et une barre, séparées par des *jardins* – en réalité, les toits paysagés des parkings, au sous-sol. Le parc départemental Jean-Moulin – Les Guilands se trouve à l'opposé. Il est partiellement arboré, notamment le long du sentier des Messiers, qui borde la résidence de ce côté. Amélie est cachée là, en retrait du chemin, dans une poche d'obscurité.

Il fait nuit depuis deux heures.

Manu Cerda est arrivé avec sa nouvelle voiture trente minutes plus tôt.

Amélie surveille la Mercedes, dont le moteur tourne au ralenti. Une centaine de mètres les séparent. Les sons portent loin dans le silence hivernal du couvre-feu et, par-dessus le ronron mécanique, elle entend bien l'autoradio calé sur France Maghreb 2 et un morceau de rap, dopé à l'*Auto-Tune*, cette béquille des casseroles, dans lequel le chanteur exige à tue-tête qu'on lui donne de la *moulaga* ; la *beuh* ou la thune, les deux mamelles du *millennial rapocrate*.

De temps en temps, Amélie jette un œil en direction de l'immeuble de Sirine. Elle ne peut pas en apercevoir l'entrée mais elle a vue sur l'appartement d'angle de la jeune femme, au troisième, et sur son balcon. Derrière la baie vitrée menant à celui-ci, la lumière s'éteint. À voix basse, Amélie annonce : « Ça va sortir. »

À sa gauche, la Maille se tend et relaie l'information via son terminal Acropol, dont le volume a été baissé au minimum.

Derrière eux, il y a Lofti, un copain de Maillard qui bosse au SIAT. C'est un technicien, spécialiste du balisage et de la sonorisation. Accessoirement, il adore les Porsche. Cette passion, ce soir, va leur être utile.

Nouveau murmure sur les ondes, précédé d'un léger grésillement.

… *Bien pris.* D'Agorno.

Il planque dans un soum positionné devant le restaurant *Sun 7 Lounge*, fermé pour cause de confinement et situé de l'autre côté du boulevard Chanzy, à quelques mètres à peine du taxi. Dom est avec lui. L'utilitaire, un vieux Renault Trafic, a été pour la circonstance arraché à prix d'or, deux bouteilles de whisky, et du bon, à des collègues du service, celui du groupe étant en *révision* au garage central de Pantin. Depuis octobre dernier.

Quatre autres policiers de leur petite famille complètent le dispositif et veillent, postés dans les rues voisines, à bord de deux voitures et un scooter.

Grésillement.

… Ça sort.

Les talons de Sirine, emmitouflée dans une longue doudoune, claquent sur le trottoir. Manu marche à ses côtés, endimanché comme elle dans un survêt' de marque. Sans doute un Lagerfeld, il ne jure que par ça. Lui ne porte pas de masque cependant. Ils vont dîner chez Lola afin, si l'on en croit les interceptions, d'enterrer la hache de guerre. Angèle Cerda qui, vu son état de santé, aurait sans doute préféré ne pas avoir à se mêler de ces choses, a trimé toute la semaine pour organiser ce repas, culpabilisant au besoin les uns et les autres.

Lola a cédé la première, apparemment très préoccupée par le bien-être de sa grand-mère, mais à la condition expresse que Manu *muselle sa meuf*. Et lui n'a accepté qu'après un appel de sa nièce au cours duquel elle lui a, de mauvaise grâce, présenté ses excuses. Pour le coup de surin. Pas question, en revanche, de s'aplatir devant Sirine. Lola ne s'est pas privée de rappeler qui était la fille de Rico et qui n'appartenait pas à la famille. Une remarque également formulée par Angèle.

Il a été assez comique d'entendre Manu ramer pour tenter de satisfaire à la fois sa nièce et sa mère, d'un côté, et de l'autre Sirine, laquelle exigeait également un acte de contrition. Il a fini par devoir jurer à son *bébé* de lui payer ce qu'elle voulait, après avoir usé et abusé de toutes les flatteries possibles, vantant tour à tour son intelligence supérieure à celle de Lola, *T'es plus balèze que ma conne de nièce*, puis son goût très sûr et ses conseils avisés, *La preuve j'écoute, j'ai pris le Panamera.*

Car Manu a changé de caisse. Pour les beaux yeux de sa

douce. Il a acheté une berline Porsche qui, en lieu et place du pick-up initialement destiné à cette manip', sera bientôt équipée de mouchards. Tout pour le suivre à la trace et entendre ses conversations à bord.

Lorsqu'il aperçoit ses clients, le chauffeur de taxi interrompt la musique et relève sur son nez le FFP2 jusque-là calé sous son menton. Manu lâche la main de Sirine devant la portière arrière droite et fait le tour du véhicule. Amélie le voit hésiter à monter à bord puis lancer un coup de menton suivi d'un *Quoi ?* en direction de la jeune femme. Celle-ci, toujours à la même place, lâche d'une voix haut perchée un *Même pas tu ouvres ?* dont tout le voisinage aurait pu profiter s'il s'était intéressé aux affaires du couple. Manu a un geste agacé, maugrée un vague pardon et grimpe à bord. Sirine ne bouge pas. Quelques secondes plus tard, Manu se penche, baisse la vitre de sa compagne et dit quelque chose d'inaudible. Elle finit par s'installer à son tour. La Mercedes démarre.

Grésillement.

… *Je n'y croyais plus*. D'Agorno.

Amélie sourit.

… *On va attendre vingt minutes au lieu de dix.*

Amélie acquiesce, Maillard répond. « Bien pris. »

Le couple, parti fâché, pourrait revenir de façon anticipée même si, pour éviter les mauvaises surprises, l'une de leurs deux voitures banalisées, déguisée en taxi, avec un lumineux vert-rouge sur le toit, a déjà dû les prendre en filature pour jouer les sonnettes.

Le groupe guette une occasion d'approcher tranquillement la Porsche de Manu depuis le début de la semaine. À

Romainville, où il a passé les derniers jours, c'est impossible. Les véhicules du clan sont toujours garés à l'intérieur de leur dédale de baraques et protégés par une quinzaine de clebs agressifs et bruyants laissés en liberté. Ensuite, Manu changeant de bagnole, ainsi qu'ils l'ont appris par les écoutes, il s'est retrouvé piéton mardi et mercredi, baladé par les Stoian à bord de leurs caisses personnelles lorsque c'était nécessaire. Le Panamera n'est apparu dans le paysage que jeudi et cela a réduit un peu plus leur marge de manœuvre.

Le dîner chez Lola constitue leur première fenêtre de tir véritable. Ce soir, à cause des risques de contrôle liés aux mesures de lutte contre la pandémie, la probabilité était grande que Manu laisse son nouveau joujou chez Sirine et utilise un *tacos* pour rejoindre l'appartement de sa nièce, dans le 6e. Si ça marche le reste du temps pour leur club clandestin, pourquoi prendre des risques inutiles ?

Un pari qui s'est révélé gagnant.

En comptant trois heures pour un dîner normal, le temps d'y aller, de manger, de revenir, Amélie et ses collègues devraient avoir la paix jusqu'à vingt-trois heures trente. Le couvre-feu possède au moins l'avantage de limiter les allées et venues beaucoup plus tôt et permet de profiter d'une accalmie générale arrivant d'habitude bien après minuit. Il est donc possible d'intervenir plus vite et de rentrer à la maison à une heure raisonnable.

« Enculé, on se les gèle. » Lofti souffle dans ses mains. Il a de fins gants noirs destinés à limiter l'engourdissement de ses doigts.

La Maille sautille sur place.

Amélie ne sent plus ses pieds, malgré les deux paires de

chaussettes, trop fines, il fallait quand même rentrer dans ses pompes, qu'elle a enfilées.

Ils portent tous les trois des vêtements sombres, avec des hauts à capuche et des casquettes. D'Agorno a insisté. Les bâtiments sont équipés de systèmes de vidéosurveillance, en particulier dans les halls et les parkings, et il préfère éviter que ses gars puissent être reconnus si jamais les enregistrements venaient à être visionnés.

Quelqu'un actionne un volet roulant et le bruit attire brièvement leur attention. Quand ils quitteront la protection des arbres du parc, ils seront visibles depuis deux façades. Ce ne sont pas des façades principales, avec baies vitrées et grands balcons, mais des façades latérales, comportant un nombre limité de fenêtres, dont la plupart sont déjà occultées pour la nuit. Quelques-unes ne le sont pas cependant, et il y a de la lumière derrière certaines d'entre elles. Il faudra s'en méfier. Amélie réfléchit déjà à un parcours qui réduise leur exposition et maximise les passages dans les zones d'ombre. Ça l'aide à oublier le froid, l'attente et la tension.

Nouveau grésillement.

... *Go*.

« On y va. » La Maille.

Dernier coup d'œil aux immeubles et Amélie murmure : « Dans mes pas. »

Les trois enquêteurs quittent leur cachette, traversent le sentier des Messiers et se mettent à l'abri sous un autre arbre, plus petit, planté au pied de la tour nord-est de la résidence. Ils se plaquent contre le mur qui est, à cet endroit, couleur béton brut et tagué d'un charabia illisible sur toute sa longueur. Ainsi positionnés, invisibles depuis les étages, ils avancent jusqu'à une barrière métallique. Elle n'est pas très haute. Derrière, une placette avec un jardinet au centre. Un cheminement goudronné descend en S vers les autres constructions. Pas de lampadaire. Ils franchissent l'obstacle sans problème et, toujours collés à l'enceinte du bâtiment nord-est, marchent à l'ombre de balcons, présents de ce côté-ci, jusqu'à l'immeuble suivant, où se trouve l'appartement de Sirine. Pour atteindre l'entrée, il faut passer devant les fenêtres de bureaux installés au rez-de-chaussée. À cette heure-ci, il ne devrait y avoir personne, mais Amélie préfère marquer un temps d'arrêt et vérifier d'un coup d'œil rapide. RAS. Elle fait signe aux deux autres que la voie est libre et, sans les attendre, trottine jusqu'à une voiture garée à quelques pas du hall, sur un emplacement privé. Nouvelle pause. Les compagnons d'Amélie arrivent et s'accroupissent à côté d'elle. Tous guettent les environs, à l'affût d'un mouvement ou d'une silhouette derrière une vitre, d'un rideau qui bouge. Toujours rien. Pas un bruit en dehors de rares manifestations, très assourdies, d'activité domestique.

Amélie commence à se relever. La radio grésille.

... Livreur au portail principal. Attendez.

Elle se dissimule à nouveau derrière la bagnole et signale aux deux autres de surveiller les étages d'un geste de la main.

Claquement de gâche électromagnétique.

À travers le pare-brise, Amélie voit un type avec un sac isotherme Uber Eats sur le dos remonter en vélo et avancer doucement entre les tours, à la recherche de sa destination. Il s'arrête devant chez Sirine et examine l'interphone. Il sonne. Amélie réfléchit, vite. Ils ont emporté de quoi entrer par leurs propres moyens mais cela sera plus lent et plus risqué qu'une ouverture normale. Lorsque quelqu'un répond enfin au livreur et déverrouille, elle est déjà debout et, portable collé à l'oreille pour simuler une discussion en cours, s'approche du gars, qu'elle interpelle : « Attendez, s'il vous plaît. »

Le livreur ne paraît pas surpris. Il regarde vaguement la jeune femme de la tête aux pieds. Elle est masquée, ne paraît pas louche, il s'exécute.

« Merci, c'est gentil. » Amélie pénètre dans le hall derrière lui. Elle ne se dirige pas vers l'ascenseur. Quand les portes de celui-ci s'écartent, elle montre son portable, sous-entendu *Je ne vais plus capter,* et laisse le type monter seul. Sitôt la cabine partie, elle appuie sur le bouton d'appel. Ça la fera rappliquer fissa et bloquera le livreur à l'étage. Après avoir fait entrer ses collègues, elle s'engouffre avec eux dans l'ascenseur redescendu à vide.

Ils vont au sous-sol.

Le parking est grand, bien éclairé, avec un système de détection de mouvements, sur minuterie. La plupart des emplacements sont occupés. Ils repèrent la voiture de Manu et Lofti se met au travail. Il a passé deux jours au cul du Panamera pour parvenir à capter la fréquence de la clé intelligente du véhicule, quand Manu l'ouvrait ou le fermait. Après plusieurs tentatives infructueuses, Lofti a finalement obtenu ce qu'il voulait hier en fin d'après-midi, sur le fil.

Première étape, accéder à l'habitacle. Lofti extrait de son sac un petit appareil semblable à un smartphone équipé d'une antenne métallique orientable puis se promène dans les menus affichés à l'écran. Quelques secondes plus tard, clignotants et phares s'illuminent brièvement et un double bip retentit.

Amélie sourit.

À la radio, Maillard dit : « La tire est ouverte. » Un temps. Pas de réaction. Nouvel essai. Rien. Ça ne passe pas.

Amélie lui prend le talkie des mains. De la tête, elle indique Lofti. « Tu couvres. » Puis elle se dirige vers les escaliers qui rejoignent le rez-de-chaussée. Elle grimpe une première volée de marches, une seconde et stoppe derrière la porte, sans pénétrer dans le hall. À voix basse, elle annonce une troisième fois : « Voiture ouverte. »

... Bien pris.

Maintenant, il faut patienter. C'est long, le silence et les ténèbres sont pesants. Le moindre mouvement résonne. Après quelques minutes, Amélie redescend, pour prendre des nouvelles. Lofti est occupé à l'intérieur, il a commencé à dévisser les fixations du tableau de bord. La Maille fait passer les outils. Amélie monte à nouveau. Sa radio se remet à fonctionner. Ça grésille à tout-va, il y a une urgence.

... Le taxi revient.

Amélie étouffe un juron, dévale, ouvre en grand. « On plie, on plie, ils sont de retour. »

La Maille hésite, à peine : « On pète tout ? » Sous-entendu, pour simuler une effraction. Il se tourne vers Lofti, lui balance un coup de menton interrogatif.

« Ça tient encore, j'ai pas tout enlevé, on voit rien. »

Amélie dit : « Vous fermez, on se planque, on verra. » Peut-être vont-ils pouvoir revenir plus tard cette nuit. Maillard insulte la terre entière in petto, des outils tintent sur le sol. Amélie repart vers le hall. Une fois au rez-de-chaussée, elle recontacte D'Agorno : « Ils sont où ? »

Grésillements.

… *Pas loin, deux minutes max.*

L'ascenseur se remet en route. Il descend. Quelqu'un arrive. En bas, la porte du parking grince. Lofti et la Maille. Amélie pense *On est baisés*. Carillon, la cabine est là, les portes s'écartent. Amélie entend une voix de femme, des bruits de pattes sur le carrelage. La femme râle, elle a oublié un truc. Elle explique à son chien qu'elle va l'attacher là et revenir vite.

Grésillements.

… *Sirine descend.*

Un temps.

… *Manu attend dans la Merco.*

Un temps.

Aboiements dans le hall. La femme se tait, ne bouge plus. Puis se remet en mouvement, s'approche. *Elle nous a entendus.* Ça s'ouvre en grand, d'un coup, devant Amélie. Réflexe, elle attrape la femme par le poignet, l'attire de force dans la cage d'escalier. Maillard l'aide. Ils bloquent la résidente de l'immeuble, referment. Le clebs couine. Amélie murmure : « Police. » Elle montre la radio, éclaire sa carte professionnelle avec l'écran de son smartphone, met un doigt sur ses lèvres. *Chut.* La Maille retire sa main de la bouche de la femme. Elle a le regard fou mais se tait.

Quelques instants plus tard, ils entendent quelqu'un entrer dans l'immeuble, des bruits de talons. Sirine. Elle toussote, joue avec ses clés, interroge le chien, *Qu'est-ce que tu fais là, toi ?* Ouverture feutrée de l'ascenseur, talons, fermeture. La cabine se met en mouvement, ça fait vibrer les murs. La cabine s'arrête. Plus rien pendant une minute, deux, cinq minutes. Plus. Ça dure. Amélie s'en agace.

Elle n'est pas la seule.

… Manu quitte la Merco. Il se dirige vers l'immeuble.

Manu se pointe bientôt, parle fort dans l'interphone extérieur. Il insiste pour que Sirine le laisse entrer. Voix féminine déformée, *Mais j'ai trouvé, je viens*. Manu se crispe, *Ouvre, je te dis !* La gâche électrique se débloque. Des pas pressés. Sans arrêt. Les cent pas. Irrités. Il insulte le chien, qui se met à aboyer.

Amélie et ses compagnons osent à peine respirer. Elle éteint la radio.

Plusieurs fois, Manu passe à proximité, là, juste de l'autre côté du panneau coupe-feu, marque une pause et repart. Le clebs se tait enfin. L'attente se prolonge. Léger claquement métallique. Puis un autre, plus fort, précédé d'un coulissement. Un petit objet, de métal lui aussi, cliquette par terre.

Amélie pense *Qu'est-ce qu'il fout ?*

Manu souffle comme s'il faisait un gros effort puis il y a de nouveaux coulissements et claquements métalliques. Semblables à ceux que produirait une culasse en action. Il se met à menacer le chien, dit *BAM BAM*.

Amélie pense *Il joue avec un flingue* puis *Il est armé* puis *Le con*.

Manu interroge l'animal *Tu sais combien j'en ai flingué, des comme toi ?*

Brusque montée de trouille. À côté d'Amélie, la femme se tend, elle a compris. Maillard aussi, il la retient, la bâillonne à nouveau de la main. Amélie dégaine son pistolet sans vraiment s'en rendre compte.

L'ascenseur se remet en route. Les murs tressaillent. Rez-de-chaussée, *Ding*, feulement qui signale l'ouverture. Sirine est là, dit aussitôt *Fous-lui la paix, c'est celui de ma voisine du dessus*. Manu répond *Rien à battre* et ordonne à sa copine de ne pas descendre, il va lui montrer sa *nouvelle caisse*. Soupir de la jeune femme, elle n'est pas contente, le manifeste bruyamment. La cabine se referme sur eux.

Amélie rejoint l'accès au parking, reste cachée derrière la porte, l'oreille aux aguets.

Le couple se pointe. Ça parle fort, surtout Manu. Il y a de l'écho. Talons qui résonnent tout près.

Amélie serre plus fort la poignée de son arme de service.

Les talons s'éloignent. Vers la Porsche. Ils s'arrêtent. Un temps. Sirine demande *Alors ?* et Manu s'énerve. La voiture ne s'ouvre pas.

Amélie pense *Merde*.

Sirine a cessé d'aiguillonner Manu à la seconde où elle l'a vu, hors de lui, brandir son *gun*. Il s'apprêtait à tirer sur sa voiture tellement il enrageait de ne pas pouvoir la déverrouiller. Et il a jeté la jeune femme à terre quand elle a essayé de l'arrêter. Elle a eu peur. Pas pour la bagnole mais à cause des voisins. Au début. Après, elle a surtout craint pour sa vie.

De longues palabres ont suivi, durant lesquelles Sirine, en colère mais effrayée, a enchaîné tels des mantras, le plus calmement possible, les *Amour*, les *Mon cœur*, les *C'est pas grave*, les *C'est tard là*, les *Pense à ta maman, elle t'attend*, *Elle va être crevée, la pauvre*, pour finalement parvenir à apaiser Manu. Puis à le persuader de renoncer à son idée de convoquer un dépanneur Porsche séance tenante. Une fois dans le taxi, le chauffeur a failli se faire défoncer à son tour quand il s'est mis à râler à cause de l'attente. Manu lui a dit de la boucler avant de lui jeter, méprisant, deux billets de cent *eus*. Il était à deux doigts de sauter à la gorge du mec. Pas con, celui-ci a pris l'argent et s'est empressé de démarrer sans rien ajouter.

Durant tout le trajet, Sirine s'est retrouvée dans l'étrange position de devoir à la fois motiver Manu pour le dîner chez sa nièce et le détendre avant d'y arriver – elle a appliqué une méthode éprouvée, astiquage de la *teub* à travers le pantalon sur la banquette arrière, et finition rapide à destination, dans le hall d'immeuble –, tout en ayant pris soin de téléphoner pour s'excuser.

Auprès de la vieille, pas de Lola.

Qui à présent leur ouvre la porte. En tirant la gueule. Normal, ils ont plus d'une heure de retard. Mais ça fait quand même chier d'être à nouveau obligée de s'écraser devant cette pute. Et de voir Manu, pas rancunier, l'étreindre façon gros nounours, presque à l'étouffer. À croire que rien ne s'est passé entre eux.

Famille de psychopathes.

Manu abandonne rapidement sa nièce pour se diriger vers sa mère, apparue au bout du couloir d'entrée. Soutenue par Jacky *machin*, un de leurs esclaves. Angèle semble sur le point de s'écrouler. Sirine a les boules rien qu'à la mater tellement elle pue la mort, et elle préfère détourner les yeux vers l'autre *tainp*, c'est dire, quand celle-ci lui tend mollement la main pour prendre sa doudoune.

Ça va être l'enfer, cette soirée.

Manu écarte Jacky pour se placer auprès de sa *reum*, qu'il embrasse avec tendresse. Pendant quelques secondes, il montre un autre visage. Peu de gens le connaissent. Sirine le voit parfois, lorsqu'ils ne sont que tous les deux. Dans ses bras, comme présentement dans ceux de sa mère, Manu redevient un tout petit garçon avide de câlins et de compliments.

Il fait pitié.

Il a toujours fait pitié à tout le monde.

Nourredine l'avait bien capté, et il en a joué, même s'il le niait parce qu'il se méfiait des autres Cerda, Momo en particulier. Peu de temps avant son arrestation, il avait dit à Sirine : « Moi et Manu, c'est la vie la mort, jamais il me la fait à l'envers. L'autre *hataï* de Momo il a le *seum* contre moi. S'il m'arrive un truc, il est derrière, sûr. »

Penser à Nourredine est douloureux. Après les émotions fortes du début de soirée, les larmes, toujours en embuscade, sont plus difficiles encore à retenir. Sirine cligne des yeux, renifle, le plus doucement possible. Cela n'échappe pas à Lola cependant. Elle l'observe, avec curiosité, c'est inconfortable, et lui demande si ça va en attrapant sa main. Sirine, prise au dépourvu, ne sait que répondre.

C'est Manu, involontairement, qui la tire de l'ornière, en haussant le ton avec Jacky. *Pourquoi t'es là ? T'as rien à foutre ici.* Le coup d'éclat détourne l'attention. Lola glisse son bras dans celui de Sirine, l'entraîne à sa suite et passe entre les deux hommes, pour les forcer à s'écarter l'un de l'autre. « Maintenant on boit, on rejoue pas le match de l'autre soir. »

Dans son dos, Sirine entend Angèle s'adresser à son fils d'une voix douce. Le *petit* Vidal l'a accompagnée, il fallait bien quelqu'un pour s'occuper d'elle. Le sous-entendu fait mouche, Manu se calme. Et Lola voulait récupérer son chien, Jacky l'a emmené aussi.

Les deux filles sont dans la pièce de réception. Longue, avec une partie dînatoire accolée à une cuisine vitrée, dans laquelle s'affairent des gens. C'est joli, pas chargé. Lola sait y faire et Sirine la déteste plus encore pour cela. Elle se sent nulle, vulgaire, pas à sa place, la meuf qui vit dans un pauvre deux-pièces de banlieue même pas à elle, décoré IKEA et moins grand que ce salon. Elle s'approche de l'une des grandes fenêtres, regarde dehors. Quatre étages plus bas, c'est la rue d'Assas. À cinquante mètres sur la droite, on aperçoit l'angle avec la rue Guynemer et les grilles du jardin du Luxembourg.

Lola rejoint Sirine et lui tend une coupe de champagne.

« C'est quoi cette histoire de clebs ? » Manu est entré avec sa vioque. Il l'aide à s'asseoir tout en se moquant : « C'est super bourge ton truc. Ils ont pas peur tes voisins, à cause des reubeus ? » Son allusion à Momo, qui habite parfois ici, ne fait rire personne à part lui. Il jette un œil en direction de Sirine.

Elle ne réagit pas.

« Il est où, le chien ?

— Dans mon bureau.

— T'aurais pu me demander.

— Il est à toi, Saphir ?

— Les *rotts* – Manu prononce ro-tes – c'est moi qui les ai tous payés. »

Lola marmonne un truc, Sirine comprend *Avec l'argent de poche que Momo te file*, mais l'échange ne va pas plus loin. Une des personnes aperçues dans la cuisine est entrée et demande s'ils ont faim. C'est une jeune femme masquée de noir, vêtue d'une veste de la même couleur, avec son nom cousu en rouge au niveau de la poitrine ; Sirine sait pour le nom parce qu'elle regarde *Top Chef*, elle aime bien, ça lui donne parfois envie d'essayer de faire autre chose de sa vie. Lola fait les présentations. Sonya est une de ses copines, *Comédienne de grand talent*, et aussi, à ses heures, traiteur à domicile.

Sirine demande où sont les toilettes.

Jacky montre le couloir, compte les portes de l'index. « Troisième sur la droite. Gaffe à Saphir dans la pièce après. »

Sirine sourit et s'éloigne, pressée d'être seule. Les voix se dissipent derrière elle. Dans les chiottes, elle s'enferme à double tour, sur le point d'être submergée par une crise d'angoisse. Elle voudrait être ailleurs, ne supporte plus ces gens. Les larmes arrivent. Sirine laisse couler, consciente de ne plus pouvoir empêcher grand-chose. Suivent quelques minutes de sanglots et de hoquets, de respiration difficile. Puis tout s'arrête. Pause. Enfin elle ose un coup d'œil dans le miroir fixé au-dessus du lavabo. *Bien moche.* Du noir a ruisselé sur ses joues. Elle a l'air d'une pouffe qui s'est fait baiser la bouche trop fort. *C'est pas ça qu'il t'a fait, tout à l'heure ?* Manu vient désormais la sauter tous les jours ou presque. Elle se dégoûte. À voix basse, elle se le répète plusieurs fois dans la glace, en se regardant droit dans les yeux. *Sale pute.* Elle pense à la copine de Lola, celle qui leur fait à bouffer ce soir, et elle l'envie. Accepterait-elle de lui donner des conseils ? *T'as vu ta face, même pas elle te calcule.*

Et il y a un truc à terminer d'abord.

Dans son sac, Sirine cherche de quoi rectifier la catastrophe, la soirée n'est pas finie. *Et tu vas t'en taper plein d'autres, ma chérie.* Jusqu'à ce qu'elle ait obtenu ce qu'elle souhaite : la mort du flic et un max de blé. Piqué aux Cerda, pour les remercier d'avoir planté Nourredine. *Sérieux, c'était pas un hasard de ouf que ce soit le pote keuf de Momo qui le serre ?* Personne n'était au courant du plan ayant justifié cette arrestation. En dehors de Nourredine, de deux de ses cousins toujours en zonzon pour ça, et de Manu. Dehors. En vie. À qui Nourredine avait proposé d'en être. L'affaire aurait été plus belle et ils seraient redevenus potes comme avant. Manu était motivé, il a réfléchi, une bonne semaine, et puis il a finalement dit non. Pas assez gros, c'était son excuse à l'époque. En fait, il n'avait pas le fric. *Momo, ce fils de pute, il a pas voulu lui filer une thune.* C'est ce que pensait Nourredine. Après s'être fait coincer. Il l'a dit à Sirine lors d'un parloir, ça et qu'il voulait se le faire, le Momo. *J'vais tous me les faire, t'entends !* Il hurlait dans la cabine. Il est mort peu de temps après. Sirine ne sait pas ce qui s'est passé avec la famille du flic, mais elle ne croit pas à l'implication de Nourredine. Il lui disait tout, alors un truc pareil, il en aurait parlé. Pire, il aurait fait comme pour le reste, il se serait servi de Sirine pour transmettre les ordres. Mais là, rien. Aucun de ses potes ne sait quoi que ce soit. Et pourtant, grosse coïncidence, le même copain condé de Momo qui a chopé Nourredine est celui qui le bute plus tard. Sirine n'y croit pas, aux coïncidences comme ça. Elle n'est pas la seule. Quand, après le meurtre, on l'a convoquée aux Batignolles, on lui a d'abord posé des questions sur son mec et sur son éventuelle implication dans les morts de la gamine et de la femme. Ensuite, les types chargés de l'enquête ont creusé du côté du biz' de Nourredine, pour voir si le flic en croquait, si on la lui avait faite à l'envers. Au flic. Sirine avait failli balancer Momo, puis s'était dit que ce ne serait pas très malin. Même si elle ne pige pas tout, elle sait une chose : ce qui s'est passé, la mort de Nourredine, *C'est over too much*. Et c'est dégueulasse. Alors, d'abord elle va se faire le keuf, d'une façon ou d'une autre, elle a déjà commencé à entreprendre Manu, et ensuite elle va se faire du fric, beaucoup. Et cette fois, il n'y aura pas de *blème* avec Momo, c'est Manu qui crachera direct puisqu'il a accès à tout le blé ou presque depuis l'interpellation de son frangin. Le seul souci, c'est la daronne, elle surveille. Si elle pouvait claquer rapide, ça arrangerait grave les affaires de Sirine.

Mission ravalement, terminée. Ne manque plus que le sourire.

Au fond de son sac, Sirine repêche l'une des pilules à bonheur qu'elle a l'habitude de gober quand elle n'a plus envie de savoir où elle est, ni ce qu'on lui fait. Le comprimé, souillé par la faune et la flore peuplant le fond de son fourre-tout, n'est plus très frais. À voir sa gueule, il doit traîner là depuis longtemps. Elle en cherche un autre, rien. Deux auraient mieux fait la blague. Tant pis, elle boira un peu plus. Petit coup rapide sous l'eau du robinet pour virer le gros des débris et poussières, une gorgée pour faire descendre, Sirine vérifie une dernière fois son rouge et sort.

À l'autre extrémité du couloir, dans le salon, ça tchatche. Manu. Très fort, pour être sûr qu'on l'écoute. Elle connaît. Derrière elle, elle entend le chien enfermé qui va et vient dans le bureau. Ces clebs, Sirine les a vus à Romainville. Ils la font flipper. Instinctivement, elle recule. Pas beaucoup. Elle ne veut pas que les autres la voient, n'a pas envie de les rejoindre encore. Elle préfère attendre le décollage. Elle voudrait aussi jeter un œil à la piaule de Momo puisqu'il crèche ici de temps en temps. Sirine entrouvre l'une après l'autre les portes non identifiées, quatre en tout. Derrière la première, un dressing. De fille. *La salope tout ce qu'elle a.* En face, il y a une salle de bains. *Téma les produits, elle a braqué un Séphora ou quoi?* Du même côté que le dressing, plus loin, c'est la chambre de Lola, avec un *Putain de pieu de sa mère, j'veux le même.* Dernière chance.

Fermée à clé.

Sirine s'escrime sur la poignée.

« Ça va ? » Vidal.

Elle se tourne vers lui. Rictus idiot, l'air d'une paumée. Pas compliqué, elle plane. « Suis perdue. » Jacky l'escorte jusqu'au salon. Tout le monde est à table, salue son retour. Manu est content de retrouver Sirine et invite son *bébé* à venir s'asseoir près de lui. Elle obéit, sur un nuage, mais surveille Jacky. Il susurre quelque chose à Lola. À qui Sirine adresse aussitôt un *merci* articulé en silence tout en levant la coupe de champagne posée devant elle.

Vite, de l'oubli en bouteille.

Angèle quitte le dîner en cours de route, sans avoir touché à sa nourriture. La nausée. Il est déjà onze heures du soir. Elle a fait bonne figure jusque-là – pour ses proches – mais ne tient plus. Lola se lève avec elle et l'accompagne.

Jusqu'à la pièce inaccessible.

Sirine annonce : « Je vais pisser. » Tangage en direction du couloir, des toilettes. Elle s'y barricade, colle son oreille contre la porte. Elle entend Lola aider sa grand-mère à retirer ses vêtements, la guider. Il y a beaucoup de patience et de tendresse dans sa voix. Angèle se dit très fatiguée, prétend ne pas savoir si elle sera là encore longtemps, interroge sa petite-fille, a-t-elle prévu *de l'appeler, ce soir?* Silence, puis Lola répond : « Le rendez-vous est fixé à une heure trente. » Il faut *l'embrasser*. De qui parlent-elles ? Lola ne s'attarde pas et bientôt la chambre est refermée. Mais pas verrouillée.

Sirine attend.

Les conversations ont repris dans le salon. Manu propose de vite passer à la suite. Il a suffisamment donné pour la soirée, et il est crevé, *Sirine aussi.*

La pauvre.

Ta gueule.

Elle est foncedée, ta meuf. Pourquoi tu penses qu'elle squatte les chiottes ?

Occupe-toi de ton cul, Lola.

J'aimerais bien, mais vous êtes chez moi.

Coup sur la table. *Non !* Un temps. *Ici c'est chez nous, oublie jamais ça.*

Profitant de la dispute, qui glisse vers le coup de lame, Sirine quitte les toilettes et rejoint la pièce où Angèle se repose. Elle entre, tout doucement. Dedans, c'est grand, plongé dans le noir. La vieille ne bouge pas, elle dort déjà, respire mal. La déco est plus que dépouillée, spartiate. Un lit double et basique, un tabouret en guise de chevet, quelques livres devant, en vrac. Près de l'entrée, il y a un portant avec des fringues. De mec. C'est bien la piaule de Momo. Seule déco visible, les épais rideaux occultant la fenêtre. Le regard de Sirine est attiré par des diodes vertes et rouges qui clignotent juste en dessous. Là, sur une malle métallique posée à même le sol, un rack de chargement. Pour des talkies. Il y en a deux. Ses yeux s'étant habitués à l'obscurité, elle aperçoit également une oreillette filaire, une laisse de chien avec un collier de force et une muselière.

« Encore perdue ? » Jacky, pour la seconde fois.

Pauvre conne. Sirine ne se démonte pas et prétend avoir entendu Angèle gémir quand elle revenait dans le salon. Elle a voulu vérifier que tout allait bien. L'excuse provoque la réaction attendue, Vidal s'approche du lit et se penche sur la vioque. Sirine en profite pour rejoindre les autres.

Lola se prend toujours la tête avec son oncle. Lorsque Sirine paraît, Manu siffle la fin de la récré. Quelques minutes plus tard, ils sont devant l'entrée de l'immeuble et, dans le froid, attendent leur taxi. Interrogée sur ce qu'elle *branlait*, Sirine sourit bêtement. Elle ne répond rien.

10

Cette nuit, Lola a délaissé son itinéraire habituel en direction des Invalides pour filer à l'opposé, côté Observatoire. Parvenue en haut de sa rue, elle longe la Closerie et s'approche du boulevard du Montparnasse. Devant elle, Saphir tire sur sa laisse, heureux de cette petite virée. Il porte sa muselière, même si ce n'est vraiment pas indispensable. Ce chien est un amour, elle l'a choisi pour ça. Il est si gentil que ceux de Romainville voulaient l'engager dans des combats bidon pour parier contre lui et s'en débarrasser en se faisant un peu de blé au passage.

Aussi doux soit-il, Saphir reste un rottweiler mâle très costaud et impressionne les gens qu'il doit impressionner. Depuis le début de ce rituel hebdomadaire, fin octobre, quand Mo a été transféré à la Santé, personne ne s'est permis d'aborder Lola dans la rue. Le couvre-feu n'est pas non plus étranger à l'affaire. Elle croise peu de monde aux heures où elle se balade, celles où les honnêtes gens dorment chez eux, imités depuis peu par les autres, plus *malhonnêtes* mais castrés par la trouille de la pandémie. Ses rares copains de trottoir sont surtout des proprios de clébards. Des vrais, pas comme elle qui joue la comédie une fois par semaine afin de profiter du régime de sortie aménagé pour les amis des bêtes. Parfois elle rencontre aussi des bleus, grands mateurs devant l'éternel, mais contraints de la laisser tranquille puisqu'elle promène médor et que médor se plie, en arborant fièrement son FFP2 spécial toutou, au règlement imposé à tous les molossoïdes de sa catégorie.

Lola est vêtue d'un manteau de laine noire, pas trop près du corps, sous lequel elle a superposé plusieurs couches de protection contre le froid, dont un *thermosweat*. Celui-ci est agrémenté d'une large capuche descendant bas sur le front de la jeune femme. Difficile de voir son visage, plus encore de l'identifier. Ou d'entendre ce qu'elle dit. Il faudrait être juste à côté d'elle tant elle parle tout bas. Là, par exemple, c'est : « Obaba est de plus en plus fatiguée. » Pas simple non plus de remarquer, sous cette accumulation de fringues, la radio TYT fixée à sa ceinture et reliée à son oreillette mains libres. Portée pratique, sans obstacles, plusieurs dizaines de kilomètres. Pour ses besoins à elle, c'est largement suffisant.

Mo possède la même. Cependant, il ne la garde pas en permanence dans sa cellule, afin de limiter les risques de découverte en cas de fouille inopinée. Aléa quasi nul en fin de semaine, quand l'effectif de surveillance est réduit. Il récupère donc son talkie, chargé à bloc, toutes les veilles de week-end.

Ce mode de communication a été choisi après plusieurs tests peu concluants, réalisés avec différentes combinaisons de modèles de mobiles et de smartphones, et d'opérateurs. Le système de brouillage de la Santé n'est pas parfait, mais il est très casse-pieds. Suffisamment pour les obliger à chercher une alternative. Il a suffi de se caler plus bas dans les mégahertz – une suggestion de Jacky Vidal –, puis de trouver les bons terminaux, de les reprogrammer – toujours le même, c'est un hobby –, pour qu'ils disposent d'un réseau privé, crypté tout à fait illégalement, difficile à trianguler et à pénétrer ; sauf à disposer de moyens militaires rarement déployés dans la capitale.

Ainsi, ils peuvent se parler en paix, des choses importantes.

« On dirait une petite flamme qui s'éteint. » Lola a du mal à ravaler ses larmes. Sa main, au fond de sa poche, cherche le Solingen, un grigri rassurant. Dans sa tête, elle remercie Mo, à l'autre bout, de laisser passer la crise. Le silence se prolonge pendant quelques instants. « T'es toujours là ? Pardon. » Lola déglutit. « Les docteurs ? » Elle tousse pour retrouver sa voix. « Ils disent des trucs de docteurs, genre ils savent tout mais ils peuvent rien, et c'est jamais leur faute. Tu sais bien comment c'est avec eux. » Lola remonte à présent l'avenue Denfert-Rochereau. « Ils ont trop le melon, surtout en ce moment. » Un taxi en maraude la dépasse. « Au moins, quand ils parlent, ça fait sérieux, t'en as pour ton blé. » Elle écoute. « Si tu veux. Elle ira en voir d'autres, promis, mais les rendez-vous, c'est compliqué en ce moment. » Silence. « Personne pige plus rien en fait. Si t'écoutes, d'un côté on refuse du monde, de l'autre on bloque des gens à l'hosto. Ça dépend un peu de ta gueule, on dirait. Et vous ? » La place est en vue. « Ils veulent vous piquer ? Ça réagit comment ? »

À la Santé, apparemment, c'est parano à tous les étages. Parano de ceux qui ont peur du virus et parano des angoissés de la piquouze, crainte d'être les oubliés de l'épidémie et trouille de servir de cobayes.

« Vous seriez pas un peu pénibles, des fois ? » Lola rigole. « Tu vas le faire ? » Un temps. « C'est le directeur qui t'a dit ça ? » Un temps. « Ça vaut la peine, tu crois ? » Saphir stoppe net pour se soulager au pied d'un arbre, bloquant Lola d'un coup. « Avance, toi. » Elle tire sur la laisse. « C'est le chien. » Sans succès. Les cinquante kilos de rottweiler ne bronchent pas. « Je suis. Vers la Seine. » Momo a dû remarquer son hésitation, il dit quelque chose et elle soupire. « J'ai pas oublié. » Saphir se remet en route. « Oui, je fais gaffe. » Lola contourne la place Denfert-Rochereau par l'est. À l'entrée d'Arago, c'est à son tour de s'arrêter. La tentation est grande de s'engager sur le boulevard. Elle est si près. Et Mo lui manque. Elle se sent seule, plus que cela même, isolée. Fragile. Inquiète. Lola regarde autour d'elle. Mo parle à présent de Manu. Elle retire l'un de ses écouteurs, tend l'oreille. Rien. La ville est déserte. *Morte*. C'en est presque angoissant. « Non. » Finalement, elle le remet et poursuit son chemin en direction de l'avenue René-Coty. « Il n'a pas vraiment fait chier, je m'attendais à pire. » Lola réfléchit, évoquer Sirine la grande curieuse ? Non, ce problème-là, il est pour elle. « Il est super mal à cause d'Obaba, il a la trouille qu'elle soit plus là, je pense. » Mo dit *Moi aussi* et Lola l'imagine couché sur son lit minable, dans sa cellule minable, avec cet air perdu que l'on entrevoit parfois lorsqu'il ne se méfie pas. À nouveau, sa gorge se serre. Changer de sujet. « Depuis ton arrestation, il s'attend à ce que quelque chose lui tombe aussi sur le coin de la gueule. » Manu ne sait pas qui, quoi ou comment. « Le *trip* en Espagne le fait beaucoup cogiter. » Il se demande si quelqu'un a piégé Mo et s'il est le prochain sur la liste. « Entre ça et Angèle, il est bien relou. » Lola aimerait savoir quand Manu sera mis au parfum. Avant qu'elle ait pu formuler la question, Mo répond *Bientôt* et *Pas tout d'un coup* et *Tu m'aideras*. Elle sourit.

Saphir l'entraîne toujours plus loin sur René-Coty.

Tout en écoutant, Lola décide de bifurquer dans la rue d'Alésia, déjà en vue. « Rien cette semaine non plus. » Sous-entendu, aucun message de ceux du Sud. « Les dernières *news*, c'était le départ de Buenos Aires. » Leur représentant s'appelle Sam. Lola ne connaît que son prénom. Elle l'a croisé une seule fois, en septembre dernier, sur la Costa del Sol. A priori, ils n'auraient pas dû être en contact ensuite mais, après l'arrestation de son oncle, Lola a été désignée au pied levé pour maintenir la liaison avec l'Espagne. D'abord parce que leurs nouveaux *associés* de là-bas l'avaient rencontrée, et appréciée. Par ailleurs, en septembre dernier, elle était rentrée deux jours avant Mo, à cause de ses études tout bêtement, il fallait s'y remettre. Ayant voyagé seule en avion, elle est passée sous le radar des autorités.

Depuis près de six mois, chaque fois qu'elle se connecte à la messagerie dédiée à ces échanges, elle ne peut s'empêcher de repenser à Marbella et au moment où elle est devenue un membre actif du clan. Et à la soirée qui a suivi lorsque, pour la première fois, Mo ne l'a plus considérée comme sa petite nièce mais comme une adulte. Et comme une femme. Elle repense à ses mains à lui, sur ses hanches à elle, alors qu'ils dansaient ensemble, à leur proximité et à tout ce qui a changé entre eux, d'un seul coup, cette nuit-là. Sur le moment, elle ne l'avait pas compris. Mais quand, un peu plus tard, un type était venu la brancher alors qu'elle attendait Mo, parti chercher à boire, et avait fini par lui demander, cash, qui était le *vieux* avec elle, *son père ou son mec ?*, elle avait souri et s'était abstenue de répondre.

Lola ne s'en est pas rendu compte, mais elle a quitté la rue d'Alésia et a tourné dans la rue de la Santé. Elle s'en aperçoit seulement lorsqu'elle atteint le boulevard Auguste-Blanqui. De l'endroit où elle s'est arrêtée, elle peut voir le bas de la rue Jean-Dolent et l'angle d'un mur en meulière, celui de la prison.

... *Tu dis plus rien, ça va ?*

Mo est inquiet.

... *T'es où, là ?*

« Tout près. » Lola resserre sa main autour du Solingen. « Je suis tout près. »

Je suis tout près.

Momo le sentait, Lola s'est rapprochée, au mépris de toutes ses consignes de prudence. Autour de la taule, ça patrouille et ça filme, elle pourrait se faire repérer. Il devrait la rappeler à l'ordre, lui répéter la règle, exiger qu'elle se tire d'ici. Loin d'ici. *De moi*. Il aurait dû le lui dire depuis longtemps. Il ne le fait pas. Pas plus qu'il ne l'a tenue à distance des affaires. Rico en a déjà fait les frais, des affaires, était-il raisonnable d'y mêler sa fille ? Une interrogation désormais superflue. Lola voulait savoir, en être, être au jus, aurait détesté Momo sinon, et lui, il en aurait crevé de ça, de risquer de la perdre.

Donc Lola est là.

Lola s'implique.

Lola joue les intermédiaires.

Pour le clan.

Au moment le plus critique de son histoire.

En face, elle a ce mec, Sam, qui appartient à une organisation en déroute et dont le chemin a croisé celui des Cerda pour la première fois à la fin 2016. Les deux chefs des Cadenas étaient en cavale après une grosse opération de police – une trentaine de mecs arrêtés, des millions d'euros en marchandise, bagnoles, gommes et argent liquide saisis – rendue possible, évidemment, par des infos venues de l'intérieur. La balance, identifiée, était partie se planquer en France, du côté de Paris. Sam avait échappé au serrage et, mandaté pour faire payer l'indiscret, il s'était adressé au clan pour l'aider, sur les conseils d'un ami d'amis retirés dans le Midi, à Cagnes-sur-Mer, pas très loin de chez Marco. Une fois le traître logé, Manu avait réglé le problème. En amont, les tractations avaient été menées par Mo, et c'est aussi lui qui avait retrouvé le mouchard. Sam avait apprécié leur collaboration à l'époque et, quelques années plus tard, lorsque AZF et ses nouveaux amis sont devenus un problème tant pour les Cadenas que pour les Cerda, il s'en est souvenu. À l'été 2020, il a recontacté Momo, discrètement, via des cousins gitans de Perpignan, pour organiser le rendez-vous de Marbella.

Sam est un fidèle, en affaires et en amitié.

Début 2018, la police l'avait interpellé après un accident de moto survenu durant une course-poursuite. Presque aussitôt, on était venu le libérer manu militari de l'hôpital où il avait été conduit sous escorte pour recevoir des soins. Une dizaine de complices, débarqués en force. Avec la bénédiction des parrains de La Línea. Ces complices, cagoulés durant le raid, n'ont pour la plupart jamais été formellement identifiés, mais la rumeur, toujours très généreuse, prétend que l'un des deux Morón aurait fait partie du commando.

Ce genre de chose ne s'oublie pas.

Aussi, lorsque les ennuis ont commencé à s'accumuler pour La Saeta et Albano, Sam ne les a pas laissés tomber, à la différence de beaucoup d'autres. Et s'il *collabore* aujourd'hui avec ceux qui se sont approprié une partie du territoire et du business des frangins Morón, c'est pour mieux les niquer de l'intérieur. De tous, Sam risque le plus gros. En parfaite connaissance de cause. À l'occasion de leur dernière rencontre, dans un cabinet d'avocats de Málaga, Momo lui avait trouvé cet air résigné des gens qui vont à la mort, pas sans peur mais sans hésitation.

Ce courage-là, Momo n'est pas certain de le posséder et, au lieu de rejeter Lola, il la questionne sur ses études pour, cette nuit encore, se rassurer auprès d'elle le plus longtemps possible.

Théo regarde sa montre, pas loin de trois heures du matin. Camille l'a, une fois encore, extirpé du sommeil en s'invitant dans ses rêves. Toutes les nuits c'est pareil. Elle arrive et ça finit mal, elle lui fait faux bond, se volatilise pour le laisser seul au milieu d'un monde sans contours, sans couleur et sans bruit, ou se matérialise devant Théo dans une foule anonyme, un décor improbable, pour ensuite rester hors de portée, toujours, en dépit de tous ses efforts à lui. Ou, accompagnée de sa mère, hilares toutes les deux, elle l'abandonne et annihile tout espoir de retrouvailles.

Triste empilement de frustrations, prélude quotidien à l'insomnie.

À la gamberge.

Sans fin.

Sur sa vie.

Sur ses morts.

Impasse.

Ici.

Théo est coincé.

Son avocat dit que non, qu'il est possible de négocier. S'il révèle par quel moyen il a su, pour le TJ. Mais négocier quoi ? Dévoiler jusqu'où ? Dans son affaire, ses affaires, serait-il plus avisé de dire, la Crim' et les bœufs butent sur des absences. D'éléments concrets. Au-delà des menaces, avérées, personne ne sait comment placer Hadjaj ou plutôt des complices de Hadjaj – et lesquels ? – au domicile des Lasbleiz, le soir du drame. Deux mortes, quelques étuis, propres, des impacts dans les murs, des bruits entendus par le voisinage, son témoignage. Aucune image, aucun bornage, pas d'ADN exploitable. Zéro indic. Et personne ne sait non plus comment Théo arrive, le 5 janvier, devant Hadjaj, dans les sous-sols du Bastion.

Personne ne sait rien.

À part Théo lui-même.

Lola.

Elle lui a tout dit, Hadjaj, ses tueurs, venus de l'étranger à la manière des Suecos et repartis aussitôt le crime commis, le tribunal, l'heure, le lundi. C'était à la veille de Noël et

Lola a balancé ça en le ponctuant d'un *Cadeau*. Luciana Rey, puisque cela se passait en bas de chez elle, l'a entraperçue, sans savoir qui elle était et sans rien demander après. Ne pas savoir, pour pouvoir nier ensuite.

Négocier, comme le souhaite l'avocat de Théo, c'est cafarder la Cerda qui, si l'on en croit Momo, n'est pas impliquée du tout dans les affaires du clan. Du moins, elle ne l'était pas avant de jouer les messagères. Il en est très fier de sa nièce étudiante, Momo, et a toujours donné l'impression de vouloir la préserver du pire. Il s'est braqué quand il a découvert la visite chez Luciana. Contre Manu. De la part de ce dernier, on peut parier sans risque sur le coup de pute, la bête tentative de manifester un quelconque pouvoir, fût-il de nuisance, fût-ce contre son sang, pour la mettre bien profond au bâtard de son père.

Négocier.

Et faire du mal à Momo.

Sans garantie de rien.

Momo, il me ferait du mal?

La question se perd dans l'entre-deux de la somnolence.

Momo tient dans ses mains les possessions de la famille, toutes.

Sous forme de billes.

Non, de cocons.

Non. De cailloux, ce sont des cailloux.

Il les enfouit sous terre, dans une boue liquide dont ses poings se recouvrent, avant d'être aspirés, avalés. Sous ce limon, une silhouette apparaît, pareille à une ridicule baleine miniature. Elle s'agite, grossit à vue d'œil. La vase s'éclaircit. De l'index et du pouce, hésitant, un Théo arrivé là on ne sait comment saisit l'une des nageoires pectorales. Puis il s'y agrippe, la tient ferme, fait aller et venir le cétacé dans l'eau verdâtre chargée d'impuretés, comme un petit bateau. Momo a disparu. L'animal grandit encore. Il flotte maintenant dans un bleu transpercé par les rayons du soleil. Avec Théo à ses côtés. Mais celui-ci doit bientôt lâcher prise, tout est devenu trop grand et ses doigts à lui sont désormais minuscules. Il coule. Gueule de bête grande ouverte. Théo va être boulotté. Il a peur, attrape un flingue. La baleine dit : « Rends-le-moi ! » Il tire.

Rien.

La baleine rit.

Il tire encore, au 11.43.

Théo rouvre les yeux dans le noir, avec cette pensée en tête. Il visualise le canon du pistolet, béant, devant son visage, puis le pistolet lui-même. Mais pas n'importe lequel. Celui de Marco Cerda, de la forêt, de l'exécution de Marrefi. L'origine de son pouvoir sur Momo.

11.43.

L'idée persiste. Momo lui en a parlé, de cette arme, lors de sa visite. Il s'inquiétait d'une découverte en *perquise*, chez Théo, chez Rey, et voulait savoir où elle était cachée. *T'as aucune raison de baliser.* Le Colt n'a jamais été planqué au domicile de l'ancien policier. En plus, ses collègues ont sans doute fouillé tout ce qu'ils pouvaient depuis longtemps. *C'est un peu tard pour flipper*, a ajouté Théo en se marrant.

Comme une baleine.

Un rire ?

Théo écoute la nuit. La Santé est très calme. C'est à peine si l'on entend quelque grille se refermer au loin.

Un rire.

J'ai pas rêvé.

Sans savoir pourquoi, Théo l'associe d'abord au tapin, Ginestet, croisé dans la semaine à l'issue de son parloir avocat. En attendant d'être raccompagnés en cellule, ils ont échangé quelques mots. Pierre était éteint mais il riait beaucoup, à contretemps. Lentement. Les médocs. *Pas le même rire.* Après avoir bien chauffé du bulbe, Ginestet a réussi à évoquer son frère, qui allait venir ici, *monter de l'Aveyron.* Il a même dit vouloir le présenter à Théo, qui n'a pas eu le cœur de le contredire. La conversation s'est arrêtée là, quand un surveillant s'est pointé pour ramener le gamin au QB2, où il crèche, ainsi que l'avaient anticipé les mecs du greffe de la taule.

Pas lui, pas possible.

Théo se lève, va jusqu'à la fenêtre, l'ouvre. Aucun bruit en provenance de la rue ou des quartiers voisins. Il referme, s'approche de la porte, y colle une oreille. D'abord, il ne perçoit que le silence propre aux mondes de pierre et de fer quand ils sont vastes et clos. L'écho de qui vient les troubler, aussi faible soit-il, porte loin dans de tels sanctuaires et ainsi, peu à peu, Théo repère le murmure d'une voix. Une seule. Celle d'un homme. Dans le bâtiment. À cet étage. *Quelque part sur la gauche ?* Se remémorer les visages de ses voisins de détention, leurs emplacements. Du moins ceux des rares types aperçus au cours des deux semaines écoulées, ses deux premières aux Vulnérables. Momo est de ce côté, en face dans le couloir, à cinq cages de distance. *Momo ?* Impossible à dire. *Le connaissant, il doit ronquer.* Le chuchotement a un rythme semblable à celui d'une conversation. *Le mec parle tout seul ?* De temps en temps, le rire fait son retour. *En tout cas, il est heureux.* Théo n'arrive pas à associer ce rire à celui de Momo – pas assez de sons auxquels s'accrocher – même s'il n'arrête pas de revenir à lui. *Rêve à la con.* Il retourne vers le lit. *Une baleine qui se bidonne, sérieux ?* Alors qu'il s'assoit, Théo capte un changement. Une émotion. Une angoisse. Forte, elle prend brièvement le pas sur le ronron, envahit le silence et là, Théo entend : *Ola, non !*

Lola.

Qu'est-ce tu fous, là ? Manu. *Ho ! Lâche-moi !* Hors de lui. *Lâche-moi, j'te dis ! Tu fais quoi ?*

Pardon, Manu, pardon. Sirine.

Tu me touches pas, salope, t'as compris ? D'où tu me touches ? Espèce de pute, va, c'est ma Porsche. À moi ! Que j'l'ai payée.

Amélie ne parvient pas à trouver le sommeil. Ces mots sont encore trop présents dans sa tête. Le cri de Sirine Bouhafs qui les a suivis, avec toute la panique dont il était chargé, aussi. Tout à l'heure, à Montreuil, il a forcé Amélie à entrebâiller la porte du parking, tout doucement. Il l'a obligée à regarder. Manu, faisant des moulinets avec son gun. Bouhafs, par terre. Elle reculait sur ses fesses. Maillard s'est pointé en bas des escaliers, Amélie a craint une initiative malheureuse de sa part si la situation dégénérait plus avant. À cause d'un petit travers Bud White, le perso du film *L.A. Confidential*, la Maille peut rapidement passer en mode *Supersaiyan* over vénère lorsqu'il croise un mec en train de cogner une meuf. Dom a dit un jour que c'était la faute du beau-père, sans rien ajouter. Ils imaginent tous le pire depuis, même si personne n'en a jamais reparlé.

Triste, mais chiant au milieu d'une *opé*.

Si j'veux la défonce, ma tire, j'la défonce. Regarde, regarde! Re. Garde.

Et Sirine, cette conne, ferme au contraire les yeux.

Amélie, dans son lit, aussi. Elle revoit Manu Cerda choper sa copine par les cheveux. Et la copine supplier.

Arrête, Manu.

Le flingue qui va et vient.

Pardon. S'il te plaît.

Mate, j'te dis. Je vais la flinguer. C'est mon blé, je fais ce que j'veux. Mate!

Stop. S'il te plaît. Manu. Pardon.

L'hystérie de Cerda.

Tu la boucles!

T'es ma pute. Je paye, tu fais comme je dis. Mate. Mate comment je vais lui kène sa race à cette caisse de merde!

Tout ça parce que Lofti a fait un excès de zèle. Pour bosser tranquille, il s'est branché sur l'électronique embarquée de la Porsche et a tout désactivé. À sa décharge, Manu et sa mousmé n'étaient pas censés revenir si vite. En fait, sa caisse, à Manu, elle était déjà ouverte quand il a essayé de la déverrouiller avec la télécommande de sa clé. S'il avait ne serait-ce que tripoté la poignée, il l'aurait pigé. Au lieu de cela, il a traîné Sirine Bouhafs jusqu'à la voiture et lui a écrasé la figure contre la carrosserie.

Téma, ou j'm'en balek, j'te dead!

Et puis plus rien.

Bouhafs a cessé de résister, de l'ouvrir. Manu aussi. Il était hors d'haleine. Ils sont restés ainsi à reprendre leur souffle pendant quelques minutes. Puis la jeune femme a osé parler à nouveau et doucement, tout doucement, elle est parvenue à convaincre son mec de la lâcher. Elle a demandé pardon, pardon, pardon et, à force d'allusions à Angèle, *Ta maman, malade*, qui les attendait, Manu Cerda s'est calmé et ils ont dégagé. Dans le hall, il s'excusait déjà. Amélie l'a entendu à travers la porte de la cage d'escalier. Il était mal, ne pigeait pas ce qui lui avait pris, promettait, *Plus jamais*, suppliait à son tour. Une fois le couple parti, elle a arrangé le coup avec la résidente de l'immeuble, qui était trop heureuse de retrouver son chien. Au début, la femme s'est emportée contre eux, surtout à cause des menaces proférées à l'encontre de son animal. Paradoxalement, c'est grâce à cela qu'ils peuvent être certains du silence de la voisine de Sirine.

Une fois ce problème réglé, Amélie a rendu compte, convaincu D'Agorno de continuer l'opération et est retournée dans le parking, où Maillard était sur les nerfs et son pote, Lofti, très secoué. Une fois apaisé, le technicien s'est remis au boulot et a fini de sonoriser la bagnole. Ensuite, contrairement au plan initial, ils ont quitté les lieux, sans passer par l'appartement de Sirine, étape numéro deux prévue de la soirée. Après l'incident du sous-sol, Didier a jugé plus opportun d'attendre une autre occasion, préférant ménager ses troupes et limiter les risques. Ils n'étaient pas à l'abri d'un second retour anticipé.

Les quelques poches gauches identifiées ne servant qu'à la confirmation de rendez-vous, on n'en tire pas grand-chose. La ligne fixe de Momo, en prison, ne donne rien non plus. D'où la nécessité des micros, partout où l'on peut en mettre, par exemple dans les voitures, puisque Manu y passe beaucoup de temps, le plus souvent en compagnie des Gipsy

Kings. Leurs caisses habituelles à eux sont les prochaines sur la liste du groupe D'Agorno. Ainsi que les domiciles de leurs régulières, seuls points de chute accessibles discrètement.

Amélie est sceptique quant à leurs chances d'obtenir quoi que ce soit par ce biais, les membres actifs du clan faisant très attention à la sécurité. Y compris Manu. Sur l'Espagne, par exemple, il ne dit presque rien et ce presque-là concerne exclusivement l'arrestation de son demi-frère. Cette histoire tient Manu en souci, il cherche une balance et donne l'impression de ne rien connaître des détails du voyage de septembre ou de la façon dont les enquêteurs sont remontés jusqu'à Momo. Pas une fois il n'a évoqué de *coup* ou de *plan* futur dans le Sud, ou prononcé le mot Cadenas, ou les noms et prénoms des Morón, de l'un ou l'autre de leurs complices connus, de leurs ennemis. Même AZF, Burger King ou Zaragozi ne semblent plus faire partie de son vocabulaire.

Dom, grand suspicieux devant l'Éternel, pense que ce vide sémantique est extrêmement suspect, révélateur. Didier croit qu'il est encore trop tôt pour se faire une religion. L'information sur ce *gros truc* remonte à un peu plus d'un mois. Elle provient d'une source à présent tarie, Hadjaj, dont la fiabilité n'a pas été éprouvée et qui avait des raisons d'en vouloir aux Cerda. On ne peut pas exclure une entourloupe destinée à leur nuire.

Momo était sur la Costa del Sol, c'est une certitude. Pour quoi faire, ils n'en ont toujours pas la moindre idée. Peut-être rien. Les collègues de là-bas ne le savent pas non plus et ne creusent pas vraiment la question ; ils ont de nouvelles cibles, les Montarlat, et ils tiennent les Cadenas. *Les conneries des copains français de leurs Chaînes, ils n'en ont rien à battre.* Autres interrogations sans réponse, qui Momo a-t-il rencontré sur place ? Qui voyageait avec lui ? *Où sont les putains de photos de surveillance promises par le Rens' ?* Trois semaines depuis la requête initiale. Amélie est déjà repartie à l'assaut deux fois et toujours rien. *Lundi j'y vais et je pète un câble.*

Si elle a le temps.

Les prochains jours vont être chargés, avec un nouveau déplacement en Rhône-Alpes pour conclure le dossier du semi-remorque en provenance de Tanger. Le saute-dessus est prévu mardi ou mercredi, avec l'assistance des antennes OFAST et RAID de Lyon.

Le smartphone d'Amélie est posé sur sa table de nuit. Elle effleure l'écran. Trois heures quarante. Soupir. Elle est crevée, toujours tendue. *Ferme les yeux.* Une porte claque à son étage. Ses voisins viennent de rentrer chez eux. *Et le couvre-feu ?* Ils se mettent aussitôt à hurler, une habitude lorsqu'ils reviennent de soirée, pleins de coke et d'alcool. Il gueule, elle gueule, il la malmène, elle répond, un peu, puis elle se laisse faire et ils baisent. On dirait un jeu, chacun son rôle.

Sirine et Manu, pareil ?

Peut-être, le flingue en plus.

Amélie ne pige pas. Tous ces gens la fatiguent. Elle bâille, essaie de faire abstraction du bruit. Ses dernières pensées vont à ses parents, à leur ferme isolée dans le Gers, au silence total dont ils jouissent à tout moment de la journée. Elle se demande si elle a jamais entendu son père élever la voix. *Maman ?* Non plus. Elle n'a pas le moindre souvenir d'une dispute entre eux et pourtant Dieu sait que leur vie de petits paysans n'a pas été facile.

Enfin rassérénée, Amélie s'endort.

11

Sirine lisse quelque pli imaginaire sur sa doudoune, elle sonne.

La porte s'ouvre. Lola apparaît, surprise d'abord. Puis son visage se ferme.

« Je te dérange ? »

Par réflexe, Lola se retourne. « J'ai cours en *visio*, là. »

Derrière la nièce de Manu, Sirine aperçoit un Mac portable posé à même le sol au milieu du salon. Pas de son. L'écran montre le visage d'un homme d'une cinquantaine d'années qui parle. Autour de l'ordinateur, d'épaisses chemises cartonnées dégueulant leur contenu et des manuels de droit. La main sur le cœur, elle annonce : « Je suis pas là longtemps, promis.

— Il y a un problème ?

— Non. » Sirine hésite. « Je peux entrer ? »

Lola soupire et s'écarte, à peine.

Nouvelle hésitation. « Le chien est là ? » Sirine pouffe. « J'aime pas les clebs à la base, mais ceux de votre famille, là, ils sont trop flippants.

— Saphir est à Romainville. »

Sirine se fraye un passage en ponctuant son entrée d'un *Ah* interrogatif. « Je croyais que c'était le tien ? »

Lola se contente de refermer.

« Samedi prochain c'est le 13, l'anniv' de Manu, on lui ferait pas une teuf? » Un temps. « J'ai pensé, toi tu connais du monde. Chez moi, c'est moche.

— Les samedis, je suis prise.

— Mais, et samedi dernier ?

— Samedi dernier, je l'ai fait pour Obaba.

— Manu, c'est ton oncle quand même.

— T'as raison, c'est mon oncle. » Lola pince les lèvres, énervée. « Et il aime pas fêter ces trucs. » Elle se rapproche de la porte d'entrée. « Si t'avais pas passé ton temps à baiser ses potes, t'aurais su. » Main sur la poignée. « Faut que je me remette à bosser. »

Sirine ne bouge pas. « Pourquoi tu m'agresses ? »

Lola la dévisage.

Sirine renifle. « Tu crois c'est facile ? Pour Nourredine, ouais, j'ai grave pas assuré, ouais. » Ses yeux s'embuent. « La vie de moi, tous les jours, il me coûte. Encore *today*, je suis allée aux keufs à cause de lui. »

Inquiète, Lola demande : « Elle te veut quoi, la police ?

— C'est pour son meurtre à Nourredine.

— Manu est au courant ? »

Sirine hoche la tête. « Ça fait deux fois j'y vais. » Elle se met à pleurer.

Lola grogne. « Tu fais couler le *mel*, là. »

Légère pression réticente sur le bras, Sirine se sent guidée vers le couloir, les toilettes.

« Va te ravalc, tu peux pas sortir comme ça. »

La porte de la chambre de Momo est ouverte. Rapide coup d'œil à l'intérieur au passage. Sur la malle, le rack de chargement des talkies est vide. Une radio est posée à côté, renversée sur la tranche. L'autre soir, il y en avait deux. Manquent aussi l'oreillette et la laisse. Sirine s'enferme dans les toilettes. Lola a dû voir qu'elle regardait chez Momo, parce qu'elle l'entend râler de l'autre côté de la porte et verrouiller la piaule.

Lorsque Sirine réapparaît quelques minutes plus tard, Lola quitte le salon et se dirige sans attendre vers l'entrée de l'appartement.

« T'as des nouvelles de Momo ?

— Pourquoi, il t'intéresse aussi Mo ? »

Sirine affiche un air blessé. « C'est pour toi que je dis. C'est trop une balle dans le moral la taule, tout ça.

— T'as lu tout Diam's, toi. »

Un temps.

« On fait quoi, alors, pour Manu ?

— *On*, rien. Toi, ce que tu veux. »

Le regard plus perdu encore, Sirine fixe Lola.

« Ça marche avec Manu quand tu fais ta *miskine* ? »

Sirine se crispe.

Lola sourit, elle ouvre. « Allez va, et joyeux anniversaire. »

Avant même d'avoir rejoint la rue, Sirine a dégainé son smart. Ça décroche à la troisième sonnerie, au moment où elle sort de l'immeuble. Elle est en colère, pas à cause du mépris de Lola, mais parce qu'elle n'a pas réussi à l'amadouer comme elle le souhaitait. Au téléphone, elle joue le gros chagrin. « Elle est toc toc ta nièce », attaque-t-elle en chouinant, « j'essaie d'être *nice* et tout, et elle me *tèje.* » Manu veut savoir où elle se trouve. « En bas de chez elle. » Et quand il demande pourquoi, Sirine répond *Rien, rien.* « J'avais ma convocation, ce matin, tu sais je t'ai parlé. » Après, elle a voulu arranger les choses avec Lola, ment-elle. « Pour toi. » Manu essaie de creuser. Sirine le laisse s'escrimer dans le vide un instant, lève les yeux vers le quatrième étage et repère une silhouette qui l'observe derrière l'une des fenêtres. La tentation est grande de lui adresser un doigt. Elle a envie de lui faire du sale, à cette pute. « Je veux plus en parler. Pas au téléphone. » Larmes de crocodile. « Tu veux pas venir me voir ? J'ai envie de tes bras. » À l'autre bout de la ligne, Manu se tait quelques secondes. Elle devine une intense réflexion. Finalement, il annonce qu'il n'est pas à Paris, ne peut pas rentrer tout de suite. *J'ai entraînement.* Sirine se souvient d'un vague échange à ce sujet. « Entraînement, c'est le nom de ta nouvelle *bitch* ? » Les culpabiliser, les forcer à l'excuse. Et ça marche, Manu se justifie, évoque le club de tir, *On y est les vendredis, toujours. Tu sais bien. Je.* Sirine a raccroché. Là, il va être mal toute la journée. Aucune raison qu'elle soit la seule à se prendre la tête.

On y est les vendredis, toujours.

Amélie a attendu sa pause déjeuner pour prendre connaissance de la conversation téléphonique entre Sirine et Manu. Une récréation bienvenue après une matinée de rédaction, de relecture et de correction des PV, les siens et ceux de certains autres membres du groupe – Maillard pour ne pas le nommer, toujours en guerre avec la langue française –, de l'opération menée au cours des jours précédents, en Rhône-Alpes.

Sandwich dans une main, stylo dans l'autre et casque audio sur les oreilles, Amélie rejoue pour la troisième fois le fichier de l'interception. Dom le lui a envoyé une heure plus tôt, peu après avoir reçu une alerte signalant que l'échange avait eu lieu. Il pensait, à raison, que cela pouvait intéresser sa collègue.

Putain, tu saoules, je vais au tir. On y est les vendredis, toujours.

Attentive, Amélie prend des notes, sous forme de questions, *Tir ?*, *Un code ?*, *On, qui ?*, *Vendredis ?*, *Où ?*, *Déjà dans notre spectre ?*, *Sirine ?*

Sirine.

Après l'incident du parking, l'idée de la recruter comme indic est revenue sur la table. Amélie demeure sceptique mais elle a convenu de prendre langue avec les enquêteurs de la criminelle en charge de l'affaire Hadjaj, pour avoir leur avis sur l'état d'esprit de la jeune femme et savoir ce qu'elle a lâché en audition. S'ils acceptent de lui en parler. Amélie n'est pas certaine qu'ils se montrent très coopératifs. La Maille est copain avec des gars du 36 qui jouent dans l'équipe de rugby de la PP et Nabil Bentoumi, un autre gars du groupe, délégué UNSA, en connaît aussi quelques-uns du fait de ses activités syndicales. Peut-être passer par l'un des deux.

Amélie termine son jambon-beurre et se remet au boulot sur les PV, écouteurs toujours sur les oreilles, branchée sur le *stream* de BLN FM, une radio berlinoise découverte lors d'un séjour là-bas. Musiques nouvelles, surtout électroniques, peu ou pas de blabla, parfait en fond sonore.

D'Agorno revient dans le bureau du groupe. Il échange

une ou deux plaisanteries avec Dom puis rejoint le bocal des cadres et s'installe à sa place.

Au bout de quelques minutes, Amélie prend conscience qu'il lui parle et montre son trousseau de clés, posé à côté du quignon de son sandwich. Elle retire son casque. « Pardon ?

— Ce truc, le *Tile*, c'est bien ? » Didier montre le traqueur en plastique noir attaché aux clés de sa numéro deux. « Je pensais m'en acheter un.

— Chez moi, j'arrive à le retrouver, ricane Amélie. En cas de largage dans l'inconnu ou de vol, j'en sais rien, j'ai jamais essayé et j'ai pas franchement envie de tester. » Si l'objet s'éloigne beaucoup du téléphone de son propriétaire, il se connecte de lui-même à tout utilisateur passant à proximité et disposant du logiciel idoine sur son smartphone, pour signaler son emplacement. Une alerte est ensuite envoyée à qui de droit et l'on sait dès lors à peu près où le retrouver. En théorie. « Ça dépend un peu du nombre d'applis Tile en circulation dans le coin. »

Didier acquiesce, dubitatif.

« T'étais encore chez Larnoy ? » Le chef de la BNAS.

Nouveau hochement de tête.

« Je vais finir par trouver ça suspect », plaisante Amélie.

« Il s'inquiète pour mon acclimatation. » D'Agorno sourit.

« C'est gentil.

— Ou pas. Si j'avais du mal, ça l'arrangerait. Un gendarme de moins en perspective.

— Le *big boss* serait triste, lui.

— Tu crois ?

— Il n'a pas besoin de nous surveiller. Rien que pour ça, il nous aime. »

Didier regarde son adjointe par en dessous.

« Ben quoi ? C'est vrai.

— Larnoy m'a aussi demandé si on avançait, côté Cerda.

— Et ?

— Et rien, on n'avance pas. Et on a d'autres dossiers plus solides à boucler d'abord.

— C'est tôt.

— Peut-être. En attendant, on n'a pas de stups, pas de montée, pas de sortie. Pas de filière, pas de complices. Que. Dalle.

— On a une info.

— Non, on aurait pu. Peut-être. Mais le mec est mort.

— Donc on a une mort suspecte.

— On n'est pas la Crim'.

— L'auteur est de la BSP, en lien avec au moins un Cerda.

— Momo l'a payé ? » D'Agorno rit. « Il a fait liquider sa famille pour le motiver ? »

Amélie ne répond rien, elle réfléchit.

« On a de ses nouvelles ?

— À qui ? »

D'Agorno penche la tête sur le côté, avec une moue qui semble dire *À ton avis ?*

« Aucune.

— L'idée était intéressante, mais je crois qu'on fait fausse route. »

On. Amélie apprécie l'élégance de Didier, qui assume d'avoir soutenu son initiative. « Il a quand même réagi quand on lui a fait écouter le truc. »

D'Agorno hausse les épaules.

« On dit quoi à la juge alors ? Je te préviens, tu te démerdes avec elle. » Un temps. « Il y a quand même le voyage de Momo en Espagne.

— Tourisme ? Il était avec une fille, souviens-toi. En parlant de ça, est-ce qu'on a enfin des nouvelles de ces photos ?

— Non, mais ça me rappelle que j'avais prévu d'aller en parler avec nos amis du Rens'. » Amélie fait mine de se lever.

Didier la prend de vitesse. « Laisse, cette fois j'y vais moi.

— OK. Quand tu reviendras, on parlera club de tir. »

Il est un peu plus de vingt heures lorsque Manu et sa petite bande de *tireurs sportifs* rejoignent le camp. Caravanes et camping-cars sont installés là, une trentaine, ainsi que des constructions en dur, sur un terrain de cinq hectares accolé à un bois, propriété de la famille Cerda depuis deux générations. Près de quarante familles y logent, plus de cent cinquante personnes, de tous âges. Le site se trouve à environ soixante-dix kilomètres de Paris, à la sortie de Coulommiers, sur la route de Mauperthuis, et jouxte une déchetterie.

Avant de se rendre à leur séance d'entraînement hebdomadaire, Manu et son groupe y ont laissé leurs bagnoles. Puis tous se sont cachés à l'arrière d'un Iveco Daily pour effectuer le déplacement jusqu'au club de tir. L'utilitaire appartient officiellement à la boîte de plomberie du frère de Farès Jellouli, Nordine. Qui ne s'en sert jamais. Un jour, quand ses affaires battaient de l'aile, le frangin a eu besoin de blé. Le clan a bien voulu lui en prêter. Plutôt que de se faire rembourser en espèces sonnantes et trébuchantes, les Cerda ont ensuite préféré lui faire acheter ce fourgon de douze mètres cubes, une seconde main discrète, et en garder la jouissance. Floqué au nom de l'entreprise, l'Iveco est un moyen de transport idéal pour qui a besoin d'aller et venir sans attirer l'attention.

Farès commence à entrebâiller le hayon avant même que le Daily soit immobilisé. Il vit ici avec femme et enfants, dans l'un des rares mobil-homes, et il est pressé de retrouver sa smala. Dehors, autour du véhicule, plusieurs voix d'hommes se rapprochent déjà. Bientôt, ils se présentent devant la porte latérale grande ouverte. Après leur avoir donné des sacs à gravats de cent litres remplis de billets, Farès extirpe son imposante carcasse de l'utilitaire.

Manu lui lance : « Demain matin, tu distribues, hein ? Tu t'endors pas dessus. »

Ce cash, récupéré à Meaux sur le chemin du retour, est la collecte hebdomadaire de quelques points de deal situés en banlieue est. Il va être réparti dans une myriade de petites structures de détail aux activités variées, toutes génératrices d'argent liquide, afin d'intégrer peu à peu l'économie légale, puis filer à l'étranger sur les comptes des *maisons mères* de ces commerces, des coquilles vides sous boîtes postales, gérées par des hommes de paille de nationalités diverses, de préférence à la retraite, jamais loin de la mort, totalement inconscients de l'usage fait de leurs identités, avant de retourner, blanchi sous une forme ou sous une autre, le plus souvent des achats immobiliers dans des coins exotiques – Dubaï ou la Thaïlande sont des marchés de choix – dans les poches de leurs véritables propriétaires, patrons des points de deal cités précédemment, auxquels les Cerda vendent ce service, en plus parfois de la sécurité du transport de leurs fonds, pour une commission oscillant entre 20 et 30 % des montants traités.

C'est une idée de Momo, qui est pour ces choses-là tout sauf un bouffon, Manu doit bien l'admettre. Elle est née d'une discussion avec ce pénaliste amateur de béhèmes et de lignes blanches, au moment où le clan, estropié, n'avait ni assez de fric, ni beaucoup de temps pour éponger la dette contractée auprès d'AZF. Ne restaient aux Cerda que du patrimoine et une réputation un peu amochée. Momo a capitalisé au mieux sur les deux, d'abord avec un bénéficiaire unique, Zaragozi, puis par d'habiles montages juridiques et financiers – qui soupçonnerait des putains de *rabouins* d'être à la tête d'une organisation pareille ? –, en ouvrant son activité à une clientèle plus large, de moyenne envergure, manquant généralement de la culture et de la surface financière nécessaires pour s'offrir ce genre de savoir-faire. Les Cerda rackettent, prostituent, trafiquent, un peu, de tout, mais surtout ils s'occupent du fric des autres, le blanchissent et le sécurisent.

Et parfois, ils jouent aussi les mercenaires.

Alors que les frères Stoian déchargent l'armement, Manu ordonne à Jacky Vidal d'aller voir *S'ils ont ramené le gamin.* Le *gamin* a quinze ans, il est de la Courneuve, cadet du numéro deux d'une bande de Comoriens en pleine ascension dirigée par un certain Omar Mhadjou. Ce dernier a déclaré la guerre à Salah Charfi, dit le Babouin, un caïd de ce qu'il reste des 4000.

Proche des Cerda.

Pendant que Jacky part aux nouvelles, Manu se pose, avec quelques autres, autour d'un grand feu allumé au milieu du campement, en quête de réconfort par cette nuit glaciale, sans lune ni étoiles. Nanosh et Youri arrivent à leur tour. Ils ont roulé le *doré*, ramené des bières et se mettent à commenter leurs exploits du jour au tir, interpellant parfois leur chef pour obtenir sa validation. Manu, perdu dans ses pensées, répond à contretemps, par de brefs grognements. Il a un souci. Avec sa nouvelle caisse. Après la panne du parking, il est allé chez Porsche pour râler. Hier. Les mecs ont branché la bagnole pour faire un diagnostic qui n'a rien révélé si ce n'est plusieurs accès récents à l'électronique embarquée. Le samedi de la couille. Aux heures où le Panamera était garé chez Sirine. Manu n'a rien dit lorsque les employés de la concession lui ont ensuite fait la leçon sur les éventuelles pertes de garantie en cas de tripotages non agréés, il ne faisait plus attention à eux. Inquiet, il s'était mis à réfléchir. Cette inquiétude est devenue colère une heure plus tard, après avoir fait passer un coup de baguette magique par Jacky à l'intérieur de sa voiture. On l'écoute. On le suit à la trace. *Qui ?* Le petit Vidal a dit que c'était du matos de keufs. *Qu'est-ce que j'ai pénave ?* Ça tourne un max dans sa tête. Manu est angoissé depuis l'arrestation de Momo. *Et maintenant ça ?* Il se demande quel service de police lui colle au train, ça l'éclairerait sur la nature du danger. Dès que possible, il va se renseigner auprès de leur contact. *Prévenir les autres ?* Manu a dit à Jacky de tout laisser en place pour le moment. Ne pas donner l'alerte tant qu'on n'en sait pas plus. *Mais quand même, au moins Momo, les oncles, Angèle. Lola.* Les Gipsy Kings ont été tout de suite mis dans la boucle, ils sont fiables, autant que Jacky. *Sirine ?*

Vidal réapparaît. Il hoche la tête et indique ensuite la direction générale d'une ancienne écurie où Léonard, le grand-père, quand il pouvait encore monter, aimait garder ses chevaux. Elle est toujours debout au nord du terrain. Jacky s'éloigne à nouveau.

Manu suit, avec les Stoian.

Il y a de la lumière à l'intérieur du bâtiment de tôle et de béton, froide, blanche, une lumière de néons. Un des ados du camp, du même âge que le prisonnier, monte la garde à la porte. Manu lui ébouriffe les cheveux au passage et dit qu'il peut y aller. Le gamin ne bouge pas, il aimerait voir. Finalement, on le laisse rester et il entre derrière les adultes.

Le jeune Comorien est installé dans l'un des box, il y en a six. Il est nu. Il tremble, parce qu'il fait vraiment froid et sans doute aussi à cause de la trouille. Son visage est marqué, il a résisté au moment de se faire gauler – les mecs résistent toujours – mais pas encore exempt de toute provocation. Ça viendra. Bientôt. On l'a scotché au gaffeur, très serré, à une chaise d'école au cadre métallique, elle-même enchaînée à un mur. S'il est là, c'est à cause du Babouin qui a filé le nom du petit aux Cerda, plus une ou deux autres infos utiles. Et aussi à cause de son grand frère, qui le mêle depuis longtemps déjà à ses embrouilles, celles de Mhadjou, de sa bande, du quartier, de tous les mecs occupés à se la jouer et à se la donner.

Salah Charfi vient de subir un revers majeur dans le conflit qui l'oppose à ses voisins comoriens. Il s'est fait braquer la nourrice, théoriquement secrète et sûre, bien gardée, dans laquelle il stockait six cents kilos, tout juste arrivés des Pays-Bas, d'un *ayya* très concentré en THC. Ce carottage a aussi coûté au Babouin quelques dizaines de milliers d'euros, des armes et six soldats, trois morts, trois blessés. Quelqu'un avait parlé, il a trouvé qui et s'en est déjà occupé. Ce qu'il ne peut plus faire tout seul en revanche, c'est récupérer son produit. Il n'a plus ni les guns, ni les bras. D'où l'appel aux Cerda, à qui il a refilé la seule piste solide dont il disposait, celle de l'identité du courrier le plus fiable de la bande à Mhadjou, responsable des tournées de sacoches et des messages réservés, au courant forcément de qui et où.

Le gamin.

Manu s'approche de lui. « On va pas se mentir, j'ai besoin que tu me lâches des trucs et toi, tu vas me les lâcher. »

Agitation sur la chaise, crachat. « Va te faire enculer, fils de pute. Détache-moi, je te nique. » Le gamin défie ses bourreaux du regard. « Je vous nique tous ! Et vos mères et vos sœurs ! Salopes ! »

Sourire de Manu qui attend avant de reprendre la parole. Quand le calme est revenu, il dit : « Mon grand-père, il venait de l'est, tu vois. De loin. Loin, loin à l'est.

— J'm'en balek de ton ancêtre. » Le gamin se cabre.

Manu ignore la provoc' et lève son poing gauche, tend son index et son majeur. « Il avait plus ces deux doigts. » Et les replie. « Coupés. » Il déploie ensuite son auriculaire. « Et ce doigt, là, celui-là, il était aussi tout raide, plein de grandes cicatrices le long. Tu sais pourquoi ?

— J'vais tous vous *cadavrer* ! » Le jeune Comorien continue à s'agiter. Trop. L'assise bascule, il tombe et le côté de sa tête heurte le sol bétonné, poussiéreux et jonché de détritus. Il gémit.

Les Gipsy Kings rigolent, un peu perchés.

« Enculés ! »

Jacky interroge du regard Manu, qui fait non de la tête avant de se pencher sur le prisonnier. « Un jour, j'ai voulu savoir comment il les avait perdus, ses doigts. Et tu sais ce qu'il m'a dit ? »

Le gamin ne se plaint plus.

« Il m'a dit : combien de roses on peut cueillir sur un homme ? » Manu s'écarte de deux pas. « C'est pas super guedin, ça ? Ça pousse pas sur les keums, les roses. »

Silence total dans l'écurie.

Manu montre ses deux mains ouvertes. « Dix. » Puis il écrase doucement, l'un après l'autre, les pieds du jeune Comorien, ses orteils. Ça craque, il a dû en casser. « Plus dix. » Et enfin, il lui attrape le pénis, le tord, le comprime, avec toute la force dont il est capable, jusqu'à ce qu'il soit satisfait par les cris de douleur. « Plus une. » Manu relâche enfin la pression. « Vingt et une roses. » Il fait signe aux Gipsy Kings de relever la chaise. « Ça fait beaucoup. » Jacky lui remet un rasoir de barbier. « Mon grand-père, il a appris ça quand il avait ton âge. » Un sécateur. « Les roses, tu vois, tu peux les couper. » Manu ouvre le coupe-chou. « Ou tu peux leur virer les pétales d'abord, tu sais comme elles font les meufs dans les films, un, deux, trois, genre pour voir si on les kiffe. »

Youri Stoian saisit le gamin par les épaules pendant que Nanosh lui détache le bras droit, et le maintient, par le poignet, à hauteur de son visage. Pour qu'il voie bien la suite.

Manu prend la paume ainsi libérée de sa victime. « Bouge pas, ça sera pire. » D'un coup sec, il fend le côté de l'index sur toute la longueur avec la lame du rasoir. Ça saigne, d'abord peu, ensuite plus fort. Hurlement. Manu recommence, sur l'autre face. Puis sur le dessus. Puis dessous. À chaque fois ses oreilles vrillent tellement le gamin s'époumone de mal. Enfin, quatre lambeaux pendouillent autour des os du doigt. Quatre pétales. Manu les arrache. Un par un. Quand il a fini, il demande : « On tape la discute ? »

Youri dépose Manu devant l'entrée de la résidence de Sirine vers minuit. Pour éviter les ennuis en cas de contrôle couvre-feu, ils sont rentrés à Paris avec le Daily. Urgence gaz, une excuse toute trouvée ; et ils sont dans un véhicule de plombier, avec les attestations nécessaires, auto-tamponnées et tout. Imparable, ou presque.

Mais ils n'ont vu personne.

L'appartement de la jeune femme est plongé dans le noir. Elle doit dormir.

Manu se déshabille et va se glisser sous la couette derrière elle.

À voix basse, Sirine dit : « Vous avez fait méchoui ? Tu pues la mort et le cramé. »

Tentative de caresse.

Sirine se raidit, glisse vers le bord opposé du lit.

« Oh, c'est quoi ton problème ?

— J'suis mal et tu me laisses toute seule. » Sirine étouffe un sanglot. « Et quand t'arrives, même pas tu te laves et tu te jettes, là, comme ça. » Un bras essaie de l'enlacer. « Je suis rien pour toi. » Elle se lève d'un bond. « Et t'en as rien à battre de ce que je vis. »

Le tir de barrage, alternance de pleurnicheries et de reproches, commence. Manu ne se défend pas. Trop de cris ce soir déjà. Il déconnecte, il n'écoute plus Sirine geindre et se lamenter, de son absence après la police, aujourd'hui, d'être toujours isolée, d'être rejetée par sa famille, avec sa nièce méchante, qui la respecte pas, elle la meuf de son oncle.

Toujours la même rengaine.

En esprit, Manu est loin, reparti au campement, auprès du prisonnier, dans la vieille écurie. Le jeune Comorien a fini par parler, par balancer, tout, et bien plus encore, au milieu du deuxième doigt. Manu l'a terminé quand même celui-là. Lorsqu'il s'est relevé, il a vu l'autre gamin, celui qui voulait profiter du spectacle, reculé tout au fond contre un mur, les yeux ailleurs. Son père était arrivé entre-temps. Avec lui, Manu a échangé un regard, avant de tendre le rasoir ensanglanté à l'ado. *Tu finis*, c'est ce qu'il lui a ordonné, *Après tu cueilles, tout*, et il a montré le sécateur. À Nanosh et Jacky, il a dit d'emmener le cadavre chez son oncle Poune, pour le balancer dans une des cuves à acide de la casse, et de ne garder qu'une oreille, celle où le jeune Comorien porte un petit diamant. *On l'enverra à la famille après avoir tapé, en guise d'avertissement.*

« Nourredine, déjà il t'aurait vengé. »

Manu répond au reproche de Sirine par une gifle, un revers bagué, puissant, réflexe.

La jeune femme s'affaisse sur le lit, effrayée mais pas encore tout à fait calmée. « T'as promis, tu fais rien. T'as pas de face et pas de couilles. »

Soupir de Manu. « Le flic, il est isolé. Trouver le mec et le moment, ça prend du temps.

— T'as dit qu'il était avec ton frère en zonzon.

— Laisse mon frangin là où il est, j'en ai pas besoin.

— T'es sûr ? Lui, au moins, il en a des *balls*. »

Manu gronde et se rue sur Sirine, la plaque sur le lit, attrape son cou de l'une de ses grosses pattes aux ongles noirs de crasse et de sang séché, comprime, tandis que de l'autre il tire, il déchire, déchiquette, écorche, tout. Ensuite, de la main tout entière, il pénètre, puis retourne, malgré les soubresauts, les plaintes et enfin, la queue dure comme jamais, il encule. Ça ne dure pas, il jouit rapidement et s'effondre sur le flanc, hors d'haleine, vidé.

À ses côtés, Sirine tremble. « Avec moi, tu fais le boss, mais en fait, t'es que dalle. » Elle renifle, ça fait mal, elle couine et puis elle parle, déballe, d'une toute petite voix, froide, terriblement. « Ta nièce et Momo, ils te la font à l'envers. » Elle raconte les radios, le matos, dans la chambre d'appoint, l'excuse du chien, qu'elle a fini par capter à forcer de cogiter toute seule, toute la journée. « Ils se parlent, le week-end, quand toi tu joues au chef, alors que t'es qu'un larbin. »

Manu ferme les yeux, les poings, se tend. Il a la rage.

12

La radio est branchée sur France Info. Pas très fort, juste assez pour couvrir une voix. Elle débite des nouvelles. D'hier, parce que la nuit, dans le reste éveillé du monde, il ne se passe rien.

Comme à son habitude, pour attendre l'appel, Momo s'est allongé, le talkie sur les pecs et l'écouteur dans l'oreille, la droite, à l'affût de Lola. La gauche, laissée libre, se distrait tant bien que mal avec la *covidite*, qui alterne annonces bien pourries et *pipotages* d'espoir. Au cours du dernier quart d'heure, par exemple, après s'être interrogée pour savoir si on se le boufferait, le *variant britannique*, réputé contagieux, *plus que l'original*, évoquant tour à tour infections en folie, du moins potentiellement, probabilités de clusters, fortes, les probabilités, les *modèles* l'ont dit, et craintes – menaces ? – de nouveaux emprisonnements domestiques, une voix tourmentée a rappelé le nombre de morts *du* coronavirus, ou peut-être juste *avec*, on ne saura pas, peut-être jamais, mais en tout cas dans le monde et au cours des treize derniers mois. Presque 2,3. En millions. Ça claque, ça fout la trouille. Heureusement, depuis la veille, en fanfare, se pointe

AstraZeneca, nouvelle piquouze miracle, et sans danger bien sûr, vu que les putes du gouvernement – c'est bien *putes*, le mot, quand on te paye pour sucer ? –, celles du fabricant et le fabricant lui-même le jurent, la main sur le cœur, tous. Ça et qu'elle empêchera de choper cette merde, de la refiler. *Ma frappe c'est la meilleure, rho, j'te promets, la vie de moi.*

Momo est comme tout le monde, la pandémie le trouble, surtout ici, sans air. Lui, l'angoissé des murs, du manque d'horizon, de l'enraciné, oscille entre sa *claustro* du fermé, des voisins pas choisis, toujours trop proches en *zonze*, vérolés potentiels, et son *seum* viscéral, familial, ancestral quasi, des potions, des aiguilles, des toubibs. Il n'y a qu'à voir Angèle, ce qu'ils lui font subir. Au moins peut-il, en pro de l'entourloupe, admirer les artistes. Les mecs sont des *reustas*, mieux que des *charbonneurs* – et bien plus condamnés –, hors champ, bien à la cool, stock fourgué à l'avance, garantie zéro juge, ils ont créé le besoin, ici c'est pas le manque, c'est l'insécurité, pour mieux te la dealer, leur came, et pour longtemps encore, vu que c'est multi-dosé et que ça *feuilletonne* à *donf'* sur la frousse de la *Spike*. En plus, pour te la mettre, on fait appel aux bleus, fiers kapos de l'ausweis et du FFP2. Mais les images, elles font flipper les images, crever noyé dans ses poumons aussi, et puis ce serait *too much*, quand même, si c'était du *mytho*. Alors Momo, il ne sait plus vraiment.

Il souffle, rassuré, lorsque enfin on gicle sur autre chose pour discuter rugby d'abord, les Six Nations, et juste après football, son sport tout gamin, le plus grand de ses regrets. Le mec cause pas national mais ça ira, c'est plus kiffant que le *corona*. Il parle *Liga* d'Espagne et doublé de Varane contre

Huesca, pour le Real Madrid. Forcément, Momo se met à cogiter. Real, la Flèche, Morón, soleil. Lola. *Qu'est-ce qu'elle branle ?* Il est l'heure pourtant.

… T'es là ?

La voix n'est pas la bonne. « Manu ? » Un temps. « Où est Lola ? »

… Avec moi. On est chez elle.

« Putain, virez de là, faut bouger. »

Silence.

Long.

… Pourquoi ?

Pas besoin de préciser le sens de la question, Momo a bien compris. Il a entendu, la déception, la peine, le désarroi de son demi-frère. Son pourquoi n'interroge pas l'injonction au mouvement, il sonde la défiance dont il a fait l'objet. Momo prend le temps de réfléchir à sa réponse. Inutile d'essayer de se justifier par un *J'allais te mettre au jus*, il arrive bien trop tard. Finalement, il dit : « Il va venir. » Là non plus, pas besoin d'expliquer qui ou quoi. « On saura bientôt où et quand. »

Manu qui la ferme, c'est un signe. Il rumine, il digère l'annonce, qu'il attendait, depuis longtemps. *Il va venir. Il.* À portée. Enfin. Après toutes ces années passées à l'étranger, loin, en terrain conquis, dans des bleds de ripoux, à l'abri de la police d'ici mais aussi des Cerda.

Momo reprend : « Lola, personne la connaît. Toi, on sait qui t'es, t'as toujours du monde autour de toi. Et pas la crème des fute-fute. » Une façon détournée de rappeler quelques vérités. « Fallait pas que ça sorte. »

… OK.

OK? Momo se redresse et s'assoit sur son lit, le cerveau en alerte. Il s'attendait à ce que la nouvelle limite les reproches de Manu, pas qu'elle les fasse taire. « C'est quoi le souci ? »

La Porsche, voilà le *souci*, avec ses mouchards, mais même pas une semaine et pas beaucoup d'occases. Et Manu a fait attention, il le jure, en caisse, il ne parle plus, ou pas, plutôt jamais, il la ferme, quoi. En plus, les Gipsy en sont privés et il n'y a que Sirine qui a mis son cul dedans, deux fois.

Momo entend Lola, derrière, balancer un truc inaudible, puis la communication est interrompue. Il a eu l'impression d'une dispute. « Allô ? » Près d'une minute s'écoule, meublée de grésillements.

... *Sirine, c'est une planche pourrie.*

Lola.

... *C'est à cause d'elle qu'il sait. Elle est venue fouiner, elle a capté et puis elle a cafté.*

... *Fallait rien qu'elle me dise ?*

Manu, presque aussitôt.

Ils sont sur deux radios.

... *C'est un gros blème, cette meuf.*

... *Sirine, elle veut juste ton flic, Momo.*

... *Et nos thunes.*

... *La ferme, Lola.*

Momo crie, tout s'arrête. « Et si elle l'a pas, Théo ? »

Pas de réponse.

« Alors, Sirine, oui, un blème. Ton blème, Manu, et tu gères ou c'est moi. » Un temps. « Tu sais qui on a derrière ? »

... *Pas encore. J'ai fait passer le message.*

Manu n'ajoute pas *Au daron de Jacky*, cela va de soi.

... *J'attends.*

Momo n'est pas vraiment en colère pour cette histoire de flics, pas vis-à-vis de Manu quoi qu'il en soit. Depuis son interpellation, il s'attend à un truc de ce genre. Ils ont mis le temps. Ou peut-être pas. « T'as fait tout vérifier ? »

... C'est en cours.

« Tu laisses leurs trucs en place. Ta bagnole, elle tourne, et tu gardes les 06 en cours, mais tu fais circuler, à des gadjé, que ça bouge et ça tchatche un max, partout. Deux semaines. » Juste assez pour que les schmitts se fatiguent à gratter. « Après tu les bazardes. »

... OK.

« On n'aura pas deux chances. T'es au point, avec les autres ? » Là encore, inutile de préciser. Afin de canaliser son frère et de protéger les intérêts du clan, Momo a chargé Manu de monter une équipe de guerriers et de les entraîner. Ils ont trouvé des pros, deux ex-*milis*, grâce, là encore, au père de Jacky Vidal, un de leurs obligés, et tous les vendredis, ils sont une dizaine à partir s'entraîner, loin de Paris, sur un terrain spécialement aménagé. Au menu tir, déplacement tactique, combat en milieu clos. Leurs instructeurs savent faire, c'était leur job avant. Ils ont tordu le nez au début, en voyant les gueules de leurs nouvelles recrues et leur matos, de l'Est et pas franchement casher, mais Momo a, via l'une des sociétés du clan devenue sponsor officiel de leur club, calmé toute réticence par une donation ; assez importante pour rétribuer grassement leurs services et améliorer les installations. Par ailleurs, les faux fafs avec lesquels les manouches se sont inscrits de façon on ne peut plus officielle à la fédération étaient plus vrais que des vrais, et pour une bonne raison, ils sortaient d'une mairie. Ainsi, depuis trois ans, ils vont cramer de la poudre à Provins, ils n'emmerdent personne et personne ne les emmerde.

… *Dans pas long, on tape du côté du Babouin, on verra.*

« Avec les flics au cul ? »

… *On fait plus ? Je lui dis quoi ?*

Intense réflexion. « Si, tu fais. Mais tu fais gaffe. » Si casse il doit y avoir, mieux vaut que ce soit bientôt. Ils verraient alors quels keufs les couvrent. Momo réglerait également peut-être son problème de Manu. Au pire, il a les moyens de payer une équipe extérieure. Il y a déjà pensé et sait que Sam aidera Lola s'il le faut. « Et tu *checkes* que les 06 à *tèje* sont loin de toi. »

… *Je sais.*

« Après le Babouin, tu seras pas content. »

… *Hein ?*

« Tu doubleras les séances. »

… *Les mecs vont gueuler.*

« Je les emmerde. Et tu dis rien. Même aux Gipsy. Ni à ta pouffe. Tu promets, tout de suite, sur la tête d'Angèle. »

Silence.

« Jure. »

… *OK, ça va, sur la tête de mama.*

Un temps.

« T'aurais pas dû venir chez Lola. » Un temps. « C'est la dernière fois. »

… *J'ai fait super belek. Encore plus.*

« C'est la dernière fois. »

… *Putain, pour qui tu me prends ?*

« Un dernier truc. Lola a commencé, c'est toi qui finis. Mais plante pas la famille. »

… *La vie de moi, je vais le fumer cet enculé.*

Silence.

… *Merci.*

13

Depuis sa remarquable cure de jouvence, la Santé est un établissement où l'incarcéré vit mieux qu'ailleurs, c'est indéniable, et le centre pénitentiaire parisien est, à plus d'un titre, un site modèle.

Et pilote.

Par exemple, il est doté de l'un de ces QPR nés du chaos terroriste de l'année 2015, le quartier bas numéro trois, sorte de taule dans la taule réservée à une *élite* de détenus, condamnés et prévenus, dits radicaux, islamistes il va de soi, et réputés dangereux. Très. Une douzaine au QB3, où ils restent un semestre au moins, en cellules individuelles permutées d'office tous les trois mois, et encadrés, grand luxe, par une vingtaine de surveillants, souvent volontaires et plus détendus que leurs collègues. Y être enfermé comporte tout de même quelques inconvénients. L'évaluation continue, par un psy et un *éduc'*, l'ouverture du courrier, les écoutes permanentes, bref, un espionnage de tous les instants, les promenades et activités limitées, les palpations de sécurité, à chaque mouvement, au moins une dizaine par jour, soit au minimum mille huit cents par séjour, les fouilles de cage, mensuelles, les strip-teases intégraux à chaque virée hors du quartier, à l'aller et au retour, notamment pour les parloirs, ou lorsqu'on change de piaule. Ça ne fait pas loin d'une centaine en moyenne par client de l'endroit, il ne faut pas craindre de se foutre à poil. Sans oublier l'école, tous les jours, pour se *désengager*, but ultime d'un passage en ces lieux ; théorique, sifflent les éternelles mauvaises langues, prêtant à la Direction de l'administration pénitentiaire et, au-dessus d'elle, au politique, de cyniques réflexes d'ouverture de parapluie. *Déradicaliser* restant un exercice très aléatoire, au moins pourra-t-on dire qu'on a tout essayé, qu'importe le résultat.

Les gens du QB3 sont tous des TIS, Terroristes islamistes, selon la classification de la DAP, de grands méchants loups, quoi, solitaires ou pas. Certains le restent à jamais, y compris lorsqu'ils retournent en détention normale, ce qui arrive fréquemment, les autres redevenant de simples Droits-communs susceptibles de radicalisation. C'est le cas de Youssef, revenu en QH après six mois de QPR, officiellement calmé mais toujours très pileux. Et hirsute. Et rouquin, d'où ce surnom, *Lachkar*, le Blond, qui lui colle à la peau. Pour qui se méfie d'une certaine apparence, son rapport apaisé à Dieu n'est pas très évident, mais une commission interne à la prison a décidé qu'il pouvait reprendre le cours normal de sa vie d'enfermé. Et lui fait des efforts pour se faire bien voir. Par exemple, il travaille, il fait l'auxi, et puisqu'il est d'un naturel fort curieux, porté à l'élévation, on l'a collé à la médiathèque Robert-Badinter, cœur du réacteur socioculturel de la Santé, installé au rez-de-chaussée du Pôle d'insertion et de prévention de la récidive.

Quelqu'un a dû se dire que la fréquentation des livres et pas seulement du Livre pouvait lui faire du bien.

Entre autres activités, le Blond contribue à son tour à l'édification des Vulnérables en portant, chaque semaine, sous la forme de nouveaux bouquins, la bonne parole au QB4, dont les résidents, confinés dans le bâtiment pour leur sécurité, n'ont malheureusement pas accès à la bibliothèque. Et c'est ainsi que le principal agent double d'Allah dans la prison, la *taqîya* n'est pas faite pour les chiens, palabre de façon hebdomadaire et en toute tranquillité avec la vedette des *droits co*, Momo Cerda.

S'ils ne s'étaient jamais rencontrés avant de se croiser ici, les deux hommes, déjà, se connaissaient fort bien, les amis de mes amis et tout ça. Fidèles au petit rituel instauré à l'arrivée de Momo chez les VIP, ils se saluent chaleureusement d'un Salâm très *tradi*, un vœu de paix doublé d'une *fraternité* de façade, au moins très vocale à défaut d'être sincère. Momo ne porte pas les fervents du Prophète dans son cœur et Youssef n'a guère plus de respect pour les voyous. Personne n'est dupe, mais la cordialité de leur entente se fonde sur une convergence d'intérêts et d'ennemis qui relègue au second plan les dégoûts personnels.

Tout en échangeant des livres, commentés pour certains que tous les deux ont lus, ils tapent la discute, se charriant gentiment sur les faveurs accordées à l'un ou à l'autre par une direction soucieuse d'efficacité auprès de la détention. Et surtout de tranquillité.

« Il t'a promis quoi, kho, pour la piqûre, si tu parles aux autres ?

— Ça sera dans le dossier, il verra aussi avec ma juge. Pas toi ? »

Youssef sourit. « Il te kiffe, le directeur. » Il regarde alentour, la cellule individuelle de Momo, non sans une certaine jalousie.

« Toi, il t'a fait sortir, mon frère. T'es un exemple, non ? Il aime bien venir te voir. Et le montrer. Les *kheys*, ils disent rien ?

— Ils disent le vaccin c'est *harâm*.

— Tu vas aider quand même ? »

Le Blond hausse les épaules.

Momo n'aimerait pas être à sa place, entre la trouille des pieux et celle du QPR. Il sait que Youssef a mal vécu les tripotages et les fouilles intégrales, et n'a aucune envie de retourner aux Radicalisés ; il s'en est ouvert un jour où la détresse était aiguë, plus, et réclamait confesse.

Mieux vaut changer de sujet.

« Le policier, ici, tu le connais on m'a dit.

— On ? Il devrait moins parler, Moustafa. » Ben-Ayed, le surveillant auquel Momo offre, en échange de services, les petits pédés qui tapinent dans l'un des bars à chicha du clan. L'homme est un torturé, ses instincts le trahissent et il aspire à la rédemption divine promise par la clique de Youssef. Vers laquelle il retourne, encore et encore, sans succès. Toujours il rechute.

« C'est un *talaf*, il est perdu, à cause de toi. Tu lui fais la corruption.

— Et toi ce que tu vends c'est pas le *fly*, sinon moi, tu vois, il me parle plus. »

Le Blond fait claquer sa langue. « Alors, tu le connais le keuf ? »

Momo acquiesce, circonspect. « Dehors, c'était déjà ma pute. » Des doigts, il imite le froissement des billets.

Youssef feint de cracher par terre pour montrer son mépris de Théo. « Il a tué un frère.

— T'es frère avec les vendeurs de *zetla*, maintenant ?

— Tu n'es pas mon frère, toi ?

— Moi, je suis ton ami. » Momo sourit et, touchant de sa paume le torse du Blond au niveau de son cœur, il ajoute : « Et l'ami de ton frère. » Référence directe à un imam, saint homme connu et respecté par Youssef, aux bonnes œuvres duquel les Cerda contribuent. En loucedé. Toute paix a son prix. « Mon flic, il s'est vengé.

— Certains disent que c'est des mensonges.

— Tu sais, kho, ici », Momo montre sa cage, « moi, j'entends plus grand-chose. » Un temps. « Sauf quand Moustafa vient me parler. » Avertissement sans frais.

« Pute, c'est dangereux, non, comme TP ? » Le Blond regarde son interlocuteur par en dessous.

« Qui pose la question ? »

Les yeux de Youssef fuient.

« Qui ?

— Si tu sais pas, c'est pas à moi de dire. »

Momo n'insiste pas, satisfait de la réponse. Sans rien laisser paraître. Après quelques secondes, il lâche : « Ça risque de me coûter. »

Le Blond fait la moue, surpris de cette réponse. « Tu interdis ? »

Les deux hommes se dévisagent.

« Si c'est écrit et qu'Allah », le Blond tend vers le ciel un index raide de fureur, « loué soit son nom, le veut ? »

Un surveillant apparaît à la porte de la cellule, il faut se dépêcher, les autres détenus du quartier s'impatientent.

Juste avant que Youssef ne franchisse la porte, Momo dit : « Je ne suis pas Dieu. »

14

Pédaler. Pédaler pour s'évader, s'exfiltrer de sa tête. Pédaler plus fort, plus vite, plus loin. L'effort et l'épuisement du corps afin de supplanter les égarements de l'esprit et du cœur. Pédaler, mais aller vers du rien, face à du béton blanc. Dans la cave. D'une prison.

Tout seul.

Théo s'arrête. Du regard, il parcourt la salle de sport dans laquelle, enfin, après plusieurs semaines de recommandations des docs, de conseils de Momo – tout aussi insistant pour qu'il aille se promener, prendre l'air dans la cour du quartier –, il a daigné descendre, au sous-sol, pour s'y faire enfermer pendant une heure trente. Dont quarante-cinq minutes sont déjà écoulées. Trois tours pour décider, une pause à chaque agrès, sans rien en faire véritablement, jusqu'au vélo de *spinning*.

Puis quelques coups de pédales.

Puis stop.

Retour face à soi-même, au mur de sa conscience, aux regrets, aux remords.

Trop d'erreurs.

Elles ne sont plus là.

Lui est ici.

Théo a un dernier truc à faire. Il tergiverse encore, c'est une trahison.

Une de plus.

Traître, c'est un métier. Le sien. Judas pour ses parents, leur histoire, leurs valeurs. Judas pour les collègues, les victimes, la loi. Judas à la maison, menteur, volage, absent. Impuissant. Déserteur de lui-même, depuis longtemps, et parjure jusqu'au bout puisqu'il est encore là, pas foutu de se flinguer.

Encore, un peu de temps.

Il faut tenir.

Des bruits dans le couloir, déjà si familiers, celui du trousseau de clés et puis d'une grille qu'on ouvre. Celle qui juste là, de l'autre côté de la porte, bouche, cloisonne, isole, le boyau souterrain filant sous le QB4.

Ensuite des voix, d'hommes.

Théo en reconnaît une.

Momo.

Bientôt, il entre. Derrière, il y a Moustafa, le sbire. Il enferme les deux détenus, regarde par le hublot percé dans l'ouverture, les yeux braqués sur Théo. Noirs de haine.

Il y a un truc qui cloche.

Momo s'assoit sur un banc de développé couché. Il attend. Dix, quinze, vingt secondes.

Des pas, Moustafa s'éloigne enfin.

« Sa race, j'ai cru qu'il partait plus.

— Il nous laisse seuls et personne ne dit rien ?

— Personne qui ? »

Théo hausse les épaules. « Je suis un détenu à risque et t'as bien fait comprendre ce que j'étais à tout le monde. Il y avait même une stagiaire.

— Elle caftera pas, la stagiaire. Elle a pigé, pas de rapport pas de souci. » Momo rigole. « Pas de souci, j'suis ici. Et les autres, je les kène. » Il penche la tête sur le côté. « Ça te fait chier de me voir ?

— Ça m'étonne. En plein jour. Tu flippes pas ? »

Momo regarde alentour. « De quoi ?

— Qu'on jase. »

Momo balaie l'éventualité d'un revers de la main. « Comment tu vas ? »

Sans conviction, Théo actionne les pédales. « Tu vois, je t'écoute, je bouge mon corps. »

Nouvel éclat de rire, forcé. « Et la *teuté* ? »

Bonne question. Théo dévisage son pote, à la recherche d'une révélation. « T'es venu t'agiter aussi ?

— Déjà fait ce matin. Je voulais prendre des nouvelles. » Un temps. « Être tranquille, un peu, tous les deux.

— C'est Moustafa qui me surveille ?

— Personne te surveille.

— T'es ici.

— *Déstresse*, je chouffe qu'il t'arrive rien. »

Théo acquiesce. « T'as raison. » Il tapote du doigt contre sa tempe. « C'est moi.

— Pas grave. » Momo semble chercher ses mots pendant quelques secondes. « Tu sais, moi aussi, je suis pas super bien. » Hésitation, encore. « Toi ici, le flingue de mon daron dehors, ça me fait flipper.

— Je t'ai dit, déjà, personne sait où il est, le Colt, même

Luciana. » C'est faux, mais Théo n'en est plus à un mensonge près. « Faut te détendre.

— Me détendre. » Momo se lève, fait les cent pas. « Toi t'es coincé, moi je vais sortir. La juge, elle me tient pas, j'ai merdé sur le contrôle, mais je suis rentré tout seul. »

Il a raison, Théo le sait. Et au tarif actuel, l'usage de faux papiers ne justifie pas non plus son maintien en provisoire très longtemps. « Je comprends toujours pas ce que t'es allé foutre en Espagne.

— Mais rien ! » Momo s'est arrêté d'un coup, le visage crispé. Il s'en rend compte, se force au calme. « Scuse. Tu vois ce que ça me fait. Si jamais on le trouve, ce gun, je suis niqué.

— Moi aussi. »

Momo ricane. « T'es déjà baisé, frère, plus jamais tu sors. Pourquoi tu me dis pas où ? » Il vient se poster devant le vélo, pose une main sur l'épaule de Théo et, conspirateur, dit : « Je le fais récupérer, hop, hop, après je te couvre. Même quand je suis plus là.

— Je croyais que tu chouffais déjà ? » Un temps. « Là où il est, personne peut aller, sauf moi.

— Il est dans une banque ? »

Pas de réponse, Théo est ailleurs. Reparti chez lui, la nuit, devant l'énorme canon d'un pétard. Le 11.43 qui a tué sa fille. Un pistolet du même modèle que celui dont Momo se languit, utilisé pour buter Marrefi, au fond d'un bois, pas loin de Soissons, ce fameux soir de mai 2017. Théo aurait dû piger plus vite. Sans doute ne le voulait-il pas. Trop dur, c'était le truc de trop, un truc sans logique.

Mais le 11.43.

Semblable à l'arme de feu Marco, le calibre préféré des vieux de la vieille. Cadeau d'un père. À ses fils.

Un flingue, un fils.

Face à Théo, dans le noir.

Porte qui grince.

Détonation.

Petit bruit de chute. *Camille*. Sa môme est déjà morte, mais à ce moment-là, Théo ne le sait pas. Maintenant oui. Et dans la petite salle de gym en sous-sol, il grogne de colère rentrée.

Momo recule d'un pas.

Théo ne le voit pas. Dans sa tête, il est accroché à la silhouette de l'assassin de Camille. Massive, la silhouette, celle d'un costaud, d'une brute.

Une femme crie. Sa femme. *Isa*.

Un homme lui répond.

Ferme ta gueule !

Deux hommes.

Elle est où sa pute ?

Deux voix, très semblables, presque jumelles.

Trois mecs.

Dans sa maison. Habitués à bouger ensemble. Ça se sentait. Un chef, deux indiens. Théo n'a pas percuté, même après. Trop de douleur dans sa tête, de brouillard, de remous, trop de signaux ailleurs, du côté de ce pauvre con de Nourredine et de ses menaces débiles.

Tout était évident.

Mais Théo n'a pas vu.

D'autres lui ont montré.

Trop tard.

C'était le lendemain du parking du dépôt, de son suicide raté, pendant sa garde à vue. Théo poireautait au seizième étage du TJ, dans l'un de ces satellites d'attente gardée réservés aux prévenus, soumis au bon vouloir de Diane Arostéguy. La porte s'est ouverte, le collègue de la DOPC qui l'escortait s'est levé, il est sorti et ces *autres* sont entrés. En tête venait un mec, tout petit, pas souriant, qu'il ne connaissait pas. Une fille suivait. Elle, Théo l'avait déjà croisée, au 36, au tribunal et parfois lors de pots. Des cheveux paille et raides, l'allure sportive, une rumeur la voulait championne de krav-maga, taillée sec en tout cas, toute en nœuds, en tensions, acharnée du droit, de l'ordre, du carré, une mili. Amélie quelque chose. De Nanterre, pas de l'IGPN. Pas une gentille mais pas l'ennemi. Le nain, c'était son chef. Elle l'a présenté et puis elle a parlé. Théo se souvient d'un ton légèrement méprisant. Au début, c'est surtout ça qu'il a entendu. Ça ne l'a pas vexé, plus la force, et puis les bracelets c'est lui qui les avait. Ensuite, quand elle a annoncé tonton, confession, il s'est mis à écouter vraiment. Amélie de l'OFAST n'a pas dit grand-chose, pas la peine, c'est surtout ce brave Vince qui l'a ouverte. Parce que lui, sans rien laisser paraître, Théo l'avait reconnu, c'était un familier. Sur son smartphone, la pandore avait un enregistrement, un extrait. L'indic discutait avec quelqu'un, sans doute son traitant, dans un bar, on entendait les tasses et les percos. Il évoquait Manu Cerda, les Gipsy, soi-disant surpris en train de causer ensemble, *braquo*, flingue pas trouvé, qu'ils avaient fait de la merde. À Arcueil. Ça s'arrêtait là. Ne manquaient que des dates. La discussion avec la source était du 12 décembre 2020 et la causerie clanique de la veille. Diligente, la balance. Vasseur, c'était ça son nom en fait, avait ensuite expliqué à Théo que personne n'avait percuté chez eux. Au début. Le récipiendaire de l'info avait rendu compte, fait passer et la vie de l'Office avait repris son cours. Le vol à main armée, le trafic d'armes, pas leur biz', ils avaient mieux à faire. Et puis, il y avait eu Hadjaj, le 5 janvier suivant. Exécuté par un fonctionnaire de police. Lui-même récemment endeuillé, privé de sa femme, de sa fille, abattues elles aussi, quatre semaines plus tôt, le 9 décembre, chez elles, chez lui. Un fonctionnaire des Stups, officier réputé mais toujours limite, frayant côté voyous. Côté Cerda. Elle était venue à la pêche avec son fichier audio, la mignonne Amélie, et la mine de Théo, à l'instant où Vince prononçait les mots *flingue* et *Arcueil*, lui avait montré qu'elle ne s'était pas trompée en suivant son instinct. Arcueil. La ville où habitait Théo, du temps de sa famille, au 8, rue Antoine-Baïf, dans une petite maison. « Pourquoi t'as envoyé Manu chez moi ? »

Les épaules de Momo s'affaissent. Il laisse passer du temps avant de réagir. « Depuis quand tu sais ? »

Théo ne répond pas.

« Je l'ai pas envoyé. » Momo soupire et se rassoit. « Je lui ai juste dit pour le pétard. » Un temps. « Je sais pas ce qui m'a pris ce jour-là. J'étais mal. » Momo sourit, triste. « La preuve, j'ai pénave au parloir, t'y crois à ça ? Putain de boloss. » Il secoue la tête. « Après, je m'en suis voulu, je te jure. Et je pensais pas que. » Regard suppliant. « Tu me crois, dis ?

— Et Hadjaj, les tuyaux, encore Manu tout seul ? »

Momo acquiesce. « Il essayait de rattraper sa connerie, tu sais bien comme il est. Il pense pas droit et il foire tout. Il a cru que ça me ferait plaisir.

— Et hasard, Nourredine allait jacter sur vous.

— À ce moment-là, je savais pas, la vie de moi.

— Tu me prends vraiment pour un *teubé.* » Théo secoue la tête. « Ma femme et ma fille, nos trucs, elles en faisaient pas partie. » Il pouffe, désabusé. « Ce qui me rassure, c'est que t'as foutu Lola dedans et que ça finira par la baiser aussi.

— Tu parles pas de Lola ! » Momo s'est levé d'un bond, visage fermé, menaçant. « Tes femmes, si t'étais pas rentré, elles seraient encore là. » Il brandit un doigt en direction de l'ancien policier. « T'en avais rien à foutre d'elles, tu dormais même plus là-bas. »

Théo ne réplique pas.

« Pourquoi t'es revenu ? »

Oui, pourquoi ? Pourquoi ce soir précis ? Il ne sait plus, Théo, et torture sa mémoire. Rien ne vient, il a zappé. Et pendant qu'il réfléchit, il ne prête pas attention à Momo qui dit : « Manu, son plan, c'était de leur faire cracher le morceau ou de fouiller, trouver le flingue de mon daron et se barrer. Sans toi, tout serait passé crème. »

Crème ? Ça, Théo l'a relevé. « Manu, Nanosh et Youri, tes trois débiles chez moi pour cogner ma gonzesse, faire peur à ma gamine et tout allait rouler ? » L'ex-flic s'est levé, il est devant Momo, le toise, à quelques centimètres à peine. Il hésite.

Momo s'en aperçoit, il attend, il est prêt.

Et rien.

Théo remonte sur le vélo. « Je dois finir mon sport. » Il se met à pédaler en silence.

Momo rejoint la porte, toque au hublot. « Tu vas faire quoi maintenant, balancer ?

— Je vais tous vous crever. » Théo a la voix calme. « D'abord Manu et ses deux couilles. Ensuite Angèle, si elle a pas clamsé. Les oncles et leurs familles. Ta Lola. » Un temps. « Toi, je te garde en dernier. »

Clé dans la serrure et Moustafa apparaît. Il demande si tout est OK.

Momo hoche la tête et, s'adressant à Théo, dit : « Profite, mon frère, entraîne-toi bien. »

Interlude

En mai 2007, un Cessna, sans doute en provenance des îles Canaries, se pose à l'aéroport de Nouadhibou, une des *grandes* villes du nord de la Mauritanie, collée à la frontière avec le Sahara occidental. six cent cinquante kilos de cocaïne en sont déchargés mais, manque de bol, les autorités veillent. Si l'avion parvient à redécoller en catastrophe – pour aller se poser un peu plus loin dans le désert, faute de carburant – la police locale réussit à saisir la marchandise et à alpaguer les quelques petites mains payées pour la transbahuter.

L'enquête qui suivra va connaître des ratés mais se conclura par l'interpellation d'une bande de trafiquants formée de citoyens mauritaniens, de Marocains, de Français, deux, d'un Ukrainien et d'un Belge. Outre la dimension internationale de l'organisation, il est intéressant de noter que, localement, elle était contrôlée par le rejeton d'un ex-président, Mohamed Ould Haidallah – *ould*, ça veut dire *fils de* chez les Berbères, l'équivalent du *ben* de la péninsule arabique – qui, après s'être enfui de son pays, a réussi à se cacher un temps au royaume chérifien tout proche. Avant d'être rattrapé par la patrouille.

La même année, en juillet, ce sont à nouveau neuf cents kilos de *cécé* qui sont interceptés à Nouakchott, la capitale, située à quatre cent cinquante kilomètres au sud de Nouadhibou. Parmi les impliqués, on trouve ce coup-ci le représentant local d'Interpol, cousin d'un autre ancien président – depuis peu, 2005 –, l'ex-colonel Sid'Ahmed Ould Taya ; celui-là même qui, en 1984, par un coup d'État, a fichu dehors le Haidallah senior évoqué plus haut, également colonel et également responsable du putsch contre le colonel au pouvoir avant lui, vous suivez ? La Mauritanie possède une fort ancienne tradition de cannibalisme entre officiers supérieurs que le monde ne lui envie pas, tout comme il ne lui envie pas sa réputation, plus récente mais grandissante, de plaque tournante du business de la coke.

Colombiens, Péruviens et Boliviens ne sont pas idiots. Puisque les Mexicains sont des associés pénibles, que le marché US sature – en plus, la justice n'y est pas gentille –, que les Européens sont demandeurs et payent mieux, et que l'Afrique reste une passoire où la corruption est une politesse, c'est là qu'ils sont venus développer de nouvelles routes commerciales pour leur poudre magique. En deux décennies, les quantités en transit sont ainsi passées de quelques centaines de kilos à quelques tonnes, à quelques dizaines de tonnes voire, sur l'ensemble du continent, à quelques centaines de tonnes. On sait ce qu'on chope, mais ce qu'on loupe, on en a seulement une vague idée.

La Mauritanie est grande, une fois et demie la France métropolitaine – et seize fois moins peuplée que celle-ci –, et toutes ses frontières sont poreuses. À l'ouest, sur près de huit cents bornes, c'est l'océan Atlantique. Pas besoin de grand développement afin d'expliquer pourquoi il est aisé d'entrer de ce côté. Au sud, il y a le Sénégal, État le plus solide de la zone mais point de passage obligé d'une bonne part des échanges clandestins en provenance du golfe de Guinée. Les potentats locaux ont aussi envie de profiter de la manne. Ensuite, toujours au sud, et également à l'est, il y a le Mali, une république en proie à un conflit protéiforme depuis de longues années, cocktail de guerre civile, de guerre d'indépendance et de guerre de religion. Enfin, au nord, on trouve d'abord un petit bout de désert algérien et surtout le Sahara occidental.

Ce dernier n'est pas un pays mais un Territoire non autonome, dixit l'ONU, c'est-à-dire pas fichu de se gérer tout seul. Après le départ des Espagnols, en 1975, il est devenu l'enjeu d'une bagarre sans fin entre le Maroc et la République arabe sahraouie démocratique, façade présentable d'un fort belliqueux mouvement d'émancipation né il y a cinquante ans, le vénérable Front Polisario.

Bref, le septentrion de la Mauritanie, où se côtoient depuis des siècles différentes tribus, nomades ou semi-nomades, plutôt arabo-berbères ou plutôt négro-africaines, ayant toutes un passé et un passif, et dont certains membres sont même devenus présidents, Ould Taya en est l'un des exemples, est une sorte de paradisiaque *no man's land* pour contrebandiers en tous genres, y compris les plus pileux d'entre eux, les djihadistes. Nous sommes ici à l'extrémité occidentale de la bande sahélienne, là où s'est peu à peu consolidé l'un des fronts du *Dar al-Harb*, le territoire de la guerre dans la tradition musulmane.

Et, dans ce petit trou noir du continent africain, on trafique de tout.

Des gens, séculaire folklore de la Mauritanie, pays où l'esclavage n'a été aboli qu'en 1981, puni par la loi en 2007 seulement, et où l'on estime que 10 % de la population appartient encore à quelqu'un. Ça fait quand même, au doigt mouillé, cinq cent mille personnes. Des cigarettes qui, dans le voisinage, passent des mains très respectables de grands noms de la clope, Philip Morris International ou British American Tobacco entre autres, fournisseurs des marchés officiels d'Afrique de l'Ouest bien au-delà de leurs besoins réels, et probablement au courant, même s'ils jurent le contraire, que ces surplus finissent par alimenter des réseaux criminels et financer les conflits régionaux. Mokhtar Belmokhtar, ex du GIA et du GSPC, et mégastar d'AQMI, organisation qu'il a un temps quittée pour mieux y revenir en 2015, n'est pas surnommé Mister Marlboro par hasard. On y *deale* aussi des armes, dans ce Nord mauritanien, et là est-il vraiment besoin de faire un commentaire ? Elles arrivent de Libye, d'Algérie, du Moyen-Orient, et permettent à la foultitude d'énervés locaux de continuer à se mettre sur la gueule. N'oublions pas non plus l'aide humanitaire *empruntée* aux réfugiés et aux victimes des diverses calamités qui accablent cette partie du monde, afin de nourrir guerriers et trafiquants, leurs familles et leurs clans. Et, s'il y a des restes, leur bétail humain.

Et enfin, donc, on s'occupe de logistique stupéfiante.

Longtemps, ce fut seulement du cannabis à descendre du Rif, dont un tiers de la production a toujours filé en direction du reste du Maghreb, du Moyen-Orient et de l'Asie. Désormais, la cocaïne suit les mêmes routes et tout se passe à la cool, il suffit de s'entendre avec les bonnes personnes, notables et officiels, voyous et islamistes. Une gageure parce que, dans le coin, souvent alliance fluctue. Mais pas une totale chimère. Le dieu fric, ses enveloppes, ses sacs plastiques et ses mallettes sont, ici autant qu'ailleurs, capables de miracles.

Dehors sur la plus haute coursive du château de son porte-conteneurs, perché à une trentaine de mètres au-dessus de la surface de l'eau, c'est tout cela que rumine Enes Hamidović. Lui et ses associés ont-ils assez arrosé leurs interlocuteurs ? Et ces interlocuteurs, qui sont en fait ceux d'Abdelhamid le Français, sont-ils les bons ? Quand les quatre tonnes ou presque de coke ramenées dans ses bagages arriveront à Nouakchott le 24 février, dans moins de deux semaines, elles seront prises en charge par une entreprise de fret routier appartenant à un homme d'affaires local proche du pouvoir, issu de la bonne caste, les Maures dits blancs, et de la bonne tribu. Sa boîte acheminera ensuite la drogue jusqu'à Bir Moghreïn, dans le Tiris Zemmour, a priori escortée par des militaires commandés par un ambitieux colonel, encore un, rémunéré grassement – sans doute une contribution à son futur budget de *campagne électorale* – qui, une fois sur place, passera le flambeau à une *katiba* d'AQMI.

Et c'est là que le bât blesse.

Pas à cause du produit à protéger, il y a des lustres que le fondamentalisme indigène s'accommode de la circulation et de la consommation de came, tant que cela contribue à ses bonnes œuvres et empoisonne uniquement musulmans déviants, apostats et mécréants.

Plutôt parce que, depuis deux ou trois ans, la lune de miel entre la Mauritanie et les fous d'Allah est en train de tourner court. Il n'est plus si certain que le pacte informel scellé en douce par les patrons des deux camps, c'est-à-dire l'*establishment* politique mauritanien, d'une part, et les chefs barbus, d'autre part, dure encore longtemps.

De cet accord, on soupçonne l'existence depuis 2011 et la découverte, à Abbottabad, au milieu des archives de feu Oussama ben Laden, de lettres à ce sujet, incluant notamment des doléances financières. En gros, on ne vous embête pas si vous nous laissez tranquilles aussi et que vous nous filez plein de millions de dollars chaque année pour ne pas foutre le bordel chez vous. Ça a marché pendant presque dix ans. Mais l'implication de plus en plus active de Nouakchott dans le G5 Sahel, organisation notamment chargée de rétablir l'ordre et la sécurité dans cette partie de l'Afrique, a quelque peu crispé les héritiers de Monsieur 11 septembre.

C'est cette crispation, dont il évalue mal l'intensité, que redoute Enes, en dépit des assurances d'AZF. Songez que sa marchandise va devoir se taper, en camion, deux mille kilomètres avec des combattants qui, une fois dans le désert, pourraient très bien décider de la mettre profond à leurs amis beïdanes, tant mauritaniens que marocains, et tout garder pour eux. Sans parler des avaries, des champs de mines, nombreux le long de la frontière du Sahara occidental et qui ont la fâcheuse manie de bouger dans le désert, des concurrents, tribaux ou criminels, et des gabelous locaux, pas bien méchants mais toujours gourmands. Si les bahuts parviennent enfin à se sortir du sable, il faudra encore, jusqu'à Tanger, prier pour que les chefs flics du brave Mohammed VI n'oublient pas qui les paie ou ne décident pas d'impressionner leurs copains américains de la DEA, afin de fêter dignement la récente installation de ces derniers dans le plus grand port du pays.

Perdre cette marchandise serait une catastrophe, la fin certaine d'Enes et de son pote Ibro, endettés jusqu'aux yeux pour se payer leur came, et de leurs femmes, et de leurs gosses, et de tous leurs autres proches. Mieux vaut ne pas y penser et se focaliser sur l'ultime étape à franchir avant la libération – et la grosse moula –, le passage en Europe. Histoire de limiter les risques de détection et d'interception, il a été décidé de fractionner la cargaison et de lui faire quitter le Maroc par plusieurs chemins, trois en tout. Les deux premiers conduisent en Espagne, en deux points différents, et le dernier en France, à Marseille, ville où Enes réside.

Plus pour très longtemps.

À la mi-mars, si tout roule, il devrait être assez riche pour se payer, à Saint-Rémy-de-Provence, la grande baraque avec piscine et écuries dont sa moitié rêve depuis des années.

III

15

La pièce est petite, d'une blancheur durcie par le plafonnier qui éclaire froid, à donf'. Elle est meublée spartiate, pratique, d'une table scellée, imitation bois, et de trois chaises au beige passe partout. Sur le mur le plus proche, un bouton d'alerte, gros, rouge, pour les *pétages* de plombs, jouxte un boîtier d'interphone et un rappel de consignes, affiché minuscule, toujours plus ou moins ignoré. À chaque bout de ce qui est en réalité une grande cabine, il y a une porte et son hublot. L'idée, c'est de voir dedans, pas dehors. Au-delà, deux couloirs. L'un débouche à l'air libre, l'autre renvoie derrière les barreaux.

Entre eux, COVID oblige, une barricade de plexiglas. Ils ne pourront pas se toucher, seulement se regarder. Avec masque. En théorie. Chacun a enlevé le sien avant même d'être assis.

Je ne devrais peut-être pas a ironisé Luciana Rey en prenant place. Lors du parcours d'accès, entre accueil, fouille, casiers et ultime salle d'attente, elle s'est trouvée plusieurs fois à distance sociale de la mère de l'un de leurs clients réguliers.

Qui ne l'a pas reconnue, merci FFP2. *Au moins, ça empêche les embrouilles.*

Théo lui a adressé un sourire triste. L'anecdote le renvoyait à des souvenirs de planques, de surveillances où, plus d'une fois, Rey la physionomiste les a sortis des ronces, en repérant ou en retrouvant dans une foule un objectif que personne n'avait vu. Ou qu'on avait perdu. Un bon flic, son adjointe, ou plutôt ex-adjointe, il l'a souvent oublié. Ça et qu'il aimait son job. Avant. Revoir Luciana est à la fois plaisant et douloureux. Théo le redoutait et il a hésité avant d'accepter ce rendez-vous en présentiel, comme l'on dit aujourd'hui. Mais elle a insisté, elle avait des choses à lui confier. Il n'était pas certain de vouloir les entendre. Il a cédé quand même, il le lui doit bien.

Curieusement, après une dizaine de minutes, rien ne sort, ils tournent en rond. Alors Théo se lance, il ouvre une brèche en espérant que Rey s'y engouffrera. Tout pour en finir au plus vite. « Tu as vu le notaire ? »

Luciana acquiesce. « J'ai tout signé. Je peux te dépouiller maintenant. » Elle ricane. « Les parents d'Isabelle sont déjà passés chez vous », elle corrige, « chez toi. On m'a autorisée à les faire entrer. » Un temps. « Mais j'ai pas eu le temps de. »

De ranger. De nettoyer. Les traces de. Le sang de.

Théo comprend. Il ferme brièvement les yeux, autant pour le montrer que pour tenter de chasser les images revenues subitement encombrer son esprit.

« Je les avais prévenus, mais ça a été… Compliqué. Ta belle-mère a fait un malaise. On l'a laissée dans la voiture après.

— Jacques a pu prendre ce qu'il voulait ?

— Des papiers surtout. Et quelques objets, une ou deux fringues, une peluche. Pas grand-chose. » Luciana soupire. « Je lui ai proposé de revenir plus tard s'ils le souhaitaient. » Le père d'Isabelle lui a répondu qu'il ne valait mieux pas, apparemment. « On a la tombe et des tonnes de photos, il m'a dit, ça suffira. » Et il a ajouté *faudra bien.* « Il m'a aussi demandé si c'était moi. » Luciana se tait.

« Si c'était toi, quoi ? »

Pas de réponse.

Théo pige. « Pardon pour tout ça. » Isabelle avait donc parlé de leurs problèmes de couple à ses parents. À quoi s'attendait-il ? Théo se demande ce qu'elle a bien pu leur raconter.

« Il m'a dit qu'elle voulait divorcer. Et quitter Paris. »

Et lui prendre Camille. Ça fait mal. Théo déglutit.

« J'ai dit oui. Tu m'en veux pas ? »

Théo secoue la tête. Il a du mal à retenir ses larmes.

« J'ai plus envie de mentir. Surtout pas à ces gens. Pas la peine de les prendre en plus pour des cons. » Le papa d'Isabelle a dit à Luciana de faire attention.

Les yeux de Théo se brouillent. Il les essuie aussitôt d'un revers de la main.

Rey attend.

« Pourquoi moi ? »

Luciana se renfrogne. « C'est quoi cette question ? »

Haussement d'épaules. « T'avoueras que t'aurais pu faire mieux. »

Sourire de Rey. « Tu sais, quand je me suis retrouvée seule avec ton beau-père, à le suivre dans ce qui était votre intimité, j'ai pigé un truc. Tout ça, c'était pas pour moi. » Son regard se perd dans le blanc des murs. « Si je l'avais voulu, je l'aurais eu. Des mecs bien, j'en ai croisé plusieurs, et au moins autant de bonnes copines mamans pour me dire que je devrais me poser, que je loupais quelque chose, que je pouvais pas savoir tant que. » Qu'elle perdait son temps avec Théo, elle l'a aussi beaucoup entendu.

« Je suis mal placé pour le leur reprocher.

— Vous savez quoi, tous ? » Luciana revient à Théo. « Je suis une grande fille, je fais ce que je veux. Y compris des erreurs.

— Merci pour lui.

— Arrête de tout ramener à toi. C'est bien un truc de mec, ça. On était deux dans l'histoire, OK?

— J'ai quand même fait beaucoup de conneries. »

Luciana pose un index tendu sur sa bouche pour indiquer à son ancien chef de groupe et amant de se taire. « OK ?

— OK. » Théo lève les deux mains en signe de reddition. « Faut quand même que tu fasses gaffe.

— Putain, recommence pas.

— Non, pas pour ça. Pour Hadjaj, j'ai merdé.

— On sait, merci. »

Théo jette un œil au hublot, derrière Luciana. Il n'y a personne. Il s'approche de la séparation en plexi et y colle ses deux mains, de façon à entourer sa bouche. Pas sûr que ce soit utile, mais dans le doute. « Je me suis trompé de cible. Et maintenant t'es dedans. »

Luciana s'est penchée, pour mieux entendre et mieux voir les lèvres de Théo qui, à présent, articulent *Soissons* sans produire le moindre bruit. Elle l'interroge des yeux *Qui ?* En guise de réponse, un *Manu* silencieux, et un *Gipsy*. Rey n'a pas l'air surprise, juste fatiguée subitement. Tout en se redressant, elle demande : « Tu vas le dire ? »

Théo fait non de la tête, puis il montre Luciana du doigt, *À cause de toi*. Les deux *pinpins* de l'OFAST ont des soupçons depuis les confidences de Vince. La réaction de l'ancien policier, quand lui-même en a pris connaissance, les a peut-être en partie confirmés, ces soupçons. Mais c'est tout. L'histoire du *flingue pas trouvé* ne leur parlera pas et il y a peu de chance qu'ils fassent le lien avec la disparition de Marrefi, en 2017, même s'ils en discutent avec la Crim' ou avec l'IGPN ou plutôt, même quand ils se décideront à en parler avec l'un ou l'autre de ces services. Ou avec Arostéguy. Ou avec les trois. Un ripou dont l'histoire a mal tourné, c'est en partie vrai et c'est ce qu'ils ont tous envie de se raconter, pourquoi chercher plus loin ? Tant qu'ils restent là-dessus, côté poulets, Luciana est tranquille. Côté manouche, c'est autre chose. « Tu dois parler à Gio et Malik. Il faut qu'ils couvrent tes arrières.

— Ils ont des familles, je ne peux pas les impliquer dans ce truc.

— C'est pas à leurs familles qu'ils pensaient quand ils tapaient dedans ? » Un temps. « Ils se sont pas bougé le cul pour moi, qu'ils le fassent au moins pour toi. Tu leur parleras ? »

Silence.

« Tu leur parleras ? »

Luciana acquiesce à contrecœur. « Ils ont honte, tu sais.

— De quoi, d'avoir pris un billet dès qu'ils pouvaient ?

— De pas être venus te voir. Ils osent plus maintenant. »

Théo va répondre sèchement mais finalement se tait.

Dans le regard de Luciana, il a perçu le doute et l'inquiétude. Il comprend pourquoi lorsqu'elle dit, tout haut et sans y prendre garde : « S'ils en ont après moi, ils en ont après toi. »

Théo fronce les sourcils.

Après avoir jeté un œil alentour, Rey lance, plus fort encore : « On les emmerde. Il faut faire quelque chose. Je vais me dénoncer.

— Ça servira à quoi ? » Soupir de Théo. « Ne te préoccupe pas de moi, je suis bordé. Il me reste une carte à jouer. » Il ne précise pas *De quoi au moins détourner l'attention de toi.*

« Laquelle ? »

À cette question-là, Théo n'a pas voulu répondre, se cachant derrière un définitif *Pas ici.* Pour protéger Luciana. Moins elle sait de choses, mieux c'est. Et aussi parce qu'il a menti lorsque, deux semaines plus tôt, au téléphone, elle lui a demandé si durant sa garde à vue il avait croisé d'autres collègues, d'un autre service. Une trahison de plus, à laquelle il ne voulait pas faire face.

La fin de l'entrevue a été difficile, ponctuée de longs silences. Et sur le chemin du retour au QB4, Théo se demande si Luciana a pu lui confier ce qu'elle avait sur le cœur finalement. Ou si tout ceci n'était qu'un prétexte pour le revoir. Et se faire du mal.

Au moment de le quitter, la paume sur la partition translucide du parloir, une vaine tentative de contact physique, dans l'urgence du manque à venir juste après, elle a encore essayé de le sauver : « Tu sais, ce que tu as fait pour moi quand mon frère est mort, c'était peut-être pas moral, mais personne d'autre l'aurait fait. T'es un mec bien. » Ça et que tout n'est pas de sa faute. « Ne te laisse pas tomber. »

Théo médite encore ces derniers mots quand il retrouve Pierre Ginestet dans le sas de retour en cellule. Ce n'est plus un tapin camé qu'il a en face de lui, mais toujours un gamin, plus juvénile encore si cela est possible, qui s'est fait propre et beau et sobre, portant polo et cheveux bien peignés. Et qui pleure, comme le gosse qu'il est toujours.

Théo lui demande ce qui ne va pas. Entre deux sanglots, il comprend que Pierre vient de quitter son grand frère, sa seule famille, monté d'Huparlac, dans l'Aveyron, pour le voir. Il ne sait pas quand il le reverra, quand son aîné pourra laisser à nouveau la ferme pendant un jour ou deux pour une autre visite, et ça le désespère. Plombé par ses propres tourments, Théo ne trouve ni la force ni les mots pour le rasséréner. Alors il se contente de lui passer un bras autour des épaules et de le secouer doucement, de tanguer légèrement pour le bercer.

Pierre se calme et, alors qu'ils attendent encore d'être raccompagnés dans leurs quartiers respectifs, il dit : « Tu sais, j'lui ai parlé de toi. Il savait qui t'étais, des journaux. Il les lit mon frangin. Le flic qui a tué un trafiquant, il m'a répondu, faudrait lui filer une médaille. »

Théo sourit.

« Il aime pas les dealers. » Un temps. « À cause de moi. » Un temps. « J'lui ai raconté ce que t'as fait, que tu m'as sauvé.

— Je t'ai pas sauvé.

— T'as rien dit.

— Et j'ai rien fait non plus, c'est toi qui t'es sauvé tout seul. »

Silence.

« Il aimerait bien te connaître. »

Nouveau sourire de Théo. « Si je sors un jour, on ira.

— Ouais, on ira. »

On vient les chercher. Ils se saluent de la main, sans plus un mot, et Moustafa Ben-Ayed, le surveillant favori de Momo, prend Théo en charge. Le trajet jusqu'au QB4 est semblable à tous les trajets en détention, laborieux, interminable, propice à l'accablement, avec sa multitude de grilles qui s'ouvrent pour aussitôt se refermer, sur vous, sur ce qu'il vous reste de vie, laissé loin derrière au parloir.

Enfin, Moustafa déverrouille la porte de la cage de Théo. Il entre, fait trois pas à l'intérieur et aperçoit un objet en plastique sur le sol. Une brosse à dents. La brosse à dents de base de la pénitentiaire reçue à son arrivée et qu'il n'a pas encore remplacée. *Qu'est-ce qu'elle fout par terre?* Théo se penche pour la ramasser et, alors qu'il la saisit, son instinct reprend enfin le pas sur les souvenirs et les idées noires, et lui hurle de tout lâcher. Il est trop tard, ses empreintes sont dessus.

Dans son dos, Moustafa ordonne : « Pose ça tout de suite. »

Aussitôt, Théo pense *Il savait* et *Piégé*. Il regarde l'objet, qui n'est en fait pas à lui et plus vraiment destiné à éviter de choper des caries ou de puer de la gueule, mais à planter, à trancher. À tuer. Le manche a été limé en pointe et, dissimulée au milieu d'un reliquat de poils, fondue dans le plastique de la tête, il y a une lame de rasoir.

Théo prend une serviette qui sèche à l'entrée de sa cabine de douche. Il doit vite essuyer le surin de fortune.

Moustafa s'approche en gueulant : « Laisse ce truc ! ». Et, tout de suite après : « M'approche pas ! » Puis, afin de lui faire lâcher prise, il cogne le poignet du détenu.

Théo tient bon. Le surveillant saisit alors sa main, celle qui tient la brosse, pour l'empêcher de nettoyer cette dernière. Ils se battent. L'ex-flic se dégage mais la serpette artisanale blesse son adversaire au passage. À l'avant-bras. Une longue estafilade. Qui se met immédiatement à saigner, à pisser. Ben-Ayed crie. Il recule dans le couloir, cherchant des doigts le bouton d'alerte de son Motorola. Il le trouve, appuie plusieurs fois, en panique. L'alarme générale se déclenche. On sait où il est, les talkies sont localisés en permanence.

Théo reste dans sa cellule, tamponne avec frénésie sur ses fringues, injurie ciel et terre ; il a plein de sang sur lui.

Cavalcade dans le couloir, des voix d'hommes s'interpellent. Cacophonie de cliquetis, de grilles qui claquent. Encore des galops pesants, des grognements de meute. Dans les coursives ça s'égosille de joie par-dessus la stridence. Moustafa en rajoute sur le danger, la douleur, à pleins poumons. Un, deux, trois surveillants se matérialisent à la porte. D'autres approchent, nombreux, on les entend de loin. Les premiers arrivés pénètrent dans la cage, menaçants.

Les coups pleuvent.

Théo se roule en boule, dernier réflexe avant de perdre connaissance.

16

Le conseil de Théo Lasbleiz leur a fait signe le 11 février. Un appel qu'Amélie n'espérait plus. Ayant obtenu dans la foulée un permis de communiquer de la part du parquet, elle devait, avec Maillard, rencontrer l'ex-flic le mardi suivant, le 16. La veille, vers midi, sans explication, la Santé a annulé leur rendez-vous. On les a ensuite baladés de coups de fil en services, en *Rappelez plus tard*, jusqu'à ce que Diane Arostéguy s'en mêle, d'une façon diplomate mais ferme. Ils ont d'abord eu droit à des éclaircissements : durant le week-end, Lasbleiz avait été transféré au quartier disciplinaire à la suite de l'agression d'un surveillant. Puis, ils ont obtenu une nouvelle autorisation de se rendre à la prison parisienne, après deux jours de chicaneries supplémentaires, pour enfin voir l'ancien policier.

Qui, mal en point, a commencé par ne pas dire grand-chose. À son arrivée, leur prévenu s'est plaint, sans faire de cinéma, en lâchant juste d'involontaires grognements, quand Maillard l'a, très légèrement, poussé dans le dos pour le faire entrer dans la pièce où allait se dérouler l'audition. Rebelote lorsqu'il s'est plié pour poser son immense carcasse sur une chaise. Ou quand on a saisi son biceps pour l'y aider. Si la moitié gauche de son visage, violacée, tuméfiée – elle a doublé de volume au niveau de la mâchoire –, fendue en divers endroits et recousue à la va-vite par des points malhabiles, est représentative de l'état du reste de son corps, il a vraiment passé un sale quart d'heure en compagnie des matons venus porter secours à leur collègue.

Afin de briser la glace, une tentative d'humour de la Maille n'ayant pas provoqué la moindre réaction – Lasbleiz paraissait somnoler –, Amélie a d'abord demandé ce qui était arrivé, pour qu'il en vienne à attaquer un gardien et à se faire tabasser de la sorte. De la façon la plus neutre possible, histoire de ne pas donner l'impression de faire la morale. Interrogation accueillie fraîchement par un *Rien, j'ai agressé personne* suivi d'un nouveau silence prolongé, puis d'un reproche *Vous auriez dû me sortir d'ici pour discuter.*

Il est révolu le bon temps où l'office pouvait organiser, avec l'aval de quelque douce amie magistrate, des gardes à vue bidon dans les hôtels de Nanterre, lui a répondu Amélie avec ironie. « Malheureusement. Ou pas.

— Les bonnes choses se perdent. »

Pour mener cet entretien, on les a installés dans l'aile du centre pénitentiaire réservée aux avocats, déserte en ce début de vendredi après-midi. La salle d'audience du QD n'a pas été jugée propice à la nécessaire discrétion exigée par cette entrevue. Cette pièce-là se trouve en effet au vu et au su de tous les mouvements de détenus du mitard depuis que l'un d'entre eux, de rage, en a explosé la porte, pas encore remplacée.

Lasbleiz se met enfin à parler. À Amélie surtout. Il ignore

Maillard, assis à la droite de la jeune femme et qui prend des notes sur un ordinateur portable. Une configuration peu idéale compte tenu des compétences tant dactylographiques que syntaxiques de son collègue, mais Amélie souhaitait pouvoir se concentrer sur l'entrevue. Elle repassera derrière, tant pis.

Le prévenu commence par donner une version de l'incident du samedi précédent qui diffère de celle de l'administration de la Santé. Il aurait été victime d'un traquenard. Il raconte ensuite qui est Moustafa Ben-Ayed, notamment vis-à-vis de Momo, ou de ses coreligionnaires enchristés, et suggère à ses interlocuteurs du jour de s'intéresser à lui.

Ce préambule ne convainc pas la Maille, sans doute agacé de faire tapisserie.

Amélie affiche elle aussi un air circonspect. « Vous nous dites que vous êtes menacé, qu'on veut vous éliminer, que Mohamed Cerda est le parrain de cet établissement. Moi, je veux bien vous croire, mais si c'est le cas, vu que les surveillants ne vous ont pas tué, à supposer qu'ils soient tous dans la combine, et cela semble difficile à avaler, il a raté son coup, votre copain.

— C'est pas mon copain.

— Il ne l'est plus.

— C'était mon tonton. »

Amélie et la Maille échangent un sourire entendu.

« Et j'ai pas dit que ça venait de lui.

— Ça vient de qui, alors ? »

Le prévenu hausse les épaules. « Depuis que je suis enfermé, je me fais agresser chaque fois que je sors des VIP. Hadjaj a des amis à la Santé, Momo en a et, de toute façon, presque tous les autres crevards ont envie de me la mettre parce que j'ai buté un de leurs semblables.

— Tu sais, quand tu commences à penser que le reste du monde t'en veut, c'est que t'es parano. » Maillard sourit, fier de sa saillie.

« Même les paranos ont des ennemis.

— Mohamed Cerda », Amélie intervient, afin d'empêcher la conversation de dérailler, « votre ancien indic, pourquoi aurait-il une dent contre vous, par exemple ? »

Pas de réponse.

« À cause du fameux flingue que son frère et les deux Stoian sont venus chercher chez vous à Arcueil ?

— Quel flingue ? » Lasbleiz a l'air véritablement perdu.

Ou alors il joue très bien la comédie, pense Amélie.

« Si je me souviens bien, il a parlé d'un braquo à Arcueil, Vince, non ? »

Surprise des deux fonctionnaires de l'OFAST.

« Ben quoi, vous pensiez que je reconnaîtrais pas la voix de votre copine ? C'est un obligé de Momo, forcément, on s'est croisés. » Lasbleiz ricane brièvement puis gémit. « J'ai rien dit, stressez pas. » Un temps. « Manu, c'est un con dangereux, mais c'est pas lui qui a exécuté ma famille, c'est des mecs à Nourredine Hadjaj. »

Maillard lève les yeux au ciel, l'air de dire *Gros, t'es vraiment trop naïf.* « Quels mecs, d'où ? Hadjaj, il avait pas de *mecs* », il insiste sur ce mot, « c'était un naze.

— Mais la juge et vous, vous étiez prêts à gober ce qu'il avait à déblatérer, le naze.

— Pourquoi tu protèges les Cerda ?

— Je protège personne.

— Moi je ne comprends pas, dit Amélie, vous affirmez que ce n'est pas le frère de Mohamed Cerda qui a essayé de vous tuer dehors, après vous nous expliquez que Mohamed Cerda lui-même a peut-être essayé de vous tuer dedans, il faut vous décider.

— Au risque de me répéter, j'ai jamais accusé Momo de rien.

— Vous l'avez un peu pointé du doigt quand même, non ? Parrain de la Santé, des pourris à son service, des copains capables de vous faire du mal. » Amélie dévisage le prévenu.

Lasbleiz lui renvoie son regard.

« L'arme mentionnée par Vince, puisque tu connais son nom, t'as pas idée de ce que c'est ? » Le ton de Maillard est plus cassant encore, l'identification de son informateur l'a mis en colère.

« J'ai une question, vous les avez refilées à la Crim', les infos de votre indic ? »

Silence.

« C'est bien ce que je pensais. » Les lèvres abîmées de Théo Lasbleiz esquissent une grimace vaguement ironique.

« Pourquoi tu voulais nous parler, en fait ?

— Au départ, moi je veux rien. C'est vous qui venez me voir en douce au TJ. » Les yeux du prévenu glissent vers Amélie.

« Et vous êtes là.

— Vous vouliez que je bave sur Momo.

— Votre ami.

— Une de mes sources.

— Pourquoi le trahir maintenant ? » Amélie reprend l'initiative. « C'est bien pour ça que vous êtes là, non ? » Un temps. « Alors, pourquoi ? Puisqu'il ne vous menace pas, soi-disant. »

Lasbleiz soupire, s'affaisse. Il a l'air vieux et épuisé, moins combatif. Pendant quelques instants, il semble chercher ses mots, ou peut-être la force de dire ce qui va suivre. Puis il se lance, parle de sa femme et de sa fille, raconte une anecdote à propos de cette dernière, évoque un selfie qu'elle lui aurait envoyé peu de temps avant sa mort, un cliché où elle portait de vieilles lunettes de soleil de son père et apparaissait déguisée en touriste, traînant derrière elle une petite valise à roulettes, prête à partir en voyage. Le rappel insistant d'une promesse qu'il lui avait faite, de l'emmener loin, en avion. « Elle avait jamais pris l'avion, ma Camille. » Lasbleiz se tait, des larmes dans les yeux. « Personne vous explique jamais que le plus grand amour de votre vie, le plus pur, le plus important, ce sera votre enfant. Et quand vous percutez, la plupart du temps, c'est déjà trop tard. » Il renifle et se redresse. « Ce job, il pourrit tout. »

Amélie l'observe attentivement, cherche la faille, n'en trouve pas. Il a l'air sincère. Mais c'est un ripou. « Ce ne serait pas à cause de Luciana Rey, tout ça ? On sait qu'elle est venue vous voir le 11, juste avant l'incident avec Ben-Ayed.

— Vous nous surveillez ? »

Pas de réponse.

« Arrêtez de l'emmerder, Luciana, elle est pas dans ces conneries. Hadjaj s'en est pas pris à sa famille.

— Pas à la sienne, mais à celle de son amant. Et à son amant. Et puis, quand son petit frère est mort, le clan Cerda, dont Hadjaj faisait partie à l'époque, était impliqué dans l'histoire, non ? On le sait, Rey junior était de chez nous. »

Ce *Rey junior* vaut à Amélie un regard haineux. Elle s'en fiche. « Perso, je trouve qu'elle apparaît souvent dans le paysage, votre maîtresse.

— Faut réviser vos classiques, alors. Momo était ailleurs le soir où Antoine Rey a été tué, et il a pu le prouver.

— Momo, oui. »

Lasbleiz secoue la tête, las. « Luciana je la baisais, je lui racontais pas ma vie.

— Elle était votre adjointe. Vous et Momo, impossible qu'elle n'ait pas été au courant.

— Au courant de quoi ? »

Silence.

« Momo, c'était mon indic, à moi, et je le gérais tout seul, avec l'aval de ma hiérarchie. » D'ailleurs, poursuit Lasbleiz, ses deux interlocuteurs le savent très bien puisque leur service a transmis à l'IGPN des photos de surveillance sur lesquelles il a été immortalisé en compagnie de Momo. « Juste lui et moi. Pas Rey. Jamais. »

Les visages d'Amélie et Maillard se sont brutalement fermés.

« Vous étiez pas au courant ? Faut vous parler entre vous, les copains.

— Ta gueule. »

De nouveau, Lasbleiz adresse à la Maille un sourire qui a tout de la grimace.

Amélie est en colère, peine à ne pas le montrer.

« Ils remontent à loin, ces clichés. » Lasbleiz préfère calmer le jeu. Sans la moindre ironie, il dit : « Le coup de pute est vieux, une des répliques du bordel d'Exelmans. Les bœufs me les ont juste ressorties maintenant pour faire chier.

— Tout ceci ne nous dit pas pourquoi vous lâchez Mohamed Cerda.

— Il faut plus qu'il sorte, c'est tout.

— Court.

— Sans lui, le clan ira dans le mur, question de temps. » Lasbleiz explique que le coincer a toujours été le but, même s'ils croient le contraire. En utiliser un, d'abord pour se faire les autres, puis le coffrer quand il ne sert plus à rien. Une stratégie appliquée par tout le monde, la seule qui permette de remplir les objectifs, les fameux chiffres, les crânes et surtout les tonnes, devant lesquelles les politiques aiment se faire prendre en photo, comme Hollande et Sapin, en 2015, après la saisie record du boulevard Exelmans. « Ça vous parle, non ? » La *realpolitik* appliquée à la guerre contre la drogue, couverte par l'hypocrisie générale du pas vu pas pris, celle des grands chefs à plumes et des parquets. « C'est bien aussi ce que vous faites avec Hambli, non ?

— Histoire ancienne, Hambli. »

Le prévenu bascule la tête sur le côté pour signifier à Maillard de ne pas le prendre pour un imbécile.

« Il est en taule. »

Lasbleiz ricane. « Momo aussi. Et donc il doit y rester.

— Et toi ? »

Lasbleiz fixe la Maille. « Moi je vais crever en zonze. » Un temps. « Sans doute assez vite.

— Dites-nous comment on garde Cerda dedans. » Amélie se penche en avant et s'appuie sur la table, pour se rapprocher.

Le prévenu fait de même.

Une nouvelle fois, Maillard se retrouve exclu de l'échange.

« Quand t'es venue avec ton chef, le tout petit, tu voulais savoir si Momo préparait un truc. Alors oui, je confirme, il prépare un truc. »

La Maille ne s'avoue pas encore vaincu. « Comment tu le sais ?

— Parce qu'on s'est vus. » Lasbleiz a répondu à la question sans quitter Amélie des yeux. « Il est venu dans ma cellule un soir, pour boire un coup, casser une graine et fumer un cubain. On faisait ça souvent, avant. C'est d'ailleurs ce cher Moustafa Ben-Ayed qui l'a escorté jusque chez moi.

— Tu te fous de nous ? »

Lasbleiz secoue la tête. « Je vous l'ai dit, ici, c'est le roi.

— Et c'est quoi, ce truc en gestation, selon vous ?

— Ça, aucune idée. Mais je le connais mon Momo, l'Espagne, pour lui, c'est devenu un sujet tabou. Tabou comme gros coup. Tabou comme Lola. »

Amélie et Maillard échangent un regard. L'évocation de Lola est un rappel de leur soirée au Lové, le speakeasy des Cerda, de ce que la jeune femme s'y est montrée capable de faire, et de sa complicité évidente avec Jacky Vidal, un dangereux notoire.

De leur questionnement à son sujet.

Lasbleiz ajoute : « Faudrait peut-être creuser de son côté.

— Pour quel motif, son patronyme ? Ton instinct ?

— C'est déjà pas mal.

— Une étudiante sans histoires, qui se tient à l'écart des voyous de sa famille. Elle ne vit même plus avec eux.

— Vous savez que j'ai raison. » De l'index, le prévenu indique Maillard et Amélie, et passe de l'un à l'autre. « J'ai vu que vous vous matiez en coin. » Un temps. « Momo parle à sa nièce, régulièrement, j'en mettrais ma main au feu. Et ils font ça plutôt en fin de semaine, la nuit. » Surveiller sa ligne et vérifier si elle possède un téléphone de guerre vaut sans doute la peine, dit-il.

« Tout est pas super brouillé, ici ? »

Lasbleiz lève ses mains en signe d'ignorance. « Il a peut-être trouvé un portable qui passe. » Ou alors, suggère encore Lasbleiz, sa cellule est juste au bon endroit. « Mais promis ils discutent. Et à mon avis, pas des petits copains de Lola. La clé, c'est elle. »

17

La clé, c'est elle.

Plus d'une journée s'est écoulée et cette affirmation résonne encore très fort dans la tête d'Amélie. Tellement fort que, vendredi, de retour au service, après avoir rendu compte à Didier D'Agorno de l'entretien avec Théo Lasbleiz, elle a rédigé sans attendre une réquisition pour l'interception des lignes de la nièce de Momo. Démarche désormais amplement motivée par les infos de l'ex-flic et ses propres observations au Lové.

Du moins le pensait-elle.

Lorsqu'elle a ensuite appelé Diane Arostéguy pour la tenir au courant de l'essentiel, une courtoisie professionnelle à laquelle Amélie s'astreint de bonne grâce, son enthousiasme a été quelque peu douché. D'une part, la magistrate ne croit pas à l'histoire du *piège* organisé par un ou des surveillants, ni à l'existence de complicités internes dans des proportions correspondant à celles rapportées par Théo Lasbleiz. Elle connaît personnellement le directeur de la Santé et certes ce n'est pas un matamore, il préfère le dialogue, mais c'est un homme d'expérience, *Qui n'est pas aveugle*, et sa maison est tenue. *Et bien tenue.* Tout le monde le dit. Par ailleurs, Lasbleiz reste une planche pourrie, un violent, qui a encore piqué une crise parce que, selon Arostéguy, il ne supporte pas la vie en détention. *Rien d'autre.* Il n'a plus grand-chose à perdre et il est sans doute prêt à faire et à raconter n'importe quoi. Que leur a-t-il appris de plus, au fond ? Rien qui ne relève pas d'un probable fantasme, ou qui soit vérifiable. *Vous ne l'aimez pas beaucoup, Lasbleiz,* a alors fait remarquer Amélie, sous-entendant que cela pouvait altérer son point de vue de juge. *Et vous peut-être un peu trop, ne vous laissez pas embobiner* a répliqué Arostéguy. Qui a insisté sur le fait que la défense acharnée du capitaine Luciana Rey était un signe. *Encore une planche pourrie, les gens de l'IGPN en sont convaincus.* Question complicité, c'est de son côté à elle qu'il faut chercher. *Et croyez bien que je préférerais en trouver dans l'entourage de Mohamed Cerda.* Quand Amélie a enfin rétorqué *Lola ?* et rappelé l'incident avec *l'oncle Manu*, en boîte, dont Maillard et elle avaient été les témoins, la juge s'est tue. Puis, de mauvaise grâce, elle a admis que, peut-être, il y avait là quelque chose.

Et Amélie a pu envoyer sa *réquise*. Ensuite, elle a averti Didier qu'elle irait sans doute faire un tour dans le quartier de Lola pendant le week-end.

Amélie a finalement opté pour un chouïa plus qu'un simple *tour*. Après être passée rue d'Assas une première fois dans la journée, à pied, sans pouvoir rester très longtemps, elle faisait tache – tout est fermé et les gens, terrifiés pour la plupart, s'auto-confinent –, elle est allée prendre une voiture à Nanterre pour revenir planquer ce soir en bas du numéro 70. Entre ça et un apéro dînatoire avec ses amis par écrans interposés, il n'y avait pas photo. Du dehors, du tangible, du concret, même désert, même risqué, tout vaut mieux que la totalitaire virtualité cadenassée dans laquelle la COVID semble avoir précipité le monde *résosocialisé*.

Elle n'est pas la seule du groupe, Amélie, à penser ainsi. Lorsqu'il a eu vent de son plan, Rickert s'est proposé sans attendre pour lui tenir compagnie. Maillard a également été tenté de répondre présent, mais il avait un plan cul, une rareté en ces temps de disette sociale, et comme cela fait plusieurs fois que Dom réclame de revenir sur le terrain, il a cédé son tour.

Rickert est sans doute lassé par ses longues plongées dans les univers mentaux à la pauvreté crasse de la plupart de leurs objectifs. Il adore pourtant bidouiller ordis, logiciels et fichiers, y dénicher l'info qui tue, mais les heures passées à écouter des vulgarités baragouinées dans un sabir agressif qui n'a de français que le nom commencent sans doute à avoir raison de sa passion pour le volet informatique de leurs investigations. Et de sa patience. Le couvre-feu n'est pas non plus étranger à ses envies de sortie. Il vit dans un logement minuscule, en caserne, avec sa femme et deux enfants en bas âge, loin en banlieue, Amélie comprend son besoin de grand air. Elle l'a néanmoins prévenu qu'elle n'espérait pas de miracle, qu'elle-même doutait de pouvoir découvrir quoi que ce soit d'intéressant cette nuit – si Lola parle à son oncle taulard, sauf à être très con, elle ne le fera pas toute seule, dans la rue, en s'exposant au risque d'être aperçue – mais qu'elle allait quand même tenter sa chance.

Ça me va avait simplement répondu Dom, toujours avare de mots.

Et les voilà donc tous les deux avachis, lent processus prenant de l'ampleur à mesure que le temps file, à l'intérieur de leur *banalisée*, comme les appellent les caïds rappeurs d'aujourd'hui, garée à une centaine de mètres en amont de l'entrée de l'immeuble de Lola Cerda, derrière deux autres voitures. Il est plus d'une heure du matin et il ne s'est strictement rien passé. Jusqu'à minuit, ils pouvaient encore se distraire en observant les bourges du quartier se taper la dernière sortie pipi du chien, pariant sur la probabilité d'infidélité de ceux qui, aussitôt dans la rue, se collaient un smartphone à l'oreille. *Lui il a bien la gueule à ça. Pas elle. Ah, elle, elle se marre et femme qui rit, bla bla bla.* Ils ont ensuite fêté l'arrivée du dimanche en partageant une bouteille de bière brune que Rickert le Strasbourgeois se fait envoyer d'Alsace par son frère, artisanal petit brasseur. Mousse rapidement cachée sous le tableau de bord, le temps de montrer leurs cartes tricolores et d'échanger quelques sourires, lorsqu'une patrouille de voie publique s'est arrêtée à leur hauteur. Inutile de donner à des poulets l'occasion d'en rabattre aux cruchots.

Et depuis plus rien.

Ils bâillent à s'en décrocher la mâchoire dans un silence de cathédrale.

Au moins cela permet de réfléchir.

L'allusion à Lola, *la clé*, n'est pas la seule chose qui turlupine Amélie depuis l'entrevue avec Théo Lasbleiz. Juste avant de repartir au QD, il lui a discrètement glissé *Tu sais, si je devais fumer un mec dans mon genre en taule, je le sortirais d'abord des VIP d'une façon ou d'une autre.* Maillard ne l'a pas entendu, il était occupé avec l'ordi qui refusait obstinément de sauvegarder ses notes. Il n'a pas non plus capté la suite, *Je suis isolé depuis mon arrivée, j'ai pas cantiné de rasoir et ma brosse à dents perso doit toujours être à sa place aux VIP. J'ai rien fait à ce mec.* Amélie a répondu du tac au tac que ce n'était pas son problème. C'était idiot et elle s'en veut, pour plein de trucs, et cette confusion la perturbe. Lasbleiz a réussi à la toucher, vendredi après-midi, avec l'histoire de sa gosse. Et parce qu'il avait peur mais faisait tout pour le cacher. Arostéguy a raison à propos du jugement d'Amélie qui ne serait plus très droit, c'est agaçant de devoir l'admettre. Et cette pitié qu'elle ressent devait déjà sans doute l'énerver quand ils étaient à la Santé, sans qu'elle en ait conscience, d'où sa réaction pas franchement sympathique. Elle repense au regard que lui a adressé Théo Lasbleiz au moment où elle l'a rembarré, un regard dans lequel se mêlaient tristesse, résignation et trouille, encore.

En fait, hier soir, Amélie n'a pas réussi à trouver le sommeil et elle savait d'instinct que ce soir, ce serait pareil. D'où la planque, histoire de s'occuper. Bon, avec Maillard les choses auraient été plus faciles, il aurait fait le mariole toute la nuit et cela aurait limité les ruminations. Il ne faut pas compter sur le taiseux Rickert pour meubler les blancs et occuper l'esprit.

« C'est elle ? »

Amélie est surprise par la voix de son voisin. « Qui ? Où ?

— Là-bas, avec le clebs. » Dom montre une silhouette serrée dans un manteau, résolument féminine, tout juste sortie du 70 avec un énorme rottweiler muselé. Impossible d'apercevoir son visage, protégé par l'ombre projetée de sa grande capuche.

« Je sais pas. » La fille est fine, ça peut coller. Elle a une démarche souple mais elle porte des baskets. Amélie essaie de se souvenir de celle de Lola Cerda au Lové. Elle n'a pas assez fait attention à la nièce de Momo, ce soir-là, qui était en talons, semblait à l'aise avec. « Possible.

— Merde, elle vient par ici. »

Possible bifurque finalement à gauche dans la rue Duguay-Throuin, trente mètres devant eux. Les vitres des portières avant de leur voiture sont légèrement baissées pour éviter le renfermé de corps de garde et surtout la buée, très visible de loin. Silence nocturne oblige, Amélie pense avoir entendu la fille parler juste avant qu'elle ne disparaisse. *À son chien ?* « Elle causait ?

— Peut-être. Je crois.

— T'as vu un téléphone ? »

Rickert secoue la tête. « On suit ?

— Non. On va se faire détroncher, sûr. » Amélie montre un couple qui, enlacé, approche du même côté. « Faudrait qu'on ait aussi un petit toutou, comme eux. » Dans sa tête, une pensée, *Le quartier est subitement très animé, dis donc.*

« Pu. Tain. »

Amélie se tourne vers son collègue. « Qu'est-ce que j'ai dit ?

— La gonzesse, là », de l'index, Rickert suit les deux amoureux jusqu'à ce qu'ils tournent au même endroit que Possible, « c'est Estelle, du Rens', l'ex de la Maille. » Un temps. « Qu'est-ce qu'elle fout là ? »

Amélie s'abstient de répondre à cette interrogation tout à fait rhétorique. Dom sait très bien pourquoi *Estelle du Rens'* et son cavalier d'un soir sont là. Pour la même raison qu'eux, ils surveillent Lola Cerda. *Depuis quand ?*

18

Vince habite à proximité de la place Clichy, dans un grand loft en fond de cour, haut de plafond, dont la seule lumière naturelle provient de verrières zénithales. Rendues opaques, ou quasi, par la crasse urbaine. Puisqu'il vit la nuit et dort le jour, cela ne le dérange pas. Manu, en revanche, déteste cet endroit sombre et dépourvu d'horizon. En dépit de la surface, il s'y est toujours senti enfermé. Cela ne l'empêche pas de s'y pointer, ce dimanche matin du 21 février, en compagnie des Gipsy et de deux *danseuses* que les jumeaux ont attrapées au passage dans l'un des rares bars à chicha du clan toujours actif, bien à l'abri derrière son rideau métallique.

Les filles, c'est pour avoir l'air crédible.

Il faut quelques minutes à Vince pour atteindre sa porte. S'il se montre d'abord agacé d'être ainsi dérangé à six heures du matin, il se radoucit fissa lorsqu'il voit qui attend sur le seuil. « Pourquoi vous êtes là, il y a un problème ? »

Manu écarte Vince et entre sans répondre. Derrière lui, les Stoian et les putes suivent. Nanosh, qui ferme la marche, siffle d'abord, moqueur, le court peignoir de soie mauve de leur hôte puis il dit : « On est venus relever les compteurs. »

Vince soupire. « Ça pouvait pas attendre ?

— On rentrait et on était dans le coin. » Manu se pose lourdement dans l'anarchique arrangement de canapés, de vieux fauteuils et de coussins faisant office de salon au centre de l'appartement. « J'avais pas envie de revenir. » Il montre un gamin nu et décharné, presque un ado, qui vient d'apparaître sur la mezzanine dominant le séjour et son prolongement, la cuisine à l'américaine tout inox. « Si j'avais su que tu. » Manu sourit, faussement complice, en mimant une pénétration.

Les Gipsy Kings rigolent.

Au mignon de Vince, Manu lance : « Va prendre une douche, toi. Longue, la douche. » D'un geste vague, il pointe les seules pièces fermées, au fond, que sont la salle de bains, les toilettes et un dressing vitré.

L'amant, vexé, renâcle.

Manu impatient, claque des doigts. « Sortez-le-moi, il attendra dehors. »

Lorsque Nanosh et Youri montent chercher le jeune mec, Vince ne l'ouvre pas. Et pas plus quand ils le redescendent manu militari, toujours à poil, pour le jeter sur le palier. Ça couine encore un peu, mais deux gifles rapides et un *Ferme ta gueule* agressif font définitivement taire cette vague tentative de rébellion. Une fois sa porte refermée, Vince dit : « Il risque d'attraper froid. » Puis, personne ne réagissant, il demande : « Et elles ? »

Manu jette un œil aux deux filles, dont l'une roupille déjà et l'autre baisse le jeans de Nanosh, qui veut se faire sucer. Derrière, Youri s'énerve en se massant l'entrejambe. À son jumeau, il lance *Et moi, merde, c'est moi que j'l'ai pris celle-là.* Manu revient à Vince. « Combien on a fait ? »

Soupir. « Pas mal. » Vince resserre sa ceinture de peignoir et attrape les poignées d'un grand sac de voyage abandonné dans le hall d'entrée. Il l'apporte à Manu.

« Même pas tu le caches, tu laisses tout traîner ?

— Ma lourde est *over blindée*, si des mecs arrivent à la défoncer, ils trouveront ce qu'il y a à trouver. »

Manu ne réagit pas. Il a ouvert le sac et admire son contenu, la recette Lové de la nuit, en cash, conséquente.

« J'ai pas eu le temps de compter.

— T'inquiète, Youri le fera. Jouer avec les *kichtas*, y kiffe, y se croit pété de thunes, hein, Youri ? »

Le Stoian ne semble pas avoir entendu. Concentré sur la bouche qui va et vient le long de la queue de son frère, il n'arrête pas de s'humecter les lèvres.

Manu a repéré un reste de coke sur la table basse du salon, dans un sachet. Il le montre du doigt, l'air de dire *Je peux ?*, puis aligne deux traits sans attendre la réponse, vite sniffés avec un billet roulé.

« On a un souci. »

Coup de menton, *Dis voir*.

« Avec la *cécé*. »

Manu renifle fort, hoche la tête. Depuis quelque temps, la clientèle se plaint, il le sait, et les dealers aussi. La cocaïne est rare, chère et de mauvaise qualité ; celle qu'il vient de s'envoyer en est le meilleur exemple. Le phénomène n'est pas spécifique aux Cerda, il est général, dans tout Paris, dans toute la France. Les frontières barricadées, les couvre-feux, les confinements n'affectent pas que l'économie légale.

« Faut un autre plan. »

Manu se laisse aller dans le fauteuil, l'air soucieux et claqué.

Il souffle longuement. Comédie. Enfin, sauf pour la fatigue, qui n'est pas simulée. Lola a débarqué à Romainville à cinq plombes du mat' pour le tirer de son pieu et il n'a pas aimé. Hier, il s'est couché tard. Sirine n'étant pas là, il s'est branlé devant un film de boules et après il a maté un Marvel. *Black Panther*. Tout *pourrave*, une tribu de nègres plus balèzes que tout le monde, même pas en rêve. Manu se dresse légèrement et, conspirateur, fait signe à Vince d'approcher. « J'te dis un truc, mais tu la boucles. Tu promets ? » Manu annonce que ce problème de coke n'en sera bientôt plus un. « Deux trois semaines par là, un mois max. » Ils sont en biz avec un keum de Marseille. « Un *Croatien* ou un *Bosnique*. Bosnien ? J'sais plus, un vénère de Serbie quoi, tu vois ? »

Vince hoche la tête.

« Le mec connaît du monde en Espagne. Ils ont du gros gros *prod'* qui arrive.

— Là-bas ?

— P'tain, t'écoutes ou bien ? Chez nous, j'te dis, à Marseille. »

19

Adama, pur produit d'une jeunesse passée à l'ombre de la *Banane*, surnom du quartier des Amandiers, Paris 20e, inspiré par la forme de l'une des barres qui le constituent, oblongue et incurvée, avec des pointes de jaune, tel le fruit en question, et immortalisée par plusieurs chanteurs de cette nouvelle variété française qui fleure bon la moula, la cordite et les flatulences sans plomb de la *bike life*, a été incarcéré à la Santé après avoir démonté la gueule d'un mec. Qui lui avait fait l'affront de sortir avec sa *sista*. Faut dire aussi que l'insolent débarquait des Orteaux, une autre cité du même arrondissement. Pas vraiment un ennemi, mais pas un ami non plus. Donc, en compagnie de son meilleur pote, également très préoccupé par les questions de pudeur féminine, d'honneur familial et de marquage de territoire, Adama a jeté le fils de pute dans le coffre d'une bagnole et est allé lui expliquer les bonnes manières dans un coin tranquille. À coups de marteau. Pendant que son copain empêchait le gars de bouger, un accident est vite arrivé, Adama lui bricolait la tronche. Au final, l'amoureux éconduit n'en est même pas mort. Certes, sans ses roulettes, il ne peut pas aller bien loin, et puis il pisse et chie dans une poche en plastoc, mange avec une paille et a l'air un peu *golmon*, avec sa tête toujours penchée et son sourire édenté et baveux, figé de traviole, mais bon, il a survécu cet enculé, merde. Est-ce que ça justifiait qu'on enferme Adama ? Petit Camerounais dont la vie n'a jamais été facile ? Arrivé en France à trois ans, élevé seul par sa mère et une sœur à peine plus vieille de deux printemps, emmuré dans une HLM, livré à lui-même passé une certaine heure, l'*Éduc' nat'* refusant de faire garderie, et donc exposé aux tentations durant toute son adolescence ?

Non, certainement pas.

Une fois derrière les barreaux, Adama de la Banane n'a cependant pas perdu son temps, il a découvert des trucs.

Au moins deux.

Le premier, c'est qu'Allah pouvait l'aider à calmer ces délires angoissés attisés par le shit qui, avant la foi, le poussaient à casser des choses. Ou des gens. Aidé par ses frères en religion et en détention, il a retrouvé le chemin du Coran véritable et, pour la première fois de sa vie, exploit que l'école de la République n'est jamais parvenue à accomplir, il a appris quelque chose par cœur. Normal, me direz-vous, il ne sait pas lire l'arabe – en réalité, il ne sait pas lire tout court, ou vraiment pas très bien. Les profs, encore leur faute à ces chbebs, n'ont pas su lui donner le goût de la lecture. En plus, fallait bosser, c'est chiant. Et les livres, ça gagne *keud*.

Le second, c'est qu'il fait partie de cette toute petite frange de la population masculine qui, jeune, développe le cancer du pancréas. Diagnostiqué un peu tard, trop tard – l'APHP ne peut pas tout, hein, surtout au temps de la COVID, *grippette* ou crabe, ceinture ou bretelles, il faut choisir –, il n'est plus opérable. L'âge d'Adama, vingt-deux ans, n'étant pas un atout dans son cas, il a un très mauvais pronostic, comme disent les médecins quand ils n'osent pas vous avouer que vous allez crever incessamment sous peu. Il erre désormais dans des limbes légaux et médicaux, attendant de savoir dans quel entre-deux il va atterrir, la prison ou la maison, la prison ou l'hosto, la prison ou le cimetière.

Lorsqu'il a pigé tout ça, il a eu un petit coup de blues, Adama de la Banane, et juste après, la bonne vieille grosse haine. Mais heureusement, ses kheys étaient là. Forts de la sagesse de la parole divine, ils lui ont expliqué que tout était écrit, inutile de s'énerver, et que bientôt il serait au paradis, des vierges tout le tour du bide, à se la couler douce pour les siècles des siècles.

En attendant, ils avaient une petite faveur à lui demander, sachant qu'ici, il est foutu et n'a plus rien à perdre. S'il parvient à leur rendre ce service, ils aideront sa maman et garderont son aînée loin du vice, promis juré.

L'affaire commençait très simple, d'abord péter les plombs et finir au mitard. Se chauffer à blanc, pas de problème, Adama sait faire. D'ailleurs, il a super bien réussi et a filé aussi sec au QD. La suite, moins évident. Là-bas, sous peu, il allait avoir comme voisin un VIP, l'ex-keuf, la fameuse *pute à Momo*, qui gêne beaucoup de monde et dont il convient de se débarrasser à la première occasion, peu importe la manière. Plus facile à dire qu'à faire. Au trou, les mecs ne sortent pas beaucoup de cellule, sauf pour une promenade solitaire réduite au strict minimum, même pas quotidienne, dans un préau riquiqui grillagé de tous les côtés.

Adama de la Banane ne se doute pas que ses commanditaires ne fondent pas *bézef* d'espoir sur lui et ont déjà des plans B plein la tête. Et eux ne savent pas que lui tient à mettre ses femmes à l'abri coûte que coûte.

Depuis que le *dèk* est arrivé, quelques jours plus tôt, Adama se creuse la tronche pour essayer de trouver un moyen de le croiser, sans solution jusqu'à hier soir. Au dîner, l'auxi du quartier lui a dit que le flic avait rendez-vous chez le dentiste le lendemain matin, rapport au matraquage de la semaine précédente. Il devait d'abord dégonfler de la face, le bleu, raison pour laquelle on a attendu pour s'occuper de ses chicots tout foncedés.

Alors Adama, fort de ce renseignement, s'est préparé à sa mission.

Ce matin, levé bien avant l'aube, il a fait ses ablutions, avec soin, puis récité *fajr*, la première prière, puis guetté de l'oreille, patient, les différentes étapes du réveil du QD – c'est fou toutes les choses qui se passent, chaque journée que Dieu fait – jusqu'à entendre l'appel tant espéré. Pas celui du muezzin, plutôt de l'escorte chargée d'accompagner sa cible à l'infirmerie. Une fois celle-ci partie, bien deux ou trois minutes plus tard, Adama de la Banane s'est plaint. Son cancer le fait beaucoup souffrir, tout le monde s'en rend compte et l'a pris en pitié. *Si jeune, vous pensez.* Alors, lorsqu'il demande à aller voir le docteur, parce que ça urge, sans barguigner on l'exauce. *Aucune envie qu'il nous claque dans les doigts.* Et le voici bientôt marchant, presque plié en deux, *Actors Studio* ou rien, dans les pas de Théo Lasbleiz.

Destination, l'aile médicale.

À son arrivée, Adama jette un rapide coup d'œil partout.

Rien dans les salles d'attente, pas plus dans les couloirs. *Déjà chez le dentiste.* Coup de tronche dans la gueule du keum l'ayant conduit ici, tout surpris et bien vite tout KO, puis souple, félin et manœuvrier, galop en direction des salles de soins, les ratiches c'est au fond, *hop*, on ouvre la porte, *bim*, coup droit pour le toubib, *bam*, revers pour le condé, couché en arrière et pas bien vaillant de toute façon, et *clic clac*, on verrouille la lourde. Ensuite, il bondit sur sa proie pour la clouer au siège et l'empêcher de se relever, de se battre ou de fuir, coince un bras en travers de son cou pour qu'elle ne respire plus et, de son autre main, cherche de quoi la planter. Il chope d'abord la spatule mais ça ne fait pas grand-chose, l'autre commence à s'agiter, fort, et dehors ça sonne déjà. Il faut aller plus vite. Le racloir juste après reste coincé dans le bide, à cause du crochet.

Enfin, Adama de la Banane s'empare de la fraiseuse, tubulaire, plus épaisse, vaguement pointue et avec il poignarde.

Plusieurs fois.

De toutes ses forces.

L'orage a enflé toute la journée du dimanche, au fil des coups de téléphone et des mails qui se succédaient, jusqu'à devenir tempête le lundi matin, lors d'une confrontation dans le bureau du taulier de l'OFAST. Un taulier agacé d'avoir dû renoncer à une réunion au ministère, importante pour sa carrière, à cause d'une crise interne à résoudre au plus vite ; et dont l'issue ne sera pas moins cruciale pour la suite de son parcours, ça la ficherait assez mal qu'il ne tienne pas ses troupes. Tout ceci expliquant pourquoi lui qui, habituellement, n'aime pas les éclats de voix, est néanmoins quelque peu monté dans les tours aujourd'hui.

Mais ce fut une tempête, ainsi que le veut l'adage, dans un tout petit verre d'eau.

Passé sa colère initiale, le grand patron a, fidèle à ses habitudes, laissé chacun exprimer son point de vue et, sous couvert de confiance en ses subordonnés, façon de ne pas se mouiller qui en vaut bien une autre, leur a enjoint d'aplanir les choses, devant lui certes, mais entre eux, en restant constructifs, telles de grandes personnes travaillant toutes au même étage, dans le même couloir, au sein du même service.

Il aime gérer en surplomb, le *big boss*, et il compte sur le temps. Cet allié qui aura bientôt amené, espère-t-il, assez de sang neuf pour faire taire vieilles querelles internes et souvenirs mauvais – *Et le combat cessa faute de combattants** –, puis qui verra l'office filer dans des locaux plus décents à Levallois-Perret – un changement de décor, ça émousse la mémoire, trop attachée aux lieux – et qui de toute façon finira par le propulser ailleurs, vers les sommets, après – il serre les fesses – le moins de casse possible.

Pour assister à son coup de sang d'opérette étaient présents la renseignée en chef et son responsable de la surveillance en loucedé de Lola Cerda, d'un côté, et monsieur opérationnel, monsieur BNAS et Didier D'Agorno, de l'autre. Et c'est surtout le Rens' qui a parlé, pour justifier son action de la manière suivante : on a simplement fait notre boulot, vérifier une info avant de la transmettre, histoire de vous – ***vous***, sous-entendu toute la BNAS, hein, pas juste les cruchots,

* Pierre Corneille, *Le Cid.*

coup d'œil complice et fraternel au chef de la brigade – éviter de perdre du temps à pister des chimères. Telle cette petite Cerda à la vie monotone d'étudiante propre sur elle, dont les seules distractions consistent à bûcher son droit et aider sa très malade grand-mère. Et à sortir parfois, en plein couvre-feu pandémique, dans des clubs clandestins, a coupé D'Agorno, ironique, et aussi à piquer l'un de ses oncles à coups de surin. Bon sang manouche ne saurait mentir. Vous la filiez donc aussi ? Pas elle, l'oncle en question, puisqu'on – *on*, mon groupe à moi que j'ai, Didier D'Agorno, capitaine de gendarmerie – enquête sur le clan. *Ah ?* ont fait ceux du Rens', un rien surpris, avant de rétropédaler sur l'air de *En fait, nous on la suivait pas, pas vraiment, ou plutôt, pas tout le temps. On a balisé sa Smart, on a vu où elle allait, on a fait des fadets, des bornages, mais la surveillance physique c'est récent, ce week-end en réalité, pareil que vous, sacrée coïncidence, non ?* Ils s'y sont collés après avoir remarqué, enfin, les sorties de Lola tous les dimanches vers deux heures du matin, grâce aux bornages justement. Vous l'avez écoutée à l'occasion de ses promenades dominicales ? D'Agorno, repartant à l'assaut. Oui. Et ? Et rien, la nuit. Le jour, sinon, elle ne téléphone pas des masses. Surtout à mamie, qu'elle appelle Obaba, à deux ou trois copines et parfois au tonton en zonzon, pour prendre des nouvelles. Mais ça, c'est rare, jamais bien long. Vous voulez dire cet oncle avec lequel elle était en Espagne, ainsi qu'en attestent les photos réclamées il y a près de deux mois et pas encore remises ? Ces photos-là ? Oui, ce tonton-là, Momo Cerda, sur ces photos-là. C'est d'ailleurs à cause d'elles qu'on a voulu vérifier d'abord, avant de transmettre, donc. Pour bien faire le boulot, on sait,

D'Agorno sur le point d'exploser. Possible de les avoir maintenant ? Avec tout ce qui a été récupéré en administratif, les synthèses, les balisages, vos propres clichés, plus récents, s'il y en a. La taulière du Rens' a dit oui, après avoir couvert son gars, durant toute la rencontre, autant que faire se peut. Dixit Didier toujours, une fois de retour dans l'enclave du groupe.

« Elle a fait plus que couvrir. » Remarque d'Amélie, toujours très en colère après la mauvaise surprise du week-end. « Elle signe, elle sait. Elle sait, elle approuve. » Pour pouvoir réclamer factures détaillées et branchement hors procédure judiciaire, il a fallu que la patronne du Rens' paraphe les demandes d'autorisation, autant de formalités, adressées à la Commission nationale de contrôle des techniques de renseignement.

« Un peu de compassion. Avec tous les anciens qu'on lui a refourgués, plus *AD* qu'aux ordres, c'est même toi qui me l'as dit. Tu l'imagines dire non ? » D'Agorno ricane. « C'est la police ici, on commande pas, on gère les susceptibilités.

— Et les nôtres, de chefs, ils ont réagi comment ?

— Ils m'ont soutenu. En silence. » Trop heureux, leurs deux supérieurs flics, de pouvoir, sans se salir les mimines, en glisser une à la douanière. « Sale race les gabelous, Exelmans c'est leur faute, ajoute D'Agorno, et tout ce qui a suivi après, nous en particulier, n'oublie pas.

— Tu deviens pire que moi.

— Simple constat, ils nous laissent nous bouffer entre nous.

— Fais gaffe, le cynisme est plus contagieux que le coronavirus.

— Remets tout de suite ton masque, alors. » D'Agorno retire complètement son FFP2, de rigueur chez le grand patron, et depuis replié sous son menton. « T'as pu tout récupérer ?

— J'espère.

— Ils ont couiné ?

— Beaucoup. »

Sourire de D'Agorno. « Qu'est-ce qu'on a ? »

Amélie fait signe d'approcher.

Didier se lève et se place à côté du bureau de son adjointe.

« Admire. » Sur l'écran de son PC, une très belle photo. Presque le même angle de vue que celle examinée ici même quelques semaines plus tôt et dont Momo Cerda, le beau Yéniche d'Amélie, était l'unique vedette. Cette fois, dans un cadre élargi, il est accompagné d'une Lola très facilement identifiable à sa coupe Louise Brooks, portant robe légère, dénudée aux épaules, et lunettes de soleil. « Qu'est-ce que tu vois ?

— Une fille qui sourit à pleines dents.

— Exact. » Amélie clique, clique, clique, enchaîne les clichés, où Momo et sa nièce avancent côte à côte en direction de l'entrée d'un immeuble élégant et vitré. Ils rigolent, ils se regardent, lorsqu'ils montent quelques marches, elle a passé son bras sous le sien. « Et là ?

— Ils sont heureux.

— Complices. On dirait un couple. »

D'Agorno regarde son adjointe.

« Lasbleiz a raison, au moins pour ça, la clé, c'est elle. » L'évocation de l'ex-flic renvoie quelques instants Amélie à son malaise des derniers jours, après leur entrevue à la

Santé. Plusieurs fois durant le week-end, elle s'est surprise à vouloir prendre des nouvelles. Puis il y a eu l'incident avec les copains du Rens' et elle n'y a plus pensé, jusqu'à ce matin.

« Hé ho, t'es encore là ? »

La main de D'Agorno s'agite devant le visage d'Amélie.

« Oui. Pardon.

— Et pour le reste, donc ?

— J'ai mis Dom sur les fadettes et les bornages. S'il y a un poche gauche quelque part, il le dénichera. On a des dates, des créneaux horaires auxquels ils sont censés se parler, ça devrait pas être compliqué.

— Si on le trouve, on aura peut-être l'Espagne.

— On dit quoi à Arostéguy ?

— On dit rien. Linge sale, famille, tout ça. » Un temps. « Mais on garde sous le coude. S'il y a besoin d'allumer des contrefeux, on s'en servira. Avec les trucs balancés à l'IGPN. »

Amélie acquiesce. « Bien pris. »

La Maille pénètre dans le bureau. Il se dirige sans attendre vers le bocal des cadres. « Il me coûte ce boulot.

— Que t'arrive-t-il encore ? » Amélie, ayant du mal à garder son sérieux.

« Il a fallu que j'accepte de préparer un dîner à Estelle.

— Pauvre chou. Les ex, quelle plaie.

— Te moque pas toi, on voit que tu sors pas avec des meufs.

— Qu'est-ce que tu en sais ?

— Arrête, ça m'affole rien que d'y penser. » Maillard se tourne vers D'Agorno. « Tu me les as bien trauma ceux d'en face, ce matin, mon Dédé. » Leur passion commune pour l'ovalie doublée de la combativité de Didier sur le terrain, en dépit de sa taille, *Il galope l'animal*, a frappé la Maille droit au cœur. Et le péjoratif *bigorneau* des premiers jours a vite cédé la place à un *Dédé* un brin familier mais sincèrement amical. « Leur patronne a gueulé, fort, à cause de vous deux, là. » Il montre d'abord Amélie et ensuite Dom, de l'autre côté de la séparation vitrée. « Vous êtes trop furtifs. » Apparemment, la *douanière* – lorsque Maillard le prononce, le mot sonne *poissonnière* – a peu apprécié que ses *pros* du renseignement n'aient pas été les premiers à repérer leurs collègues de bureau. « La remontée de bretelles du lundi, elle a pas aimé.

— Elle s'en remettra.

— Et sans doute assez vite.

— Pourquoi ?

— Ils ont eu un tuyau, mais chut, c'est secret. » Maillard sourit, fier de lui.

« Tout ça pour un dîner ? » D'Agorno, fort surpris.

« Et plus si affinités.

— Tu cuisines si bien que ça ?

— Si je t'invitais, mon Dédé, tu quitterais ta femme et je préfère pas. Je mélange pas taf' et plaisir.

— Et la jolie Estelle ?

— Pas pareil, là, j'espionne. » Maillard ricane. « Bref, ça concerne un gros paquet de cocaïne en transit vers Marseille, au moins une *té*, peut-être plus. »

D'Agorno siffle entre ses dents. La sortie à une tonne, beau trophée potentiel.

« L'importateur, c'est un Bosniaque apparemment. Un mec que le Rens' lorgne depuis pas mal de temps. Ils vont judiciariser sur place, sont fâchés avec nous.

— Grand bien leur fasse. » Amélie, blasée.

« Attends, c'est pas fini. L'info arrive d'Espagne, via l'UPR, et dans l'histoire, il y aurait aussi tes amis de Cadix, les Montarlat. »

20

Souvent, lorsqu'elle observe son reflet dans une glace, Lola cherche des traces de son père. De lui, elle a hérité ce visage aux mâchoires trop carrées, diront certains, avec des pointes et des angles saillants, et aussi cette ligne des yeux en retrait du front, quelque peu assombrie par ce surplomb. Des traits qui font se retourner les gens, intimident parfois, ne laissent jamais indifférent.

Ce matin, elle est cependant en quête d'autre chose quand elle fouille le regard que renvoie son miroir, une intensité, une détermination, une certitude d'avoir le courage de, une force dont elle sait par Mo qu'elle animait Rico. *Il avait des couilles, ton daron, rien le faisait flipper. En vrai.* A-t-il eu peur, lorsqu'il a vu la mort arriver, son *daron* ? Parce qu'il l'a vue arriver, il a eu le temps de repérer la voiture en travers de la route, et la fille qui agitait les bras – Manu, qui était là, l'a bien décrite cette pute, après, mais on ne l'a jamais retrouvée –, et les mecs qui sortaient du bois. Il a dû l'entendre, son père, assis derrière son volant, cette ultime rafale, tellement longue et puissante et destructrice qu'on n'a pas pu le faire beau pour son enterrement. Personne n'a plus jamais pu le voir après la fusillade.

À part les flics et Mo, à la morgue, et lui, il en a bavé.

Elle se demande, Lola, si elle aurait eu la trouille à la place de ce papa qui lui manque quand même, ou si comme lui, elle aurait essayé de se battre, de riposter, jusqu'au dernier moment. Manu a raconté avoir vu Rico chercher son flingue, le trouver, le relever, avant d'être déchiqueté quand lui était en train de foutre le camp, en courant au milieu du dispositif de l'embuscade, deux groupes de tireurs, un devant, un derrière, du même côté de la route, qui avaient hésité à l'allumer, pour ne pas s'arroser mutuellement. Quelques précieuses secondes. Assez pour passer entre les gouttes, prendre un peu d'avance et s'enfoncer suffisamment loin dans les arbres pour qu'ils rechignent à le courser. Essayer de le rattraper leur aurait fait perdre du temps, risquer de subir une contre-attaque, le camp de Coulommiers n'était pas loin.

Deux sur trois, et l'utilitaire plein de valises marocaines, ce n'était déjà pas si mal, ils ont donc laissé le dernier filer.

Elle l'a longtemps gardé pour elle, Lola, mais elle aurait préféré que le *trois* survivant, ce soit Rico, pas Manu. Et quand elle lui a finalement jeté ça à la face, un jour de grande colère, elle l'a vu s'effondrer, se mettre plus bas que terre, implorer son pardon, chialer en mode gamin mal aimé, jamais à la bonne place, ce qu'il est depuis toujours. Une fois. Une seule fois. Cette fois-là, également la seule, Angèle a giflé Lola, parce qu'elle laissait Manu s'humilier devant toute la famille, réunie au grand complet, au moins ce qu'il en restait, les deux grands oncles, frangins de Marco, leurs femmes, leurs enfants, gendres et belles-filles, leurs petits-enfants, une vingtaine d'adultes et presque autant de gosses. Lola, tétanisée, a versé quelques larmes et aidé son oncle à se relever finalement. Ensuite, elle a demandé pardon à Obaba.

Manu lui en veut encore, de l'avoir mis dans cet état.

Cela ne l'inquiète pas, Lola, bien moins en tout cas que sa capacité à aller jusqu'au bout, à ne pas flancher. Lorsque Mo a rencardé son demi-frère sur les choses à venir, après que la combine des talkies a été balancée par Sirine, il a exigé que Lola soit présente à la toute fin des fins. Évidemment, Manu a râlé, très fort, sur l'air de *C'est pas sa place*, *Elle sait pas faire*, *Elle va tout planter*, *Rico c'était mon frangin*, mais tout s'est arrêté quand Mo a répondu *C'était aussi son père*. Ce qui est arrivé, c'est de leur faute à eux. *Toi, moi, Rico aussi, et on lui doit bien ça*. Lola veut et Manu obéit, fini les discussions. *Tu l'emmènes à Provins, tu la prépares vite et bien, et si t'es pas content, elle fait affaire avec d'autres, j'ai pas mal de noms pour*. Lola pourrait se passer de Manu, puisqu'elle seule aura toutes les infos du où, quand et comment les choses vont se passer.

Pas moi.

Pas toi.

Manu a capitulé, Lola en est. Mais en est-elle capable ?

Deux semaines déjà qu'elle s'entraîne à la guerre avec le tonton libre et réticent, les Gipsy, Jacky, Farès et d'autres. Une quinzaine à en baver, la paire d'anciens du gaz ne la ménage pas, moins encore que les autres, même si, et ils en ont tous été surpris, elle la première, elle se débrouille plutôt bien. Elle a de bonnes bases, Mo y a veillé, il avait pris le temps de lui montrer des trucs, pour qu'elle puisse faire face si jamais. Le pistolet qu'on lui a d'abord présenté sur le pas de tir, elle savait déjà par quel bout le prendre, où l'approvisionner, comment l'armer et quoi faire avec. Dès le premier chargeur, elle a tout mis en cible, bien, groupé. La kalache pareil, animal maîtrisé, même en rafale, économe de ses coups, la Lola, tranquille sur la queue de détente, courtes pressions rythmées. Mais bon, tir debout, facile, sans urgence ni fatigue. Ni contrainte dans les gestes.

Après, tout est monté d'un cran. Ils l'ont chargée d'un porte-plaques, d'abord sans rien, pour l'habituer à l'encombrement, puis lesté de ses protections balistiques et de plusieurs chargeurs pleins à craquer. Une vingtaine de kilos. Plus la même histoire. Ils ont relié Lola au fusil d'assaut avec une sangle tactique ; une gêne quand ça pendouille. Elle a reçu un holster. On lui a dit de dégainer. Rengainer. Dégainer. Tirer. Une fois. Changer d'arme, encore, et encore, et encore, tirer, deux fois, retirer le chargeur, remettre le chargeur, tirer, cible de droite, trois fois, retirer le chargeur, réapprovisionner, tirer, cible de gauche, deux fois, rengainer, changer d'arme, nouveau chargeur, tirer, droite deux fois, gauche une fois, changer d'arme, tirer, droite trois fois, gauche trois fois, rengainer, on recommence, on recommence, on met le cran de sûreté. Ouf. Aux résultats. *Drill* pendant trois bonnes heures.

Une tout autre histoire.

Après la première séance, Lola est rentrée chez elle épuisée et courbaturée.

Mais heureuse.

À la deuxième séance, *bis repetita*, une heure avec les autres, une heure toute seule. Puis pendant deux plombes, elle a découvert les déplacements, d'abord sans ouvrir le feu, ensuite en essayant d'allumer des cibles. *Prends ton temps*, disait celui des deux instructeurs resté avec elle, *Vaut mieux toucher que cramer de la mune, en face, ils chient dans leur froc pareil, oublie pas*. Lola a cramé beaucoup trop de munes ce jour-là. Elle n'était pas contente.

Il y en a eu encore deux, des sessions de ce genre. La dernière, après les tirs de chauffe, en binôme avec Jacky, beaucoup, et un peu avec Manu. Les deux seuls qui voulaient. Manu, sans doute pour voir ce qu'elle avait dans le ventre. Lola bouge bien, mais quand elle bouge, elle ne tue pas beaucoup de carton.

Elle en est donc, ainsi l'a ordonné Mo. En est-elle capable ? *Elle va tout planter*. Manu a peut-être raison, c'est dur à accepter. Mais au bout, il y a un coup à ne pas rater. Lola s'en voudrait tellement.

Hier soir, en préparant ses affaires, Amélie a fait une fois de plus le constat du gouffre creusé entre sa vie et celle menée par ses parents dans le Gers, ce lieu de naissance qu'ils n'ont jamais quitté. Elle regardait l'équipement étalé sur son lit en vue de l'expédition du lendemain, brassard ès-qualités, arme de service, trois chargeurs de réserve, couteaux, deux, l'un à lame fixe l'autre à cran d'arrêt, frontale, lampe tactique, monoculaire, appareil photo et téléobjectif, cartes mémoire et batteries de réserve, gaffeur, trousse de premiers soins à vocation militaire, avec pansement israélien et CAT, gants de combat, *ghillie* couvrant le haut du corps, pantalon de rando d'hiver, Quest *gore-tex*, collants, grosses chaussettes, tee-shirt respirant, sous-pull, polaire, *shell* Arc'teryx, poche à eau de deux litres, barres de céréales, fruits secs, quelques biscuits, petit sac à dos kaki pour y glisser le tout, de quoi mener ce jour, pas si loin de Paris, une guerre à bas bruit, mais une vraie malgré tout ; elle regardait son matos donc, en se disant qu'ils seraient terrifiés, son papa et sa maman, de la savoir soldat dans ce conflit sanglant et quotidien à l'issue impossible, avec ses morts, ses prisonniers, ses dommages collatéraux.

Aujourd'hui, le groupe part aux fesses des Cerda afin d'essayer de savoir ce qu'il en est de leur fameux *club de tir*. Une piste à creuser, négligée en raison d'affaires plus pressantes, remontée dans les priorités à cause de Lola. Première étape – la seule, qui sait ? –, ce campement occupé par le clan étendu à la sortie de Coulommiers. Là, tous les vendredis, et depuis peu les mardis également, le Manu, les Stoian, Vidal et peut-être quelques-uns de plus, se retrouvent, métronomes, aux environs de midi. Jusqu'au soir. Tard. Il y a deux semaines, Lola Cerda, balisée par les petits cachottiers du pôle renseignement, c'est comme cela qu'ils l'ont appris, a commencé à s'y rendre elle aussi, dans ce parc à caravanes jouxtant un bois. Les mêmes jours, aux mêmes heures que les autres. Que font-ils tous là-bas et quel est le lien entre ces bucoliques activités et le *gros coup* espagnol, s'il existe, telles sont les deux questions auxquelles Didier D'Agorno et ses enquêteurs espèrent trouver réponse. Au moins partielle, il faut savoir se contenter de modestes ambitions en matière judiciaire.

La voilà donc partie à fond, Amélie, sur le T-Max du groupe, puisque c'est elle qui se le tape pour le dispositif de filature et d'observation du jour ; parmi ses collègues aucun ne s'est porté volontaire pour affronter la drache prévue par Météo France. Elle est bien équipée. Son GT-Air tout noir, de bons gants de bécane, le blouson qui va bien, un pantalon de pluie et la jupe du scooter, le grand confort pour ceux, comme elle, qu'attirent l'air libre, la vitesse, le louvoiement. Tout pour ne pas se traîner, enfermé dans une boîte de métal, à faire des sauts de puce au sortir de Paris, d'une file infinie à l'autre interminable.

Si ses parents la voyaient, fonçant telle une furie sur le périphérique, entre les gouttes et les bagnoles.

Ses parents.

Elle s'est remise à penser à eux. Une manie récente, dont elle n'a pas pris conscience immédiatement, qui l'interpelle. La gendarmerie, ils ont accepté sans rien dire, leur vie à eux ils n'en voulaient pas pour elle, mais ils n'ont jamais compris pourquoi. Au début, ils y ont vu une lubie de gamine. Leur fille, ils avaient oublié qu'Amélie en était une tant elle se comportait depuis toujours en garçon de ferme, manqué, hirsute et as de pique, prête à tout, à fouir le cambouis des machines agricoles, à courir prés et champs derrière les bêtes, pour les sortir ou les rentrer, les soigner, à conduire le tracteur, à réparer le bâti, à redresser les clôtures, à chasser avec son *papou*, les copains de celui-ci et leurs fils, tout à la fois transis et terrifiés par elle, qui connaissait par cœur les réactions des chiens et ainsi, dès ses dix ans, malgré les interdits, était souvent la première à faire mouche, cette petite-là, rustique, ils l'ont quelque temps imaginée amoureuse d'un uniforme bleu et surtout du jeune sous-officier à flot dedans.

Il était beau, c'est vrai, mais ce n'est pas de lui qu'Amélie s'est éprise, plutôt de son boulot, de sa façon de le faire et du résultat auquel il était parvenu quelques semaines après avoir débarqué dans leur vie, qui avait requinqué son père et débarrassé le village de plusieurs parasites.

Les Vasseur n'ont jamais roulé sur l'or, chaque petit sou comptait. Pour la bonne marche et la survie de leur exploitation, il fallait bosser dur, faire tenir le matériel et user au mieux des fournitures. Des vols ont commencé à se produire dans la commune, chez eux en particulier. Son père en a été malade. Les assurances lambinaient, cela déclenchait des frais, des retards, des pertes, et la faillite menaçait. Pas seulement la leur, d'exploitation, celles d'autres familles également.

Des romanichels étaient arrivés là peu de temps auparavant. À la campagne, le tsigane est rarement bienvenu, quelquefois à raison, parfois à tort. En l'occurrence, à cause de tous les problèmes, on a vite regardé de leur côté, pointé du doigt, orienté les gendarmes appelés à la rescousse. Qui n'en avaient pas vraiment besoin, de ces incitations. Le territoire de l'arme est également celui des gens du voyage, l'histoire de leurs frictions est ancienne et mouvementée. Le militaire dont Amélie, treize ans à l'époque, s'était soi-disant entichée, s'est pointé un matin pour parler à son père, faire son taf', un tour des lieux, de cette scène d'un crime violent pour le moral et l'avenir, même si le sang en était absent, et mener son enquête. Pendant quelque temps, gentil avec tout le monde, patient, attentif – une fois intégrée dans le corps, Amélie a compris qu'il faisait plutôt partie des très exceptionnels, celui-là, *au service de* plutôt que *service service* –, il a tourné avec ses subordonnés. Il a discuté, il s'est planqué, il s'est montré, il a fait jaser, râler, hurler, parce qu'il n'était pas convaincu, cette fois-ci, par la trop évidente hypothèse des nomades voleurs de poules.

Il avait bien raison.

Le voyou était de chez eux, un autre paysan, leur voisin, un ami pensaient-ils tous. Ses difficultés, parce qu'il en avait aussi, il les résolvait en se servant chez les autres, pour son propre usage ou pour dégager les liquidités nécessaires à son activité. Chez ce salaud, on a retrouvé beaucoup de choses pas encore revendues, dont une large part du matériel piqué chez les Vasseur.

Le jour où on leur a annoncé la nouvelle, et la récupération très prochaine des objets du délit, Amélie a vu son père si soulagé, euphorique comme jamais, qu'elle s'en souvient encore. D'y penser lui fait venir des larmes, quand pointe la nostalgie. Ce que ce sous-off'-là avait pris la peine et le temps de faire, la dignité rendue et le bonheur avec, tout cela l'a poussée à vouloir essayer, à bûcher, à passer les concours et à devenir gendarme à son tour, officier même, pour ne serait-ce qu'une fois réussir elle aussi à faire du bien aux gens.

Y est-elle parvenue ?

Non. Quelque part en chemin, Amélie a perdu de vue cette ambition première, laissé instinct et envies prendre le dessus, oublié la victime ou plutôt l'innocent – elle préfère ce mot-ci, l'autre est tellement galvaudé, usé par et pour les bourreaux –, que le malheur vient frapper, pour se concentrer sur le coupable, le voyou, le gibier devenu priorité et qu'il faut gros, plus, toujours, pour en faire un trophée. En témoigne la journée d'hier, ouverte sur une victoire dans leur querelle territoriale avec le pôle renseignement et refermée sur une défaite, celle-ci ayant gâché le succès du matin. Le groupe n'a pas été invité à la petite fête bientôt organisée à Marseille, conséquence du tuyau espagnol récupéré par ceux du Rens', et tous l'ont très mauvaise.

D'Agorno, parti plaider leur cause auprès du taulier de la BNAS, sitôt l'info de Maillard connue, n'a pas pu, ou pas su, faire reconnaître l'antériorité de leur intérêt pour les Montarlat. Ils ont les Cerda, peut-être, et ils ont un lien possible avec les Cadenas, mais pas grand-chose d'autre, et certainement pas de relation démontrée entre leur affaire et le gang de Cadix. *Il faut à becqueter pour tout le monde*, a dit le chef, mettant fin à la discussion. Pas question donc de déranger à nouveau toute la hiérarchie, surtout avec si peu de billes. *Vous en avez déjà bien assez sur les bras, nouvelles pistes à creuser et dossiers à boucler.* Leurs priorités sont là, pas du côté de la Canebière.

Bien que l'on ne puisse, après l'initial petit plaisir coupable de la rouste à la douanière, exclure l'envie d'en rabattre aux pandores – leur boss fait partie de ces poulets, presque tous, tolérant mal les incursions de plus en plus hardies, ou arrogantes c'est selon, de la gendarmerie au royaume des flics –, Amélie doit tout de même admettre qu'il a raison, le patron. Ils ont pas mal à faire. Et dans l'affaire AZF-Cerda pas moins que dans les autres. Ça mousse côté clan, du suspect, du fébrile. Il y a ces *séances* tous ensemble, de tir ou autre chose, dont le nombre a grossi, et l'émergence inopinée de Lola dans la procédure. Dom a aussi découvert que l'hyperactivité soudaine des lignes de guerre suivies depuis quelques semaines était sans doute une manœuvre destinée à les embrouiller sec. D'abord, elles se sont égaillées aux quatre coins de la France, ces lignes, loin des bornages officiels et habituels des figures familiales. Puis, certains de leurs détenteurs se sont mis à raconter leur vie alors que, jusque-là, ils se balançaient uniquement des SMS cryptiques. Et enfin, il y a cette question posée samedi dans la journée – Dom l'a vue hier seulement, en prenant connaissance de la pêche du week-end – par l'un des écoutés, plus naïf, à un autre : *Gros, c'est quoi qu'on fait déjà, deux semaines et on tej' le 06?* Il y a eu une réponse *Ouais, gros* et ensuite plus aucune activité réseau.

Les Cerda se regroupent, s'agitent, se camouflent. Ils mijotent quelque chose. *Le coup espagnol? À Marseille?* Le renvoi dans les cordes de la veille ne passe décidément pas. L'angoisse de se faire peut-être coiffer au poteau par le Rens' non plus. Ne peut-elle se réjouir, Amélie, de voir des criminels dangereux mis hors d'état de nuire, laisser tomber son ego, penser à tous ceux, innocents donc, qui ne pâtiront pas ensuite des activités délétères du clan et de ses complices, si jamais on les interpelle rapidement, grâce au tuyau de l'UPR?

Non.

Amélie n'est pas comme ce gendarme croisé à l'adolescence, elle ne protège pas, elle, ça l'emmerde. Elle aime la traque, c'est ce qui la fait vibrer, et elle aime la capture. Au cours de l'audition de vendredi dernier, Lasbleiz lui a dit un truc similaire, en évoquant ses débuts dans le métier. Sacré instinct, ce Théo des Stups, quelle perte. *Penser à appeler la Santé.*

Si ses parents savaient que leur fille s'inquiète pour un ripou détenu.

Ses parents.

Ah, mais merde, lâchez-moi !

Amélie accélère.

Le périphérique est encombré, jusqu'à la porte de Bagnolet, et elle décide de le quitter à cet endroit, lasse de son gymkhana au milieu de conducteurs mal lunés, pour emprunter l'A3, beaucoup plus fluide dans le sens Paris-province. Ensuite, c'est l'A86 et l'A4, quarante kilomètres relativement tranquilles. En chemin, D'Agorno téléphone pour faire le point, savoir où elle se trouve, signaler que Lola Cerda s'est mise en route depuis peu et roule sur le quai d'Austerlitz. Elle est suivie par la Maille et Bentoumou, le surnom de Nabil, ramier syndical de la plus belle espèce, fort contrarié par l'expédition du jour, décidée au pied levé, ce qui ne lui a pas laissé le temps de trouver un moyen de se défausser. Didier annonce aussi la position de Manu, qu'il suit depuis son départ de l'appartement de Sirine, à Montreuil. Il est dans sa Panamera, en train de rouler vers l'A4 ; cette dernière info nécessitant plusieurs répétitions, ça souffle fort dans le casque, malgré le pack audio spécialement prévu pour l'intégral. Le reste du groupe, emmené par Dom, est sur la D934, à Crécy-la-Chapelle, dans le soum enfin récupéré. Ils se sont mis en route tôt pour éviter les bouchons du matin. Conséquence, ils sont en avance sur Amélie, qu'ils attendront au point de rendez-vous prévu, le centre Leclerc de Coulommiers, et son très anonyme parking.

« Bien pris. » Amélie n'est pas certaine d'avoir été entendue, la ligne est brutalement coupée. Comme on ne la rappelle pas, elle décide que oui et se concentre sur sa conduite. En dépit de la pluie fine qui douche son trajet, elle atteint l'hypermarché après une grosse demi-heure et, transie de froid, une fois garée, accepte avec reconnaissance le café bien chaud proposé par Rickert. Quand il part en opé, sa femme lui en prépare toujours un grand thermos corsé, pour l'aider à tenir.

Vers onze heures, il s'arrête de bruiner. Les Cerda ne sont plus qu'à quelques kilomètres. Amélie refait le plein et va se mettre en place la première, dans le bois auquel le terrain des manouches est adossé. On peut y accéder par un chemin forestier dont l'entrée se situe au sud de la commune, en pleine zone résidentielle, et qui zigzague ensuite entre les arbres. Une manière discrète de s'approcher de leurs cibles afin d'observer ce qu'elles font par ici, chaque semaine deux fois. À une centaine de mètres du but, Amélie repère un discret sentier latéral. Elle arrête son T-Max, en descend et le pousse à l'abri des regards. Elle se débarrasse ensuite de son casque, de ses gants, vite rangés dans le coffre de selle, où elle récupère son sac à dos et une bâche camouflée, dont elle recouvre le scooter. Puis elle enfile son ghillie, s'équipe de sa radio portative et se rapproche à pied de l'objectif.

Amélie s'installe en retrait de la lisière, pas très loin d'une enceinte de barbelés, en faisant attention à ne pas marcher ou s'asseoir dans les excréments des occupants du camp, qui viennent chier ici le long de la barrière, juste de l'autre côté, et s'en fichent de laisser derrière eux papier toilette, tampons, serviettes hygiéniques et autres souillures. Elle se trouve derrière un bâtiment en béton au toit de tôle abîmé, qui ressemble à une vieille étable ou à une écurie, sur sa droite. De là, elle a une vue dégagée sur le centre du champ reconverti en hameau de fortune et son entrée principale, à l'extrémité opposée. Principale, parce qu'elle vient d'en repérer une autre, secondaire, au bout de la piste longée pour arriver jusque-là. Cette entrée-ci est semblable aux issues que les paysans bricolent pour accéder à leurs prés ; quelques piquets déterrés, juste de quoi laisser passer un tracteur, fixés par une boucle de fil de fer au premier poteau du reste de la clôture, bien ancré dans le sol. À l'endroit où elle est, Amélie n'aperçoit pas le secteur dévolu au parking, sur sa gauche, en grande partie masqué par l'ancien abri pour animaux. Par ailleurs, caravanes et baraquements empêchent de suivre toutes les allées et venues. Mais, sauf à être en surplomb avec un drone qu'ils n'ont pas, sa position actuelle est un bon compromis pour voir qui entre et sort du lieu.

Ayant récupéré sa monoculaire, Amélie commence sa surveillance. Ce qu'elle observe ressemble à ce qu'elle a déjà pu voir ailleurs, dans d'autres installations du même genre, du dur, du semi-provisoire, de l'itinérant, de l'éphémère, de l'agglutiné, d'où s'élèvent de nombreuses colonnes de fumée, couvert de rustines de tôles, de contreplaqué, de bâches plastiques, bleues, vertes, translucides, parsemé de mobilier de jardin, de bric, de broc, de récup', abandonné dehors et qui s'abîme, de débris, de carcasses, de déchets, du délaissé formant allées, murailles, tas, obstacles, à l'intérieur de ce *bidonvillage* construit sur la bouillasse.

Dans l'oreille d'Amélie, ça grésille enfin. Dom et les deux autres membres du groupe qui l'accompagnent ont rejoint leur zone d'attente près de la déchetterie, à l'ouest de son emplacement. Hors de vue des manouches, pensent-ils. Un quart d'heure plus tard, D'Agorno se signale sur les ondes.

Peu après, la Panamera de Manu arrive au campement.

Amélie relaie l'info et décrit ce qu'elle observe. Cerda a

été accueilli par les Gipsy, déjà sur place, et jusqu'ici hors de vue à l'intérieur d'un mobil-home. Dont ils viennent de sortir en compagnie de Farès Jellouli et d'un autre individu de type nord-africain. Tous sont vêtus de bas de treillis et de vestes polaires.

En les immortalisant, Amélie pense aux copains de son père qui parfois, tôt le dimanche matin, venaient les chercher à la ferme pour partir au chevreuil.

D'autres hommes, des gamins, approchent de tous les côtés, eux en tenues civiles, et forment autour de Manu, des Stoian, un attroupement chaleureux. Ça s'embrasse, ça se charrie, ça rigole, on met du bois au feu, on se passe des cafés. Jacky Vidal est également là, habillé lui aussi pour partir dans la verte.

La Maille se manifeste à son tour. Comme Didier juste avant, il annonce s'être garé à l'endroit prévu, une baraque en ruine située à l'écart de la D402, en amont du camp manouche, côté est.

Enfin, la Smart de Lola fait son apparition. Sans attendre, elle fonce vers le *parking*.

Manu et sa cour la suivent.

Amélie ne voit plus rien. Elle entend. Des voix masculines qui s'interpellent, crient, sifflent. Des portières qui claquent. Des moteurs qui démarrent, vrombissent. Plusieurs. « Ça bouge. »

Grésillements…

… *OK.* D'Agorno.

« Ça va sortir. »

… *Qui ?*

« Je vois pas. Attendez. »

Deux petits camions bennes émergent de derrière l'écurie et roulent jusqu'à l'entrée principale. Le premier s'engage sur la D402 et s'arrête aussitôt en travers de la route. Le second le dépasse et fonce vers l'ouest.

Grésillements…

… *Qu'est-ce qu'ils foutent?* Maillard. Il a dû apercevoir le manège et se rendre compte qu'il ne pouvait plus suivre.

Peu après, un convoi formé par la Porsche de Manu, une Golf et un break Mercedes, chaque véhicule plein à craquer de silhouettes bigarrées, impossibles à identifier, rejoint la départementale et s'éloigne, dans la même direction que le bahut.

« Ça sort, ça sort! »

… *Je les vois.* Dom.

… *Je peux pas prendre en compte. Il y a un camion devant le portail de la déchetterie.* Encore Dom.

Amélie pense *On s'est fait repérer* et *Moi?*

Grésillements.

… *De quel côté?* D'Agorno, positionné au lieu-dit Le Mée, au sud de l'objectif.

… *Route de Mauperthuis, vers toi.* Dom.

… *J'y vais.* D'Agorno.

Un temps.

… *Je fais le tour et je rejoins.* La Maille.

Amélie se lève, recule doucement en direction de son scooter, sans perdre le campement de vue.

… *On panique pas, la Porsche est balisée.* Didier.

Quand elle pense être suffisamment loin, à une vingtaine de mètres des barbelés, Amélie se retourne et sprinte vers son deux-roues.

… Ils nous ont détronchés. Amélie, c'est toi ?

La question de Maillard l'agace et la déconcentre, et elle trébuche, s'étale dans les fougères en jurant. Alors qu'elle se remet debout, elle le voit. Un boîtier en plastique de couleur brune, une teinte proche de celle du tronc sur lequel il est fixé, à un mètre cinquante du sol. Il y a une ouverture sur l'avant, vitrée, d'une taille suffisante pour qu'un objectif puisse capter tout ce qui passe. *Ils ont des caméras.* Celle-ci n'est pas orientée vers le camp ou la cachette de son scooter, elle surveille un bout de la piste qui mène à l'entrée secondaire. Piste qu'Amélie n'a pas empruntée lors de son approche, tout à l'heure, mais juste suivie en restant à l'intérieur du bois, pour ne pas être vue depuis le camp. *Devant ou derrière le tronc ?* Elle est en train de se demander si elle est passée dans le champ de l'appareil lorsqu'elle entend de nouveaux cris dans son dos. Un moteur aussi. Elle s'accroupit.

Un type est en train d'ouvrir l'accès arrière. Un utilitaire attend de pouvoir avancer, un Daily.

Amélie ne parvient pas à distinguer qui est dans la cabine, à cause des reflets sur le pare-brise, elle aperçoit juste deux ombres, et elle n'ose pas bouger pour prendre sa monoculaire. *S'ils partent par là*, réfléchit-elle, *on peut raisonnablement penser qu'ils ne m'ont pas repérée.* Elle murmure : « Ça sort encore, par-derrière. »

Grésillements

… *Qui ?* Didier.

Quelques secondes plus tard, l'Iveco passe devant Amélie. Farès Jellouli est au volant. À côté de lui, il y a Nanosh Stoian, trahi par ses cheveux longs. Tout en courant vers son T-Max, elle balance l'immatriculation du véhicule, le nom des deux occupants et ensuite une description rapide du logo remarqué sur les flancs, celui d'une entreprise de plomberie. « Je pars derrière. » La bâche cam' est rapidement bazardée, tant pis, elle jette ses affaires dans le coffre de selle, s'équipe sans rien attacher, ni sa jugulaire ni ses gants, tire le scooter à reculons sur le chemin forestier, tout en pestant de n'avoir pas pensé à l'orienter dans le bon sens, puis démarre enfin en dérapant sur la boue.

Heureusement pour Amélie, le Daily n'a pas pu rouler très vite sur le layon, du fait de la gadoue justement, et elle arrive juste à temps au croisement avec la route pour repérer de quel côté il est parti. Elle le prend en chasse après avoir laissé passer une voiture, afin d'avoir un écran entre elle et son objectif. « D934, vers l'est. » Ça souffle et ça crépite dans son oreille et elle n'entend pas de réponse. Son matériel radio réglementaire n'est pas adapté aux casques de moto et a glissé quand elle a enfilé son intégral en quatrième vitesse.

Grande ligne droite à la sortie de Coulommiers, bonne visibilité malgré la pluie revenue tantôt. Amélie ralentit pour laisser un peu de champ à l'utilitaire et continue à annoncer son itinéraire, en espérant qu'elle transmet correctement. « Chailly-en-Brie, D934, plein est. » Ils roulent dans la même direction pendant huit kilomètres, jusqu'à La Ferté-Gaucher. Amélie s'est positionnée derrière un Transit et deux bagnoles, pour ne pas se faire repérer et, à l'entrée de la petite ville, elle voit l'Iveco, trois cents mètres devant, entamer lentement un second tour du rond-point situé près de la brigade de gendarmerie locale. *Coup de sécu*. Elle bifurque à droite, dans une rue de Savoie, accélère jusqu'à une rue du Piat, qu'elle aperçoit plus loin, sur la gauche, tourne dedans et la remonte à toute vitesse jusqu'à la D204, au sud du rond-point. Le Daily passe devant elle à vingt mètres, pénètre sur le parking du Super U et rejoint la station-service. Cinq pompes, pas de file d'attente, Amélie se gare entre deux voitures.

Nanosh descend et laisse Farès se débrouiller avec le plein. Il trottine jusqu'au magasin.

Amélie en profite pour se rééquiper correctement, avec son téléphone et le kit du Shoei, et pour observer.

Farès a fini. Il paye, remonte dans la cabine. Nanosh n'a pas reparu. Le Daily démarre.

Suivre ?

L'utilitaire va se garer face à l'entrée du supermarché.

À une vingtaine de mètres d'Amélie, devant elle, sur sa gauche. Elle a vue sur son flanc droit et son hayon arrière, dépourvu de vitres. Toute seule, elle ne pourra pas filer l'Iveco sans risque très longtemps. Elle vendrait père et mère pour une balise de réserve mais, le concept même de réserve ou de surplus étant inconnu au service, où tout le monde se dispute un matériel rare et peu performant, elle n'a que ses yeux pour pleurer. Ou peut-être pas. Elle vient de penser à son Tile. Pas l'idéal. Sur le plan judiciaire, ça ne vaut rien ; aucune information récoltée ne pourrait être entrée en procédure. Mais Amélie n'a pas envie de perdre sa proie et c'est une sécurité en attendant l'arrivée de la cavalerie. Alors faute de grive, on fait avec la bite et le couteau. Problème, l'accessoire va sonner en s'éloignant de son smartphone. Solution, en priant pour que cela suffise, le bourrer dans un gant de combat avec un chiffon en plus, pour atténuer le bruit. Elle se dépêche de récupérer tout ce dont elle a besoin dans le coffre de selle, prépare son mouchard artisanal, trois longues bandes de gaffeur et avance vers le cul de l'Iveco, en faisant attention aux rétroviseurs.

Amélie manque de se faire surprendre par Farès lorsque celui-ci sort brusquement du Daily en soupirant. Au moment où il claque sa portière, elle croit entendre quelqu'un à l'intérieur. Une femme. *D'autres personnes dedans ? Lola ?* Effectivement, alors que Jellouli s'éloigne, l'utilitaire tangue légèrement sur ses suspensions. Il y a du monde derrière, qui bouge. Amélie fait encore quelques pas, prudents, et vient se placer juste en retrait de la cabine. De là, sans être vue, à travers la vitre latérale et le pare-brise, elle peut surveiller l'entrée du Super U. À l'intérieur, on parle. Elle reconnaît, pour l'avoir suffisamment entendue grâce à leurs écoutes, la douce voix de Manu. *Ils sont tous là.* Elle s'accroupit pour accéder au passage de la roue avant droite et y coller son gant émetteur. L'adhésif n'accroche pas à cause de la crasse, elle jure entre ses dents, tâtonne, trouve une fente du bout des doigts et y fourre son bricolage. De toutes ses forces. Si fort qu'elle perd l'équilibre.

Son intégral cogne la carrosserie.

Amélie se relève et s'éloigne rapidement. Dans son dos, elle entend la porte latérale du Daily s'ouvrir. On l'interpelle. Plusieurs fois. Cavalcade dans sa direction, lourde, des mecs. Une main saisit son bras au biceps et la retourne de force. Elle suit le mouvement puis, une fois face à son agresseur, se dégage et recule.

« Vire ton casque. » Manu. Il est devant, avec Youri Stoian et l'autre Maghrébin, aperçu avec Farès dans le camp. C'est lui qui l'a attrapée.

Ensuite s'avance Jacky Vidal.

Et derrière Vidal, il y a Lola. En tenue de combat. « C'est une meuf. » À Amélie. « T'es qui, toi ?

— Vire ton casque. » Manu avance, pour réduire la distance qui le sépare de sa proie. « Montre ta gueule. »

Amélie recule, porte la main droite à sa ceinture, dans son dos, à l'endroit où se trouve son arme de service. Un réflexe idiot. S'ils avaient le moindre doute jusque-là sur ce qu'elle pouvait être, maintenant ils n'en ont plus.

« T'es sûre ? » Manu sourit et regarde alentour. Il y a beaucoup de monde sur le parking. Des mères, leurs gosses. Il lève sa polaire, montre la crosse d'un pistolet. Ses deux complices les plus proches l'imitent.

« C'est pas le moment de faire une connerie. » Amélie aimerait paraître plus sûre d'elle.

Farès et Nanosh sortent du magasin les bras chargés de courses, aperçoivent la scène, se hâtent de rejoindre le Daily. « Y se passe quoi ? C'est qui ? »

Lola s'est rapprochée de Jacky, elle lui murmure quelque chose à l'oreille, montre le T-Max.

Amélie tourne la tête dans cette direction. À peine, même pas une seconde, déjà trop. Elle chute sur le dos, propulsée en arrière par une puissante bourrade de l'épaule de Manu. Souffle coupé instantanément. Et encore une fois, lorsqu'elle reçoit un pointu dans le ventre. Elle ferme les yeux un instant à cause de la douleur, les rouvre, aperçoit Vidal qui prend les clés du scooter avant de les jeter au loin. Lola crie *Laisse tomber*. Deuxième coup de pied, dans son intégral cette fois. Noir. *Arrête, merde, on se tire* encore Lola. Une personne hurle. Retour à la lumière. Les manouches ont rejoint leur Iveco. Noir. L'Iveco n'est plus là.

On soulève Amélie. Elle retrouve ses esprits, se dégage, en colère, puis demande pardon à ceux qui l'ont remise debout. « Je vais bien, c'est bon. » Rien de grave, malentendu. À l'emplacement de l'utilitaire, vide à présent, pas de gant. Peut-être tout n'est-il pas perdu. Elle demande dans quelle direction le véhicule est parti et on lui indique la D204. Elle remercie les gens et refuse qu'on téléphone aux gendarmes. Surtout pas. Pour peu que le Tile lui serve à quelque chose, il faut limiter les témoins de la rupture dans la continuité de la filature. Avec D'Agorno et le reste de son groupe, elle peut arranger le coup et ne pas l'acter en procédure. Si des camarades d'une autre brigade s'en mêlent, ce sera impossible.

Amélie se dirige vers la zone où Jacky a balancé ses clés, tout en appelant Didier pour le tenir au courant, savoir où se trouve le reste du groupe. « Moi ? Au Super U de La Ferté-Gaucher. » Un temps. « Oui, ils sont tous dedans, ils nous l'ont faite à l'envers. » Un temps. « Vers le sud. » Un temps. « Faut que je mette la main sur mes clés d'abord. » Un temps. « Oublie, trop long à expliquer. » Un temps. « Ça va, je te dis. » Un type venu l'aider rapporte son trousseau à Amélie. Elle raccroche, ouvre son application Tile. Pas encore de bip. Dix minutes se sont écoulées depuis le départ du Daily. *Merde*. Elle enfourche le T-Max, rejoint la route et file du même côté que les manouches.

Sans grand espoir.

« T'es inquiète ? » Jacky Vidal regarde Lola qui a interrompu le nettoyage de son AK 74.

Il fait nuit, ils viennent de terminer leur séance d'entraînement et, à la lumière d'un néon, sur ordre des instructeurs déformés par leurs années milis, ils récurent leur matos à l'abri d'une cahute de tôle installée à l'entrée du parcours de tir tactique. Ça fait râler Manu depuis toujours. Au début, il refilait apparemment la corvée aux Stoian, mais il a arrêté de le faire quand l'un des deux anciens lui a demandé s'il avait assez confiance dans les jumeaux pour leur déléguer l'entretien du truc qui, un jour de gros carton, lui sauvera peut-être la mise. Ou pas, s'il s'enraye. Depuis, il frotte, Manu, mais il rouspète encore.

Lola a les yeux perdus dans le vague. « Pas toi ? »

Vidal secoue la tête. « Farès a pas vu de banalisée après. Il est bon pour ça.

— Il a pas capté le T-Max. »

Silence.

« On n'est pas loin, là, j'ai pas envie de me planter.

— J'ai maté sous le Daily, y avait keud. » Un temps. « J'le passerai à la baguette magique en rentrant, promis. Ta caisse aussi. »

Hochement de Lola.

« On le savait qu'ils nous collaient au cul, c'est pas neuf. Là, on les a vus, c'est tout.

— Pas tous.

— Presque. » S'inspirant du précédent Hornec, Momo a fait planquer des caméras autour des installations de la famille, les baraques, les casses, les campements. Ce matin, elles ont fait leur boulot et montré à Jacky, qui examinait les abords du terrain de Coulommiers dans une vieille caravane reconvertie en central de télésurveillance, les véhicules, deux en tout, venus se garer à proximité. Le premier, un utilitaire, à la déchetterie, ce qui n'avait rien d'anormal a priori, sauf que nul n'en est descendu pour jeter quoi que ce soit ; et le second, une voiture, dans la ferme abandonnée située à une centaine de mètres du camp, derrière un bosquet d'arbres, où personne ne va jamais. La caisse, trahie par son gris administration, avait une immatriculation correspondant à l'une de celles que Manu a fait photographier pendant toute une semaine par un gamin, rue des Trois-Fontanot. Leur taupe de Nanterre leur ayant appris que c'était un service de là-bas qui s'intéressait à eux et que, par ailleurs, il n'y avait pas assez de places dans les parkings souterrains de la DCPJ, il y avait de fortes chances de pouvoir choper en douce les plaques des véhicules affectés aux différents offices rien qu'en filmant les bagnoles garées le long du trottoir en bas des 101 et 106. Après, il suffisait de regarder qui venait traîner dans leurs parages.

« On a eu de la chance que cette pute fasse du bruit. »

Vidal pose sa main sur l'épaule de la jeune femme. « Stresse pas. »

Lola sourit. Elle aime vraiment Jacky, il gravite dans son orbite depuis qu'elle est toute petite. Elle lui fait confiance et elle se plaît à croire que c'est réciproque, qu'il en sera ainsi entre eux jusqu'à leur mort. Une pensée rassurante. Il faut juste qu'elle parvienne à continuer à lui mentir ou, à tout le moins, à lui cacher la vérité. Ainsi en a décidé Mo et Lola obéit à Mo, toujours.

Jacky n'a jamais connu son père. Depuis qu'il est gosse, sa mère lui raconte la même histoire de poivrot, de violence, d'embrouille avec Rico et Manu, et enfin d'abandon. Elle n'a jamais varié. Une histoire admise, donc, par ce fils qui porte le patronyme de sa maman, son géniteur n'ayant jamais voulu le reconnaître. Cette dernière partie du conte est vraie, elle était incluse dans le deal passé entre les Cerda et le papa de Vidal. Un vieux pote de Rico, pas yéniche mais du quartier qui, lors d'une soirée, bourré, perché, avait forcé une fille encore jeune, encore vierge. Ce jour-là, il fêtait son admission à Cannes-Écluse. La gamine était tombée enceinte et cela posait un sérieux problème au copain de Rico, qui en avait parlé à son père. Marco avait vu là une opportunité et il était allé voir les parents de la petite pour arranger le coup. Eux en faisaient partie, de la communauté, et ils avaient accepté l'offre. À l'époque, on ne refusait rien au grand Marco Cerda. Surtout s'il était prêt à casquer, et cher.

Depuis, le flic violeur rembourse sa dette. Pas en espèces sonnantes et trébuchantes, mais en tuyaux de police, au gré des besoins. Jacky et sa maman, quant à eux, sont devenus des membres à part entière de la famille.

« J'ai besoin de parler à Mo. » Lola a bafouillé cela sur le ton plaintif du camé angoissé par le manque. Elle se ressaisit, dos bien droit, de la force, « j'attends encore des trucs d'Espagne », s'étant soudain rappelé qui elle est et ce que son oncle lui a toujours dit *T'es la fille de Rico, tu chiales jamais devant personne et personne est ton pote.*

« Ils peuvent pas piger ce que vous dites. Limite, ils peuvent te choper toi, ou Momo. » Jacky ricane. « Ça ira pas bien loin, ils te colleront une prune et à lui un rapport. » Un temps. « Au pire, il perd quelques semaines, c'est ça qu'il m'a dit l'avocat.

— Je vais encore appeler une fois. » Lola inspecte l'intérieur du canon de son fusil d'assaut à la lumière. « Demain tu diras à Angèle de faire passer le message de changer de réseau pour dimanche, on ira sur le trois. » La grand-mère de Lola et Mo se téléphonent tous les soirs quelques minutes, principalement pour échanger des nouvelles. Angèle se plie à ce rituel même lorsqu'elle est épuisée par les traitements. Au cours de ces conversations, elle fait quelquefois passer des instructions, des mots codés dans des petites phrases anodines.

Jacky acquiesce. Par sécurité, il a programmé plusieurs groupes d'appel sur les radios, chacun avec sa propre clé de cryptage, chaque clé ayant été générée par un algorithme différent.

« Samedi, tu viendras avec deux clebs, on calera un itinéraire et tu me suivras de loin. »

Nouveau hochement de tête. « Je vais aussi te changer tes deux smarts. » Jacky explique qu'avec des appareils neufs, ils seront au moins sûrs qu'il n'y a pas de mouchard ou de piège installé en douce.

Lola communique avec son contact chez les Cadenas, Sam, en effectuant des partages de connexion entre un smartphone sans SIM, qui n'apparaît jamais sur les relais téléphoniques, et un autre mobile, propre, tout à fait officiel, celui qu'elle utilise pour parler à ses proches et qui, lorsqu'il est relié au premier, balance uniquement des paquets de données sur le réseau. Il suffit ensuite d'utiliser une application de messagerie courante, de type Signal, installée sur le portable sans puce, pour pouvoir se parler ou s'écrire tranquillement. Lorsqu'ils ont mis en place ce protocole, Sam leur a expliqué que pour le moment, a priori, les services de police auxquels ils sont confrontés ne sont pas en mesure d'analyser le contenu de ces échanges. Pour ajouter une couche de protection supplémentaire, et sur les conseils de Jacky, Mo a imposé le recours à la stéganographie. Sam et Lola se font donc passer des photos de vacances ou de soirées, à l'intérieur desquelles sont cachées les informations intéressantes. Cette dissimulation est réalisée par un logiciel qui, en plus de ses propres algorithmes, utilise GPG pour autoriser ou non, en bout de chaîne, la révélation des renseignements.

Alors que Lola commence à remonter son AK, Manu réapparaît à leurs côtés. Quelques minutes plus tôt, il s'était absenté avec Youri Stoian. Ils apportent des cannettes de Redbull et des sandwiches de grande surface. Manu distribue les boissons à toute l'assemblée.

Sauf à Lola. « Et moi ?

— Toi t'en as pas besoin. On te larguera à une porte de Paris, t'appelleras un taxi.

— Je viens.

— T'as pas école demain ? » demande Manu avec un sourire moqueur.

« Cours à distance, merci corona.

— C'est non quand même. Déjà, Momo voudrait pas et en plus t'as fait que de la merde aujourd'hui. » Manu ajoute qu'il a bien vu que Lola *était pas dedans*. « C'est à cause de la schmitt ?

— Ça te préoccupe pas ? »

Manu regarde alentour. Hors de la zone illuminée où ils se trouvent, le terrain est plongé dans les ténèbres. C'est à peine si l'on distingue les équipements les plus proches. Il n'y a pas un bruit. Manu lève ses deux mains, l'air de dire *Alors ?* « Elle est où ? »

T'es la fille de Rico. « Faire la guerre et faire mal, ça tu sais, Manu, t'es le *king.* » Lola ne quitte pas son oncle des yeux. « Mais contrairement à ce que tu crois, t'es pas le plus fort. » Elle montre son entrejambe. « Trop ici. » Elle montre sa tête. « Pas assez là. »

Nanosh pouffe. Farès lui met un coup de poing dans l'épaule. Nanosh gémit, commence à s'énerver. Manu gueule pour les faire taire.

« Cette nuit, je viens. » Un temps. « Mo, il est à la Santé, pas ici. »

Jacky fait un pas vers Lola, dit que ce n'est pas prudent.

Manu sourit.

Lola le voit. Elle se tourne vers Vidal et le foudroie du regard. *Personne est ton pote.*

Jacky recule, surpris par la froideur et la haine manifestées par la jeune femme.

Quand Mo s'était piqué de lui faire la leçon, Lola lui avait demandé *Même pas toi ?* Il avait réfléchi un instant et répondu *J'ai jamais eu de potes et j'ai plus de famille.* Après quelques secondes de plus, il avait ajouté. *Pour toi, je trouve pas le mot.* Et puis *À l'école, ils m'en ont pas appris assez.* Et encore *Mais c'est pas grave, ça dit pas toujours la vérité les mots.* Et enfin *Des fois, c'est même l'inverse.* Lola se remet à fixer Manu. « Réfléchis, je viens, j'y passe, t'es peinard après. » Elle rigole. « Mo, il va pas te faire grand-chose là où il est et ta mère elle peut plus t'empêcher de rien. » Doigt pointé sur Jacky. « Faut juste que lui, il crève pas aussi.

— Et pourquoi ça ?

— Parce que pour convaincre les Espagnols de dealer avec

toi, et c'est pas gagné, faut quand même que tu puisses leur parler d'abord. À part moi, il n'y a que Jacky qui sait faire. »

Manu réfléchit, il se renfrogne ; chez lui, l'effort intellectuel est toujours très physique. Finalement, il tend un Redbull à Lola. Aux autres, il dit. « On bouffe, on part. »

Quelques heures plus tard, ils sont à La Courneuve. Leur Daily est garé le long d'un chantier, chemin de Crèvecœur, devant une autre camionnette, dans laquelle Salah Charfi, le Babouin, attend avec trois gars. Il est plus d'une heure du matin, les *fours* s'arrêtent les uns après les autres, *chouffes* et charbonneurs partent et, surtout, la prière du soir est passée depuis longtemps ; il n'y a plus de fidèles, de *civils,* dans les environs. La nourrice de la bande ennemie du Babouin se trouve en effet juste au-dessus de la salle de prière dite des Comoriens, place Alfred-de-Musset. La petite mosquée est installée au rez-de-chaussée de l'une des quatre barres qui encerclent l'esplanade. Leur *butin* est donc caché au premier étage du même immeuble, dans un appartement à l'entrée murée et aux fenêtres grillagées. Il faut passer par le logement voisin pour y accéder.

Officiellement, c'est une famille qui vit là. En réalité, elle est partie depuis longtemps, chassée par les trafiquants qui ont transformé les lieux en dortoir-salle de garde. À tout moment, il y a trois types armés à l'intérieur pour protéger la réserve. Auparavant, la bande d'Omar Mhadjou ne conservait ici qu'une quantité réduite de came, de quoi alimenter ses points de vente pour deux journées. Depuis le début de l'année cependant, elle a été contrainte de rapatrier à cet endroit l'intégralité de son stock. Son autre place forte a cramé dans l'incendie d'un bâtiment de la rue Beaufils, toute proche.

C'est d'ailleurs ce sinistre et la perte induite de marchandise qui ont incité Omar à braquer le shit de Charfi.

Chaque nuit, vers deux heures, quand toutes les sacoches sont rentrées, un des cousins de Mhadjou, son *comptable*, se pointe afin d'établir le bilan quotidien et de préparer les salaires, les fonds de caisse et les stocks à écouler du lendemain, ainsi que l'argent liquide à évacuer. Le Comorien est parano et il se méfie de tous. Les profits de la veille sont donc récupérés tous les matins et entassés ailleurs, dans un endroit connu de lui seul. Le comptable est toujours escorté par deux mecs. Cela fait donc déjà cinq tireurs à éliminer, dont trois sont à l'abri derrière une porte blindée. Il faut ajouter un autre binôme qui, lui, débarque à la fermeture du business et garde le hall de l'immeuble, pour protéger l'arrivée du cash des fours puis celle du roi de la calculette.

C'est ouf tout ce qu'on chope en cueillant des putains de fleurs a plaisanté Manu tout à l'heure, au club de tir, alors qu'ils revoyaient une dernière fois leur plan d'action. Tout le monde a ricané à l'exception de Lola, qui ne comprenait pas l'allusion. *T'inquiète*, lui a dit son oncle, *c'est pas pour les petites filles*. Et de rigoler de plus belle. Le voilà à présent qui balance deux *abayas* noires et deux *niqabs* de la même couleur aux jumeaux.

Nanosh, qui tient dans ses mains un tube de maquillage de combat vert et marron, se met à râler : « Merde, pourquoi moi ? Fais péter à Farès. » Il voulait se peindre une tronche de *warrior*, genre commando. « Personne va rien voir avec ce truc. » Il montre son niqab.

« *Askip*, on est pas en forêt. »

Rire général.

« C'est pas Halloween, là. »

Jacky dit : « L'oscar de la palme tu mérites, toi. »

Nouvel éclat de rire.

Manu pointe le massif Jellouli de l'index. « Lui, sérieux, tu penses qu'on croit que c'est une *chnek* ?

— Tu me traites ? » Nanosh fait mine de se lever pour en découdre.

Manu le regarde, *Vas-y, viens*.

Nanosh se rassoit.

À ses côtés, Youri, ayant déjà revêtu l'abaya par-dessus ses fringues et son équipement, secoue la tête.

« Passe, ordonne Lola à Nanosh, le maquillage aussi. »

Les vêtements islamiques changent de main.

« Tu branles quoi ?

— La chnek.

— Qui t'a dit que tu pouvais partir devant ? »

Lola ignore la question de Manu et couvre de sombre le contour de ses yeux et ses paupières, parties visibles de son visage sous le niqab. « Youri ? » Elle lance le tube à l'autre *meuf*. « Aide-moi », demande-t-elle ensuite à Jacky en soulevant son porte-plaques. Une fois celui-ci en place, elle retire ses chargeurs d'AK et les tend, avec son fusil d'assaut, à Nanosh. « File ton gun.

— La tête de mon Glock, tu y fais gaffe, quoi. »

Lola récupère le 17, le pose à côté d'elle et termine de s'habiller.

Grésillements dans la cabine.

... Le comptable, il sort de chez lui. Le Babouin. Il a collé un rémora aux fesses du cousin d'Omar Mhadjou.

« C'est l'heure. » Manu ouvre la porte latérale et, avant de laisser partir Lola, il l'examine une dernière fois, saisit sa protection balistique aux épaules, sous la longue tunique, et tire dessus d'un coup sec, pour vérifier qu'elle tient bien. Sa nièce lui paraît toujours aussi légère que lorsqu'elle était toute petite. Il s'arrête sur ses yeux. Dans l'obscurité, avec le niqab, le maquillage gras qui les entoure pourra passer pour la même peau noire que celle de la majorité des habitantes du quartier. « S'il t'arrive un truc, je te défonce. »

Lola esquisse un sourire sous l'étoffe qui lui couvre le visage, mais elle n'en mène pas large.

Manu ne voit ni l'un ni l'autre.

La jeune femme s'éloigne à pied, suivie de Youri. Elle a les bras croisés devant elle. Dans sa main droite, rentrée à l'intérieur de sa manche gauche, elle tient ferme le pistolet. Tout au long de la remontée du chemin de Crèvecœur, elle a l'impression que ses pas et ceux du Gipsy font un bruit d'enfer, de n'entendre que ça, et les claquements métalliques de la kalache gardée le long de la jambe, dans les replis de l'abaya, par son compagnon. Et les moteurs des camionnettes des autres, maintenant en mouvement. Le Daily atteint la rue Paul-Langevin au moment où Lola tourne dans la rue des Clos.

Trente mètres à marcher le long des bagnoles garées pour la nuit et elle traverse déjà la rue Renoir. *Ça va trop vite.* La place Alfred-de-Musset est juste là, devant elle. Elle entend les ronrons de l'Iveco et de l'autre utilitaire, mais ils lui semblent loin, tellement loin. *Trop loin.* Elle a envie de leur gueuler de revenir. Lola et Youri dépassent le coin de l'immeuble qui abrite la salle de prière et la nourrice, c'est à peine si elle remarque les étranges sculptures à l'esthétique indo-pakistanaise qui ornent les murs extérieurs du rez-de-chaussée. À part eux, il n'y a personne dehors et plus de lumières aux fenêtres. Demain, la plupart des gens d'ici se lèveront tôt pour aller bosser, seuls les dealers et leurs complices feront la grasse mat'. La place est calme. *C'est pas normal.* Lola avance quand même. *Si, c'est normal.* Dix mètres jusqu'à la porte vitrée du hall. *T'es la fille de Rico.* Cinq. *Ton daron, rien le faisait flipper.* Contact. *Il avait des couilles.* Elle effleure de sa main gauche le pavé alphanumérique situé à droite de la porte. *Moi aussi.* Dans un état second, Lola compose le code remis par Manu, obtenu elle ne sait comment. Puis elle pousse, entre et se focalise sur les deux lascars assis en face d'elle sur des chaises de jardin. Posés sur leurs genoux respectifs, un pompe et un vieux revolver.

« Oh, fais pas ton juif, file le *zbar.* » Le premier, à son voisin. Il n'a pas vu Lola. Ou il n'est déjà plus en état de la voir.

Mais le second, oui. Joint aux lèvres, il dit : « Tu veux quoi, la frangine ? » Et sourit.

Youri entre à son tour. Il s'avance vers les deux hommes sans attendre.

Lola suit le mouvement.

Les deux renois, un peu surpris mais pas affolés, ne bougent pas. Charfi avait prévenu, ici, les femmes *modestes* ne sont pas ennuyées. En voir dehors en pleine nuit pourrait peut-être étonner, mais la *pudeur* des tenues mettra leurs porteurs à l'abri de toute inquisition, question de respect.

Premier dit : « Je vois deux frangines. »

Second demande : « C'est quoi le souci ?

— Pas de souci », répond Lola en lui collant le canon du Glock 17 sous le nez.

Youri a déjà désarmé Premier, il prend maintenant le fusil de Second.

Les mecs sont jetés dans le local poubelles, encombré de cochonneries mais pas encore tout à fait plein. Gaffeur, sur la bouche, sur les mains. *Assis!* Ordre de Youri, à voix basse. Coup de crosse pour que ça file droit et il ressort pour s'asseoir sur l'une des chaises.

Lola reste dans le réduit, porte légèrement entrebâillée, afin de surveiller la suite.

Ils attendent.

C'est trop long, pense Lola. Elle commence à être submergée par l'agressive misère du lieu. Les murs rongés et fissurés. Les déchets çà et là. L'odeur acide de l'urine mélangée aux effluves doucereux des ordures, et au nez épicé du *bédot*, qui doit terminer de se consumer quelque part. *Putain, ça va foutre le feu*. Elle est renvoyée, comme chaque fois qu'elle se rend dans l'un des camps, ou même à Romainville, aux origines de sa famille, à la précarité des débuts, maintes fois rappelée par Marco, et qui lui fait peur. *Pas moi, jamais*. Afin d'échapper à l'assaut sensoriel, Lola se concentre sur les inscriptions dont les murs qui l'entourent sont recouverts. Pas la moindre pulsion artistique, rien que du concret. Des injures *Les CRS BZ vos mort, les smits PD*, des menaces *On va vous coupé la têt, La BAC on vous crame*, des tableaux de primes pour les charbonneurs, l'endroit devait servir de four avant, et pour les violents *Rentrer une grande bate dans chate d'1 femme police ki se prend pour un bonome = 200 000*. Il y en a toute une collection, au milieu de slogans *État islamique partou, La France es un pays racisme*, de bons plans *Fatou du 12B elle sus la putte*, et autres infos utiles, noms, prénoms, adresses et plaques d'immatriculation. Sans doute ceux des flics du coin.

Et s'ils nous prennent pour des keufs? La trouille de Lola franchit un nouveau sommet.

Youri rajuste sa position, ça bouge dehors.

Lola entend à présent des voix d'hommes, puis aperçoit les hommes en question, trois, *Comoriens?*, dont un seul porte un masque. Elle ne peut s'empêcher de penser *Sans doute l'intellectuel de la bande*. Ensuite, tout va très vite. Les mecs entrent, marquent un temps d'arrêt en voyant une femme voilée les attendre dans le hall. Pourquoi met-elle un doigt sur sa bouche pour leur dire de se taire? Ce faisant, ils ne font pas attention aux braqueurs armés apparus dans leur dos. Le comptable et son escorte sont neutralisés. Arrive ensuite le Babouin, cagoulé. Il montre le Comorien au FFP2. Lola se laisse aller à sourire sous le niqab. *Gagné*. Tout se passe sans un bruit et les gardes du corps, saucissonnés au gaffeur, rejoignent le débarras, leurs copains et Lola. Qui entend maintenant des pas dans l'escalier au-dessus de sa tête. On frappe à une porte. Quelqu'un dit *C'est moi* et autre chose qu'elle ne comprend pas. *Mot de passe?* Ça s'ouvre, puis ça crie, ça court, ça tombe, ça claque, une porte.

Et encore une.

Ça tire.

Plusieurs détonations.

Un truc lourd chute.

Youri éructe : « Merde. » Il fonce vers l'accès du hall, en déverrouille les battants, ouvre grand et sort pour appeler les gars de Charfi, maintenant garés devant l'immeuble.

Le Babouin, en quatrième vitesse, redescend du premier.

Il a une valise marocaine dans chaque main et hurle des ordres.

Lola a très chaud, et elle en a marre de ces fringues pourries, et elle veut les enlever. *Faut se tirer d'ici.* Son cœur tape, tape, tape à deux cents. *Ils vont venir.* Elle a oublié ses quatre prisonniers. L'un d'eux, plus téméraire ou plus dégourdi que les autres, a doucement glissé vers elle et, lorsqu'il est assez près, de ses deux jambes libres, il essaie de la ceinturer pour l'attirer en arrière, loin de la porte, dans le noir, au milieu de ses complices. La manœuvre échoue, le type n'est pas très souple, mais il parvient à la déséquilibrer quand même. En tentant de fuir, elle tombe tête la première dans le hall, heurte le carrelage et, sonnée, lâche le Glock 17. Son agresseur n'attend pas. Malgré les entraves qui l'empêchent de se servir de ses mains, retenues dans son dos, il bondit en avant, s'étale sur Lola, pour user de son poids, éviter qu'elle se relève. Coup de boule. Raté. Ça glisse sur le côté du crâne de la jeune femme. Deuxième tentative, cette fois mieux centrée, dans le front. L'impact propulse la tête de Lola en arrière et l'assomme un peu plus quand elle cogne le sol. C'est une lutte à mort. Groggy, Lola se débat, de ses deux bras pousse vers le haut, pousse sur les côtés, mais le mec est lourd et ses forces l'abandonnent. Elle entend bien des bruits autour, les autres, qui déménagent la nourrice aussi vite que possible, mais nul ne se préoccupe d'elle, par terre au milieu des immondices, invisible dans l'obscurité du hall. Le Comorien couché sur elle grogne de rage sous son bâillon adhésif. Il est parvenu à enrouler ses jambes autour de celles de Lola et l'empêche de les bouger. Amorce d'un troisième coup de tête. Elle se détourne à temps et, quand l'oreille de son adversaire passe à portée de sa bouche, elle mord de toutes ses forces à travers le niqab, triture, essaie d'arracher, le plus gros bout qu'elle peut. *T'es la fille de Rico.* Le renoi hurle de douleur et de colère. Il se redresse mais ne se retire pas, s'écrase encore sur Lola. Dont les bras sont néanmoins libres d'aller où ils veulent désormais. *Il avait des couilles, ton daron.* Elle saisit ferme tout ce qui dépasse de la tête du keum et enfonce les deux pouces dans ses orbites. Jusqu'au fond. Jusqu'au cerveau. *Enculé.* Le type recule, réflexe naturel, tente de mettre ses yeux à l'abri. Elle lâche, tâtonne à la recherche du Glock, réussit à le trouver, l'attraper, vise aussitôt. Le mec est assis sur son cul devant elle. Lola tire. Deux fois. Le mec s'affaisse. L'arme dévie sur la silhouette qui se profile à présent sur le seuil du local poubelle. BANG BANG. Ça tombe encore.

La cavalerie arrive. *Jacky.* « ON SE BARRE ! » *Pourquoi il gueule ?* Il remet Lola debout, passe un bras sous son épaule, dans son dos, la soutient, l'entraîne.

Dernier regard au fond du hall. Tout est noir, Lola ne voit rien.

Ils sortent.

L'Iveco est là.

Ça grouille sur la place. *Où vont-ils ?* Personne ne court vers eux.

Manu soulève Lola par la taille, pour l'installer à ses côtés à l'arrière du Daily, en prenant le temps de la délicatesse.

La porte latérale se referme. Ils dégagent.

Jacky sourit à Lola. Les autres aussi. Et Manu.

Je suis la fille de Rico.

« C'est quoi ce bordel ? » Amélie, assise à la place du mort dans l'une des voitures banalisées du groupe, vient de voir deux silhouettes vêtues de longues tuniques noires, têtes couvertes, quitter l'Iveco des Cerda.

Maillard est à ses côtés, au volant. « Soirée coquine déguisée ? » Un temps. « Tu as vu qui c'était ? »

Amélie suit le manège à la monoculaire. Elle secoue la tête. « Niqabs sur la tronche. Sont malins.

— Thème *Mille et Une Nuits*, alors.

— Quoi ?

— La partouze.

— Baise un coup, ça me fera des vacances.

— Je voudrais bien, mais je coince avec toi H24. » Un temps. « À moins que. »

Amélie soupire. « T'as de la chance que je sois pas *MeToo* compatible.

— C'est pour ça que je t'aime, parce que t'es un mec bien. »

Ils sont garés dans l'ombre d'un immeuble, à l'angle de la rue Yako et de la rue Renoir. Devant eux, un *espace vert*. De l'autre côté de ce terrain vague, à une soixantaine de mètres, il y a le chemin de Crèvecœur et le Daily, en stationnement le long du trottoir. À leur arrivée tout à l'heure, celui-ci s'est rangé devant un autre utilitaire dans lequel attendaient quatre hommes. Un mec est descendu de chaque véhicule pour un salut rapide, mais cela s'est passé derrière les camionnettes, impossible de reconnaître qui que ce soit. Ensuite plus rien jusqu'à l'apparition des voilées.

Grésillements.

… *Vous avez vu ?* D'Agorno. Il se trouve plus au sud, au bout de Crèvecœur, dans l'autre bagnole d'un dispositif allégé, avec la seconde fille du groupe, Mélissa.

« Ouais. » Amélie. « Tu as identifié quelqu'un ? »

… *Négatif.*

Ils ne sont plus que quatre à suivre les Cerda. Une fois le club de tir localisé, le T-Max a été embarqué dans le soum et renvoyé à Nanterre avec le reste de la bande. Didier a estimé inutile de garder tout le monde sur le pont pour surveiller leurs objectifs. Une erreur. Au lieu de rentrer à Coulommiers afin de récupérer leurs caisses, ainsi qu'ils l'avaient fait les semaines précédentes, Manu et ses compères sont venus ici, à La Courneuve.

Journée de merde où rien ne se passe comme prévu.

Même s'ils ont retrouvé leurs clients.

Coup de bol.

Amélie avait son Tile, qui a croisé la route de plusieurs smartphones équipés de l'appli *ad hoc* en pleine cambrousse, un miracle, et bien que son montage de fortune ait terminé dans le décor, il était au bon endroit, pas sur cible mais pas loin.

Après son accrochage au Super U de La Ferté-Gaucher, Amélie a roulé vers le sud pendant une dizaine de kilomètres. Mais elle n'a pas rattrapé ni même aperçu l'Iveco. Elle a fini par faire halte près d'un bois, alors qu'elle venait de dépasser Champcenest, pour jeter un œil à son téléphone. Rien. Elle a alors rappelé D'Agorno pour faire le point, puis continué sa route dans la même direction, jusqu'à Provins, où ils avaient convenu de se retrouver. Une fois arrêtée au pied de la tour César, leur lieu de rendez-vous, bonne surprise, le

Tile s'était enfin manifesté. Et tout près, à la sortie est de la ville. Remontée sur le scooter, Amélie l'a vite localisé sur le bas-côté d'un rond-point. Vu l'endroit où il avait atterri, entre deux embranchements, l'un à l'est et l'autre au nord-est, elle a immédiatement pensé à un nouveau coup de sécu et peut-être même un largage délibéré du mouchard. Impossible de dire s'il avait été repéré ou si gravité et vibrations avaient eu raison du mauvais bricolage. Impossible également de savoir de quel côté le Daily s'en était allé.

Deux autres routes partent de cet endroit, une communale, vers le sud, et la D619, vers le sud-ouest. Aux abords de celle-ci, juste après le rond-point, se dresse un hôtel Ibis. Amélie y a fait un saut. Sur le parking, zéro Daily. Elle n'y croyait pas vraiment. À la réception, le mec n'avait pas l'air dégourdi et, évidemment, il n'avait rien vu. Le contraire eût été étonnant. Par acquit de conscience, Amélie l'a néanmoins interrogé sur la présence éventuelle d'un club de tir dans la région et là, bingo, elle a obtenu des infos sur un centre implanté sur le territoire de Vulaines-lès-Provins, le bourg voisin, à cinq kilomètres dans la direction de Nangis. Tout le monde semblait en avoir entendu parler dans le coin, à cause des nuisances sonores. *Tous les jours, ça canarde sec, là-bas, les gens se plaignent, ils ont la trouille*, lui a expliqué le réceptionniste, *allez voir sur place, vous stoppez au refuge des animaux et après vous trouverez à l'oreille*.

Il avait raison.

Impressionnante installation, à moitié dans un bois, protégée par des buttes. Pas de tir à vingt-cinq, cinquante et cent mètres, rien pour les plus longues distances, mais du parcours de tir modulable, de la cible mobile et de l'*indoor*, pensé par des pros, pour des pros, dixit le site web, très sobre, de l'École tactique du Riot.

L'Iveco était là-bas. Et Manu, ses sbires et Lola s'y entraînaient dur. Malgré la pluie. Ils y ont passé l'après-midi et une partie de la soirée.

Pendant qu'Amélie se réchauffait et réorganisait le groupe, Didier s'est approché des équipements en toute discrétion, pour observer ce que faisaient les manouches, et ce qu'il a vu l'a tout à la fois impressionné et beaucoup inquiété. À son retour, il a expliqué que Manu et ses hommes s'exerçaient à la guerre, tant en défensif qu'en offensif, et à la protection rapprochée ; qu'ils étaient plutôt bons. Attentifs, assidus et adroits. Lola également.

Amélie avait alors fait la remarque que ce n'était pas une attitude de dealers mais plutôt de tueurs. De braqueurs, s'était permis de corriger Dom, en rappelant le passé de la famille Cerda, branche Marco. Ou de convoyeurs, avait ajouté D'Agorno, évoquant les rumeurs selon lesquelles, depuis quelques années, le clan s'était recyclé et protégeait les intérêts d'autres trafiquants. Le gros coup, l'escorte d'une énorme livraison ? En tout cas, depuis deux semaines ils s'entraînaient plus fort dans cette École du Riot ; une organisation affiliée à la Fédération française de tir, *dixit* la préfecture de Seine-et-Marne contactée entre-temps par Amélie. On lui avait aussi fourni les noms des deux fondateurs et, après vérification de leurs pedigrees auprès de quelqu'un du service, tout semblait casher.

Une longue attente avait suivi. Vers vingt heures, en l'absence de mouvement et tablant sur un retour au camp plus tard dans la soirée, D'Agorno s'était décidé à renvoyer une partie de son effectif, à bord du soum, et à ne garder que les deux voitures. Mal lui en avait pris. Peu après vingt-deux heures, l'Iveco s'était mis en route direction Nangis, puis Créteil, Vincennes, Bobigny et enfin La Courneuve. Heureusement pour Didier et sa bande, les axes étaient peu nombreux au point de départ, plus aisés à contrôler. Nuit aidant, la filature s'était avérée facile. Dans le noir, rien ne ressemble plus à des phares que d'autres phares. Une fois passé Brie-Comte-Robert, la circulation, plus dense, avait permis de réduire la distance de filature, leurs deux voitures pouvant se cacher plus facilement parmi les autres véhicules. Malgré une ou deux autres vérifications de sécurité de la part des manouches, ils n'avaient plus perdu leur cible de vue jusqu'à ce qu'elle se gare chemin de Crèvecœur.

Sitôt arrivés, Amélie et D'Agorno n'avaient pu s'empêcher de commenter à la radio le culot des Cerda. En effet, de l'autre côté du chantier le long duquel les deux utilitaires avaient fini par stationner se trouvent le cantonnement de Saint-Denis, une caserne de gendarmes mobiles, et le Fort de l'Est, encore occupé par des militaires.

« Ça bouge. Je suis ? » demande la Maille.

Il est une heure quarante-neuf du matin et les camionnettes viennent de démarrer, très lentement, à la suite des voilées.

« Mets en route mais attends, je veux voir où ils vont d'abord. » Amélie annonce sur les ondes ce qu'elle observe.

Les deux silhouettes noires tournent dans la rue des Clos et disparaissent bientôt derrière un immeuble, au bout de la rue Renoir.

Grésillements.

… L'Iveco a pris dans Paul-Langevin.

Un temps.

… L'autre aussi.

Amélie consulte Google Maps sur son smartphone. « OK, en avant doucement sur Renoir, puis la première à gauche et ensuite la première à droite, Maurice-Ravel. »

Maillard se met en route, en suivant les indications de sa collègue. Tous feux éteints, même ceux de jour. En bon ancien de la BAC 75N, habitué aux patrouilles nocturnes, la Maille a exigé du garage de Pantin que cette option, non proposée par les catalogues des constructeurs, soit ajoutée à tous les véhicules du groupe. Il avance au pas, en contrôlant sa vitesse au frein à main, pour éviter l'allumage intempestif des stops, très visibles en pleine nuit. Un vieux truc des manouches, quand ils veulent piéger d'éventuels poursuivants.

À la radio, D'Agorno signale que le Daily s'est à nouveau arrêté, à l'angle des rues Paul-Langevin et Renoir, l'autre véhicule aussi, tous deux moteur au ralenti.

… Ça fume des échappements.

« Ils attendent un truc. » Amélie, dans le vide. « Pose-toi ici. » Elle montre une place libre sur la gauche.

Maillard ralentit, manœuvre.

« Coupe. »

Ils ont dépassé l'école Joséphine-Baker et sont dans la rue des Clos, presque à l'angle avec la rue Paul-Langevin. Les voilées ne sont visibles nulle part. Devant eux se trouve une longue barre, la résidence Fontenay, haute d'une quinzaine d'étages. Sur leur droite, ils entrevoient un bout de la place Alfred-de-Musset, entre deux des quatre bâtiments qui l'entourent.

Après un quart d'heure d'attente, Amélie et Maillard entendent une voiture arriver. Elle est précédée par la lumière de ses phares et tourne juste devant leur nez. Ils ont à peine le temps de se baisser derrière le tableau de bord pour ne pas être vus. La bagnole s'engage sur la place et va se garer côté ouest, à l'opposé de leur position.

Amélie rend compte.

Un temps.

La radio grésille.

… Ça descend de l'Iveco. Trois mecs. Armés et cagoulés.

Un temps.

… Ils entrent sur Alfred-de-Musset.

« Bien pris, je les vois. »

Les occupants de la voiture, trois renois, ont marché en direction de l'un des immeubles, dans lequel ils ont pénétré. Ils n'ont pas remarqué les hommes – signalés quelques secondes plus tôt par D'Agorno – qui, au petit trot, fusils d'assaut braqués devant eux, glissaient le long du même bâtiment. Les cagoulés entrent juste après les renois. Pendant deux minutes, il ne se passe plus rien. Ensuite, les deux utilitaires s'engagent à contresens sur Alfred-de-Musset et se garent devant l'entrée empruntée par tous les piétons. Ils ne coupent pas leurs moteurs. Un homme descend de la camionnette suiveuse, cagoulé lui aussi. À son tour, il rejoint l'immeuble.

Amélie demande : « On fait quoi ? »

Grésillements.

… Vous, vous attendez, nous on se rapproche.

Maillard suggère d'aller chercher dans le coffre leurs gilets tactiques et le *Flash-ball* récupéré lors d'une saisie mexicaine, dont ses copains baqueux lui ont fait cadeau au moment de son départ pour l'OFAST.

Amélie, attentive à ce qui se passe de l'autre côté de la place, ne lui répond pas. Son pouce ne cesse d'effleurer le petit bouton rouge de son terminal Acropol. Rebaptisé *Touche pas p'tit con* par les policiers, il sert, en cas de coup dur, à déclencher une alerte générale et envoyer toutes les forces de l'ordre disponibles à l'endroit où se trouve le poste radio, en permanence localisé.

Durant une minute encore, rien ne bouge, puis une série de détonations assourdies se fait entendre.

Maillard se penche sur le volant. « Ils vont réveiller tout le quartier. »

Plusieurs hommes descendent précipitamment du second utilitaire alors que l'une des voilées fait son apparition à la porte. Elle ouvre en grand et un autre type sort aussitôt.

« Valises marocaines ?

— On dirait.

— Ils braquent une nourrice. » Amélie l'annonce sur les ondes.

Une noria se met en place, très efficace.

« Alors, ces gilets ? » La Maille s'impatiente.

« Chut. » Amélie a levé la main. À voix basse, elle essaie de compter les ballots de shit. Elle est parvenue à vingt-trois, environ sept cents kilos, lorsque son collègue montre des adolescents en survêtement, cinq ou six, tout juste sortis de Fontenay.

De nouveaux coups de feu retentissent, moins étouffés. Un puis un puis deux, à quelques secondes d'intervalle. Les gamins, à présent rejoints par des plus grands, montrent l'autre côté de la place et commencent à trottiner dans cette direction.

« OK, les pare-balles. » Amélie est sur le point d'ajouter quelque chose, attendre encore un instant, mais son coéquipier ne lui en laisse pas le temps. La main déjà sur la poignée de sa portière, il l'a actionnée aussitôt.

Le plafonnier s'illumine.

L'éclat soudain attire l'attention de l'un des joggings. Il a tourné la tête, fixe Maillard qui sort de la voiture, voit son look, pige et se met à hurler pour signaler la présence des *charas*. Ils les prennent pour des fonctionnaires de la BAC locale.

Amélie appuie enfin sur le bouton rouge et, tandis que sur les ondes, tout le monde commence à s'agiter, elle regarde avec fascination les trotteurs changer de direction et se diriger de concert vers leur voiture. Un mouvement spontanément coordonné semblable à celui de ces nuées d'oiseaux que l'on peut parfois observer dans le ciel.

Le mot *schmitt* se répand comme une traînée de poudre et, à chaque nouvelle répétition, se trouve prononcé plus fort, scandé, hurlé, avec toujours plus de rage. *Walah, on va briser des schmitts.* La rumeur enfle, des petits groupes de deux, de trois, de quatre se forment. *Oh, baisez-les.* Ils avancent vers les fonctionnaires. *Allahû Akhbar.* Prudents mais provocateurs. *Fils de pute.* Encouragés par leurs cris. *Gros, téma la salope.* Et ceux de leurs copains. *Niquez-les.* Certains sautillent, d'autres dansent. *Allahû Akhbar.* Des doigts d'honneur se dressent partout. *Niquez-les.* Les imitations d'animaux fusent.

Amélie est à présent debout à côté de la voiture, portière

ouverte en protection devant elle. « Messieurs, reculez. » Main sur la poignée de son arme de service, elle surveille le mouvement de foule, surveille que l'on ne s'approche pas trop, pas trop vite. « Reculez, s'il vous plaît. »

Elle va finir dans une cave, la schmitt.

Un premier projectile frappe la carrosserie. Le bruit de l'impact lui fait tourner la tête. Elle prend conscience de la présence de son collègue à sa droite.

Maillard gueule : « Recule, toi ! » Un temps. « Toi aussi. » Un temps. « Oh ! Recule ! » Calme, il relève le Flash-ball qu'il tient dans une main en direction des attroupements. « Ton gilet. » De l'autre, il tend la protection balistique. À son épaule pendouille un ceinturon portant les recharges de l'arme. « Faut qu'on se tire. »

Amélie enfile rapidement son gilet. « Les renforts arrivent. »

La Maille met en joue un type portant un FFP2, plus hardi que les autres, dont le bras est armé pour jeter un objet dans leur direction. Il est à une quinzaine de mètres. Une boule de pétanque quitte la main du masqué, manque sa cible. Le lanceur émet un PLONK sourd et sa balle de caoutchouc cueille le téméraire à la hauteur du ventre. Le gars se plie en deux, tombe à genoux.

Sales pédés !

Maillard tend l'arme à Amélie. « On sera morts avant qu'ils soient là. » Il lui donne aussi les autres munitions.

Un pavé frappe la Maille. Puis des billes de métal.

Instinctivement, Amélie rentre la tête dans les épaules, puis lève les yeux. Ça vient des étages de la barre résidentielle.

« Monte. » La Maille a rejoint le côté conducteur.

La salope, il veut se tirer.

Un bouquet d'artifice rouge et vert s'embrase quelques mètres devant le capot. Amélie épaule, à la recherche de son point d'origine. La Maille ouvre pour monter à bord. Une première bombe de mortier atteint l'arrière de leur voiture. Maillard se penche pour s'installer. Une seconde bombe le frappe alors dans le dos, entre la ceinture de son jeans et le bas de son gilet, sous lequel elle se coince. Au hurlement de douleur de la Maille, ça le brûle, répondent des hourras. Amélie se précipite de l'autre côté de la caisse et se penche sur Maillard, qui se roule sur le sol pour, vainement, essayer d'éteindre la boule de feu. Amélie la retire de sa main droite. Elle se brûle à son tour mais ignore la douleur. Sur sa gauche, elle aperçoit une ombre et relève les canons superposés du Flash-ball. PLONK. Le tir frappe le mec à la poitrine.

Jurons de haine. Leurs assaillants les plus proches reculent néanmoins.

Amélie lâche le lanceur pour aider Maillard à se relever. « Tu bouffes trop. » Une fois qu'il est debout contre la voiture, elle ouvre la portière arrière et le fourre à l'intérieur sans ménagement. Elle est en train de propulser les jambes de son collègue dans l'habitacle quand on l'attrape par-derrière. Un mec a saisi son gilet et tire pour l'écarter du véhicule. Amélie s'accroupit en reculant, pour aller dans le sens de l'effort fourni par son agresseur. Elle se retourne, sans attendre enchaîne par deux directs rapides dans le nez, empoigne le bras qui la tient et pousse à l'opposé du mouvement naturel des articulations, pour entraîner l'homme vers le bas. Quand il est par terre, Amélie pousse encore, en s'aidant de son genou. L'épaule claque, se déboîte. Elle se redresse. Devant elle, un autre type. Il a déjà lancé son poing droit, penché en avant, emporté par son élan. Amélie encaisse le coup, peu efficace, atténué par son gilet, à la hauteur des seins. D'une main, elle agrippe l'avant-bras, coude dans l'œil de son adversaire, doublé, saisie du poignet, qu'elle plie ensuite vers le haut et l'arrière. Le type a mal, commence à tituber en arrière. Elle fauche. Il bascule. Amélie accélère sa chute en appuyant plus fort encore sur le poignet. Qui lâche dans un craquement sec au moment du choc avec le sol. Low-kick dans la figure.

La voiture de D'Agorno arrive en trombe, avec deux-tons et gyrophare. Tout le monde s'écarte pendant quelques instants. Amélie en profite pour ramasser le Flash-ball, le jeter à l'intérieur de sa caisse et prendre place au volant. Coups répétés sur le toit, sur les vitres. L'averse de projectiles a repris de plus belle. Démarrage si brutal que les portières conducteur et passager, encore ouvertes, se ferment sous l'effet de l'accélération.

Sur la banquette arrière, Maillard gémit et dit : « T'es vraiment un mec bien.

— Oh, ta gueule. » Sur le volant, les doigts d'Amélie sont blancs, tellement elle serre pour essayer de contrôler ses tremblements.

21

Dans le regard de Luciana, le voile d'angoisse est revenu. Le même que tout à l'heure, lorsqu'elle a franchi la porte de sa chambre d'hôpital et a vu l'état dans lequel était Théo. *Ça en jette, mais c'est pas grave*, a-t-il alors plaisanté, en gémissant dès le premier ricanement, le bide tordu par la douleur. Cela n'en reste pas moins vrai. Après une semaine, question couleur, son visage ressemble toujours à la palette de gouache d'un enfant de trois ans, mais il a déjà dégonflé et les lacérations faciales dont il est parcouru se referment tranquillement, aidées par tous les points qu'on lui a posés. Et puis ses yeux, son nez et ses oreilles sont intacts. Les plaies de son abdomen sont larges et nombreuses, mais peu profondes, et aucun organe vital n'a été touché lors de son agression chez le dentiste de la prison. Si l'on exclut la petite hémorragie interne déclenchée par la violence des coups, qui aurait pu le tuer, vite repérée néanmoins par l'un des toubibs des urgences, armé par l'expérience de la médecine de guerre acquise durant la période *Charlie*-Bataclan, Théo s'en est plutôt bien tiré.

Il a eu de la chance.

Que l'hôpital Cochin, avec lequel bosse la Santé, n'ait pas été loin. Que le personnel pénitentiaire ait réagi très vite. Ainsi que l'équipe médicale de la prison. Une ou deux minutes de plus à chacune des étapes, un assassin moins teubé, qui aurait mieux choisi son moment et ses armes, et c'en était fini de Théo Lasbleiz.

Luciana l'a bien compris.

Elle a également pigé que le danger était toujours là et n'a pu s'empêcher de l'interroger sur ce qu'il allait faire. La question n'était pas très maligne, Théo n'ayant pas voix au chapitre en la matière – pour lui, le seul truc au programme, c'est la taule –, mais il l'a mise sur le compte de l'inquiétude, se contentant de lui répondre d'un *Je ne vais pas me faire baiser une deuxième fois.*

L'angoisse est réapparue à ce moment-là.

Était-ce le ton, la manière de le dire ? Quelque chose a fait réagir Luciana. Elle a toujours eu l'instinct de ces trucs-là, à même de repérer les modulations ou les hésitations les plus infimes dans le discours de ses interlocuteurs. Un talent précieux.

Sauf dans la situation présente.

Après un long silence, Luciana dit : « Mon petit doigt m'a confié que ça bougeait du côté de la Crim'. Le poche gauche d'un des Gipsy a borné à cinq cents mètres de chez toi le soir de. » Elle s'arrête là, observe Théo qui regarde ailleurs. « Ils ont recoupé avec une autre affaire. » Elle ne précise pas laquelle.

Sans doute celle de Nanterre, pense Théo.

« Ils sont quasi sûrs d'eux. » Un temps. « Ça n'a pas l'air de te réjouir. »

Théo se tourne vers Luciana. « Rien de nouveau sous le soleil.

— Ils les coinceront.

— Rien qu'avec ça ? Même toi t'y crois pas. »

Luciana soupire. « Ils finiront par les coincer, maintenant qu'ils savent où gratter. Et pas besoin de te mouiller. Ou moi, puisque tu ne veux pas que je t'aide. » Elle ajoute qu'il leur suffira d'accorder leurs violons le moment venu, pour trouver la meilleure justification possible à cette tentative d'élimination, par un clan de dangereux manouches, d'un policier de grande valeur, ayant causé la mort de sa femme et de sa fille.

« J'ai flingué Hadjaj devant des dizaines de témoins, jamais je m'en sortirai.

— T'auras qu'à plaider l'irresponsabilité pour abolition du discernement. Ça marche bien pour les fumeurs de shit tueurs de petites mamies. »

Théo pouffe, puis tousse, puis grogne parce que ça lui fait mal.

« Les grandes peines de cœur, ça empêche bien de penser droit aussi, non ?

— Luciana, arrête.

— Les laisse pas faire, Théo.

— Luciana.

— T'as pas le droit, faut te battre. »

Théo tend la main gauche.

« Pour moi. Tu me dois bien ça.

— Luciana ? »

Enfin, Luciana fait glisser ses doigts sur ceux de Théo.

Il les serre, fort, et esquisse un sourire triste. « Je m'en branle qu'ils aillent en zonzon. »

Une larme perle sous l'œil de Luciana Rey.

Premier niveau du parking du monstre Rosny 2. Le coronavirus rôde plus que jamais, prêt à se jeter sur tous les poumons sans défense, mais en ce matin du samedi 27 février 2021 nombreux sont les inconscients pressés de rejoindre l'hypermarché Carrefour. Ravitaillement, courses, shopping, appelez cela comme vous voulez, pour la petite foule qui déambule ici, c'est toujours LA sortie du week-end. Les commerces non essentiels sont tous fermés, et la peur est bien là, visible dans les regards échangés, suspicieux, une trouille qui masque les gens jusqu'aux yeux mais ne les empêche pas d'en redemander quand même, il leur faut malgré tout un fixe de vie sociale, quitte à le prendre entre le rayon charcuterie et celui des couches-culottes.

Une Mercedes noire appartenant à la société de location du clan, très semblable à celle dans laquelle Momo a été arrêté à la frontière espagnole en septembre dernier, est garée vers le milieu du bâtiment, côté est, avec vue sur l'A86 et, de l'autre côté de l'autoroute, sur un autre centre commercial, le Domus. C'est l'emplacement habituel pour le genre de rendez-vous qui va avoir lieu dans quelques minutes.

Derrière les vitres latérales et arrière très sombres de la berline allemande, c'est à peine si l'on peut distinguer la silhouette du conducteur et, sauf à regarder à travers le pare-brise, il est impossible de l'identifier. Manu, assis au volant et penché sur son smartphone, est concentré sur une partie de poker. Il sursaute en entendant toquer à la portière. Il jette un œil au rétroviseur droit, reconnaît l'homme à l'allure athlétique debout à côté de sa voiture et déverrouille l'accès à l'habitacle. « T'es en retard. »

Richard Maurel, quarante-sept ans, policier à la BRIF-N, unité rattachée aux services de la Direction centrale de la PJ luttant contre la grande délinquance financière, s'installe sur la banquette, derrière le Yéniche. « J'ai failli pas venir. »

D'agacement, Manu fait claquer sa langue. « Je siffle, tu viens.

— Merde Manu, vous avez buté du monde, tu piges ce que ça veut dire pour moi ?

— Non, je pige pas. Depuis quand t'as le choix ? » Un temps. « Et depuis quand c'est un problème qu'on dead des lascars ? »

Maurel ne dit rien, il ne peut pas se le permettre, mais il regrette le temps où Momo était son interlocuteur. Lui était assez malin pour rendre la situation supportable, voire faire oublier à Richard, au moins temporairement, qu'il est et restera à jamais un putain de traître.

« Pourquoi t'es tout énervé ?

— La Courneuve, sérieux ?

— Quand nos frérots sont en galère, on les aide.

— Et toi, qui va t'aider, avec la BNAS au cul ?

— Qui ?

— Les stups, chez moi, à Nanterre. » La BRI-*fène* est logée dans le même bâtiment que l'OFAST, rue des Trois-Fontanot. Si elle agit théoriquement sous la direction d'un autre office, spécialisé dans les affaires de blanchiment d'argent et de criminalité en col blanc, ce qui vaut aux fonctionnaires de la brigade d'être régulièrement la cible de vannes de la part de leurs collègues, *Pose ton chéquier !*, *Lâche ce RIB !*, cette unité reste une BRI à part entière – donc une lointaine héritière du célèbre Antigang de la PP –, armée et équipée en conséquence, dont la spécialité est l'intervention musclée visant à l'interpellation ou à la neutralisation de voyous dangereux. Sur tout le territoire national. À ce titre et, au gré des besoins et des disponibilités, elle intervient parfois au profit des limiers anti-drogue, deux étages plus haut. Tout le monde se connaît donc plutôt bien et, puisque dans l'immeuble les rumeurs montent et descendent plus vite que les ascenseurs, avant même d'arriver au boulot mercredi matin, Richard Maurel savait qu'un des groupes d'enquêteurs du sixième s'était, au cours de la nuit précédente, fait rentrer dedans à La Courneuve par des jeunes de cités. Et qu'il y avait eu de la casse, un gars de chez eux, bien cramé sur l'arête. « Un copain, Jérôme Maillard. » Maurel ajoute, pour lui-même, parce que Manu Cerda n'en a visiblement pas grand-chose à faire : « Un bon mec. » Cette proximité avec la Maille a incité Richard, une fois sur place, à monter voir de quoi il retournait. L'émotion était vive dans les couloirs, les esprits s'échauffaient. Tout le monde y allait de son avis, qui sur le manque de professionnalisme des cruchots, *Débiles d'être allés se foutre dans un guet-apens pareil et c'est encore les poulets qui casquent*, qui sur l'insécurité grandissante du boulot, qui sur le manque de moyens, qui sur les tauliers, *Ils ne pigent rien à rien et ne dirigent plus leur boutique*, le tout sur fond de, vieille rengaine, *C'était mieux avant*. En discutant avec les uns et les autres – agitation aidant les langues étaient plus déliées encore qu'à l'habitude –, Maurel avait fini par comprendre que Maillard et ses coéquipiers avaient filé un objectif jusqu'à la résidence Alfred-de-Musset, qu'une fois sur place ça avait défouraillé, que la fusillade avait laissé du monde au tapis, des trafiquants comoriens, et finalement attiré l'attention de la faune locale. « L'objectif en question, c'est vous apparemment, et on a un gros souci, ils savent pour Vulaines-lès-Provins. Il va falloir que je prévienne mes potes.

— Il va falloir que tu la fermes surtout. » Dans le rétro central, Manu adresse un regard noir à sa taupe.

« Ils vont aller les voir c'est sûr.

— T'as peur de quoi, qu'ils l'ouvrent ?

— J'ai fait les présentations.

— Officiellement, non. » Manu se retourne. « On était des tireurs sportifs, on a entendu parler de leur club et on s'est inscrits avec des papiers en règle. Faux, mais en règle. Ils peuvent se planquer derrière ça, et c'est ce qu'ils vont faire. Parce que s'ils parlent de toi, ils se mouillent aussi, tes *potes.* » Il insiste sur ce dernier mot. « À Nanterre, ils ont capté ce qu'on foutait chez Mhadjou ?

— Ils pensent que vous avez tapé une nourrice. »

Manu réfléchit. « Il se passe quoi maintenant ?

— Compliqué. D'un côté, il y a le carottage, de l'autre l'agression des collègues. » Richard explique que différents services vont être mobilisés ; peut-être même l'IGPN, pour voir s'il n'y a pas eu une faute du chef de groupe opérationnel. « Il s'est bien fait démonter la gueule par ses tauliers. » Mais la situation est confuse. Maillard et ses copains ont assisté à une partie du braquage, mais ils n'ont pu identifier personne. « Vous étiez tous cagoulés, c'est ça ? »

Manu sourit. « La version à retenir, c'est qu'on n'était pas là.

— Ils vous ont suivis depuis Provins.

— Ils ont suivi quoi ?

— Votre camionnette.

— Une camionnette. Déclarée volée il y a plusieurs mois.

— Ils ont l'immat' et des photos. »

La plaque est une doublette, bidon, répond Manu. La camionnette n'existe déjà plus, elle a été compressée dans l'une des casses de la famille. La vraie camionnette, avec la vraie immatriculation, elle circulait ailleurs ce jour-là, comme le montrera une éventuelle analyse de son GPS. « Au Riot, ils nous ont vus remonter à bord ? »

Maurel hausse les épaules, il n'en a aucune idée. « Ça fait chier tout le monde, ce truc. Ils sont sur vous pour autre chose et cette histoire va foutre le bordel dans leur procédure. C'est même remonté au parquet. » Les gendarmes ayant la sale habitude de rendre compte de tout, même aux juges.

« Et ?

— Et rien, personne est content. » Après quelques instants de silence, Richard demande : « Il en était ?

— Depuis quand tu t'intéresses à ton gamin, toi ? »

Maurel aimerait répondre qu'il s'en inquiète depuis toujours, mais il ne le fait pas, il ne veut pas tendre cette perche à Manu. Momo lui donnait parfois des nouvelles, lorsqu'il en sollicitait. Et avant Momo, Éric, son ami d'enfance, aussi.

« On était pas là-bas, donc Jacky était pas là-bas. » Un temps. « Mais te bile pas, il va bien. » Manu a bien perçu la sincérité de l'angoisse du policier et il en joue : « Si on vient te voir, craque pas, sinon ton gosse finit en zonze.

— Enculé.

— Monsieur enculé, *steup*. Et j'ai jamais violé de mineure, moi. »

Silence.

Au bout d'une minute, Maurel attrape la poignée d'ouverture de la portière. « Il faut pas que je reste trop longtemps.

— Attends, j'ai pas fini. Est-ce que ça va bouger sur nous bientôt, tu crois ?

— J'en sais rien, je suis pas Madame Soleil.

— Ben rencarde-toi, t'es là pour ça.

— C'est pas mon service et plus je demande, plus je prends des risques.

— Le brûlé tu le connais, non ? Alors démerde-toi, je veux être prévenu fissa. » Manu se penche en avant, récupère une enveloppe dans la boîte à gants. Épaisse.

Richard Maurel comprend. « Je fais pas ça pour ça, tu le sais bien.

— Bonus. Dans la nourrice qu'on a pas tapée, il y avait une tirelire qu'on a pas cassée. » Manu jette le cash sur les genoux de Maurel. « Trouve-moi les gueules et les pedigrees de tes mecs de la BASSE là, qui nous collent au cul. Je veux savoir s'ils sont sérieux.

— Je peux pas faire ça.

— D'accord, tu peux pas. » Un temps. « T'es sûr ? »

Richard baisse la tête.

« Dernière chose, t'as entendu parler d'un truc sur Marseille ?

— Non, pourquoi ? » La réponse de Maurel ne semble pas satisfaire son interlocuteur et le policier panique. « Faut que je gratte ? Dis-moi ce que je dois chercher.

— Rien, laisse tomber. » Manu met fin à l'entrevue d'un geste désinvolte. « Pense à ton fils », dit-il au moment où son informateur quitte la Mercedes.

Il est quatorze heures trente quand Amélie franchit l'entrée de l'hôpital. Elle a quitté Maillard une heure plus tôt. Il était en forme, malgré la gravité de sa brûlure et c'est lui qui a fini par remonter le moral à la jeune femme, en lui disant de ne pas s'en faire et de profiter des jours de récup' imposés par la hiérarchie après l'incident de mardi. *Ils seront toujours là quand tu reviendras, les trafiquants*, lui a-t-il balancé en rigolant, *tant que des abrutis paieront pour se défoncer, on continuera à avoir du taf'*. Amélie ne peut chasser l'impression que les choses leur échappent, qu'ils font fausse route, passent à côté d'un truc énorme et vont louper les Cerda. *T'es crevée, fais comme moi, repose-toi* a recommandé la Maille en lui disant au revoir.

Au lieu de cela, Amélie a décidé de rendre visite à Théo Lasbleiz, dont elle a appris l'agression par un coup de fil de D'Agorno la veille au soir. Elle a aussitôt annoncé son intention de faire un saut à Cochin durant le week-end, une initiative que Didier a déconseillée, ce serait mal vu, à la fois au service et à la JIRS. *Qu'ils aillent tous se faire foutre*. Elle ne l'a pas dit mais l'a pensé très fort, et sa réaction intensément silencieuse a suffi au perspicace D'Agorno pour, juste avant de raccrocher, lui répéter de garder prudemment ses distances.

Lorsque Amélie atteint l'accès sécurisé de l'aile réservée aux détenus hospitalisés, elle aperçoit Luciana Rey en train de partir. Elle a l'air épuisée. Les deux femmes échangent un regard. Rey voit qu'on l'a reconnue et elle aussi paraît savoir à qui elle a affaire. Amélie repense à l'expression utilisée par Arostéguy à son propos, *planche pourrie*, des mots qu'elle-même a pu employer pour qualifier Lasbleiz. Ils ne semblent plus si pertinents.

Sans la moindre agressivité, Rey dit : « Ménagez-le, il est bien amoché.

— Je ne suis pas là pour le. » Amélie s'interrompt brusquement. Le silence dure quelques secondes puis, sans malice, elle demande : « Pourquoi vous le protégez ?

— Pourquoi vous êtes là ? » Rey sourit avec douceur. L'expression d'une personne qui sait et qui le montre, sans forfanterie, pour rassurer son interlocutrice, lui faire comprendre qu'elles partagent quelque chose et qu'elles peuvent avoir confiance l'une dans l'autre. Amélie ne répondant rien, Rey ajoute : « Là où il va, je ne peux malheureusement plus rien pour lui.

— Peu de risques qu'ils le sortent à nouveau des Vulnérables. »

Luciana Rey ne réagit pas. Son sourire s'élargit, cette fois empreint de pitié.

Pour Amélie. Qui ne comprend pas.

« Celui de nous deux qui a causé le plus de tort à l'autre, ce n'est pas Théo, c'est moi. »

Amélie est perdue.

« C'est un mec bien. Vous le sauriez si vous aviez eu la chance de bosser avec lui. »

La remarque de Rey fait écho à une observation identique de Marc Pison, l'ancien chef de groupe d'Amélie, concernant Lasbleiz, qui avait alors conclu son commentaire par un truc du style *Il y a la règle et il y a les principes, parfois la première perd de vue les seconds. Ce Théo, c'est le genre à avoir gardé des principes.*

Les doigts de Luciana viennent effleurer le visage d'Amélie, aux endroits où il porte les stigmates de l'incident de La Courneuve ; des petites coupures dues à des éclats de verre, une contusion, proche de la tempe gauche, sans doute la résultante d'un choc ou d'un coup non ressenti sur le moment. « Comment va votre collègue ?

— Maillard ? Qui. » Amélie ne va pas au bout de son interrogation. *Radio police.* Elle sourit à son tour. « Il survivra, c'est un poulet à l'ancienne. »

La réflexion fait rigoler Luciana Rey.

Jolie femme, pense soudain Amélie.

« Ça lui fera plaisir de vous voir. Je crois qu'il vous aime bien. » Luciana secoue la main en guise de salut et s'éloigne.

Amélie s'identifie auprès du planton de service puis se fait accompagner jusqu'à la chambre de Théo Lasbleiz. À deux détails près, la fenêtre grillagée et la lourde à serrure, c'est une piaule d'hosto classique, avec sa salle de bains — chiottes et son mobilier réduit à l'essentiel, lit médicalisé, chevet roulant, placard individuel en mélaminé, une chaise. Lasbleiz somnole quand Amélie entre et ne se réveille que lorsqu'on referme à clé derrière elle. Elle ne peut masquer son émotion à la vue de l'ancien policier.

« Tant que ça ? » lance Théo.

« Je suis désolée.

— De quoi ?

— J'aurais dû vous écouter.

— Et moi j'aurais dû éviter d'aller en taule. » Théo examine la trogne cabossée d'Amélie. « Pour le concours avec moi, par contre, peut mieux faire. » Il tousse.

Amélie rigole brièvement.

Théo gémit, se redresse et prend la télécommande permettant de relever le lit en position assise. « Qu'est-ce qui s'est passé ? » Un temps. « Où sont mes manières ? » Il montre la chaise. « Approchez. »

Amélie hésite mais s'assoit finalement à côté de Lasbleiz. Comme il sourit sans rien ajouter ou demander, elle commence à lui expliquer l'enchaînement des événements du mardi, le camp, la filature repérée, le club de tir. Elle se rend compte que cela lui fait du bien d'en parler.

Lorsque le récit arrive à La Courneuve, Théo dit : « Chez le Babouin.

— Qui ?

— Charfi Salah, alias le Babouin. Un copain, ou un associé, c'est selon, de Momo. Ils ont tapé des Comoriens ? »

Amélie acquiesce.

« Mhadjou, l'ennemi juré du Babouin. Ils se mettent sur la gueule et se carottent depuis des années ces deux-là. »

Elle ne dit toujours rien, Amélie.

Lasbleiz remarque son air abattu. « C'est quoi le problème ?

— Le problème ? » Amélie soupire. « C'est que je suis ici. En train de raconter ma vie à un type alité qui en sait plus que moi sur ce que j'ai vécu dans la semaine. Un ripou qui plus est.

— Aïe, ça pique, ironise Théo.

— Officiellement, vous êtes toujours copain avec mes objectifs, non ?

— C'est pas faux. »

Un temps.

« Momo ? »

Théo fait la moue. « Honnêtement, je sais pas. Je pense que oui. »

Un temps.

« Au service, il y en a qui pensent que le gros coup, c'était le truc de La Courneuve. »

Théo secoue la tête. « Charfi, rien à voir avec l'Espagne. C'est un local et un paresseux. Il a pas les épaules et jamais Momo monterait une affaire d'envergure avec lui.

— Ça mousse dans le sud de la France aussi, une sortie de cocaïne.

— Sortie, port. Sud, Marseille ? »

Hochement d'Amélie. « Il y aurait des mecs de Cadix dans l'affaire.

— En lien avec les Cerda ? »

Amélie hausse les épaules.

« Plus plausible déjà. Vous êtes pas dessus ?

— Tambouille interne, trop long à expliquer. » Amélie croise et décroise les jambes, et change plusieurs fois de position sur sa chaise, nerveuse. « La suite de La Courneuve n'a pas arrangé les affaires de mon groupe. » Elle décrit le violent réveil de la cité Fontenay en pleine nuit, conséquence de l'accrochage avec les Comoriens, et la prise à partie des fonctionnaires de l'OFAST. « On a fait diversion pour les Cerda et leurs copains. Superbe réussite. Les *jeunes* », Amélie adore ce générique euphémisme mettant dans le même sac toute une frange de la population, qu'elle se comporte bien ou mal, et ne faisant que renforcer la défiance entre générations, « ont foutu le bordel jusqu'au matin, et cassé et brûlé tout ce qu'ils trouvaient, le truc habituel. Les flics locaux n'étaient pas contents. Le préfet du coin non plus. Le lendemain, ça a soufflé fort à Beauvau et notre grand patron a fait des gouttes. » Et tout le monde y a eu droit ensuite, jusqu'à D'Agorno. « La merde a cessé de ruisseler à son niveau. » Didier a assumé. « Mais il m'a quand même conseillé de prendre du repos.

— Ça, c'est normal. » Lasbleiz ajoute : « J'aurais fait pareil.

— Quinze jours ?

— Peut-être pas. » Un temps. « Sauf si je voulais vous mettre à l'abri. Il est solide, votre chef de groupe ? »

Amélie réfléchit. Deux mois après son arrivée, que pense-t-elle de Didier ? « Je crois.

— Vous étiez avec Marc Pison avant, non ? »

Amélie acquiesce.

« Un bon flic. Vous saviez que j'avais repris son groupe, à la BPS ? Pas juste après lui, il y en a eu un autre entre nous deux. » Théo raconte que le mec s'est suicidé, ce qui a libéré la place pour lui. « Le groupe maudit », ajoute-t-il en plaisantant, mal à l'aise. Il montre les blessures d'Amélie. « Ce qui vous est arrivé, c'est pas rien. Vous avez eu du bol. »

Amélie ricane en dévisageant Lasbleiz. « L'hôpital, la charité, tout ça. » Elle détourne le regard et se met à pleurer. Première fois depuis l'incident.

« Hé. » Instinctivement, Théo se penche en avant pour, d'un geste, tenter de rasséréner son interlocutrice. Il le regrette aussitôt et couine et éructe une bordée de jurons, à cause de la douleur.

Cela fait rire Amélie entre deux sanglots. Elle renifle et essuie ses larmes. « On est beaux tous les deux. »

Théo se laisse aller contre le matelas et sourit d'un air pincé, encore souffrant. « Lola ?

— Elle était au club de tir et on pense qu'elle était à La Courneuve. » Amélie explique l'identification rendue difficile par les niqabs et les cagoules.

« Vous l'avez écoutée le samedi ?

— Ça n'a rien donné. Et on n'a pas repéré de téléphone de guerre.

— Faut fouiller la cellule de Momo.

— Déjà fait, en douce, par le Rens' pénitentiaire. Ils ont trouvé que dalle.

— En semaine ou le week-end ? »

Amélie pense *Merde, évidemment*.

Théo voit qu'elle a pigé. « Momo est pas con.

— Et il a des surveillants dans la poche. » Geste réflexe, Amélie jette un œil à sa montre, comme si elle avait une chance quelconque, un samedi, de pouvoir activer tout le monde sur-le-champ. « Je verrai lundi. » Pas certain qu'on l'entende.

« Quelqu'un la surveille ?

— Je pense. » Amélie se ravise. « J'espère. » En fait, elle n'en est pas certaine. *Qui ?* Elle n'a plus parlé de tout ça à D'Agorno depuis sa mise au repos forcé. La voiture de Lola est balisée et sa ligne mobile branchée. Pas impossible qu'on ait jugé cela suffisant dans l'attente de la redéfinition des priorités du groupe. Lasbleiz semble sur le point d'ajouter quelque chose à propos de la nièce de Momo mais il s'abstient, et Amélie lui est reconnaissante de ne pas profiter de la situation pour retourner le couteau dans la plaie.

« Qu'est-ce que vous allez faire de vos jours de récup' ?

— J'en sais rien, je suis pas douée pour les vacances. Je vais peut-être aller voir mes parents, ça fait longtemps.

— Ils sont où ?

— Dans le Gers.

— Joli.

— Et les vôtres ?

— Ça fait longtemps aussi. » Théo est pris d'une longue et pénible quinte de toux.

Amélie remplit le gobelet posé sur son chevet avec un peu d'eau et le tend à Lasbleiz. « Je vais vous foutre la paix. » Elle attend qu'il ait fini de boire, range. « Vous avez besoin de vous reposer. Et moi aussi. » Un temps. « Pardon, vraiment. »

Théo secoue la tête, *Laissez tomber*. D'une voix hachée, il ajoute : « Je pense pas qu'on se reverra.

— Pourquoi vous dites ça ? »

Théo sourit, l'air triste.

« À mon avis, la pénitentiaire fera gaffe maintenant. » Le sourire de Lasbleiz est semblable à celui que Luciana Rey, tout à l'heure, a adressé à Amélie au moment de la quitter. Juste après une remarque du même ordre à propos de la Santé. *Qu'est-ce qu'ils ont, tous les deux ?*

« Ne perdez pas Lola de vue, c'est la favorite de Momo. »

... Pourquoi tu dis plus rien ?

Et dire quoi ? Qu'il est hors de lui du fait des risques inconsidérés pris par Lola au pire des moments ? Que la connerie de son demi-frère le met plus en colère encore? Il ne peut pas, Momo, ça ne passerait pas. *Ça passe plus.* D'emblée, sa nièce a anticipé ses remontrances en annonçant qu'elle n'avait pas laissé le choix à Manu et que ce n'était donc pas de sa faute à lui. *Elle l'a défendu.* Une première. Ensuite, Momo sait ce qui agite Lola, et qui l'agite lui, et qui le rend impatient, malgré les années et l'expérience. S'il avait été dehors, il y serait sans doute allé aussi, au carton, pour faire quelque chose en attendant que, se tester pour être sûr que, malgré le danger. Ou plutôt, à cause du danger, et de la liberté qu'il y a à se mettre en danger. Dans cette famille, ils sont tous accros à ça, l'absolue liberté, de faire ce qu'on veut, quand on veut, de la façon qu'on veut, et tant pis pour le reste. *Lola également.* Pourquoi en serait-il autrement et comment lui en vouloir, elle a dix-neuf ans. Et puis, il a fait en sorte qu'elle puisse penser et agir par elle-même. *Qu'elle se démerde sans toi.*

Au fond, il est jaloux, Momo, car il n'était pas à La Courneuve avec eux.

Avec elle.

Pour tout cela, il enrage.

Et parce qu'il a peur.

Elle aurait pu y rester. Lola lui a raconté le violent corps-à-corps avec le Comorien, puis son élimination. Elle a décrit le choc ressenti juste après. *KO littéralement.* C'était sa première fois. Elle a ensuite évoqué son geste réflexe quand le second renoi s'est pointé à la porte du local poubelles. *Putain, j'ai pas réfléchi, BAM, BAM, je l'ai shooté et il est tombé, comme ça.* Il y avait une joie véritable dans sa voix, une joie de gamine, satisfaite de ce qu'elle venait d'accomplir, et de se prouver à elle-même. Et aux autres. *Fallait voir leurs têtes*. Il veut bien la croire, Momo, que les autres types du clan ont dû être tout surpris. Lui aussi, il l'est un peu, bien qu'il sache depuis un moment de quoi elle est capable. Avant tout le monde, en d'autres circonstances, il a entrevu le cran de Lola, son courage, sa capacité à voir, bien, à réagir, juste, la flamme de haine et d'ambition qui l'anime.

Mais ça ne l'empêche pas d'avoir des craintes pour la suite. *Si jamais ils arrivent à l'identifier*. Mieux vaut ne pas y penser. Ni à ça, ni au moment où elle pigera qu'elle n'a plus besoin de lui.

… *Dis quelque chose. C'est.*

Ce moment n'est pas encore venu. L'aval de Momo compte encore pour elle. Beaucoup.

… *S'il te plaît, Mo.*

Momo appuie sur le bouton d'appel de son TYT. Il soupire dans le micro. « Je vais pas te dire que t'as bien fait, c'était pas super fute-fute. » Un temps. « Mais putain je suis bien fier de toi. » Il ferme les yeux Momo, il n'aime pas mentir à sa Lola. Au moins, pour ça, la prison a du bon, il n'est pas devant elle et elle ne peut pas voir à sa gueule qu'il ne croit pas une seconde à son propre baratin. *Vite changer de sujet.* « Quelles sont les nouvelles ? » Il y a urgence à ne pas s'attarder à la radio. La consigne de bascule de groupe de communication passée en douce par Angèle a signalé la présence d'un danger pesant sur les activités du clan. Après la première alerte du balisage de la voiture de Manu, il y a fort à parier que ce danger est lié à une attention accrue de la police. S'il n'a pu, au début de cette conversation, endiguer le flot de

Lola, qui avait besoin de lui faire part de ses exploits, Momo doit maintenant siffler la fin de la récré.

… *Les schmitts.*

« Les bleus, j'ai capté. Parle-moi de Sam. »

… *Tout est à Tanger. Ça se passe comme il l'avait annoncé.*

« OK. »

… *Il a confirmé qu'il gère la maison abandonnée et nous Marseille.*

« Ça rentre quand ? »

… *La date a pas bougé pour le moment.*

Le 15, donc. *Enfin*. Quatre ans pour en arriver là. « OK. » Momo lâche le commutateur. Il y a un long silence durant lequel il imagine Lola se promener en solitaire avec le rott' autour du jardin du Luxembourg. Enfin pas tout à fait. Jacky est avec elle cette nuit, elle a prévenu Momo, pour tenter de déjouer une éventuelle surveillance. Jusqu'ici, rien à signaler. « C'est la dernière fois qu'on se cause, Lola. »

… *Je sais.*

« T'es toute seule maintenant. »

… *J'aimerais que tu sois là.*

Momo sourit. « Pense à ton père. »

… *Je pense à toi. Tout le temps. Tu me manques.*

Momo se met à chialer. Trouille et tristesse lui retournent le cœur. La frustration également. Il voudrait en être. Merde, il devrait en être. Tout ça c'est grâce à lui. Il lâche sa radio le temps de laisser passer la crise, pas question de se montrer si vulnérable à Lola. Puis, après avoir dégluti, il reprend la parole : « Fais gaffe. » Un temps. « Sans toi, ça vaut plus le coup. »

22

Il y a, dans l'arrière-pays de Concarneau, deux cimetières de Rosporden. Le premier est à Rosporden même, le second à Kernével, un bourg situé cinq kilomètres plus à l'ouest. C'est dans ce dernier que Lasbleiz senior a fait rassembler les défunts de sa famille et d'une partie de celle de son épouse, dans un caveau très rarement visité. Jamais visité, en réalité. Après la mort du grand-père paternel il y a dix ans, élément déclencheur de ce grand chambardement, plus personne n'est revenu ici.

Sauf Théo.

Il est plus de minuit quand il arrive enfin, à pied, devant l'entrée de la petite nécropole, après une journée passée à s'éloigner le plus vite possible de Paris.

Théo s'est évadé.

C'était son intention bien avant d'atterrir à Cochin. L'hôpital, où la sécurité est souvent plus légère, lui a offert l'opportunité qu'il attendait. La chance a fait le reste. D'abord Rey, sans le vouloir, l'a aidé en lui fournissant des fringues de rechange, ayant déduit à juste titre que celles portées lors de l'agression, souillées, déchirées puis découpées par les urgentistes, avaient été jetées. Elle ne pensait évidemment pas à une cavale et elle va avoir des ennuis mais son cadeau a résolu un premier problème, ne pas avoir à sortir le cul à l'air de sa chambre tel le détenu mal en point de base en train d'essayer de se faire la belle. Ensuite, il fallait pouvoir la quitter justement, cette piaule. Pour cela, inciter les soignants à baisser la garde et, durant une semaine, *surjouer* la douleur, le handicap, la fatigue. Enfin, observer le quotidien, trouver les failles. En matinée, toujours beaucoup d'activité, pas mal de négligence, par exemple des portes laissées ouvertes qui ne le devraient pas, un personnel pas assez nombreux, sur les rotules, vive la COVID, donc rapidement débordé et moins attentif.

Dimanche en fin d'après-midi, après les visites de Rey et de Vasseur, on a annoncé à Théo son retour à la case prison le mardi suivant. Pas qu'il soit guéri, loin de là, mais on avait besoin de sa place. Ça lui laissait le lundi. En particulier le matin, toujours plus affairé et donc plus confus. Théo a décidé de tenter le coup à ce moment-là. À la première occasion.

Elle s'est présentée vers onze heures.

Une infirmière est venue pour ses pansements et n'a pas refermé derrière elle. Théo s'est levé, a repoussé la lourde pour limiter les risques qu'on s'en rende compte, puis il s'est habillé en quatrième vitesse. Coup d'œil dehors, un bond jusqu'au bureau de l'équipe médicale, furtif, où il a chopé une blouse, trop petite mais qui a fait la blague puis, un dossier devant le nez, sur lequel il faisait semblant d'écrire, il a franchi l'entrée du service, obligeamment ouverte par des plantons très occupés à taper la discute pour se raconter leur week-end. Théo était habillé, il avait vaguement l'air d'un toubib, ils n'y ont pas regardé à deux fois.

Bordé de nouilles.

Direction les blocs opératoires, où les chirurgiens ont souvent leurs vestiaires, dans lesquels il est allé chercher un manteau et des portefeuilles, afin d'y piquer le cash nécessaire à des emplettes de survie. Une casquette enfoncée bas sur le museau, des lunettes en plastoc et une tartine de fond de teint plus tard, il descendait dans le métro, le visage suffisamment changé et grimé pour qu'on ne le reconnaisse pas au premier coup d'œil. À la gare d'Austerlitz, il a pris un train vers le sud-ouest, histoire de brouiller les pistes puis, par un itinéraire tordu, mix de TER et de cars, il est remonté vers le nord-ouest, la Bretagne, jusqu'à Kernével, son cimetière et le caveau familial.

Théo ne le sait pas et, à présent qu'il a bouclé sa première étape, il s'en fiche, mais il a fallu une bonne trentaine de minutes pour que les soignants se rendent compte de sa disparition. L'alerte a été aussitôt lancée, les autorités prévenues, et la sécurité de l'hôpital s'est agitée dans tous les sens. Il s'est encore écoulé plus de cinquante minutes avant que l'on confirme son départ de Cochin. À ce moment-là, on avait enfin repéré à quelle heure et par quel côté il avait filé : à onze heures vingt-trois, dixit le *time code* de la vidéosurveillance, via la rue de la Santé, ô ironie. Théo était alors déjà assis dans un wagon, il quittait la capitale.

L'entrée latérale du cimetière, qui donne sur le parking, n'est jamais verrouillée. Théo la franchit donc sans problème, après s'être assuré que personne ne venait ou ne planquait dans le coin – peu de chance, ses collègues ne sont pas si réactifs et, avant que quelqu'un pense à cet endroit, il s'écoulera sans doute plusieurs jours. La concession familiale se trouve dans le fond. Il n'a pas de mal à la localiser, la Lune décroît tout juste et noie le lieu sous une clarté laiteuse, à peine voilée par de fins nuages. Le mur arrière du caveau est depuis longtemps fissuré. Théo y a caché un double de la clé permettant d'accéder à l'intérieur. Elle est toujours là, à l'endroit où il l'avait laissée lors de sa dernière visite, fin août 2020. Il entre, tâtonne et, depuis le haut, compte les cercueils rangés sur sa gauche. Un, deux, il arrive au troisième, le suit sur toute sa longueur, trouve le bord vertical et tire d'un coup sec pour le déplacer. Main qui glisse vers la paroi du fond, ignore les toiles d'araignées, sent le premier sac-poubelle.

Théo l'extirpe, et deux autres après lui.

Tout ce qui reste de sa vie d'avant, pour préparer une ou plusieurs vies d'après. Un peu plus de trois cent mille euros en coupures de cent, cinquante et vingt. Prises de guerre. Autres fruits de ses pillages, des diamants, les trafiquants se croient malins, ils aiment les collectionner, c'est plus facile à escamoter, et quelques pièces d'or. Deux jeux de papiers d'identité complets. Des vrais, officiels, obtenus par l'intermédiaire du fonctionnaire de mairie que, pour ses propres besoins, Momo arrose et fait chanter tout à la fois. Après avoir identifié le mec, Théo est allé le voir en douce et a exercé sur lui, ès qualités, le même genre de pression, enveloppes en moins. Une ristourne imposée afin que le baltringue en question sauve sa liberté. Avec ses nouveaux fafs, Théo a ouvert deux comptes, peu actifs et peu approvisionnés, quelques milliers d'euros au total. Juste assez pour pouvoir effectuer certains paiements par carte. Trois portables jetables, avec recharges. Et enfin un .45.

Le .45.

Celui de Momo.

Théo n'a jamais eu l'intention de rendre ce Colt ou de le faire disparaître. Il ne pensait pas non plus avoir à s'en servir contre Momo. En fait, il n'avait aucune envie de s'en servir contre Momo. Quand il y repense, il se dit qu'il a été très con de s'être laissé embringuer dans la comédie de l'amitié. C'était facile, c'était flatteur, il y a cru et il n'aurait pas dû. Momo est et restera toujours un prédateur, Théo aurait dû savoir qu'il finirait par vouloir le mordre et même le becqueter tout entier. Isabelle et Camille ont payé le prix fort pour son extrême bêtise.

Le sachet contenant l'arme est lesté de chargeurs de rechange, déjà approvisionnés, de rab de 11.43, une boîte, de riz pour l'humidité et d'un petit *Ziploc*. Dans celui-ci, il y a un canon, une tige percuteur et les étuis des munitions tirées par Momo un soir de mai 2017, au fond d'un bois, dans les environs de Soissons. Cela fait belle lurette que Théo a remplacé ces éléments d'origine du pistolet par des pièces de rechange aux yeux bleus, histoire de pouvoir le garder en souvenir, sans crainte d'être rattrapé par de vieilles embrouilles.

Théo récupère un sac marin roulé serré parmi ses affaires de cavale. Il y fourre le reste, sauf le Ziploc qu'il abandonne sur place, et quitte le cimetière après avoir rangé et refermé le caveau. Inutile de laisser derrière lui des indices de son passage.

En face du parking du cimetière, il y a un champ. De l'autre côté du champ, une ferme. Elle est habitée par un vieil agriculteur à la retraite, ami de feu son grand-père et qui, depuis cinquante ans, roule avec le même Land Rover série III, entretenu avec soin et maintes fois restauré. Une bagnole peu véloce mais solide et surtout facile à dérober. Il l'aime bien cet ancien, Théo, et il s'en veut de lui faire ce sale coup.

Il n'a pas le choix.

Pas de chien dans la cour, il la traverse et rejoint le hangar ouvert où dort l'antique tout-terrain. Coup de multifonction dans la serrure de la portière – Théo avait glissé un Leatherman dans son nécessaire de fuyard –, ça cède facile, c'est du préhistorique, sac jeté dans la caisse, vite poussée sur la route. Il fouille sous le volant, traction, les fils apparaissent.

Contact, départ, *Adios*.

Théo roule toute la nuit, fait quelques pauses pipi, plein, dodo et, en fin de matinée, il arrive à destination, pas très loin de Laguiole, à Huparlac. Il dépasse un ensemble de bâtiments agricoles, au lieu-dit la Vayssieirie, et va se garer cinq cents mètres plus loin, à l'orée d'un bois. De son emplacement, il a une vue plongeante sur l'exploitation. Un homme, apparemment seul, se démène pour faire tourner la boutique.

Tout l'après-midi, Théo observe ses allées et venues. Quand le jour commence à baisser, malgré les vêtements chauds achetés sur la route, dans l'une de ces zones commerciales qui peu à peu défigurent toute la France, il grelotte sec à l'intérieur du Land. En Aubrac, durant les mois d'hiver, le temps tourne vite glacial.

Le paysan est rentré chez lui et n'est plus ressorti. Au cours des cinq dernières heures, personne d'autre ne s'est montré, ou révélé. Si des flics ou des pandores se cachent dans la ferme, ce sont des cadors. La voie est libre. Pour autant, Théo tergiverse encore. *Courir, mais combien de temps, et pourquoi ?* Il est fatigué et il en a marre de Momo et de sa famille de fous furieux, et de toute cette merde. Et de sa vie, d'avoir mal. *Me rendre ou finir ici, maintenant ?* Le coin est joli. *Pas de mur à lessiver*. Ce ne serait pas si mal.

Il ouvre sa portière, sort pour se dégourdir les jambes. Sa décision, il la prendra ensuite. Il fait quelques pas autour de la voiture, s'adosse au capot, jette à nouveau un œil à la baraque en contrebas. Il fait presque nuit. Dedans, pas encore de lumière. Plus un bruit. Il aperçoit au loin, du côté d'Huparlac, les éclats mordorés de quelques lampadaires. Mais en bas toujours rien, plus de vie. *Où il est ?* Un craquement, dans son dos, lui fournit la réponse.

« Tu te tournes doucement. » L'accent du pays est léger. « Ça fait des heures que t'es là, tu veux quoi ? »

Théo fait face à l'agriculteur. Il se tient à dix pas, à moitié protégé par un tronc, et braque sur lui un fusil de chasse.

« T'es qui ? Attends. » Le paysan plisse les yeux et puis sourit. « T'es le flic de mon frangin, celui qui s'est tiré, c'est ça ? » L'homme s'avance. Il tend la main. « Ginestet, l'aîné, Roland. »

Théo répond au salut.

« Pourquoi t'es là ?

— En fait. » Théo soupire. « J'en sais rien. » Un cri du cœur.

Roland Ginestet hoche la tête. « Reste pas ici, viens souper avec moi.

— C'est pas sans risque.

— Sans risque, connais pas. » Un temps. « Au moins tu boufferas chaud. Après tu verras bien. »

Quelques minutes plus tard, Théo gare la voiture à l'intérieur de la grange de son hôte, qui referme derrière lui avec ce commentaire : « Ici, tout le monde voit tout et cause. »

Dans le vestibule, où Théo abandonne sac et parka, il y a des photographies de navires marchands. Roland Ginestet, plus jeune, apparaît sur certaines d'entre elles, en compagnie d'autres marins. Tous sourient sauf lui. Sur chaque cliché, il a le même air triste, celui de quelqu'un dont les pensées dérivent toujours au loin. « Combien de temps vous avez navigué ?

— Jusqu'à la mort de mon père, il y a six ans. Après j'ai pu foutre ma mère en maison. » Un temps. « C'était trop tard pour Pierre. » Les yeux de Roland se voilent, des larmes montent mais ne coulent pas. « J'ai pas eu le choix, tu sais, fallait que je me tire d'ici. » Il dévisage Théo, en quête d'approbation. « J'aurais crevé, sinon.

— Souvent c'est pas bien ce qu'on fait, ou pas assez. Difficile de vivre avec. »

Ginestet grogne et se dirige vers la cuisine. « Viens. » Il allume, attrape une bouteille de rouge, en fait sauter la capsule en plastique et remplit deux verres d'écolier.

Théo prend le vin qu'on lui offre et s'assoit. Ses tremblements se sont arrêtés.

« T'as besoin de quoi ?

— De temps. »

23

Sirine est réveillée par l'écoulement de la douche. Elle a des élancements dans l'index, celui qui est cassé. Elle a dormi dessus. Enserrant de son autre main le bandage et l'attelle, elle se masse quelques instants puis attrape son smartphone posé sur le chevet. Quatre heures trente du matin. Elle soupire. *C'est quoi son 'blème, encore ?*

Manu entre nu dans la chambre. Sa silhouette massive se découpe à contrejour dans le cadre de la porte de la salle de bains, encore illuminée.

Sirine demande : « Qu'est-ce qui se passe ?

— Je t'ai dit, je descends à Marseille. » Manu appuie sur l'interrupteur qui commande le plafonnier. La chambre est instantanément noyée sous un blanc vif et révélateur.

Les yeux de Sirine restent bloqués sur le pénis de son amant. Trop tard, elle masque son dégoût de voir ce truc qui pendouille. Elle n'en peut plus, rien ne peut justifier ce qu'elle subit.

Malheureusement pour elle, Manu a remarqué la grimace. « Qu'est-ce qu'il y a ? Elle te plaît plus ma *teub* ? » Le volume de sa voix monte à mesure qu'il s'approche. La colère qui sourd le fait déjà bander. « Elle te plaît plus, hein ? » Il montre les dents, attrape sa maîtresse par la nuque et la fait glisser de force sur le lit. Jusqu'à ce qu'elle s'écrase sur son entrejambe. « Bouffe-la, t'es bonne qu'à ça. » Il enfourne son sexe dans la bouche de Sirine et pousse le plus loin possible. « Les meufs qu'ont ni tête ni thunes, elles sucent. » Un va-et-vient commence qui fait gémir, tousser, étouffer. « Prends-la bien, jusqu'aux couilles ! » Un temps. « Vas-y ! Ouais. » Manu s'excite, se tortille de plus en plus, les deux poings agrippés à la chevelure de la jeune femme. Qui essaie de cracher, sanglote, salive, abondamment, sur les draps. Il éjacule, reste un instant bloqué le bassin en avant, tous les muscles du corps tendus par la jouissance puis, avec mépris, il rejette Sirine et, chancelant sur ses jambes, recule.

Tous les deux reprennent leur souffle.

Sirine pleure doucement.

Manu se marre. « Pauvre petite pute. » Il commence à s'habiller. « Te bile pas, quand je rentre, je te lâche la grappe. » Retour dans la salle de bains, où il s'examine dans le miroir et récupère son portable. « Tu vas retourner au taf', comme ça t'auras plus besoin de mon blé. » À nouveau dans la chambre, il enfile un blouson. « Il y a de la place dans un de nos bars pas loin. Tu pourras même rentrer à *ièp*. Enfin, si tu peux encore marcher. » Manu sourit d'un air méchant. « En attendant, t'avise pas d'avoir d'autres idées dans mon dos. » Un temps. « Ou de traîner dehors. » Quelques jours plus tôt, Manu a surpris Sirine avec deux anciens lascars de Nourredine. Elle essayait de monter un nouveau plan pour le condé, à l'hosto, après l'échec de la première tentative. L'un des types, qui voulait rejoindre le clan, avait vendu la mèche.

La suite était prévisible. Avec les Gipsy, Manu a ramené Sirine et ses copains à Coulommiers. Les gars ont eu droit à la cueillette des roses et elle, elle a dû mater. Jusqu'au bout. Ensuite, Manu a attrapé son index, si fort qu'il le lui a pété, et l'a menacée du même sort. Ce matin, il a autre chose en tête. « Si tu me la refais à l'envers, j'te coupe les seins, j'te les fais bouffer après et j'te finis dans une cuve d'acide comme tes potes. » Tarif de groupe, Manu a buté la paire. À une donneuse, on ne peut jamais faire confiance. Sans un regard en arrière, il quitte la pièce.

Sirine entend le porte-clés Porsche cliqueter dans le hall d'entrée. La lourde claque. Mouvement de l'ascenseur. Silence. À ce moment-là seulement, elle se remet à respirer.

Plus tard et plus loin dans le Gers, ce même 14 mars à douze heures quarante-cinq, le papa d'Amélie commence à découper le poulet dominical. Une tradition de famille, pas très originale mais toujours appréciée. Surtout quand, au fil des années, elle est devenue si rare avec leur fille au loin, toujours trop occupée pour revenir les voir.

Le smartphone d'Amélie se met à vibrer sur la table à manger. L'œil noir de sa mère la convainc presque de ne pas décrocher. Mais c'est D'Agorno qui téléphone et si elle a pris son portable avec elle, c'est bien pour répondre en cas d'appel urgent. Et urgence il doit y avoir, sinon Didier, peu présent ces derniers jours, la laisserait tranquille.

Amélie se lève, sort de la maison. « Allô ? » Tout de suite elle entend le bruit de fond. D'Agorno est en voiture.

... Je te dérange pas ?

« Un problème ? »

… Ils descendent tous à Marseille, Manu, les Gipsy.

« Et vous en êtes, vous suivez ? »

Silence.

… Ouais, on est cinquante bornes derrière, on colle aux balises.

Amélie réfléchit. « Je peux rejoindre en fin d'après-midi. »

Nouveau silence.

… Repose-toi chez tes parents, ça vaut mieux.

« Ça va, je suis pas en sucre. »

… Tu bouges pas. J'ai déjà eu du mal à me faire inviter à la fête.

Au service, la dernière quinzaine a été compliquée. Après l'incident de La Courneuve, il y a eu l'évasion de Lasbleiz, et la découverte embarrassante de la visite de Luciana Rey, suivie de celle d'Amélie, et de leur échange à l'entrée de l'aile des détenus. Sans oublier celle des vêtements de rechange. Bien sûr, tout cela a provoqué quelques remous, Amélie a eu droit à des coups de fil courroucés de sa hiérarchie, de la DGGN et même de l'IGPN, qui a conclu son dernier appel par une date de convocation. D'Agorno s'est aussi fait souffler dans les bronches, une seconde fois. Heureusement pour leur groupe, et c'est sans doute ce qui explique la participation de Didier au raout méridional, Vince s'est manifesté auprès du toujours convalescent Maillard. Pour parler coke et livraison, Manu Cerda s'en étant vanté devant le tonton à deux reprises, la dernière cette semaine. Un gros truc, qui arriverait le 15 en soirée, à Marseille, monté par un mec de l'Est. Ce tuyau, recoupé avec les infos déjà détenues par le Rens', sortie à une tonne en provenance d'Argentine, via

Tanger, récipiendaire bosniaque défavorablement connu des services de police, nommé Enes Hamidović, complice présumé des Espagnols Montarlat et jusque-là identifié comme un semi-grossiste, a permis à D'Agorno, dont le groupe est à fond sur les Cerda, de s'immiscer dans l'opération *Canebière*, une LS verrouillée très fort, pas question de perdre un gramme en route, pour serrer un maximum de monde. Amélie sait que Larnoy, leur taulier, s'est beaucoup démené pour que l'opérationnel apparaisse sur la photo finale, histoire que personne ne puisse soupçonner un meilleur fonctionnement du service depuis l'arrivée des Douanes à la tête du pôle renseignement.

« T'es tout seul ? »

… *Il y a déjà beaucoup de monde dans le Sud.* Un temps. *Dom est avec moi. Et Mélissa.*

Amélie ne peut s'empêcher de lâcher un *Putain* rageur.

… *Je suis désolé, Amélie, j'ai essayé.* Puis : *Même Arostéguy.* Didier n'en dit pas plus.

Il lui a téléphoné par correction, Amélie s'en rend compte, et lorsqu'elle réussira enfin à se calmer et à arrêter de tourner en rond comme une conne devant la porte de la baraque de ses parents, elle lui en sera sans doute reconnaissante. Elle se fige brusquement. « Lola, elle est où ? »

… *Chez les Helvètes, avec sa grand-mère. Elles ont pris le train pour Genève avant-hier. Là, elles sont les pieds dans l'eau au bord du Léman, du côté d'Ouchy, dans une location de luxe.* La police suisse a été prévenue et monte la garde, explique D'Agorno, mais ça n'a pas l'air d'être la fiesta, elles n'ont apparemment pas quitté la bicoque depuis leur arrivée.

« Elles sont bien dedans au moins, quelqu'un surveille le lac ? »

… *J'en sais rien, j'imagine.*

« Si c'est sérieux, Marseille, Lola en sera. Sinon, c'est bidon. Lasbleiz a dit que. »

… *Ça suffit avec lui !* Didier s'emporte. *C'est un ripou en fuite, Lasbleiz, qui t'a baisé la gueule !* Si Amélie ne veut pas bousiller un peu plus sa carrière, conseille-t-il sèchement, elle doit l'oublier et surtout faire oublier à tout le monde qu'elle a cru à ses conneries.

Amélie laisse retomber la main qui tient son smartphone le long de sa jambe. Elle entend la voix de D'Agorno, distante, étouffée, demander pardon, dire *Allô, t'es encore là ?* Elle ne lui répond pas. Autour d'elle, il y a des prés et des champs à perte de vue. Un petit bois au sud. Il fait frais, presque froid, mais beau. Tout est calme. Sa mère l'appelle de l'intérieur de la maison, il est l'heure de passer à table.

Amélie raccroche sans dire au revoir et rentre.

24

« Ici, les Allemands se sont fait bien avoir par les Anglais pendant la guerre, vous le saviez ? » L'homme qui vient de parler est un fonctionnaire des douanes, responsable de la zone portuaire de Huelva, en Espagne. Il se trouve à l'arrière d'un Range Rover garé sur le parking du Jardin botanique des Dunes de l'Odiel, à environ cinq cents mètres du terminal de fret, avec une vue imprenable sur celui-ci. La question s'adresse à deux compatriotes assis à l'avant. Côté place du mort, Ignacio, l'un des chefs du clan des Montarlat, et derrière le volant, Luis, garde du corps d'Ignacio. « Ils ont balancé un faux cadavre à la flotte. Enfin, un vrai cadavre, mais avec des faux papiers. » Le douanier s'exprime dans sa langue maternelle, ce qui n'est pas très poli pour son voisin, le quatrième passager. Un mec assez jeune, la petite trentaine, fringué élégant et sec comme un coup de trique. Méprisant. Au douanier, il a serré la main du bout des doigts et n'a pas daigné se présenter. Dans la voiture, c'est le seul à porter un masque chirurgical. Les autres ont dit que c'était un Marocain, une pointure, qui vivait à Dubaï. Rien à branler, c'est un fils de pute pareil à tous ses semblables et donc le douanier poursuit son récit en l'ignorant. « C'était pour faire croire que le débarquement aurait pas lieu au bon endroit, en Grèce je crois. » À sa gauche, le Maghrébin soupire. « Elle a marché leur connerie. » Devant, ça ne bronche pas. « Il paraît que c'est le mec de James Bond qui a eu l'idée. » Le douanier se marre. Seul.

Un Range identique au premier, tout aussi noir, est garé sur leur droite, à une dizaine de mètres. À l'intérieur, quatre autres types, armés. L'escorte. Le parking n'est pas éclairé, donc si on ne sait pas que les 4 × 4 sont là, on ne les voit pas.

Impatient, l'Arabe se penche vers Ignacio et, en anglais, demande quand Sotogrande va se manifester.

Le trafiquant andalou regarde l'horloge de bord. « Sam devrait bientôt appeler. »

Sotogrande est un port de plaisance situé à trois cents bornes d'ici, au milieu de ce qui était auparavant le territoire des frères Morón. Il y a là-bas une plage régulièrement utilisée pour les livraisons de drogue en provenance du Maroc. Cette nuit, elle doit accueillir les gommes transportant l'une des trois fractions de la cocaïne bolivienne expédiée par Ibro Kuzmić en décembre dernier. C'est Sam, passé aux Montarlat, qui a conseillé l'endroit. Il y a sur place une ruine, la *Casa Abandonada*, facilement accessible par la route, où l'on peut se cacher en attendant l'arrivée des hors-bords. C'est plus discret.

AZF soupire à nouveau. Il n'a jamais aimé poireauter et encore moins quand il se sent vulnérable. S'il a accepté de remettre les pieds en Europe, pour la troisième fois seulement en cinq ans, c'est afin de satisfaire une demande de ses nouveaux associés. Question de confiance, il fallait mouiller la chemise pour la première cargaison. Évidemment pas pour transbahuter lui-même la marchandise, mais pour s'assurer en personne que tout irait bien, et ainsi rassurer les copains. Ensuite, ils iront tous faire la fête ensemble. Enfin, quand ils auront eu des nouvelles positives de la maison abandonnée et de Marseille.

Minuit approche. Le port est encore actif. On y décharge un *feeder*, ces porte-conteneurs de plus petit tonnage qui desservent les installations de moindre importance, comme Huelva. Ce navire-ci est arrivé d'Algésiras où, plus tôt dans la journée, il a embarqué des boîtes venues de Tanger.

Le portable du douanier se met à vibrer. Il décroche, écoute, remercie. « Le camion sort. » Quelques secondes plus tard, il montre un semi-remorque tractant un conteneur. Il emporte la plus grosse partie de la drogue bolivienne, une tonne sept, toujours dissimulée dans ses barils d'huile de soja. Le poids lourd accélère. Il se dirige vers l'accès à la N442, à trois kilomètres.

Ignacio hoche la tête, puis se retourne pour adresser un sourire à AZF. D'une main posée brièvement sur l'épaule, il signale également à son chauffeur de démarrer. Leur came, ils vont la suivre jusqu'à l'endroit où elle doit être stockée dans l'attente d'une nouvelle transformation en poudre blanche.

Dans le halo des phares, qui s'illuminent au moment de la mise en route, une silhouette apparaît. C'est un homme. Il se tient debout à côté d'un tronc épais, à une trentaine de mètres d'eux.

Surpris, Ignacio dit : « C'est Sam.

— Qu'est-ce qu'il fout ici ? » AZF, inquiet, s'est penché en avant. « Il ne devait pas être à. » Il n'a pas le temps de terminer sa question.

Sam montre un téléphone mobile, appuie sur le clavier et se planque aussitôt derrière l'arbre. Un instant plus tard, la voiture d'escorte est avalée par la boule de feu d'une charge incendiaire. L'explosion initiale n'a pas projeté beaucoup de débris, elle n'était pas très forte. Suffisamment quand même pour craqueler, fissurer, fendiller les vitres, la lunette arrière et le pare-brise du premier Range, et faire saigner les oreilles de ses passagers. Pour surprendre aussi, pétrifier, empêcher de penser droit.

De réagir.

Quand des hommes cagoulés surgissent des ténèbres, fusils d'assaut braqués sur la bagnole.

Tandis que ses complices s'occupent de faire débarquer les trois Espagnols, de les désarmer et de les coucher au sol, l'un des assaillants vient se placer à côté de la portière arrière gauche, celle d'Abdelhamid Zaragozi, qui le dévisage d'un air agressif.

Manu relève son couvre-chef au-dessus de son front et dit, en français : « Salut enculé, tu me remets ? » Il sourit.

Le visage d'AZF change aussitôt d'expression.

« Ouvre ta lourde et descends. Garde les pognes bien visibles. »

Le trafiquant s'exécute.

« Doucement. »

AZF reçoit une petite gifle de kalache.

« Doucement ! »

Du sang se met à couler de sa pommette gauche.

« À genoux.

— Manu, putain, on a fait la paix.

— À. Genoux.

— Fais pas ça. Je rends tout. Le double, même. La vie de moi, tu prends ma part de la coke. »

Coup dans le bide. AZF se plie en deux et s'agenouille.

Manu se penche vers lui, parle tout contre son oreille. « Votre came, elle est déjà à nous. Enfin, celle que les flics auront pas récupérée. » Manu colle son AK contre l'arrière du crâne du bourreau de sa famille. Il pousse du canon, maintenant submergé par la colère. Quatre ans qu'il attend une occasion de se le faire, ce fils de pute. Le mec qui a tué son daron et son frangin. Quatre ans de rage contenue, passés à ne rien dire, à encaisser les regards des autres membres de la famille, leurs reproches silencieux. Quatre ans à ruminer sa culpabilité, à chialer seul tous les soirs, quand personne ne le voyait, comme une merde. Et maintenant c'est fini, maintenant, il peut se le faire. Il est là, ce bâtard, il est à lui. *À moi, putain. À moi, à moi, à moi, j'vais le dead !* Manu passe son index dans le pontet, glisse sur la queue de détente. *Gros fils de pute !* Il commence à appuyer. *T'es à moi, t'entends, j'te nique !* Mais il hésite, Manu, il tergiverse, un truc le retient. *Moi, tout seul !* Finalement, il relâche la pression. « Lola ! »

Soulagé, AZF respire.

Des pas se font entendre.

Lola approche. Elle est épuisée par la tension des deux derniers jours et le long trajet non-stop jusqu'ici, la traversée nocturne du lac Léman et la course en bagnole ensuite, pendant plus de seize heures, durant lesquelles Jacky et elle se sont relayés au volant. Pour se retrouver ici, à cet instant précis, avec les autres qui, sur l'autoroute A7, ont largué les flics en échangeant leurs caisses avec celles de complices. Tout ce bordel, des mois de préparation, de précautions, de frustrations pour pouvoir coincer le salaud qui leur a fait tant de mal. Et ne plus rien ressentir. Parvenue devant AZF, elle s'accroupit et, d'une voix monocorde, dit : « Je suis la fille d'Éric Cerda.

— Tiens. »

Lola lève les yeux vers Manu qui lui tend un 11.43. « Celui de Rico », précise-t-il. Elle fait non de la tête, se remet debout. De la main gauche, elle empoigne la tignasse de Zaragozi et tire en arrière pour qu'il la regarde. Dans sa main droite, il y a le Solingen. Sa lame claque en surgissant du manche. Lola a passé des heures à l'affûter avant de venir à Huelva.

25

Pour Momo, la journée du 16 est difficile. Il n'a pas dormi de la nuit et doit fournir un effort surhumain pour ne pas péter un câble. Afin que l'on ne se rende pas compte de son trouble, il prétexte un coup de fièvre et se terre en cellule. La peur du coronavirus limite opportunément ses interactions avec les uns et les autres, et même si on lui promet un PCR dans les heures à venir, et peut-être une quarantaine, rien ne se passe, on l'oublie. Pour autant, tenir jusqu'au soir et au coup de fil quotidien avec Angèle, à vingt heures, s'avère une torture.

En fin d'après-midi, première lueur d'espoir quand France Info annonce la saisie record, dans les Bouches-du-Rhône, d'une tonne de cocaïne, par des autorités françaises qui *se félicitent de l'étroite collaboration de plusieurs services d'enquête, sous la houlette de la Juridiction interrégionale spécialisée de Paris, intervenue dans le cadre d'une coopération internationale avec leurs homologues espagnols et marocains.* L'école des fans, tout le monde a gagné. *Le ministre s'est rendu sur place.* Évidemment.

Le malaise reprend vite le dessus.

Trois heures plus tard, lorsqu'il compose enfin le numéro du portable d'Angèle, ses doigts tremblent et il doit s'y reprendre à deux fois tant il a la frousse. Mais quand on décroche et qu'il entend la voix de Lola, il oublie son angoisse, Momo, d'un coup. Il se met à rire puis, en silence, à plusieurs reprises, il chuchote ce nom qu'il aime tellement, *Falak Ojjeh*.

Interlude

D'la sueur et des grammes, des corps sous les draps, tu
connais mon *hood*
(tu connais mon *hood* enfoiré)
On a les *plugs*, les Glock, les boxs et les munitions,
pétasse
J'vais ramener des millions pour sécher ses larmes si elle
a le *blues*
On a les *plugs*, les Glock, les boxs et les munitions, pah,
pah.

SCH, « Mannschaft » (feat. Freeze Corleone),
JVLIVS II

ÉPILOGUE

Janvier 2022. Cela fait sept mois que Théo, qui ne se prénomme plus Théo mais Thomas, a laissé derrière lui la France. Il bourlingue en Amérique du Sud. Pas partout en Amérique du Sud, il s'est contenté d'explorer les trois pays d'où provient cette poudre blanche qui, d'un bout à l'autre de la planète, rend les gens dingues et meurtriers. Il en a tellement entendu parler, de ces coins, quand il était aux Stups, qu'il a eu envie de voir où, quoi, qui et comment. Un périple *roots*, qui lui a permis de se mettre d'urgence à l'espagnol et de réarmer son très mauvais anglais scolaire. Une lente dérive au cours de laquelle il a d'abord pu s'oublier, puis revenir à l'essentiel, et enfin commencer à se retrouver.

Le baroud, débuté à La Paz, l'a fait passer par le Chapare, Santa Cruz de la Sierra, Sucre et, plus au sud encore, Tarija. Ensuite il est remonté vers les lacs, Poopó d'abord, Titicaca après et, en une traversée, est arrivé au Pérou. Direction la côte Pacifique, longée jusqu'à Lima, avant une percée dans les terres, l'Alto Huallaga, Iquitos, la frontière nord du pays et enfin Cali. Après cette première halte colombienne, il s'est autorisé un détour par Medellín, avec visite quasi obligatoire de l'Hacienda Nápoles qui fut, du temps de sa splendeur, la luxueuse villa de Pablo Escobar. Il n'en reste aujourd'hui que des ruines et plus d'une centaine d'hippopotames lâchés dans la nature, tous lointains descendants des quatre individus ramenés ici par le flamboyant criminel, dont personne ne sait quoi faire. Après ce pèlerinage, Théo-Thomas a poussé jusqu'à Barranquilla, sur la côte des Caraïbes, avant de redescendre à Cartagena où, depuis deux mois, il traîne aux abords de la ville fortifiée, évitant les touristes qui, du fait des signaux de fin de pandémie, commencent à revenir en force.

À l'écart des circuits, il a trouvé son repaire, un bar caché derrière d'épais murs gris qui tranchent avec les outrances chromatiques de la vieille cité, chatoyante de mille couleurs, de fresques et de graffitis. Dans cet endroit, tout est fait pour ne pas attirer l'attention. Aucune enseigne, peu de fenêtres sur rue, la lumière y est douce, la musique en sourdine et la clientèle, uniquement autochtone, très calme. Ici, les gens viennent déguster un excellent café, lire le jounal, jouer aux échecs, aux dames, au backgammon pour certains, jamais aux cartes. Des activités propices à la méditation et à l'introspection.

Un lieu convenant parfaitement à Thomas – autant s'y habituer fissa à ce nouveau prénom –, lui qui doit réfléchir à la suite de sa vie, et déterminer quand et comment retourner à Paris, pour honorer la promesse qu'il s'est faite. Il n'est pas encore temps et puisqu'il faut attendre, il doit, c'est nécessaire, trouver un job, gagner sa croûte, éviter de claquer tout son blé. Un ex-flic en cavale, ça se recycle mal et, à quarante-trois ans, il y a des tas de choses qu'il n'est plus disposé à faire.

Heureusement, Thomas a commencé à se faire des amis et, justement, il y en a un à qui il a envie de demander conseil. C'est un homme discret. Grosse cinquantaine, petite soixantaine, difficile à dire, la vie ne semble pas l'avoir épargné. Ils se sont rencontrés ici, la première fois que Thomas est venu. Ce jour-là, Ruben, c'est ainsi qu'il s'est présenté, en anglais, diplomate, a pris le temps de lui parler terroirs, grains, crus, comme l'aurait fait un spécialiste du vin, et de le guider pour son premier petit noir local ; sans doute scandalisé que Thomas se soit contenté, en bon cuistre, de commander un *espresso*.

Ruben l'a un peu cuisiné aussi – Thomas est un singe assez vieux pour repérer ces choses –, mais il l'a fait en douceur, avec finesse, autour d'un échiquier. Depuis, trois matins par semaine, ils se revoient et, par l'entremise de pions, fous et cavaliers, blancs et noirs, s'affrontent et se racontent, un peu, par bribes, pas plus. Assez. Tous les deux se méfient du monde et c'est ce qui les a, au fond, rapprochés. On pourrait même dire attirés l'un vers l'autre. Les non-dits respectifs leur ont appris l'essentiel, ils partagent quelque chose, un *fatum*.

Aujourd'hui, Thomas est arrivé en avance. Il a déjà dégusté son premier café et mis en place toutes les pièces lorsque Ruben entre à son tour dans le bar. Thomas le regarde approcher, appuyé sur sa canne, sa jambe droite a été fort abîmée dans un accident, lui a-t-il expliqué, et il sourit. Ruben le salue de la main.

Postface

En 2006, je viens de mettre le point final à *Citoyens clandestins*, qui débute aussitôt son circuit de correction et de fabrication chez Gallimard, quand je fais la connaissance de Michaël Souhaité, réalisateur et scénariste. Cette rencontre est le point de départ d'une collaboration dont, après moult rebondissements, ce *Rétiaire(s)* que vous tenez entre vos mains, finalement achevé en solo, est l'aboutissement.

Permettez-moi de digresser quelque peu et d'envoyer ici une pensée à la famille de Lionel Amant, à l'époque mon agent pour ce qui concerne la partie ciné-télé de mes activités. Il nous a malheureusement quittés en 2017, à la suite de ce que l'on appelle souvent, par pudeur ou par euphémisme, une longue maladie. On peut dire sans exagérer que, sans son intervention, le présent texte n'existerait pas, puisque j'ai croisé la route de Michaël grâce à lui. Gardez-le en tête si jamais vous en avez apprécié la lecture.

Reprenons.

Le premier volet de ce qui n'est pas encore *Le cycle clandestin* est terminé, je sympathise avec Michaël, et j'entends déjà, comme nombre de romanciers ayant la chance – ou la déveine, à voir – d'attirer un jour son attention, le monde audiovisuel faire résonner bien fort ses sirènes. C'est ainsi que je me retrouve un matin dans les locaux d'une société de production pour parler série policière.

Le paysage télévisuel national, dont les plateformes sont encore absentes, vit durant cette période une phase de transition qui se caractérise par la tentative de remise en cause du tout-puissant dogme de l'unitaire de 90 minutes. Son hégémonie, très franco-française, est contestée par le format dit de 52 minutes – ou 48 minutes, ou 42 minutes, tout dépend du nombre de coupures pub que les gens sont prêts à accepter au cours de la même heure –, dont les succès outre-Atlantique font saliver les professionnels parisiens. Tout le monde en veut, du 52, en huit fois, en six fois, en douze fois, en dix fois, pourvu que ce soit bon, à l'*américaine*. C'est l'époque où HBO, une chaîne payante US, met des étoiles dans les yeux de tous les auteurs de la planète avec ses œuvres novatrices et où la *Création Originale* de notre Canal + national prétend, sous peu, parvenir à faire aussi bien. Et devenir un véritable *French-BO*. Les rois du décodeur ne sont pas les seuls à avoir de grandes ambitions, France 3 notamment est sur la même ligne, et son service fiction est en relation avec la boîte qui nous reçoit, pour la commande d'une proposition de genre. Il y a une base de travail mais en l'état elle ne convainc pas la chaîne et il faut la remanier. Beaucoup. Nous finirons par tout changer ou presque, conservant une ou deux idées mais que nous traiterons très différemment ; idées d'ailleurs retrouvées depuis dans quelques productions étrangères, dont une, datant de 2016, a été diffusée sous nos latitudes par Canal +.

Si Michaël et moi sommes ensemble à ce rendez-vous, c'est parce que, après un premier raté en binôme – situation très fréquente en télévision, où le *coitus interruptus* est la règle, je le découvrirai ensuite à mes dépens –, nous voulons tous les deux retenter l'aventure. Nous parlons de plein de choses au cours de cette entrevue, de ton, de format, de structure. Il est beaucoup question de mécanique *récurrente* par opposition à la mécanique *feuilletonnante*. Dans le premier cas, chaque épisode est indépendant du précédent. Dans le second, chaque épisode est la continuité d'une méta-intrigue qui court sur l'ensemble de la saison. L'option *récurrence* a la faveur de la plupart de nos interlocuteurs et cela découle des attentes du milieu : les diffuseurs veulent des séries pouvant être programmées, vues et revues dans le désordre, et pas trop difficiles à suivre ; le public n'est pas assez futé, voyez-vous. Le réalisme, en revanche, tout le monde s'en fout. Ce n'est pas grave si l'on tombe dans les mêmes travers de *science-fiction* policière et judiciaire que l'essentiel des créations françaises abordant ces sujets – une constante jusqu'à nos jours.

De notre côté, nous avons d'autres envies, qui tiennent à nos goûts et, pour ma part, au virage vers toujours plus de vérisme qui est déjà en train de s'opérer dans mon travail. Une tendance renforcée par l'évolution de mes appétits littéraires et de mes choix audiovisuels.

L'objet télévisuel qui me frappe et me fascine le plus durant cette période c'est *The Wire*. En français, *Sur écoute*. Une série HBO, évidemment, qui vient de l'écrit, ses auteurs étant journalistes et romanciers. Dans ce domaine, je n'ai toujours rien vu de mieux. Je ne sais plus qui de nous deux, Michaël ou moi, en a parlé le premier à l'autre. J'ai le souvenir d'avoir raté la diffusion de cette série en France, sur Canal Jimmy, en 2004. Mais lorsque débute cette seconde coopération, je me suis rattrapé et j'ai déjà ingurgité les DVD des trois premières saisons de ce chef-d'œuvre, spécialement commandés aux États-Unis.

The Wire devient assez rapidement notre modèle, un idéal hors de portée mais que nous allons néanmoins viser. Autant prendre exemple sur le meilleur. Nous intéressent trois choses : la construction dans la durée et dans la profondeur faisant la part belle au feuilleton ; la structure chorale, multipliant les points de vue pour mieux enrichir et nuancer le propos ; et enfin, l'absolue recherche de vraisemblance du traitement, ne faisant aucune concession aux ressorts et aux *trucs* habituels de la fiction télé.

Autant dire qu'à ce moment-là, en dépit des prétentions au changement et à l'excellence affichées par France Télévisions et, d'une façon générale, par une production nationale ayant du mal à s'extraire du standard *unitaire de 90 minutes*, nous avons tout faux. Mais la société de production nous fait quand même confiance et décide de nous laisser développer un projet selon les pistes évoquées plus haut, que nous avons soumises lors d'un second rendez-vous.

Quand Michaël et moi commençons à nous pencher sur le contexte judiciaire de la première décennie 2000, nous arrivons assez vite aux frères Hornec, les *H.*, parrains de l'Est parisien d'origine yéniche, qui sévissent depuis la fin des années 1980 et dont on soupçonne l'implication dans nombre d'affaires sanglantes et violentes. Nous imaginons donc un clan inspiré du leur. En face, nous décidons de placer ce qui est encore l'OCRTIS, l'Office central pour la répression du trafic illicite des stupéfiants, les super flics anti-drogue français. Nous nous documentons enfin sur le milieu carcéral parce qu'une large part de notre intrigue va se dérouler derrière les barreaux.

Après quelques mois de travail et d'allers-retours avec nos commanditaires, nous disposons enfin d'une proposition assez complète et originale : personnages, arches narratives courant sur l'intégralité d'une saison, développements potentiels pour des saisons ultérieures et script, celui du premier épisode, le pilote.

Et là, patatras.

France 3, pour diverses raisons, change de ligne éditoriale. La chaîne suit notre activité depuis le début, près d'une année, a eu entre les mains la plupart de nos étapes de fabrication – synopsis, traitement, intrigue globale, pilote – et les a validées. Malgré cela, elle décide que son intérêt est désormais ailleurs et ne veut plus d'une série en huit épisodes, ni de noir trop parisien, elle souhaite plutôt revenir au policier de campagne. Elle offre diplomatiquement à la société de production la possibilité de réduire le projet à deux volets de 90 minutes – ah, tiens ? – soit 180 minutes au lieu de 416 pour raconter notre intrigue, prévue en fait pour se dérouler sur le triple, puisque nous envisagions deux saisons supplémentaires.

Après avoir appris quelle était la position du diffuseur, Michaël et moi annonçons notre retrait du développement en cas de poursuite dans la direction suggérée. Nous n'avons aucune envie de participer à un dépeçage en règle de notre travail. Ensuite, et c'est à mettre à son crédit, la société de production essaie malgré tout de vendre la série ailleurs, telle que nous l'avons imaginée. Elle est rejetée partout – à l'époque, partout, cela ne fait pas grand monde, TF1, France 2, M6 et Canal +. Nonobstant ses qualités, quelques-unes, et ses défauts, nombreux, notre proposition souffre alors d'une tare rédhibitoire pour ceux qui la découvrent à la suite de France 3 : ils n'en ont pas été les destinataires premiers. Chez nous, on n'aime pas passer derrière les autres, c'est ainsi ; chacun place son orgueil où il peut.

Fin de l'histoire audiovisuelle.

Michaël et moi avons toujours regretté que cette collaboration n'aille pas à son terme. À tel point que nous avons envisagé de la relancer, une douzaine d'années plus tard, en cherchant à profiter de l'apparition des plateformes. Une occasion pour nous de constater les innombrables manques, maladresses et naïvetés parsemant une prose qui, jusque-là, nous avait paru formidable. Hum. La réalité est que, sans une reprise de fond en comble, et une sérieuse actualisation, l'échec de cette relance était plus que probable. Et, même avec de profonds changements, rien n'était acquis. Or, nous n'avions ni l'un ni l'autre envie de nous jeter dans le vide pour finir sur un nouveau *coitus interruptus*.

M'est alors venue une idée. Fort d'une première expérience positive en la matière avec Dominique Manotti, qui a donné naissance à *L'honorable société*, j'ai proposé à Michaël de tenter d'extraire un roman de notre travail antérieur. Un tel texte avait toutes les chances d'aboutir et nous l'aurions maîtrisé du début à la fin. Malheureusement, le temps de vérifier que nous pouvions, juridiquement, envisager cette écriture, les agendas des uns et des autres avaient été bouleversés et la perspective d'un nouveau quatre-mains s'était envolée. Je le déplore, parce que j'ai toujours aimé bosser avec Michaël, qui demeure, avec moi, le père de personnages et de rebondissements encore présents dans ce *Rétiaire(s)* enfin publié à la Série Noire.

Je n'avais pas prévu d'écrire ce livre immédiatement. J'ai signalé à plusieurs reprises qu'après *Pukhtu* et *Lykaia* je réfléchissais à un texte articulé autour de la figure d'un officier SS, destiné à une autre collection de la maison Gallimard. Le coronavirus est passé par là. Il ne m'a pas infecté, mais il a contaminé toute la société, en bloquant notamment, et pendant de longs mois, voyages et accès à certaines archives à l'étranger. Il a fallu revoir mon planning de travail et, afin de ne pas rester inactif, décider de me lancer par anticipation dans l'aventure *Rétiaire(s)*, mais seul.

Les nazis attendront, encore un peu.

C'est une expérience difficile, mais constructive et salutaire, de faire l'examen objectif et l'exégèse de sa création après quelques années, de se heurter à ses propres limites et de voir à quel point l'âge et l'expérience peuvent modifier la perception des choses. Le contexte dans lequel on situe une intrigue également. La société française de *Rétiaire(s)* n'est plus la même, sa criminalité a changé de profil et de braquet. Les flics et les voyous de maintenant sont moins grands et moins beaux. L'OFAST, Office anti-stupéfiants, a remplacé l'OCRTIS. La came est encore là, plus présente et plus vulgaire que jamais. Sa consommation augmente et son commerce tue, dégrade, détruit toujours plus de gens, de quartiers, de villes, de régions, d'États.

Il y aurait beaucoup à dire sur la fidélité des auteurs, de leurs éditeurs et des maisons qui les emploient. En la matière, la solidité d'Antoine Gallimard et des Éditions qui portent son nom est totale. Me revoilà donc, merci.

Bonne lecture.

DOA, juillet 2022.

~

Le moment le plus magique dans ma vie de scénariste, c'est la première lecture de mon texte par les comédiens. Cela se passe souvent autour d'une table, quelques semaines avant le tournage. Café en main, les acteurs lisent à haute voix le scénario et, d'un coup, ces personnages que je fantasme depuis des mois prennent vie, s'incarnent. Une voix, un corps, des gestes. C'est bouleversant, magique. L'enfant paraît.

Alors, vous imaginez bien que le plus tragique dans ma vie de scénariste, c'est quand ces personnages restent prisonniers d'un fichier informatique. Mon disque dur ressemble à un cimetière de destins brisés.

Mais parfois, le miracle prend un chemin inattendu.

En 2007, j'ai l'immense privilège d'écrire avec DOA, qui fait son entrée à la Série Noire, un projet de série télévisée dans un univers carcéral. Je vais me contenter de confirmer ce que DOA a très bien narré de nos mésaventures, en ajoutant ceci : à l'époque, comme trop souvent encore, nos interlocuteurs ont plus écouté leurs peurs que leurs désirs et notre projet s'est retrouvé aux oubliettes numériques.

Un peu moins de quinze ans plus tard, DOA a l'excellente idée de proposer le sujet en roman à Stéfanie Delestré de la Série Noire qui a l'excellente idée de l'accepter. Pris par mes engagements de scénariste, je ne peux pas me rendre disponible pour écrire avec lui.

Quelques mois s'écoulent et DOA, qui m'a tenu au courant des différentes étapes de l'écriture, m'envoie le roman que vous venez de lire. Et là, je retrouve cette fameuse émotion, ce trouble magnifique, les personnages qui s'incarnent et prennent vie. Je prends en pleine figure la puissance de la littérature et constate à quel point un roman est supérieur à un scénario, qui n'est qu'une œuvre en devenir. DOA a réadapté, réinventé et modernisé notre histoire de départ mais surtout il a sublimé les destins et exposé l'âme de nos personnages avec force et justesse, tel un grand metteur en scène des mots qu'il est. Je ne le remercierai jamais assez de m'avoir offert la résurrection de cette histoire.

Michaël Souhaité, juillet 2022.

REMERCIEMENTS

Mon père est mort cette année, ce roman est le premier de mes livres qu'il ne lira pas. Je pense beaucoup à lui. Et à ma mère.

Merci à Stéfanie Delestré de m'avoir laissé entreprendre le périlleux exercice de refondation littéraire qu'a été ce texte. Et de m'avoir accueilli parmi ses auteurs. Merci également à tous ceux qui, chez Gallimard, aident mes ouvrages à exister dans le vaste monde. Je pense tout particulièrement à Nathalie Poitout et à son commando de *représ* de choc, à Martin Corbasson, le roi de la *couv'*, et à toutes les personnes en charge de la fabrication, du marketing, de l'huile dans les rouages ; Dieu sait qu'il en faut (oui, oui, Maryse D., cela vous concerne aussi).

Merci à Michaël d'avoir accepté de me laisser y aller seul. Et à Ludovic Bottallo, mon nouvel agent, d'avoir déblayé le terrain juridique pour nous.

Une fois de plus, nombreux sont les interlocuteurs qui, pour ce roman, ont tenté de m'éclairer sur leur travail, légal ou pas. Je ne suis pas certain d'avoir toujours tout compris ou illustré de la bonne manière. En revanche, je sais que, dans certains cas, j'ai choisi de noircir exagérément le tableau ou de couper des développements à l'origine présents dans ce projet. Pardon pour toutes ces maladresses, ces outrances et ces omissions. Bertrand Grain, vice-président chargé de l'instruction au Pôle anti-terroriste du Tribunal judiciaire de Paris, Bruno Clément-Petremann, directeur du Centre pénitentiaire de Paris-La Santé et grand adorateur des Clash devant l'éternel, merci de m'avoir reçu et longuement parlé. Jonathan Juchniewicz, chef de service pénitentiaire au Centre pénitentiaire de Paris-La Santé, merci pour le temps passé à me guider entre les murs. Colonel José M., commandant Nicolas H., merci d'avoir accepté de me rencontrer pour me parler du métier. Idem pour N. A., Y. G. et la Hyène, de l'autre côté du périph'. Nicolas L., merci pour les présentations, Pascal G., Manu P. et Yann G. pour les discussions, C. Muller pour d'autres explications encore.

Merci également à quelques-uns de mes lecteurs *civils*, plus ou moins habituels, Caroline de Mulder, Demet Korkmaz, Christophe Carmona, Alice et Gaël Golhen, Jérôme Cuvelier, Nicolas Minvielle, Frédéric Ronsse, Yves Schlirff.

J'ai consulté de nombreux ouvrages, rapports, documentaires, articles et sites pour réinventer cette intrigue, parmi lesquels j'aimerais attirer l'attention sur : *La guerre des stups* de Richard Schittly, *18.3* de Pauline Guéna, le méticuleux travail du Contrôleur général des lieux de prévention de liberté et celui de Prison Insider, dernier refuge de Bernard Bolze, fondateur de l'Office international des prisons, l'un des premiers en France à se préoccuper vraiment de ce qui se passe derrière les barreaux.

Quelques personnages

LA LOI

Brigade des stupéfiants de Paris :

Théo LASBLEIZ, commandant de police, chef de groupe.

Luciana REY, capitaine de police, adjointe.

Malik ZIKRI, brigadier-chef.

Georges MASSARD, dit *Gio*, brigadier-chef.

OFAST — Groupe D'Agorno de la BNAS :

Didier d'AGORNO, dit *Dédé*, capitaine de gendarmerie, chef de groupe (succ. Marc PISON).

Amélie VASSEUR, capitaine de gendarmerie, adjointe.

Dominique RICKERT, dit *Dom*, maréchal des logis-chef de la gendarmerie, enquêteur.

Jérôme MAILLARD, dit *la Maille*, brigadier-chef de police, enquêteur.

Nabil BENTOUMI, dit *Bentoumou*, brigadier de police, enquêteur, syndicaliste.

JIRS Paris :

Diane AROSTÉGUY, vice-présidente chargée de l'instruction.

Clan Cerda :

Michel CERDA, dit *Poune*, fils aîné de Léonard Cerda.

Jean-Marie CERDA, dit *le Forain*, fils de Léonard Cerda.

Marc CERDA, dit *Marco*, fils cadet de Léonard Cerda.

Angèle CERDA, épouse de Marc Cerda, mère d'Éric et Manuel.

Éric CERDA, dit *Rico*, fils aîné de Marc et Angèle Cerda.

Manuel CERDA, dit *Manu*, fils cadet de Marc et Angèle Cerda.

Falak OJJEH, maîtresse de Marc Cerda, mère de Mohamed.

Mohamed CERDA, dit *Momo* ou *Mo*, fils de Marc Cerda et Falak Ojjeh.

Lola CERDA, fille d'Éric Cerda et Annelise Mayer.

Youri et Nanosh STOIAN, dits les *Gipsy Kings* ou les *Jumeaux*, tueurs du clan Cerda.

Jacky VIDAL, homme de main du clan Cerda.

Farès JELLOULI, homme de main du clan Cerda.

Autres :

Nourredine HADJAJ, ex-lieutenant du clan Cerda.

Sirine BOUHAFS, ex de Nourredine Hadjaj, régulière de Manuel Cerda.

Ibro KUZMIĆ, trafiquant de drogue croate basé en Bolivie.

Enes HAMIDOVIĆ, trafiquant de drogue bosniaque basé à Marseille.

Abdelhamid ZARAGOZI, dit *le Français* ou *AZF* ou *Burger King*, trafiquant de drogue.

Fraco MORÓN, dit *La Saeta* (la Flèche), trafiquant de drogue, chef du gang Los Cadenas.

Albano MORÓN, frère cadet de Fraco Morón, numéro deux du gang Los Cadenas.

SAM, lieutenant du gang Los Cadenas.

Glossaire

36	ou parfois *Bastion*, siège de la DRPJ Paris, sis au 36, rue du Bastion dans le 17e arrondissement, et anciennement situé au 36, quai des Orfèvres dans le 1er.
AD	à disposition en jargon militaire, tranquillou bilou, par extension, la bride sur le cou.
APHP	Assistance publique-Hôpitaux de Paris.
AQMI	Al-Qaïda au Maghreb islamique.
Askip	à ce qu'il paraît.
Ayya	aya, aïa, hia, hilla, hiya, variété de haschisch marocain, réputée de grande qualité.
Balourde	carte SIM, *Subscriber identity / identification module.*
Baqueux	policier de la BAC (Brigade anti-criminalité).
BCS	Bureau central des sources.
Beïdane	Maure Blanc, berbère ou arabo-berbère.
Belek	attention.
BNAS	Brigade nationale anti-stupéfiants, composante de la Division judiciaire de l'OFAST.
Boule	cul.

BRB	Brigade de répression du banditisme.
BSP	Brigade des stups, ou Stups, de la DRPJ Paris.
DCPJ	Direction centrale de la police judiciaire.
DEA	Drug Enforcement Administration.
Dead	mort, par extension, tuer.
DGGN	Direction générale de la gendarmerie nationale.
DOPC	Direction de l'ordre public et de la circulation.
Doré	joint, pétard, zbar, bédot.
DRPJ	Direction régionale de la police judiciaire.
ENSOP	École nationale supérieure des officiers de police, anciennement École nationale supérieure de la police, installée à Cannes-Écluse.
Fafs	papiers d'identité.
Flic	schmitt, condé, keuf, poulet, bleu, policier, dèk.
FNOS	Fichier national des objectifs en matière de stupéfiants.
Fonceder	défoncer.
Four	lieu de vente de drogue.
GAO	Groupe d'appui opérationnel de l'OFAST.
GIA	Groupe islamique armé.
GSPC	Groupe salafiste de prédication et de combat.
Hataï	*pédé* en arabe, chbeb, dèp.
Ièp	pied.
IGPN	Inspection générale de la police nationale, la police des polices, les bœuf-carottes, les bœufs.
JIRS	Juridiction interrégionale spécialisée, regroupement de magistrats du parquet et de l'instruction pour traiter les affaires complexes.

Kèner	niquer.
Keubla	black, renoi, noir.
Keud	que dalle.
Kho	frère, khey.
Kichta	liasse de billets, argent liquide.
Loger	localiser.
Moulaga	argent et/ou shit, moula.
Munes	munitions.
OCRTIS	Office central pour la répression du trafic illicite des stupéfiants, ancien nom de l'OFAST.
OFAST	Office anti-stupéfiants.
Oim	moi.
OPJ	Officier de police judiciaire.
Ops	opérationnel.
QB	Quartier bas, à la Santé.
QD	Quartier disciplinaire, à la Santé.
QH	Quartier haut, à la Santé.
QPR	Quartier de prise en charge de la radicalisation
PJ	Police judiciaire.
Pourrave	pourri.
PP	Préfecture de police de Paris.
Prod'	produit, stupéfiants.
PV	Procès-verbal.
Reubeu	Arabe, Maghrébin, beur.
Reum	mère, daronne.
Seum	colère, haine.
SIAT	Service interministériel d'assistance technique.

SR	Section de recherches de la gendarmerie nationale.
Tacos	taxi.
Taqîya	art de dissimuler sa foi dans l'islam sunnite, double discours.
Tèje	jeter.
Teub	bite.
Teubé	bête.
TJ	Tribunal judiciaire de Paris.
TP	temps plein.
Tonton	indicateur, indic, balance, source, pour les services de police.
UDYCO	Unidad de droga y crimen organizado.
UPR	Unité permanente de renseignement de l'OFAST, en Espagne.
USMP	Unité sanitaire en milieu pénitentiaire.
Zetla	résine de cannabis, shit.
Zonzon	zonze, taule, prison.

DU MÊME AUTEUR

Aux Éditions Gallimard

LYKAIA, 2018

Dans la collection Série Noire

PUKHTU. SECUNDO, 2016 (Folio Policier nº 837)

PUKHTU. PRIMO, 2015, prix Libr'à nous 2016, prix Mystère de la critique 2016 (Folio Policier nº 836)

L'HONORABLE SOCIÉTÉ (avec Dominique Manotti), 2011, Grand Prix de littérature policière 2011 (Folio Policier nº 688)

LE SERPENT AUX MILLE COUPURES, 2009 (Folio Policier nº 646)

CITOYENS CLANDESTINS, 2007, Grand Prix de littérature policière 2007 (Folio Policier nº 539)

Dans la collection Folio Policier

LE CYCLE CLANDESTIN, II. : Pukhtu Primo – Pukhtu Secondo. 2018, nº 867

LE CYCLE CLANDESTIN, I. : Citoyens clandestins – Le serpent aux mille coupures, 2016, nº 815

LA LIGNE DE SANG, 2010, nº 453

Composition : APS-ie.
Achevé d'imprimer
sur Roto-Page
par l'Imprimerie Floch
à Mayenne, le 9 mars 2023.
Dépôt légal : mars 2023.
1er dépôt légal : novembre 2022.
Numéro d'imprimeur : 102116.
ISBN 978-2-07-292701-0 / Imprimé en France.

600694